给过往的岁月

葱茏十年

吴 然 ○ 著

中国文联出版社
http://www.clapnet.cn

图书在版编目（CIP）数据

葱茏十年：1990年代军旅剧坛纪事/吴然著.--北京：中国文联出版社，2020.9

ISBN 978-7-5190-4351-3

Ⅰ.①葱… Ⅱ.①吴… Ⅲ.①纪实文学－中国－当代 Ⅳ.① I25

中国版本图书馆CIP数据核字（2020）第169312号

葱茏十年
CONGLONG SHINIAN

作　　者：吴然	
终 审 人：苏　晶	复 审 人：周小丽
责任编辑：王柏松　祝琳华	责任校对：毛帅朋
封面设计：乐　阅	责任印制：陈　晨

出版发行：中国文联出版社

地　　址：北京市朝阳区农展馆南里10号，100125

电　　话：010-85923071（咨询）85923000（编务）85923020（邮购）

传　　真：010-85923000（总编室），010-85923020（发行部）

网　　址：http://www.clapnet.cn　http://www.claplus.cn

E－mail：clap@clapnet.cn　chenrw@clapnet.cn

印　　刷：中煤（北京）印务有限公司

装　　订：中煤（北京）印务有限公司

本书如有破损、缺页、装订错误，请与本社联系调换

开　　本：787×1092	1/16
字　　数：262千字	印　张：20.25
版　　次：2020年9月第1版	印　次：2020年9月第1版
书　　号：ISBN 978-7-5190-4351-3	
定　　价：58.00元	

版权所有　翻印必究

十年大戏的台前幕后

——拉幕人语（代序）

陆文虎

立秋时，收到吴然兄的新作《葱茏十年》，他嘱我以"导演阐释"为题写一篇序。他的书文体新颖，像是一部散文体的戏剧故事。书中记叙的，正是1990年代的部队戏剧活动。所有往事历历在目，仿佛天上的白云还是那样从容，而剧场里的气氛还是那样火热，当年那一台台看熟了的戏还在台上立着。这激情燃烧的十年，其实就是一出大戏，大戏里面更是一系列的戏中戏。我开始想提议增加一张演员表，后来感觉弄不成，因为全军戏剧团体有十多家，加上解放军艺术学院戏剧系和一些经常排演戏剧的文工团，几百号人参演了这台大戏，他们不是在演别人，而是在演自己，因此，这张演员表少了谁都不行。

吴然是我在总政艺术局工作时的同事，开始是干事，后来当了副局长。他聪明、好学且敬业，分管戏剧给了他一展才情的机会。这十年，军队戏剧园地呈现出一派芳华争妍、连林竞奇的繁茂景象。这当然是全军戏剧工作者同心深耕的结果,却也饱含着吴然付出的心血。今日忆之,不禁感慨良多。

军队文艺队伍其实是一支特别能战斗的特种兵。军队的戏剧团体集合着的这些编剧、导演、演员、舞美人才,是一群有学识、有才干、有热血的精英专家。直至今日,我还十分怀念这些可敬可爱的良师益友,感谢他们的真诚,感谢他们的创造,感谢他们对我的帮助和支持。军队戏剧团体有一个好的作风,那就是:在前进路上从不停滞懈怠,总是密切关注现实,始终保持旺盛的革命性和战斗性;在成绩面前从不固步自封,总是在艺术上大胆探索,始终保持可贵的突破和创新精神;在创作过程中从不孤芳自赏,总是互相鼓励,互相帮助,始终保持全军一盘棋、共同滚动前进的良好态势。在1992年第六届全军文艺会演和1999年第七届全军文艺会演中,各推出了13台戏剧,加上会演之外的作品,这十年创作的剧目,竟有30台之多,真是成果斐然,蔚为大观。

那时候都说"抓"创作。严格讲,"抓"这个动作并不准确。戏剧生产有其自身的规律,改为"促"也许更合适。那么,是怎么"抓"或者怎么"促"的呢?

一、举办高级研修班。在年底全军文艺队伍进入排练、演出季,创作人员相对比较空闲的时候,把较为活跃、有成就而且有潜力的编剧、导演集中起来,请军内外各方面、各专业的一流专家授课,观摩国内外优秀剧目,给他们补课、充电、加油。同时,交流平时创作中的困惑和苦恼,研讨军队戏剧创作中阻滞创作、难于突破的症结,目的是解放思想,更新观念,调整心态,鼓励创作。

二、召开剧本汇稿会。到第二年春天,万象更新的时候,有一批剧本已经完成了初稿。编剧们带着自己的剧本初稿,聚集一堂,以文会友。大家坦诚相见,畅所欲言,把自己的剧本和构思交给大家,把别人的剧本当成自家的,开动脑筋想点子、提建议,毫无保留地交流意见,真个是如切如磋，如琢如磨。不但务实，详细论及每部作品；而且务虚，从全国戏剧形势的发展到军队戏剧观念的革新，无所不谈。会上对戏剧本体的讨论探喉肆口，直吐快心，谈艺论文，所涉甚深。大家都感到收获颇丰。

三、组织专家组巡回指导。各单位的主创人员，包括编剧、导演、舞美设计等，互为专家。每个剧本修改稿完成或在舞台上排出初样时，都有专家组参与研究讨论，有的剧目讨论可能有五六次之多。讨论中倡导批评精神，要准确、清晰地表达独立见解，要提出建设性修改意见。这些意见，既是自己看戏的真切感受，又是从感性上升到理性的艺术见解。提倡从全局角度把握，避免片面和偏执。看兄弟单位的戏就像看自己的戏一样，要把每部戏的长处说够，把不足说透。讨论是对剧目生产的考察、评价，专家自身也在这个过程中经受考验。众目睽睽之下，是否才识兼具，有真知灼见，是否出以公心，输人以诚，日后自见分晓。艺无止境，无论是可圈可点的剧作还是盛名之下的专家，总有提高、进步的余地。经过一而再、再而三的研讨，不但作品都有了大的提高，而且专家也都有了新的进步。

四、正式演出之后，评奖、评论和媒体宣传都按步骤全面展开。

如此这般，周而复始。这些热气腾腾的动作和有声有色的演出相互推挽，有效地推进了戏剧的发展，五色纷纶的题材和话剧、歌剧、舞剧、京剧等一应俱全的剧种，呈现了繁荣兴旺的景象。

我是文学出身，对于戏剧本来并不熟知。在总政文化部文艺局（后来叫宣传部艺术局）的20多年，让我认识了戏剧。戏剧作为人类精神生活的一种重要形式，源远流长，古希腊戏剧有2500年的历史，中国的戏剧自唐宋参军戏始，亦已有1000多年的历史。古希腊的民主运动使得戏剧高度发展，戏剧也成为民主精神的讲坛。古希腊戏剧精神予后世沾溉惠泽至伟至巨。所谓"文艺复兴"首先就是复兴古希腊、古罗马的戏剧。就连始终被西方文艺理论界奉为经典的亚里士多德《诗学》，其内容也不过是"戏剧学"而已。古希腊戏剧的一个重要传统就是及时反映当时的社会生活，演员与观众可以互动，戏剧有教化的功能。后来莎士比亚有类似的主张，说自己的作品就是"给自然照一面镜子，给德行看一看自己的面目，给荒唐看一看自己的姿态，给时代和社会看一看自己的形象和印记"。中国古代戏曲的特定审美方式，已经成为中华民族的传世瑰宝。100多年前，西方话剧进入中国，戏剧界前辈对西方戏剧文化遗产洋为中用，对国故推陈出新，便开辟了中国现代戏剧的新天地。作为中国现代戏剧的重要组成部分，军队戏剧保持着革命和战斗的传统，具有鲜明的时代精神、民族风格、人民感情和军队特色。

在西方，戏剧主人公被称为"Hero"，而"Hero"还有一个意思，那就是"英雄"。这两个意思，只有在英雄戏剧中才一二二一，合为一体。而军队的戏剧，基本上都是英雄戏剧。这也许是戏剧能够在军队得以发展的一个原因。

作为政治工作的一部分，我军的戏剧事业曾经有过辉煌的业绩，也发挥过重要作用。戏剧成绩的取得，正是前辈们经过努力创造出来的，戏剧作用的发挥，也是以艺术的方式实现的。戏剧的发生和发展有其自身的规律，一切背离或超出其性质和特点的做法，对于艺术，除了伤害之外，不会有任何的帮助。马克思和恩格斯的经典论述能够给我们足够的启示。1859年，他们在评论拉萨尔的一个剧本时指出，"最大的缺点就是席勒式地把个人变成时代精神的单纯的传声筒"。他们要求拉萨尔"更加莎士比亚化"，"不应该为了观念的东西而忘掉现实主义的东西，为了席勒而忘掉莎士比亚"。特别强调要把较大的思想深度和意识到的历史内容"同莎士比亚剧作的情节的生动性和丰富性"完美地融合起来。还说，"应该改进的就是要更多地通过剧情本身的进程使这些动机生动地、积极地、也就是说自然而然地表现出来"。马克思和恩格斯的经典论述是编剧、导演们所熟知的，但是，有的担负着管理职责的人却不知道、不理解，他们指导戏剧的思路往往与此相反。艺术局的重要工作，就是把艺术创作的基本原理和艺术家的心声，翻译成领导能够听懂的语言；同时，把领导的要求转化成艺术家们能够接受的方式。历史已经证明，每一台有艺术创新的戏剧都对部队建设产生了重要的作用，而每一条把戏剧简单地纳入宣传工作的要求都阻碍了戏剧的发展。历史的面目是复杂多样的，生活的味道是甜酸苦辣的，吴然的书展示了事物的光明、美好，而把所曾遭遇的困窘、心中的委屈藏起来。我想，我也没有必要提及那些事。

我于1982年从福州军区空军调到总政工作，2003年去解放军艺术学院。2010年退休后，在地方大学的文学院担任博士生导师。上课第一天，我就告诉我带的博士生：滥觞于红军时期，曾经辉煌了半个多世纪的军队戏剧事业，在20世纪90年代末达到尖峰，随后开始走下坡路，到21世纪初年进入低谷，颓势已经无法挽回。正如刘勰所说的："文变染乎世情，兴废系乎时序。"

非常感谢吴然带我回顾了那十年的岁月风景，我庆幸自己曾经置身其中，参与过大戏其事。但对这台大戏而言，我并不是导演，而只是一个拉幕人。作为拉幕人，我既能看到台前的粉墨登场，又能看到幕后的艰辛劳作。这篇《拉幕人语》权充作序。

目录 contents

1　十年大戏的台前幕后——拉幕人语（代序）/陆文虎

1	序　　幕	漫长的等待
25	第一幕	场灯亮起来
51	第二幕	主角纷纷登台
71	第三幕	大戏刚刚开始
91	第四幕	渐入佳境
113	第五幕	热闹的过场戏
135	第六幕	幕间与换场
157	第七幕	大舞台上的小作品
179	第八幕	高潮迭起
209	第九幕	异彩纷呈
237	第十幕	波澜壮阔
265	第十一幕	大会师之众生相
291	尾　　声	主观视角的回望
303	谢　　幕	"剧"中人的话

序幕
漫长的等待

那时西安夏日的夜晚，总能在路边草丛中传出蛐蛐叫声。城里人不像乡下人，对这类声音并不敏感，因而听得也不真切。仔细辨听，何止蛐蛐在叫，各种叫声若协奏曲般此起彼伏，并不一致。我小时候夏夜捉过蛐蛐，知道声音主要来自两种虫子：叫声拖音略长且响亮的是蛐蛐，学名蟋蟀，而叫声急促且低沉的则是油葫芦，大号唤作蝼蛄。其实现在想来，能不能听到昆虫叫声，并不取决于虫子，而在于大路上的车流——汽车噪声大且连续不断，哪里听得到蛐蛐叫？

1990年的西安，车水马龙还只是文字上的概念，写作时常常形容城市繁荣热闹。彼时，西安夏夜还算安静，至少，朱雀大街是安静的。南城墙朱雀门外的街道便是朱雀大街，唐时即如是，只是现今朱雀门属明城墙，与唐代中轴路不在一条线上。但由于唐时长安城极为辉煌，影响甚大，所以名称得以延续。

我在蛐蛐叫声的伴随下漫步在人行道上。

但我此刻毫无闲适之心，幽静的氛围反倒衬出我略显激动的心情。

今天，我接到总政文化部文艺局陆文虎①的电话，邀请我去北京参加全军文艺评论工作座谈会。

我没有见过陆文虎，但久闻其大名。写作之人总会阅读同好者之作，"闻其名"是自然之事。想象中，他应该高大威猛，虎背熊腰，人如其名嘛。我知道，陆文虎不仅是文艺评论高手，而且是钱钟书研究专家，其专著《围城内外》影响颇大。更重要的是，陆文虎在全军领率机关分管专业文艺工作。他的来电让我既意外，又高兴。

我是1977级大学生，本硕连读毕业后分配到隶属于总政治部的西安政治学院任教，讲授写作和文艺理论。这是一所中级指挥学院，学员均为政工干部，来自全军。

那时，学位制恢复不久，"文学硕士"很稀罕，门外人搞不清楚这顶帽子到底多大，就像寻常百姓弄不清楚军衔究竟如何，便觉得神秘和神圣。课堂内外，常有学员向我问及文学问题。有些学员写作基础相当不错，甚至具备文学创作潜质。例如，来自济南军区政治部的周大新②，总政直工部的冀惠彦③，海后工程设计局的陈洁④，辽宁省军区政治部的孙科佳⑤，65军基层连队的张建华⑥，如此很多。

对我来说，寻常的教学之外，自然就会增加专项指导。好在我"科班"出身，文艺评论写作从未中断，这于我尚有底气。再者，身为军人，关注军事题材文学创作动态且以评论抒写感受，便显得十分自然。不经

---

① 陆文虎（1950—），学者，军旅文艺评论家。曾任原解放军艺术学院院长。著有《钱钟书的文学世界》等。
② 周大新（1952—），军旅作家。曾任原总后勤部政治部创作员。著有长篇小说《走出盆地》等。
③ 冀惠彦（1953—），军事记者。范长江新闻奖获得者，曾任原中央电视台军事部副主任。
④ 陈洁（1960—），编剧。创作电视剧《生死卧底》等。
⑤ 孙科佳（1957—），军事学博士，曾任国防大学教授。
⑥ 张建华（1961—2019），企业管理研究人。曾任原中国远洋运输集团研究员。著有《向解放军学习》等。

意的五年时间，我居然发表几十万字理论及评论文章，大多涉及军事题材文学创作。

1980年代，没有手机，座机也不普及，人们联系的主要方式依然是书信。且不说在人们眼中8分钱邮票如同2分钱火柴那样理所当然，即使就是用于本埠邮寄的4分钱邮票也如同楼下小杂货铺必备散装酱油那么普及，原因即是如此。

所以，每天去收发室取报刊和信件，对许多人来说其实还带着某种寄托与期盼——或许家信会送来慰藉，情书会传递思念，友人书简则会向你显出惊喜。某种程度上说，人类情感上的满足有时很难与情感获取的难易程度形成正比关联。手机和微信的出现，固然为人们的沟通提供了便利，但或许恰恰因此褫夺了人们在等待和期盼中产生欣喜与欢悦的可能。

也有例外，这就是突然造访。那年月，预约并不容易，即便通过邮寄书信沟通也需要时日。哪怕男女朋友约会，在力比多的催促下，也只能心照不宣地安排在周末，因而敲定一次见面时间，花费十天半月实属正常。

1987年艳阳高照的某日，我正在位于朱雀大街中段的学院办公室批阅学员作业，忽然有人敲门进入，冲着我说："我是周政保[①]。"

来人头发蓬乱，身着便服，戴着圈套圈的深度眼镜，讲话明显有口音却不能断定归属何地。

我当时一愣，居然没有听清，本能地问："您是？"

"我，是，周，政，保。"

周政保是新疆军区政治部创作员，专事文艺评论，以高产著称，陕

[①] 周政保（1948—），军旅文艺评论家。曾任原八一电影制片厂研究员。著有《小说与诗的艺术》等。

西文化学者陈孝英[①]曾惊叹周政保是"不知疲倦的写作机器"。我和周政保当属神交,未曾谋面。我们通过几次信,说的还是有关乌鲁木齐军区(当时还未缩编为新疆军区)某些作家创作风格以及"冰山文学"的事。他的到来让我喜出望外,果真是那种"有朋自远方来,不亦乐乎"的感觉。

后来很长一段时间我都纳闷儿,周政保是江苏常熟人,口音一点都不"南方",却分明有一股"口外"的味道。新疆人说的"口外",指的是嘉峪关以西。也难怪,周政保十五岁离家,只身闯荡新疆,在南疆兵团农场当农工。后来考上研究生,又到乌鲁木齐军区当创作员。我们初次相见时,他已年届四十,在新疆濡染浸润的印记已远远盖过了南方给他的滋养。

无独有偶,新疆军区作家周涛[②]自京返疆,途经西安,也如"稀世之鸟"一般天降到我办公室。他手里拎着一网兜北京小瓶二锅头酒,笑眯眯地问:"你是吴然?"

我点点头,反问:"你是?"

周涛哈哈大笑:"我是周涛!"

他便把一网兜小瓶二锅头酒拎起来给我看。网兜是尼龙线绳织成的网状兜子,现如今踪迹难觅。

那时,文学和作家还被神圣光环所笼罩,人们充满理想主义情怀,诸如意象派、解构主义、弗洛伊德、审美观照这类高尚话题居然可以成为寻常聊天的基本内容,志趣构成了友情与交往的天然前提,而在结识的过程中所需要的世俗标准与内容,则是由睿智、仗义、真诚、才气以及秉性对路子等要素构成。

---

① 陈孝英(1942—),文化学者。曾任陕西艺术研究所所长。著有《喜剧美学初探》等。
② 周涛(1946—),军旅诗人,散文家。曾任原兰州军区政治部创作员。著有散文集《稀世之鸟》等。

既不是书信，也不是造访，陆文虎与我的联系是通过电话——那是总部机关特有的联系方式，多年之后，我对此感受颇深。部队特有的军线电话直接拨通到我所在的教研室。但我迄今确信，对陆文虎来说，通知我参加此次会议，除了工作业务的需要，在他那里一定存在着彼时"世俗标准与内容"的因素。

因为我所在的军事院校并不在部队宣传文化系统的行业"视野"之中，我的意思是说，从军队总部角度俯瞰，任何行业都有自身工作运行的框架结构。总政文化部文艺局作为主管全军专业文艺工作的核心机关，除了在业务上直接指导总部直属文艺单位之外，通常依托的是各大单位政治部文化部，再通过其文化部，勾连起各大单位政治部创作室和专业文艺团体——创作室以文学创作为主兼顾美术创作，文艺团体则推出舞台艺术作品。

部队院校则属于另一大类的"训练"系统，在业务上归口于总参谋部或大单位司令部。这说明，我的"文艺理论评论"已不再仅仅是本系统认定的"教学科研成果"，而且业已成为专业文艺系统认定的"创作成果"。如果陆文虎没有"世俗标准"的情怀，他干吗要到系统之外寻找"创作成果"呢？

1990年7月下旬，北京酷热。

北京酷热并不意味着持续干热。连续几天烈日暴晒就会使得空气湿度增加，然后就会降下大雨，有时暴雨如注。

频繁出现的强雷阵雨使得西直门内大街两侧的人行道布满积水，而大街西头的西直门南小街则显得陈旧狭窄，积水更多，从马路牙下的排水井盖里不时泛出异味，路边大都是售卖任天堂游戏卡的小店以及门面低矮的小餐馆，稍微像样的建筑只有被称作通信大厦的一幢普通灰色楼房。从南小街北头向西内大街东拐，行走不远，便看到大门朝北的一个院落。里面的楼宇明显高于周边，鹤立鸡群一般，尤其是卫生的整洁程度与南小街形成鲜明对比。

这里就是全军政工干部，尤其是各大单位政治机关干部熟知的地方——总政西直门招待所。

我印象中的招待所都是平房，至多也就是简易楼房。但西直门招待所颠覆了我的观念，这是一个具有相当规模的招待所，由数幢建筑组成，实际上就是一家宾馆。

这一年的全军文艺评论工作座谈会在西直门招待所举行。

在这里，我第一次见到许多大名如雷贯耳的军队文艺评论家：陆文虎、范咏戈[1]、汪守德[2]、张志忠[3]、丁临一[4]、朱向前[5]、蔡桂林[6]、陈先义[7]、张东[8]，当然还有我认识的已调任八一厂的周政保。参会的人很多，依稀记得还有一些大单位的文化部部长。

有两个人给我留下深刻印象。

我在西直门招待所主楼一层电梯口首先遇到的是范咏戈：清瘦、白净、文弱、略显驼背且略略透出书卷之气，双手以不符合条例规定的方式插在裤子口袋里，与此形成反差的是，肩佩上校军衔。后者让我立时

---

[1] 范咏戈（1948—），文艺评论家。曾任《文艺报》主编。著有《在戎谈文》等。
[2] 汪守德（1953—），军旅文艺评论家。曾任原总政治部宣传部艺术局局长。著有《遥望星辰》等。
[3] 张志忠（1953—），文艺评论家。曾任首都师范大学教授。著有《执剑的维纳斯》等。
[4] 丁临一（1953—），军旅文学评论家。曾任原武警部队政治部电视艺术中心主任。著有《踏波推澜》等。
[5] 朱向前（1954—），军旅文学评论家。曾任原解放军艺术学院副院长。著有《中国军旅文学50年》等。
[6] 蔡桂林（1960—），军旅文学评论家。曾任原济南军区政治部创作员。著有《文学的当代思考》等。
[7] 陈先义（1951—），军旅文学评论家。曾任解放军报社文化部主任。著有《走出象牙之塔》等。
[8] 张东（1953—），女，军旅文艺评论家。曾任原八一电影制片厂研究室主任。著有《银幕战争风云》等。

有些自惭形秽。

1988年，全军恢复军衔制的同时，仍然保留军籍的文职干部却不再戎装在身，重新穿着军装则是1992年的事了。在那个外观标志上非军非民的四年尴尬时光里，许多文职干部的穿着习惯是，便衣夹克衫加老式绿军裤。在我看来，夹克衫表明你已改任文职干部而不能穿着军装，绿军裤则暗示你与军队还存在瓜葛。事实上，当时的内务条令并没有文职干部的着装规定，换句话说，即便穿上花衬衣、灯笼裤，似乎也没有理由遭到非议。当然，这种极端之举好像从未出现过，每个文职干部都潜藏着一种自我暗示：谁说我不是军人？

我当然不能免俗。

好在是夏天，文职干部们眼前没有了军常服上黄色肩章映衬的压力。身着短袖衬衣和绿军裤的我，面对范咏戈上校，在艳羡的同时，也惊讶他的军衔怎会如此之高。假如我当时授衔，充其量只能是少校。我和范咏戈就在电梯口以我问他答的基本模式聊了起来。

令我感动的是，范咏戈始终面带微笑。

我对"面带微笑"的深刻记忆，昭示了一个初来乍到者的心理状态。首先，"局外人"生怕不被认可或不被接受是普遍的担忧；其次，在上级机关管理者面前，获得仰视或平视的机会，其结果截然不同，前者往往导致拘谨并本能地戴上面具，后者则会促使真诚的迸发。

简单交流后，我更加肃然起敬。范咏戈年长我十岁，1970年入伍。让我惊奇的是，他居然毕业于莫斯科大学文学系。我至今也不甚清楚，他既非1977级大学生，以其年龄推算，也无可能是"文革"前大学生，而怎么会成为留学俄罗斯的学生呢？范咏戈告诉我，他和陆文虎是同事，也在总政文化部文艺局担任干事，分管全军戏剧与曲艺工作。我完全搞不清楚总部机关的干事如何分工，甚至对一些常识或概念都感到陌生新奇。

在候会休息区，我和一个壮实粗犷的陌生汉子对面而坐。汉子身穿中式夏装，板寸发型，面无表情，似乎和其他参会者不甚熟悉而默默独自吸烟。我估摸他是文职干部，就像参会的济南军区政治部创作室创作员蔡桂林，解放军文艺出版社编辑丁临一，解放军艺术学院文学系教师张志忠，还有周政保等，都因文职干部身份而没穿军装。

我主动拿出"金桥"牌香烟递上一支，以示搭讪。汉子摆摆手，亮了亮手中的"三五"，并未言语。

"您是北京的？"

"北京军区的。"

汉子的回答令我意外。

后来很久，我才明白，京外人通常喜欢以地域为界表明自己来处或了解对方来处，就像大学新生自报家门，说到籍贯所在城市即可。

其实这也很像英语当中的一般问候：Where are you from？

你尽可回答：I am from Beijing。

而在北京，军队的人喜欢以大单位表明自己归属。总后、科工委、海军、二炮等等，很多时候这些大单位都具有"地名"属性。尤其是北京军区，地处八大处，还包含着"远"的意思。这个不能较真儿，需要意会，北京军区多大呀，三省（区）两市。

汉子口中的"北京军区"，指的是八大处，军区机关所在地。

"我是西安的。西安政治学院。"我依然主动。

"军区战友话剧团。"汉子依然惜字如金。

"我叫吴然。"

"我叫孟冰[①]。"

我们彼此点点头，各自继续吸烟。

[①] 孟冰（1956—），军旅剧作家。曾任原总政治部话剧团团长。创作话剧《黄土谣》等。

我想，对我和孟冰来说，这只是一次寻常的见面，是那种寒暄后甚至连联系方式都不见得互相留存的见面。我们见面很偶然，因为参会人很多，休息时人们熙熙攘攘离开会议室寻找相识的人结对而聊，由于我们与众人"陌生"而被落单，偏巧彼此相对而坐而已。我是京外来的"局外人"，两眼一抹黑。孟冰是戏剧编剧，而参会主体多为文学评论家，互相不甚熟知。

将近三十年前的一次会议，细节无从想起，但我确实记住了范咏戈和孟冰。

如果我们把历史机遇或历史巧合这些概念加以拆分，我们会发现，尽管机遇或巧合可遇不可求，但也绝非鲜见。不过一旦机遇或巧合被冠之以历史，且与某些具体人物相连，就有了"物语"与"传奇"色彩，就显得非常奇妙，似乎不真实，很文学，却非虚构。

我哪里会知道范咏戈的"分管工作"日后和我发生了密切关系，而且基本改变了我的人生轨迹？我更未曾料想，在很久以后的历史进程中，我和孟冰发生了诸多交集，甚至我们做过同一事体，如若接力赛跑中同一跑道的选手，交接了同一赛棒。

其实，此次赴京参会，我最想见到的人是陆文虎。我尤其想知道，他何以知道我的"出处"，以及何以按照习惯性的工作思维"找到"系统之外的我。我知道陆文虎忙于会议的组织，即使在会场，我也不便打扰。终于，会议结束的前一天，陆文虎来到我的房间。我们之间有了第一次近距离的恳谈。

陆文虎其人既不高大威猛，也不虎背熊腰，却显得儒雅斯文，慢条斯理。"文如其人"用在他身上是精准的，这也印证了18世纪法国文艺理论家布封[①]的名言：风格即人。而由发散性思维带来的想象中的臆测，

[①] 布封（1707—1788），法国博物学家、作家。法语中"文如其人"，是从其名言"风格是属于个人的"引申而来。著有《自然史》等。

例如"人如其名"是不靠谱的。

简单的寒暄中，陆文虎介绍了开会的目的，以及如何知道我在西安政治学院的过程，又说到文艺局现在空编三四人，局长和副局长缺位，他作为分管文学工作的干事，暂时负责全面工作，然后他突然提出，想调我到文艺局工作，并马上让我表态。

"是吗？"我有些发懵。

陆文虎确定地点点头。

意外的到来常常令人措手不及。无论惊喜、诧异、不解，或者兴奋、烦恼、困惑，统统源自毫无准备。此刻，窗外的阳光斑斑驳驳地洒在客房茶几上，看得见，摸不着，确有似无一般，令我在瞬间的恍惚中想到上一年发生的事情。

八一电影制片厂试图加强电影艺术理论研究力量，打算调我去厂研究室担任研究员。这对我来说不啻一件天大好事。我们这一代人都是看着八一电影制片厂电影长大的——在空旷的操场上，随便捡一块砖头，提前放到操场空地的某个地方，算是占了座位，然后就等着激昂的军乐响起，看着闪耀的八一军徽，便热血沸腾。有了这样的经历，自然对那里也就充满仰慕之感。再说，做研究员可以专心写作，不必像教员那样把教学与科研的精力分成两部分，更何况北京的文化氛围有利于我的"专业"发展，谁能说不愿意呢？

但是，接到八一厂商调函后，我很快遭到了学院的拒绝。

清瘦干练、头发花白的少将院长亲自与我谈话，亲切与和蔼的口吻中带着决绝与果断："小吴哇，我们这里需要你。你更适合这里的工作。"

院长反复说，我们和八一厂同为总政直属单位，在哪里干都是一样的。我当然知道是不一样的，视角不同，视物必有区别，院长显然与我的视角不同。他想的是如何留住"人才"，我想的是如何发展自身。"我本将心托明月，谁知明月照沟渠。"元代高明①在《琵琶记》中的戏词说了几百年，从来如此。对一个企望以专业立身的青年学子来说，业务方向、发展空间与个人志趣、周边环境密不可分。只是我更懂得服从的意味。

十四年后，在总政宣布我担任八一电影制片厂副厂长命令的仪式上，我感慨万分。莘莘学子的人生规划与浪涛中的命运漂泊常常有很大差距。当年的我，不过就是想做一名研究员，竟未能遂愿，如今毫无准备，却做了厂领导。此为后话。

"你有什么想法？"

陆文虎的问话把我从恍惚的闪回记忆中"拽"了回来。

我能胜任吗？我知道，一位与我同期而毕业于北京大学的研究生，分配到总政文艺局担任干事，由于适应不了机关工作而调往解放军艺术学院文学系任教。我若从学院调到机关，必将从"专业"改为"行政"，而所有的工作方式都将发生巨大变化。但这里毕竟是"文艺局"——我第一次听说总政机关设有文艺局时，甚至觉得惊奇，怎么会如此专业？更重要的是，这里是北京。

在得到我确切答复后，陆文虎告诉我，总政机关调人，作为总政直属单位的西安政治学院不会有异议，直接调动即可，不过报批需要流程，但时间不会很久。

既然达成默契，陆文虎就希望我很快进入状态，转换角色，便如若布置任务一般，让我近日去中国剧院观看由总政歌舞团创作的纪念八一建军节文艺晚会，并写点评论文字。

我那时见识少，鲜有机会观看舞台演出。没有比较哪里知道标准何

---

① 〔元〕高明（约1305—约1371），戏曲家。以南戏《琵琶记》传世。

以设置？1990年的中国剧院气度非常恢宏，我的这种强烈感受显然是把自己成长过程中见过的各式单位礼堂或者附带舞台的大食堂当成了重要参照系。加之紧邻西侧的西三环路尚未拓宽以及加装隔离栏，看上去不过就是一条没有红绿灯的普通马路，在周边简陋寻常环境的衬托下，剧院建筑本身格外醒目。剧院前厅的富丽堂皇可以在瞬间冲击人的视觉，而呈现坡度的观众席更是让我大开眼界。而真正让我折服的是舞台上的绚丽多姿——记忆中，除了大型音乐舞蹈史诗《东方红》的电影舞台艺术片，我从未在剧场见识过这样的演出。

第一次在舞台上见到主持人，之前只知道演出当中会出现报幕员——通常的报幕词是"请听笛子独奏"之类。虽说中央电视台自1984年创立春节晚会而有了主持人的概念，但在剧院的舞台上由主持人把"下一个节目是什么"拓展为与整台演出相关的说辞，还是感到了不同凡响。

那天的演出，女子舞蹈的优美飘逸，男子群舞的阳刚洒脱，歌者的实力阵容，舞台效果的美轮美奂，令我目不暇接。与以往我所熟悉的军旅文学创作内容及风格相比，当满台的军装衍化为漂亮与贴身的演出服，舞与歌传递的精神及其交互布排彰显着浓烈"国防绿"色彩的时候，我在全新的陌生中受到震撼。

从欣赏的角度说，我第一次强烈意识到，剧场或舞台演出所独具的现场感、冲击力、互动效应是其他艺术门类没有的。我忽然萌生念想，文学评论的思维视角要转换为舞台艺术的观照方法并不简单或容易，最重要的原因是，作为文学载体的文字，最初提供的只是信息，这给欣赏者创造了领悟的巨大空间——情节、故事、理念，乃至延伸出的无穷尽的意蕴。而且，文学作品可以让人在任何时间、任何场合去欣赏，既可连续不断，又可反复中断，高度个性化且自我闭环。

在剧场，欣赏者被单位时间、变频节奏、画面转换，以及现场氛围所控制，你没有机会或可能采用"跳出"的方式去"高屋建瓴"，唯一可做的就是沉浸其中，分享过程。更不用说欣赏者还需要购票或者接受赠票，搭乘交通工具，或远或近地赶往一个场所之类的外在必备条件。

当我随着散场的观众人流走出中国剧院的时候，外面的酷热似乎没有完全消退，好在已然高悬的月光和剧院门口明亮的灯光映照着离场观众，又给我提供了一幅可以爽心的画面——画面上展现着人群中的各种表情：满意的，若有所思的，喜形于色的，也有彼此之间窃窃私语的。

不知何因，我的脑海中蓦然闪出埃兹拉·庞德[①]的著名诗篇《在一个地铁车站》：

人群中这些面孔幽灵般显现，
湿漉漉的黑色枝条上的许多花瓣。

意象的捕捉是需要条件的：画面触发灵感，灵感将画面升华为意象。或许是我第一次关注到观众散场的情景，人们的表情还未恢复常态。如果将此情此景固化或定格，那就是意象啊！

多么美好的夜晚！

我迈着轻快的步伐踏上回程，开始了充满想象的等待。

夏末秋初，冬去春来。西安朱雀大街上的车辆渐渐多了起来，在夏夜散步的时候，想听到蛐蛐的叫声越来越难，而我和陆文虎互通电话的频次则越来越多，通话内容的基本模式是：

"怎么样？"

"还没有结果。"

调动工作这件事情在岁月的流逝中渐渐形成了事物演进的全部过

---

① 埃兹拉·庞德（1885—1972），美国诗人，文学评论家。

程，好像一对最终未能走到一起的青年男女的感情，产生、发展、高潮、淡去……

我依然在教学之余撰写评论文章。当然只能是纯粹的文学评论，我差不多把包括新疆军区在内的所有兰州军区专业作家以及创作活跃的业余作家都跟进了一遍：周涛、唐栋[①]、周政保、李斌奎[②]、李彦青[③]、朱光亚[④]、杨闻宇[⑤]、李镜[⑥]、陈作犁[⑦]、刘烈娃[⑧]、张际会[⑨]、贺晓风[⑩]、张春燕[⑪]，不一而足，并逐渐把关注视角扩展得更为宽泛，甚至还参加了一次由兰州军区政治部举办的文艺创作座谈会。

我其实非常清楚，这些人中除了少数几位作家，大多数作者在中国当代文学的实践进程中尚且算不得优秀或出色，有些还处在入门级水准。历来长于直言的诗人周涛为此曾经非常委婉地规劝我集中笔触，以免精力耗散。但我总以为拿着军饷，吃着军粮，在军旅文学的理论评论方面应该有些责任担当。我的笔力所及，对我而言，只是一次关注或精力的

[①] 唐栋（1951—），军旅作家，剧作家。曾任原广州军区政治部创作室主任。创作话剧《岁月风景》等。

[②] 李斌奎（1946—），军旅作家。曾任原兰州军区政治部创作室副主任。著有长篇小说《啊，昆仑山》等。

[③] 李彦青（1941—1993），军旅作家。曾任原兰州军区政治部创作室副主任。著有长篇作品《红土地，红土地》等。

[④] 朱光亚（1936—），军旅作家。曾任原兰州军区政治部创作室主任。著有长篇小说《风雪阿拉仓》等。

[⑤] 杨闻宇（1943—），军旅作家。曾任原兰州军区政治部创作员。著有《灞桥烟柳》等。

[⑥] 李镜（1945—），军旅作家。曾任原兰州军区政治部创作员。著有小说集《冷的边山热的血》等。

[⑦] 陈作犁（1950—），军旅作家。著有长篇小说《遥远的雪地》等。

[⑧] 刘烈娃（1956—），女，军旅作家。曾任原总后勤部政治部创作员。著有散文集《听雪》等。

[⑨] 张际会（1954—），军旅作家。曾任原兰州军区记者。著有散文集《在遥远的阿尔泰》等。

[⑩] 贺晓风（1943—），曾任《西北军事文学》主编。著有散文集《奇思》等。

[⑪] 张春燕（1963—），女，军旅作家。曾任《西北军事文学》副主编。著有长篇小说《血之吻》等。

付出，但对很多创作者来说，则可能意味着极大动力的产生。我和专业评论家不同，我身边许多学员恰恰因为我在课堂或作业上的点评而在人生努力方向上发生了变化。

1992年立夏前的某一天，我因有事提前离开办公室，回到住所，只听有人匆匆敲门喊道：

"吴教员，总政电话！"

那是教研室的公务员，一个双颊有着明显高原红的青海籍义务兵，跑得气喘吁吁。

我为之一振，立即想到调动之事极有可能"正果修成"，从全军文艺评论座谈会上陆文虎与我提及此事，毕竟快两年了。

我随同那位青海兵一起迅步跑向办公楼，一口气爬上教研室所在的五层楼，上气不接下气地拿起了电话。

果然是陆文虎来电。

待我平心静气之后，终于听清了来电内容：第六届全军文艺会演已于4月28日在成都军区拉开帷幕。在第一站成都的演出结束后，评委会及观摩团将于近期赶赴第二站兰州。其中，兰州军区政治部战斗话剧团的参演剧目是话剧《祁连山下》，由作家唐栋担任编剧，而唐栋此前已由新疆调往兰州。

陆文虎说，你写过评论唐栋小说的文章，熟悉唐栋的创作特点，希望你能来兰州看戏评戏。

我能体味出陆文虎的良苦用心，他的为文为人具有许多人所不及的执着与认真。他或许想安排我全程参加此次会演，而我终究不在他的业务"管辖"之内。西安政治学院虽然是总政直属单位，但地处兰州战区，对我来说，短时间从西安去兰州出差应该相对方便。

"怎么样？"我还是忍不住问了调动之事。

"还没有结果。"陆文虎解释了原因。

我知道这件事情的可能性正在慢慢变小，个中原委也无从查知。或许真就如同寻常百姓说的那样，人算不如天算。其实《增广贤文》《名贤集》对此类事体总结甚好："耕牛无宿草，仓鼠有余粮。万事分已定，浮生空自忙。"所以，我早已安心。

去兰州看戏是我安心的表现。陆文虎的邀约，在我看来是一种信任，既是行业管理者的信任，也是志趣相同者和友人的信任。我相信，在他心目中，一个有见地的文学评论者，假如用心，也会成为有见地的舞台艺术评论者。

其实，我不仅为唐栋作品写过评论文章，而且曾与唐栋谋面。

1990年全军文艺评论工作座谈会之后不久，我应《解放军文艺》编辑部邀请，去新疆参加笔会。乌鲁木齐8月时节，风光明媚，瓜果飘香，而新疆军区北门外北山坡的烤羊肉串更是闻名遐迩。一干人坐在摊位旁，吃烤肉，喝啤酒，谈论文学与人生。其中就有唐栋和我。我们有过深聊。唐栋告诉我，他曾经与人合作为乌鲁木齐军区政治部话剧团写过话剧《天山深处》《草原珍珠》。但我当时兴趣点在文学，完全没有在意他提到的话剧。

此番得以兰州之行欣赏唐栋话剧，我亦颇为感慨。

唐栋中等身材，貌不惊人，双眼不大，流盼中传递出坦诚，面相透着关中人特有的厚朴。当年为了保家卫国兼顾穿衣吃粮，唐栋与成百青年乡党一起乘坐闷罐车一路西行，又登上海拔5000米的喀喇昆仑山边防哨所站岗戍边。和许多拥有全日制正规大学训练或者家庭背景良好的军旅作家不同，唐栋能从农家子弟、边防士兵一路走来，显示了他出色的才华和超强的适应能力。

在兰州，我再次扮演了"局外人"的角色。

和上次在北京开会不同，此次来人很多。我不清楚全军文艺会演的组织方式，只知道众多来人由两部分构成。一是由部队文艺专家组成的评委会，二是由全军各个文艺团体业务人员组成的观摩团。另外还有参演的三支队伍：兰州军区政治部战斗歌舞团、战斗话剧团以及新疆军区政治部文工团。

在所有人中，我只认识唐栋、陆文虎和文艺局分管文学工作的汪守德干事。作为编剧，唐栋自然忙于自己剧目的演出，此时已担任文艺局副局长的陆文虎和汪守德干事则必定忙于组织工作。

好在一天以后，我认识了第四个人，广州军区政治部战士话剧团政委刘剑锋[1]，我和他被安排在军区招待所的同一个房间。刘剑锋是观摩团成员，但他告诉我，他还另有"重任"。"重任"为何？他没说，我也没问。

5月上旬的兰州，早上依旧寒冷，天气灰蒙蒙的。人们那时并未建立"霾"的概念，霾被认为雾气的一种。兰州西固区大型企业多，虽说那里距城关区尚有二十公里，但从那里传过来的"雾"气被城市四周的山挡住，散不出去。

话剧《祁连山下》的正式演出安排在晚上。白天无事。刘剑锋告诉我要外出办事，想必与"要务"有关，我则独自踱步到黄河岸边，想欣赏一下母亲河风光。

给我印象深刻的无疑是兰州城区段的滨河路，据说这条路从西固区的西柳沟到城关区的桑园峡，绵延几十公里。滨河路上叠加的景致是横跨黄河的中山桥，联结起南北两岸。站在相当一段距离之外向路与桥夹角处望去，颇显壮观。城区在南岸，北岸尚未开发。北岸往北则是山峦，绿化并不明显，远远看去好像交替着类似渭北塬上沟壑的明暗光影和土色。都说黄河在甘南临夏一带还十分清澈，流经兰州时尽管保持了滚滚

---

[1] 刘剑锋（1951—），曾任原广州军区政治部宣传部副部长。著有歌曲集、散文集《我的爱永远年轻》。

而来的态势，水面却浑浊了。

滨河路真正的艺术景观是何鄂[①]创作的黄河母亲塑像——一座近3米高，6米长的母亲与男婴造型。男婴伏在母亲怀中，而长发母亲露出慈祥的表情。

我在想，艺术是什么？艺术是我们心境的外化吗？黄河母亲是我们华夏儿女心中的形象，这个形象似乎并不清晰，却很饱满，而她一旦外化为某种具象，会不会与我们的想象及期盼产生距离？

无巧不成书，晚上在军区礼堂演出的话剧《祁连山下》是一台非常"具象"的剧目。这个"具象"不仅指谓话剧表现的形象化与写实化，而且是借指表现内容与主题在实际意义上的"具象"——舞台中央矗立着一处院落的围墙，上面有四个大字，虽经风雨洗礼，字迹有些斑驳，但仍然清晰可见，那是毛泽东的手书：实事求是。

话剧讲述的故事发生在1960年代初那段特殊的历史时期。和国家与民族经受了磨难一样，祁连山下一支农垦部队为了理想和信念，为了生存与发展，也为了美妙的口号和动人的道理，终于在天灾人祸的时光里遭遇了从未有过的艰辛——浮夸伴随着饥饿，激昂伴随着贫困，冲动伴随着苦恼。三年历史给这支部队留下了难以磨灭的印记。

话剧主人公之一是这支部队的司令员。他的反思与追忆构成了戏剧的演进方式。全剧力图象征性地表明，我们应该敢于正视错误和历史，并要引以为鉴，而这丝毫不会影响共产党人的风范和品格。

司令员有一段饱含悠悠深情的台词："当历史站着时，它上演一幕又一幕人类和社会的悲喜剧；当它倒下去后，又如同勇士，用自己的身躯铺垫起通向未来之路。"这段独白的内容不仅具有那个年代的鲜明特色，而且演员的朗诵也充满当时话剧的显著特点：铿锵、激昂。

---

① 何鄂（1937—），女，雕塑家。曾任甘肃省美术家协会副主席。代表作有雕塑《黄河母亲》等。

我不由自主地看了一下剧目单，司令员的扮演者名叫吴熙源[①]。

演出现场的热烈气氛超出了我的想象。我第一次见到这样的阵势，除了会演评委组和观摩团，以及陪同观看的军区领导，其他观众则都是列队鱼贯而入的部队官兵。从礼堂任何角度望去，观众席都呈现出绿色矩阵之图景。尤其是，掌声响起时整齐而有节奏，静场时甚至能听到表演者在舞台上走动的脚步声。

很久以后，我才有深切体会，在军营，在部队的剧场，你一定要适应这样的氛围，它也是一种文化现象。尤其在会演或比赛的情形下，只有适应了，才不会影响你的艺术判断。

"你觉得怎么样？"同房间"舍友"刘剑锋问。

"不错。"

演出结束后，人们通常还沉浸在剧情当中，"头脑风暴"尚未刮完，很难做出符合艺术规律的精确评判，最多也就是"不错""好看"之类的粗浅感受。我也没有例外。

刘剑锋则很兴奋，在房间来回踱步，反复说：

"好戏，好戏！"

次日上午，在招待所吃早餐的时候，陆文虎悄悄对我说，昨天评委组连夜对《祁连山下》进行初评，意见分歧较大，其中某个分量很重的评委提出了几乎否定性意见。

陆文虎传递这个意思时，表情似乎很轻松，口气却很严肃。

我登时一愣。

我只是一名普通观戏者，并未参与会演工作，也不知道其中规则和以往惯例。我猜想，陆文虎之所以对我提前"剧透"，是不是与我要写评论文章有关？我即刻以反向思维的方式思索这部话剧可能存在的

---

① 吴熙源（1952—），军旅话剧演员。曾任原兰州军区政治部战斗话剧团团长。主演话剧《祁连山下》等。

不足：主题立意？戏剧结构？导演手段？演员表演？舞美效果？不至于呀！

或许是编剧赋予这部话剧的理念成分偏重？我好像恍然大悟，我对唐栋的小说创作相对熟悉，和其他作家相比，他更喜欢发表创作谈一类的文字，而且他丝毫不掩饰自己是一个看重"文以载道"的作家。

兰州地处西部，按北京时间计时，天黑时间就偏晚。晚上8点，唐栋和我分别踏着落日的余晖在一家餐馆见面。这是乌鲁木齐一别后的再度聚首。我们不再谈论文学而谈论话剧，主谈《祁连山下》。

几乎没有刚刚见面需要寒暄之类的过渡，唐栋就开始显露出愤愤不平，并不断做出解释。这完全验证了一个民间真理：天下没有不透风的墙——陆文虎向我"透露"的评委会某些"重量级"意见，唐栋不知从哪个渠道已经"全盘"获知。目睹唐栋原本传递着坦诚而今播洒着愤懑的双眸，我始终保持倾听的姿态。我终于弄清楚，评委组出现的个别"否定性"意见似乎并不更多涉及该剧艺术本体，而只关乎这个戏的题材背景。尽管这只是唐栋的解释。

当晚参加聚会的还有与我相识多年的军区政治部创作室几位专业作家。说来也巧，不知是否受到唐栋的情绪影响，作家李镜也表现了不满，激烈程度不逊于前者。

1990年代，大军区或军兵种政治部创作室是全军专业文艺队伍的组成部分，编配文学、美术创作人员，通常参加全军文学评奖或全军美术展览，与文艺会演无关。

身材矮壮的李镜是西安人，当兵前家住小南门，这是他反复强调的。我不知道这个强调出于何意，我猜测多半是说他的"城里人"身份很正宗，以区别于郊区的长安县。当兵这么久，仍然说一口关中话，略口吃且无任何"陕普"修饰。人不可貌相，李镜曾给军区主要首长做秘书多年。首长调京升职，问其是否随行，或在军区范围安排行政职务。答曰：

留下当作家。极有才华的李镜很快推出一系列优秀中短篇小说,其描写边防军人的中篇小说《冷的边山热的血》影响甚大,作品之名一时间成为北部边陲戍边军人的"热词"。

李镜的不满与唐栋的话剧《祁连山下》无关,关涉李镜自己的一篇小说数年前被军内一位剧作家改编成话剧,且没有标明根据自己小说改编。偏巧这部改编作品获得全国大奖而广受瞩目,偏巧这位剧作家这次担任会演评委来到兰州。

李镜说,在评委组开会的时候,他闯进会场,众目睽睽下,对那位剧作家进行诘问。场面情何以堪?尴尬,无言。

从表面上看,唐栋和李镜表现出的不满纯属个人行为,至多是一种宣泄。生活中此类事情很多,大到荦荦大端,小到鸡毛蒜皮,由于视点与站位不同,剪不断,理还乱,两个人互怼之间是与非交错互置,"清官"也常常奈何不得。人吃五谷杂粮,虽然每天梳洗打扮,但在"雅"的表象之后,总有"俗"的本能。借用林语堂的调侃模式,有时说说人家,有时给人家说说,在所难免。

但仔细想来,两位作家的宣泄背后,暗藏着蛮重要的问题:创作与批评,艺术与政治,原创与改编的关系以及把握的尺度。这个问题貌似在理论上得到了解决,至少文艺学原理一类的教科书有一整套阐释,而由于实操中情况错综复杂、千变万化,以及时常有人对"规则"和"规律"不尊重,所以"纠纷"的戏码每每上演。

会演按计划将转场第三站。我在兰州的"任务"完成了,自然要返回西安政治学院正常履职。会演留给我的尾声是,"舍友"刘剑锋政委从未去过西安,便利用间歇与我同行。在西安,除了抽空为刘剑锋担任导游,大部分时间,是他利用我唯一的交通工具——一辆老旧的白山牌自行车,骑行在古城的大街小巷,直到有一天"白山"彻底散架。此为赘笔。

之所以赘述，是因为刘剑锋在西安期间常常与我聊及《祁连山下》和唐栋，我不知道何以如此。

花开花落，星移斗转，时光流逝本无目的，但行进在时光中的生活通常是有目标的。人们把这个目标称作盼头。毫无疑问，我的盼头已经从改行调京，变成脚踏实地做好本职工作，著书立说，然后如"等待戈多"一般，期盼生活发生奇迹，正所谓春有百花望秋月，夏有凉风冬听雪。

1994年初夏，西安小雁塔的千年古槐又如往年一般开始郁郁葱葱。从学院出来，沿着朱雀大街向北步行至此，不过十分钟光景。那时，西安除了城墙外围的环城路，尚无现今的二环路和三环路，街与路的交错皆为正南正北井字形，不甚拥堵。朱雀大街不像东侧相邻的主干道南稍门大街，那里公交线路密集，车辆来来往往，噪声与汽车尾气交织，而这边路宽车少，两边人行道平坦且有草丛铺设，避开午后的炎热，早晚漫步在这里，还是十分爽心。

其实，小雁塔千年古槐远不及雁塔晨钟知名度高。西安拥有大小雁塔两座，均为唐代所建，大雁塔广为人知，但作为关中八景之一，雁塔晨钟却为小雁塔所有。每日清晨僧人定时击钟，钟声悠扬竟传数十里。清人朱集义以碑文描述："噌吰初破晓来霜，落月迟迟满大荒。枕上一声残梦醒，千秋胜迹总苍茫。"噌吰专指钟鼓之声，最初应从象声而来。用心揣度，钟声传播，近闻是声响，远听因声波变化则有音乐之韵，所以春秋以来便有钟鼓之乐的说法。

笔墨至此，扪心自问，我有没有附会的意思？

不管有没有附会，全军歌曲创作会议将于近日在西安政治学院招待所举行，而这里与以雁塔晨钟闻名的小雁塔一路之隔，难道千年古刹显灵，将一个重要的音乐创作会议召唤至此？

我接到正式通知，调文艺局之事已获批准。我将以总政文化部文艺局帮助工作的干事身份，为此次会议做会务工作。正式通知当然是学院接到的，但我依然在电话中听到陆文虎的亲自告知。他还告诉我，文艺局又调来一位副局长，分管此项工作，他就是著名报告文学作家袁厚春[①]。此前，袁厚春在解放军文艺出版社担任副社长。

　　漫长的等待是一种煎熬，对我，对任何人皆如此。而漫长的努力则是一种执着，而且伴随着"千淘万漉虽辛苦"的付出，或许对许多人如此，但对陆文虎一定如此。

　　此刻，我在学院办公室的台历显示，当下时间是 1994 年 5 月。

---

① 袁厚春（1945— ），军旅作家。曾任原解放军艺术学院副院长。著有报告文学《省委第一书记》等。

第一幕

场灯亮起来

北京许多街名来自明清时代的营生定位。

鼓楼附近烟袋斜街曾有满街烟袋铺，东四演乐胡同和勾栏胡同在明代是演出场所，西四缸瓦市自然是交易缸瓦制品的市场。与北京西什库大街东西交错的大红罗厂街因明代售卖红罗炭而得名。所谓红罗炭就是优质木炭，产地多来自通州和易州，无烟、耐烧，售卖时截成固定尺寸并置入用红土做颜料涂刷的箩筐内。

这条街东头有些地名来历说不清楚，北侧悬挂茅屋胡同门牌，对面南侧则悬挂刘兰塑胡同门牌，而其南北两侧根本没有胡同。向北则是爱民街，又称旃檀寺西大街。实际上这里从来没有修建过叫做旃檀寺的寺院，倒是康熙年间起便有了一座面积宏大的弘仁寺，修建该寺院时，把原本在西单鹫峰寺的旃檀功德佛像移至这里供奉起来。寺以佛名，本名不知何故被人忘却。

都说中国有佛教传统，但寻常百姓大多数却搞不清楚诸佛数量与作用。诸佛计八十八尊，其中五十三佛属于娑婆世界的过去佛，娑婆世界也称大千世界，另三十五佛属于十方世界。所谓十方世界就是东南西北，东南，西南，东北，西北，上下。旃檀功德佛属三十五佛，位于佛陀西北方。持颂此佛名号的功德，可以阻止斋僧的罪业。

这些内容深究起来蛮有意味，但于本文貌似并无紧密关联。重要的只有两点，一是没有胡同踪迹的西什库茅屋胡同甲三号给历史留下了鲜明"踪迹"——这里是新中国军事文学发展与繁荣的标志，因为解放军文艺出版社坐落在这里，包括著名的《解放军文艺》月刊和《昆仑》双月刊，素有军队作家摇篮之称。二是与解放军文艺出版社一路之隔的高墙院落，人们习惯称之为旃檀寺大院。

我将在旃檀寺大院开始新的工作。

北京的夏天总是很热，偏偏大红罗厂街东头树木稀少，上午的阳光被高大围墙遮挡，尚可留下一片几乎可以延伸到路边的阴影，似乎可以借此偷凉。正午过后则很难找到荫庇之处，酷热难耐。我第一天赶来报到的时候，恰恰是7月上旬的午后，所以对此记忆深刻。

我和屈塬[①]几乎同时到文艺局报到。

"没考大学，直接当兵？"得知屈塬陕西籍，我用关中方言与其打趣对话。

"考咧，用诗写的作文，nia（人家）说不行，就当兵咧。"屈塬会意地用方言回答。

屈塬是参谋出身的诗人，在军旅文学界青年诗人中很有代表性。他到文艺局工作也属于"跨界"调动。他的诗歌创作对他后来转型歌词创作提供了扎实基础。想想自己"出身"，我对当时总政文化部文艺局以"专长"选人的宽阔视野甚为感慨。后来得知，在相当一段时间里，选

[①] 屈塬（1959—），军旅诗人，词作家。曾任原第二炮兵政治部文工团团长。创作歌词《西部放歌》等。

贤也是部里和局里一项传统。而刘白羽[①]、李瑛[②]、徐怀中[③]等总政文化部老部长事实上也为在这里供职的人们树立了一种范式。

文艺局新近调入几名干事，其中三人分管业务工作。屈塬擅长写诗，分管歌曲与音乐业务。这好像很有道理，自古以来诗与歌相关，合乐为歌，不合乐为诗。前不久调来的李翔[④]分管美术与书法业务，事实上他的国画造诣具有相当水准。我则接替已调任解放军文艺出版社副社长范咏戈的工作，分管戏剧与曲艺业务。

有道是"操千曲而后晓声，观千剑而后识器"[⑤]，从某个特殊角度看，这句话算是对"时过境迁"或者"此一时彼一时"这类术语的反悖。就是说，以往做过的一些事情，经过时间沉淀，反而会发现某些规律性价值，那么在今天应该仍然具有借鉴意义。

屈塬、李翔和我的到来恰好赶上了文艺局一项重大规划的实施：分门别类抓创作。

现在看来，文艺局制定如此规划，充满"专业"智慧。可以说，这是一项以抓文学创作、主要是长篇小说创作为基础的各艺术门类全面推进的工程。文学是其他艺术的母体，这既是文学与艺术演进的规律，也构成文学与艺术互为发展促进关系中的逻辑层次，顺之者繁兴，逆之者衰退。几无例外。

我刚到京时，正好赶上广州军区"特区军旅文学"长篇小说系列工

[①] 刘白羽（1916—2005），著名作家。曾任原文化部副部长，原总政治部文化部部长。著有散文《长江三日》等。
[②] 李瑛（1926—2019），著名诗人。曾任原总政治部文化部部长。著有诗集《生命是一片叶子》等。
[③] 徐怀中（1929— ），著名作家。曾任原总政治部文化部部长。著有长篇小说《我们播种爱情》等。
[④] 李翔（1962— ），军旅画家。现任国防大学军事文化学院军队文化工作系主任。创作国画《红色乐章》等。
[⑤] 〔晋〕刘勰（465—532）《文心雕龙·知音》。

程杀青。我配合分管文学工作的汪守德，组织作为出版方的解放军文艺出版社、广州军区政治部创作室，邀请中国作家协会专家，在京北延庆召开研讨会。

看到一下子推出《平常人家》《河湾旧事》《戎马英豪》《生命乐园》《云泥百合》《明天突然来临》《洗夫人》七部长篇小说，何镇邦[①]、蔡葵[②]和牛玉秋[③]等专家都感到惊讶，他们虽然反复表明长篇小说创作需要主体意识，但都强调看好这种"集团冲锋"式的尝试。蔡葵甚至认为此种尝试"提供了一种领导上的经验"。

这一年上半年，总政文化部文艺局还召开歌曲创作讨论会和剧本创作讨论会。我在西安参加了歌曲创作讨论会，剧本讨论会在北京举行，我未能赶上。

"'说不一样，其实也一样'，翻来覆去好几段这么表述，你不觉得这样写法很绕吗？"袁厚春局长问我。

那是在全军歌曲创作讨论会上，袁厚春针对王晓岭[④]创作的歌词《当兵的人》中这一句提出质疑，认为概念把握上"飘忽不定"。那时，文艺局领导和分管干事既是组织者，也是参与者，常常与专家们共同讨论，很少轻易重言出口或者动辄"一言九鼎"。

我以为袁厚春说得有道理。

但大多数专家认为，反复的"两向对比"，描写了军人作为普通人的"一样"，与作为军人之后担负责任使命的"不一样"，更能展示军人奉献情怀。王晓岭的写法终获认可。事实上，这句歌词后来成为这首流

[①] 何镇邦（1938—），文学评论家。曾任鲁迅文学院教授。著有《长篇小说的奥秘》等。
[②] 蔡葵（1934—），文艺理论家。曾任中国社会科学院文学研究所研究员。著有《长篇之旅》等。
[③] 牛玉秋（1946—），女，曾任中国作家协会创研部研究员。
[④] 王晓岭（1949—），词作家。曾任原北京军区政治部战友歌舞团团长。创作歌词《三唱周总理》等。

传甚广军旅歌曲最精彩的核心内容。

我不知道这样的方式在许多环节或细节上是否都符合文艺创作的规律，但我可以确定，1990年代军事题材文艺创作呈现整体繁荣局面与此密不可分。

所以，在后来的文艺工作经历中，我对"抓"的概念印象至为深刻，一切滥觞于此。

北京以寺为名的地方多不胜举，从黄寺到旃檀寺，是我每日要做的功课。不知情的人听上去以为沙弥在赶庙，其实是居住地到工作地的基本路线。通常有两个选择，乘坐单位通勤车或步行。前者距离6公里，要绕行地安门大街，那时北京交通还算畅通，但上下班高峰经过地安门外大街与地安门西大街十字路口时，必堵无疑。步行则从鼓楼西大街穿过大小石碑胡同，经银锭桥，沿后海而行，距离3公里多。很多时候，我选择步行，因为这是一条捷径，且后海水波荡漾，景色宜人。

我在工作上更需要找到一条尽快"进入状态"的捷径。文艺局工作千头万绪，没有处室编制，每人一个"业务"，动辄面向各大单位——那可是全军呀！

我想到了拜见范咏戈。

我工作的大院与解放军文艺出版社算是一墙加一路之隔，地图上看似近在咫尺，可是"庭院深深"，路径又不是直线，加上暑天阳光直射，走过去也要满头冒汗。

一晃四年，我在"文艺社"[①]青灰色小楼再次见到依旧笑容满面、和蔼可亲的范咏戈副社长。除了微笑，范咏戈的双手仍然习惯性地插在裤兜里。后来我在与范咏戈的交往中发现，一旦换穿军常服，他的双手总

[①] 解放军文艺社成立于1951年，1983年更名为解放军文艺出版社。人们习惯上一直称其为"文艺社"。

是插在上衣两侧口袋里。我之所以对此印象深刻，是因为我在院校工作多年，那里执行条例非常严格，身着军装时不得出现"三手"现象——背手、袖手、插手。

"此地番军旧境，问当年军容何许？"① 显然，我要问的不是范咏戈的军容严谨与否，而是我即将面对的军队专业戏剧队伍的"阵容"如何。

"前线的创作力量很强。"范咏戈开门见山地介绍了"队伍"的基本情况。

"表演实力呢？"我问。

"空政。总政也不错。"范咏戈斩钉截铁地说。

前线？总政？空政？这是什么概念？我一头雾水。

其实1980年代后期，军队专业文艺团体经过数次整编，形成了总部、大军区和军兵种以及三个边疆少数民族自治区军区分级建团的三级格局。除总政按正师编制等级设歌舞、歌剧、话剧、军乐（兼司礼）四团之外，大单位原则上按正团编制等级设歌舞、话剧两大专业团队，新疆、西藏、内蒙古三个边疆自治区军区只设团级综合性文艺工作团。个别有条件的大军区，增设了杂技团和京剧团，曲艺专业则归附在歌舞或杂技团队之中。总参、总后及国防科工委作为大单位，未编制文工团，但与其他大单位一样，政治部设文艺创作室。全军专业文艺队伍编制人数接近两千人。

那段时间，大约由于媒体曝光率高，军队文艺团体获奖数量多，影响力大，社会上许多人以为部队拥有一支庞大的文艺队伍，其实是误解或者存在以讹传讹现象，因为编制就是法规，这在部队是铁律。倒是新中国成立之初，军队文艺队伍曾有六万人，而全军员额曾达六百多万② 之多。

---

① 〔宋〕吴存（1257—1339）《水龙吟》六首之一。
② 何立波：《建国初期我军的四次裁军》，参见《军事史林》2014年8期。

如此一来，北京、沈阳、济南、南京、广州、成都、兰州七大军区，以及空军、海军均设有歌舞、话剧两团。北京军区另有京剧团，沈阳、广州、成都军区则有杂技团。由于历史原因，第二炮兵和武警部队只设综合性文艺工作团。

饶有兴味的是，在全军三十家专业文艺团体中，只有七大军区文艺团体冠有"名号"——所谓"四战"与"三前"：北京的"战友"，广州的"战士"，成都的"战旗"，兰州的"战斗"，沈阳的"前进"，济南的"前卫"，南京的"前线"。不仅文艺团体，各大军区所属报纸也以此"名号"冠名。而过往裁撤的大军区，其文艺团体亦有"名号"，例如，福州军区的"前锋"，昆明军区的"国防"，武汉军区的"胜利"。唯一例外的是，乌鲁木齐军区作为大军区时，其报纸冠名为"战胜"，但军区文工团却并未冠名。

海军与空军稍有特别。海军政治部话剧团曾经影响甚大，创排过显赫一时的话剧《海军世家》《天边有群男子汉》等优秀作品，但在1980年代后期改为电视艺术中心。虽然队伍保留，却不再上演大型舞台剧，仅排演一些小戏或小品。空军政治部话剧团则重新定位为一套人马，两块牌子。在继续创排话剧的同时，也以空军电视艺术中心名义拍摄电视剧。

实际情况是，包括总政话剧团在内，每个话剧团都编制有电视剧制作部，不过海军做得最为彻底，空军则是平分秋色，而其他话剧团充其量也只是顺带做电视剧而已。

艺术样式在经受着时代的检验。弄潮儿和坚守者都有充分的理由以自己的方式为理想奋斗，区别只在于有的理想更务实，有的理想更偏重于情怀。尽管军队是执行任务的特殊团体，但从来都没能真正游离于生活之外。

大军区均为陆军部队，是带着南昌城和井冈山的基因走过来的队伍，需要承袭与续接的传统厚重而悠久。对他们来说，话剧不是肇始于1949年新中国建立，而是从古田会议起就拉开了创演的帷幕。红军时期的战士剧社、战斗剧社，抗战时期的抗敌剧社、新四军战地服务团等，都发挥过特殊作用并一直创造着辉煌。或许，对他们而言，这些过去被称作剧社现今叫做话剧团的团队，如同他们各自拥有的"红三团""钢八连"那样，体现着一种精神，而"名号"实际上就是对这种精神的传承。

我们谈话的前提是军队戏剧队伍，所以范咏戈提到的"前线"，指的是南京军区政治部前线话剧团，总政则是总政话剧团，空政当然是空政话剧团的缩略称谓。

"记住，对他们的创作，一般不要轻易表态，尤其是不能轻易否定，否则浪费太大。"

在我深表感谢，准备道别的时候，范咏戈冷不丁说了一句与他的表述风格完全不同的话。我有些发懵。

范咏戈虽然依旧面带笑意，但表情中似乎多了些许郑重。他的双手从裤兜里抽出，用右手握着我的手，左手在比画挥动着，以示强调。

我蓦然间生出一丝感动。

对范咏戈这样书生气息很重的知名评论家来说，说出如此这般"世故"话语着实不易。我最初发懵是因为无法把"轻易否定"与"浪费太大"联系在一起，其中因果何在？

很久以后我才琢磨出其中的含意。剧团创排一台大戏，投入的精力和物力都很大，艺术家常常把作品视为心血，哪个艺术家愿意让那些无论懂还是不懂，内行还是"门外汉"的人们对自己的辛勤付出轻易说三道四而且还要照章落实呢？

戏剧不同于文学。文学创作通常由作家个人独自完成，而戏剧却融合着编剧、导演、舞美和灯光设计，以及诸多演员的共同努力。行业管理者的站位特殊，如果轻易给予否定甚或在某些方面提出不同意见，且不说可能不见得准确到位，也不说是否尊重了艺术家的付出，一旦作品付诸修改与调整，万一不当，的确会造成浪费。

我联想起自己以往从事的文学评论——评论固然要对作品"说三道四"，但那是另外一种意义上的品鉴，一种剖析性质的导读，它与作者是否可能再度修改作品并无直接关联，至多可能引发作者日后新创作品时的思考或"警醒"。电影好像也是这样，人们宁肯称其为"遗憾的艺术"，而也未曾打算在"批评"之后指望制片方"卷土重来"。

戏剧对大多数观众其实也是这样，赞扬，批评，满意，不喜欢，九九归一：观感而已。但对有些人则并非这样……

虽然我们经常以为戏剧作品越改越好，但谁能保证修改的逻辑轨迹一开始就是正确的呢？难怪人们常说文无第一，武无第二，所以人们应该可以理解为什么杜甫[①]就杨炯[②]的"愧在卢前，耻居王后"之牢骚，而发出"王杨卢骆当时体，轻薄为文哂未休。尔曹身与名俱灭，不废江河万古流"之感慨。

北京四季气候差别很大，隆冬的寒冷总是伴随蒙蒙雾霾。春季风大，疾风吹去雾霾，却刮来沙粒打在脸上，所以此时常见女士骑车脸上蒙着纱巾。夏天很热，午后热浪升腾时，远远能看到柏油马路有一层水波似的气浪在飘动，除了知了聒吵，甚至听不到汽车噪声。最让人舒心的是秋天，尤其是10月下旬之前的二十来天，天高气爽，风轻云淡，连小学生写作文时常也会写出"国庆到，金秋到，大人孩子齐欢笑"这样的顺口溜诗作。

其实，1994年国庆节期间，真正把笑意写在脸上的是一个名叫殷

---

① 〔唐〕杜甫（712—770），诗人。引诗出自《戏为六绝句》其二。
② 〔唐〕杨炯（650—693）诗人。"初唐四杰"排序：王勃、杨炯、卢照邻、骆宾王。引文见《旧唐书·杨炯传》。

习华[1]的戏剧编剧，他的正式"官衔"是济南军区政治部前卫话剧团编导室主任。当和煦的秋风微微吹起的时候，殷习华主任踏着洒在北京中轴路上金秋时节的阳光，兴冲冲地找到我，用沙哑低沉的胶东"普通话"对我说：

"走，我们去吃蛤蜊油子！"

此处我就省去"一愣""疑惑""询问""作答"等一揽子描述，总之，这是我和殷习华初次见面。看着他略黑的国字脸上显露着络腮胡子刚刚被刮去的青色印记，以及难以掩饰的兴奋，我知道他提前获知"消息"了。

国家文化部艺术局要在北京举办全国话剧交流演出活动。军队有四台话剧入围，总政话剧团的话剧《李大钊》，空政话剧团的话剧《大漠魂》，南京军区政治部前线话剧团的话剧《窗口的星》，还有济南军区的话剧《徐洪刚》，这出戏是由陈志斌[2]和殷习华共同编剧的。

那时，除了政府主管部门和文联相应机构在京举办一些交流演出或者评奖演出活动之外，由财政支持的各类展演活动尚未兴起，而北京还没有形成真正意义上的商业演出环境，所以没有特殊缘由，外地剧团进京演出并不容易。

京外六大军区话剧团也面临这种情况。但是，自明清代以来，进京演出对剧团来说一直是头等大事，历史上的"徽班进京"还曾被认为是里程碑事件。很多时候，剧团会把一个新创剧目能否进京当作衡量成功与否的重要标志，甚至迄今为止业界还在使用一个非常特殊的专用词汇——"晋京演出"，其中的文化意味可见一斑。

"去吃蛤蜊油子"的邀请，瞬间彰显出殷习华作为胶东人的鲜明特

---

[1] 殷习华（1952—2011），军旅剧作家。曾任原济南军区政治部前卫话剧团创作室主任。创作话剧《徐洪刚》等。

[2] 陈志斌（1952—），军旅作家。曾任原济南军区政治部前卫话剧团编剧。著有长篇小说《乱世豪门》等。

点。这个真正是"贫下中渔"出身的部队剧作家,谈吐质朴坦诚,貌似"劳动者"而根本看不出"剧作家"气度。他从内长山要塞区宣传队基层文艺骨干到军区话剧团专业编剧,又即将把自己创作的作品搬上首都舞台,可以想象其中付出何其巨大的努力。我深深感受到,能够入围,对剧作家殷习华和他所在剧团来说,幸运之感十分强烈,也能看出那种由衷的自满、自豪和骄傲。

我和殷习华坐在平安大街一家专营被胶东人称作"蛤蜊油子"的简陋小餐馆里,一边用牙签从爆炒过的蛤蜊壳里挑着"内容",一边探讨着话剧《徐洪刚》进京演出之前还有否修改的可能。

"是不是修改,要看导演的想法。"殷习华说。

"导演是谁?"我问。

"李学智和胡宗琪[①]。李学智是演员队教导员,做些协调工作。主要是胡宗琪,他是演员,但很有想法。"殷习华说。

"演员?胡宗琪?"

我在院校任教时养成的习惯,授课前翻阅花名册,了解学员情况。所以,我查阅过全军戏剧团体二级以上职称所有专业人员名单,前卫话剧团果然没有名叫胡宗琪的导演。

《李大钊》《大漠魂》《徐洪刚》《窗口的星》等军旅话剧给持续一个月的交流演出增添了一抹亮色。北京的观众好像开始喜欢部队剧团的演出,人们觉得这些戏剧讲述的故事很特别,舞台上呈现的状态似乎与地方剧团不甚一样,虽然那时"话剧腔"很普遍,听上去昂扬而刻板,但观众发现除了这些特质,这四台军旅戏还有一种阳刚韵律和壮阔情怀,看上去很给力,十分提劲。四台戏的接连演出,几乎在看戏人群中形成

---

① 胡宗琪(1951—),军旅话剧导演。曾任原总政治部歌剧团导演。执导话剧《白鹿原》等。

了"国防绿"式的冲击。

话剧《徐洪刚》十分特殊，根据真人真事创作，剧作手法简朴却抓住了戏剧最核心的元素：真实，不做作，有艺术张力。真实的徐洪刚是济南军区的战士，在回云南老家探亲的路上，遇到歹徒抢劫同车旅客并行凶。徐洪刚挺身而出，只身与数名歹徒搏斗，身负重伤。话剧《徐洪刚》着力描写伟大的平凡和新的英雄观，抒写一个平凡英雄走过的心路历程，刻画立功后的英雄执意要做普通人，以及徐洪刚母亲与罪犯母亲的隔空对话。

以英模典型为题材，是军旅话剧创作的重要传统之一，这是由军队文艺工作的使命决定的——很多人以为部队文工团的主要任务是活跃部队文化生活，这当然是重要因素，但不是核心所在，正式的提法是：为巩固和提高部队战斗力服务。

以往英模题材话剧通常着眼于英模事迹本身，在素材提炼过程中，"拔高"在所难免，而这一做法又被视为艺术典型化的结果，因而常常令人以为理所应当。话剧《徐洪刚》也描述了英雄"见义勇为"的过程，但只是铺垫，全剧的基本视点则建立在英雄平凡人生观的展示之上。

10月31日上午，在国家文化部四楼会议室，文化部艺术局一位副局长主持召开了话剧《徐洪刚》观剧座谈会。军内外专家几乎一边倒地给予了肯定与赞扬。

我那时刚刚离开教学岗位，书生意气尚在挥斥方遒，总希望在聆听"赞美"或"批评"中找寻专业依据，可是我听到的"认可"，大都是强调这部剧对现实生活迅速敏捷的反映，称其具有新闻色彩，甚至有人很郑重地提出应该从理论上研究"报告戏剧"存在的可能性。

介绍完剧目创作过程的殷习华在听取意见时频频点头以示附和，间或还露出感激神情。我感觉"听""说"双方在什么地方好像都出了一些问题，就像一部美国小说的书名《出毛病了》(Something Is Wrong)

所说的那样。

戏剧作品艺术性的实现当然不能依靠反映的"迅速敏捷",所谓"报告戏剧"则偷换了"报告文学"的概念,后者是新闻文体中"通讯"样式的深度文学化,而舞台戏剧最终呈现的不是文字作品,不具备这个条件。观众受到感染或感动,只能是作品艺术魅力所致,与其他因素无关。

"这个戏在思想性和艺术性上都是成功的。"这位副局长略显激动且非常肯定地说。

我对这位副局长洋洋洒洒的总结发言感到欣慰,他在发言中表现出的激情和严谨符合他的双重身份——激情之于剧作家,严谨之于国家机关的局长。这位副局长是剧作家,曾经写过优秀的电影剧本,作为艺术管理者的他也很有思路。其实,我知道他还有一个身份对他今天的发言或许起到一定作用——他曾经在沈阳军区 40 军 118 师服役。

在参加讨论的专家中,范咏戈的发言最贴近创作实际——《徐洪刚》是优秀的"士兵戏","兵味"很浓,因为它用平实的方式描述了新的历史条件下一个士兵的成长。这其实是关键所在。现在看来,军旅评论家的称谓不是为了冠名,也不取决于是否身着军装,而在于是否熟识军事题材创作的特性。

"人生若只如初见,何事秋风悲画扇。等闲变却故人心,却道故人心易变。"[①] 时代的发展引发了人们观念的嬗变,从军旅话剧一直以来"壮怀激烈"的崇高审美到"娓娓道来"的平视人生,话剧《徐洪刚》构成了一个显著标志。

从戏剧结构起承转合的角度说,从"三一律""冲突律"等戏剧要素或标准上衡量,与其他入围作品相比,话剧《徐洪刚》或许并不完美,但舞台折射的是历史,演绎的是人生,黄继光、邱少云、欧阳海是英雄,

---

① 〔清〕纳兰性德(1655—1685)《木兰花令·拟古决绝词柬友》。

徐洪刚也是英雄,他们都是楷模,只是后者身上不再罩着神圣的光环。这一点非常重要。

士兵徐洪刚、话剧《徐洪刚》的意义和价值都在这里。

那年,郑振环[①]五十岁冒头,清瘦,瓜子脸,嘴角两侧皱纹鲜明顽强地延伸到下颌。戴着深度近视眼镜,略显驼背,蓬松厚实的头发梳向一边,只要不在行走,手指上总是夹着燃着的香烟,烟灰已然很长,竟然不掉落。如果换穿长袍,郑振环举止做派颇有五四时期中学校长之风范。但他却是全军戏剧队伍中编制等级最高的总政话剧团团长,角色特殊。尤其他是编剧出身,创作过给他带来许多荣誉的话剧《天边有一簇圣火》等作品。所以,在创作研讨会上,袁厚春局长通常在关键环节指派郑振环发言。

郑振环发言容易引起人们注意,开始时语气郑重,调门儿稍低,然后随着风趣幽默内容的说出,声音渐渐大起来,音色偏细、偏尖,很像"花腔"中的某一音段——有一次直属单位茶话会,他果真还即兴做过反串表演。最重要的是,在所有观剧研讨会上,郑振环都会把话题归结到一点:

"要注意塑造典型环境中的典型性格。"

中文系毕业的人都知道,这是文艺学原理中的基本论断,源自俄苏文艺理论体系,鼻祖应该是别林斯基[②]、车尔尼雪夫斯基[③]以及杜勃

---

① 郑振环(1942—2013),军旅剧作家。曾任原八一电影制片厂厂长。创作话剧《冰山情》等。
② 维·别林斯基(1811—1848),俄罗斯思想家、文艺评论家。著有《亚历山大·普希金作品集》等。
③ 尼·车尔尼雪夫斯基(1828—1889),俄罗斯哲学家、作家和文艺评论家。著有《生活与美学》等。

罗留波夫[1]。但因为这是基础理论，人们一般很少直接使用，即使不得不用，也会采用融会贯通的方式。

郑振环毕业于军艺戏剧系，不知那里文艺理论课程如何讲述，反正他特别喜欢使用这个概念，逢戏剧讨论会必说，或许这个原理的表述方式本身对他影响很大。

郑振环这次讲到"典型环境中的典型性格"是针对话剧《窗口的星》。

南京军区这部话剧在京最后一场演出恰逢农历甲戌年立冬之日——1994年11月7日。

第二天，北京气温骤然下降，而市政真正的供暖季尚未到来。不过依照惯例，军队所属单位提前半月供暖，所以，在解放军文艺出版社北太平庄书库举行《窗口的星》观剧座谈会，大家并未感到寒意。

与话剧《徐洪刚》不同，这次座谈会由我们总政文艺局主持召开。按照举办活动惯例，座谈会本应由话剧交流演出主办者——文化部艺术局主持，但由于参演剧目较多，主办方不可能逐一安排，所以作为"系统"管理者的我们便承领了任务。也正因如此，参会专家均来自驻京部队话剧团——总政话剧团、海政电视艺术中心、空政话剧团和战友话剧团。

话剧《窗口的星》讲述的是新形势下连队建设如何适应社会转型变化的故事。九连从南疆前线返回华东繁华都市，深感改革开放带来的巨大变化，并为之欢欣鼓舞，但随之产生的一系列矛盾使连队深受困扰。退伍多年的老连长成了公司副总，富二代新兵对浪费粮食满不在乎，相处多年的对象与副连长闹分手，战士们上街做好事反而受到责难……点点滴滴的凡人琐事连缀起一个驻守沿海开放城市基层连队的日常生活。

---

[1] 杜勃罗留波夫（1836—1861），革命民主主义者，文艺评论家。著有《什么是奥勃洛摩夫性格》等。

时代大潮掀起的浪花朵朵，对以往相对封闭军营中的官兵未见得都是美景，多种观念的交错与碰撞在所难免。保留心中的"净土"与跟上时代的节拍，如何从二元并立甚至对立逐渐变成建立新的视角加以认识，这对转型时期的带兵人来说，其难度不亚于战场上的拔点攻坚。我们很容易由此想起前线话剧团于1960年代初创排的话剧《霓虹灯下的哨兵》，想起那个名叫赵大大的八班长，以及话剧《窗口的星》中与之相应的副连长丁鹏。

相对固定的风格会成为一个剧团的传统，但相对接近的题材选择永远不会成为哪一家剧团的传统。而前线话剧团却在不断演绎着《霓虹灯下的哨兵》这类题材，这当然算不得传统，而是前线话剧团面临的课题，这与南京军区很多部队驻防改革开放前沿或繁华地域相关。1950年代的上海，1990年代的厦门，繁华富足的环境与艰苦奋斗的要求所形成的反差，总会让带兵的人付出"训练"之外的努力。

宏观的文艺反映时代，具体的作品则一定反映环境。当地处北疆的部队剧团还在状写"冷的边山热的雪"时，话剧《窗口的星》描写的霓虹闪烁，从另一维度展现了部队面临的挑战。在霓虹闪烁的繁华景致中保持"直线加方块"的精神，是前线话剧团一直以来的思考。文艺式的思考虽说不见得可以成为解决问题的灵丹妙药，但将其献给部队总能起到启迪的作用。

这部话剧于1992年盛夏甫一问世，剧组便乘坐当时只有风扇的火车，颠簸二十几个小时赶往驻厦门部队演出。部队礼堂没有空调，演员和观演官兵都在酷暑中挥汗如雨。返回南京时，部队首长出于关心，为剧组购买了飞机票。那年月搭乘飞机还是稀罕事。许多演职员平生第一次乘机，兴高采烈地在飞机下拍照留念，照片上可以清楚地看见飞机尾号2755。殊不知二十几天后，中国民航史上一次空难发生了——7月31日，由南京飞往厦门的航班在起飞时坠毁，造成106人遇难。剧组有人拿出照片与媒体报道对比，飞机残骸上清晰地标着2755。许多人默默无语了许久。

此为插话。

江深[1]是南京军区专业作家，不隶属于前线话剧团，但他是编剧之一，所以参会听取了意见，而且他还转述了某个重要领导的观后想法：一是话剧要贴近时代；二是要尽可能把人物放在转型时期表现。

这两条观后感说得都很到位，甚至很专业，尤其第二条与"典型环境中的典型性格"之说法似乎十分契合，郑振环顿时显得欣欣然。其实，海政的周振天[2]，"战友"的翟迎春[3]等人所谈"意见"与郑振环近似，"肯定"的多，"批评"的少，但更具体，涉及细节问题更多。

只有一个人的发言与大家不尽一致，严格地说，是与郑振环的发言不尽一致。

这个人曾经创作过话剧《中国，1949》和电影《开国大典》。他是总政话剧团的编剧刘星[4]。

"刘星不是星，刘星是一首诗。"

这是刘星应解放军文艺出版社主办的《军营文化天地》编辑部约稿写的第一句话。这本刊物是为满足部队基层文化需要而创办的，编辑部原本想请他写点生活与创作谈之类的文字，应该说是一篇比较轻松的文章，写起来并不难。但刘星以如此方式作为文章开篇，使得约稿编辑十

---

[1] 江深（1935—），军旅作家。曾任原南京军区政治部创作室副主任。著有报告文学《淮海之战》等。
[2] 周振天（1946—），军旅剧作家。曾任原海军政治部电视艺术中心主任。创作话剧《天边有群男子汉》等。
[3] 翟迎春（1944—），军旅剧作家。曾任原北京军区政治部战友话剧团团长。创作京剧《梁红玉》等。
[4] 刘星（1952—），军旅剧作家。曾任原八一电影制片厂副厂长。创作话剧《决战淮海》等。

分为难——本没有要求作者自我抒怀的呀,便不知如何处理。几天之后,刘星与我见面时谈及此事。我颇感惊讶和不解,任何文体的写作都有其大致规制,不可能放任自流。刘星的思维视角怎么会如此率真和率性?我想,编辑的心态是常规的,肯定无法与刘星对接。后来我操笔代劳了此事,写了《刘星其人其"戏"》[①]一文。

近观刘星,会发现他与寻常人有很多不太一样的地方。大多数时间,他会身着熨烫平整的军装,哪怕节假日条令允许穿着便衣的时候,甚至在一些不太方便的场合,譬如饭局或聚会,他依然会神采奕奕地戎装现身。

热爱军装,看重军人荣光身份,这并非鲜见,但刘星军装的左前胸始终别缀着一排徽章——那可是八五式军装年代,不像零七式军装依照规定有了资历章配饰。许多人不知道他胸前佩戴的是什么,总会好奇地向他打探。

"这是军功章的略章。"刘星郑重地回答。

"怎么不直接佩戴军功章?"

"庆典或正式场合佩戴军功章。平时佩戴略章。"

刘星没有说错,略章的确用于平时佩戴。可是条令并没有规定略章的佩戴场合,甚至没有规定平时能否佩戴。但刘星佩戴了,卫戍区纠察,直工部军务参谋,军务部条令局长,都没有出面"纠偏",没有人说他佩戴略章不符合条令。以我判断,在这件事情上,他可能是全军第一个"吃螃蟹"的人,也可能是唯一的"吃螃蟹"者。

在刘星看来,立功是堂堂正正之事,用不着藏着掖着,挂在胸前,既是光荣,也是责任,虽然他多次立功都是因为在创作上获奖而不是参战。可是和平时期的军人,谁有机会在战场上立功呢?

[①] 参见《军营文化天地》1996年12期。

坦诚、率真且并不在意他人眼光使得刘星不仅在某些言谈举止上表现出特别之处，而且时常会在讨论中与郑振环意见相左。我很纳闷儿，如若每每与别人意见相左，倒也罢了，郑振环是刘星的直接上级，按说即使刘星不必如同社会上有些人那样对自己领导"点头哈腰"或毕恭毕敬，但总该言语适度吧！

我想，其中一定包含郑振环对属下专业人员尊重、宽厚的因素，生活和工作经验告诉我们，威严庄重与和蔼可亲的两类上级会给部属造成不同的文化心理，前者会令下级谨小慎微，后者则让部属不必顾忌重重，说到底，习惯成自然。

但我还是小心翼翼问询刘星何以如此。

刘星习惯地用手抹了一下嘴，嘿嘿地笑了一下。

中国有句老话，"宁统千军万马，不带十样杂耍"，出处无可考。十样杂耍包括"吹、打、拉、弹、说、学、逗、唱、变、练"，具体说来，有说评书、说相声、唱大鼓、唱单弦、唱莲花落、唱小曲、抖空竹、踢毽子、变戏法、练气功等，这些小且杂的行当虽说常常在一起撂地摊演出，但各自拥有绝活儿，彼此间并不肯交流，沟通很难。

实际生活中，难以沟通的肯定不止"十样杂耍"，很多手艺人莫不如此，其中人的个性暂且不论，单说"生存需要""自我保护需要"的因素就占比甚大，加之这些行当缺乏科学系统训练和教育的方法，只能凭借口授心传带徒传艺，在核心关键点上保持缄默几成规则，否则怎会有如今的"非物质文化遗产"？

"不带十样杂耍"的说法因有行业歧视意味而向来不应用于正式场合，人们在民间使用也只是喻指某些行当管理难度大。如果正向理解，这句话的延伸之意在于：和艺术家打交道，方法不能简单化。我们今天反复强调的尊重艺术、尊重艺术规律、尊重艺术家多少都包含这个成分。

和艺术家交往，尤其与编剧、导演这样创作类艺术家交往，和带兵不同。一位满头白发的前辈对我说过，带兵相对简单，纪律、条令、规则是一把尺子，一切照此衡量。对艺术家，也需要尺子衡量，但首先要走进他们的内心，成为他们的朋友。沙可夫[①]在晋察冀边区担任文委书记时，按规定配马，但很少骑，行军时却为那些投奔他麾下的画家、作家、音乐家驮物品。沙可夫与他们都是莫逆之交，尽管工作中他很严厉。

按南宋画家宗炳所言："圣贤映于绝代，万趣融其神思。"[②]艺术家是创造"神思"之人，岂可等同寻常之辈？

某种程度上说，观剧研讨会也是剧作家、导演一类艺术家之"神思"得以碰撞和融会的机会，虽然说大家所做之事相同或接近，但由于性格、出身、修养、学识以及创作习惯与风格不尽相同，因而也就成为众多思想、情感聚合的场合。

表面上看，研讨发言围绕某个话题形成一个续接链，好像由因果或逻辑构成，实际上每个发言者的"点位"都蕴藏着很大不同——有人谈得很细致、很具体，细致到台词怎么说，道具怎么摆；有人谈得很笼统、很宏观，笼统到云山雾罩，直上九霄。实操的方法，理论的解读，情绪的，理性的……你可据此大致判断他的创作特点和艺术见解。

部队剧作家来自五湖四海，出身不同，特点相异，性情差别自然很大。唐栋、殷习华、翟迎春、刘星成就于军旅生活的锻造，实践与勤奋是他们"出道"的基础。若再细分，唐栋和翟迎春是踩着"兵"的足迹走来的，殷习华和刘星则来自宣传队与文工团；郑振环属于军队培养的"科班"编剧，海政的周振天和空政的王俭[③]却以成熟剧作家身份被特

---

① 沙可夫（1903—1961），剧作家、艺术教育家。曾任中央戏剧学院党委书记。著有《沙可夫诗文选》等。
② 〔南宋〕宗炳（375—443），画家。此言出自宗炳《画山水序》，见《全宋文》卷二十。
③ 王俭（1958— ），军旅剧作家。曾任原空军政治部文工团编导室主任。创作话剧《特殊军营》等。

招入伍。军装外表的统一遮盖着他们迥异的文化背景,而他们又以不同的审美方式观照着我们共同的军营。

王俭是上海人,帅气清秀,白净斯文。一干人聚会,他属于那种很容易一眼就能被发现的"小鲜肉"。军装也丝毫未能给王俭带来"行伍"的豪迈。但王俭创作的话剧《大漠魂》却能够体现他内心豪气的一面,加之王贵[①]导演硬朗的风格,在话剧交流演出的所有剧目中,这部剧作算得上最具阳刚之气。

我和王俭同庚,都是"大跃进"时代生人,履历相似合拍,沟通很默契。我虽然籍贯皖中,被认为是南方人,但自幼生活在北方,习气与习惯多显粗放。而王俭的"上海化"基本定型,所以真的能感觉到京城生活与军旅氛围对王俭创作的影响和改造——他努力使自己的作品尽染军旅雄风之色,就像他创作的话剧《豪情盖天》那样,但是对于客居京城的上海籍剧作家来说,王俭内心深处的那种细致入微与温情脉脉却并不容易消解。

我清楚地记得数年后一次戏剧策划会,题材背景为江南水乡,和别人发言的粗线大条不同,王俭对某个情节的讲述颇有一种"沾衣欲湿杏花雨,吹面不寒杨柳风"[②]的味道。大气与细腻兼备是王俭的显著特点。也许,这正是范咏戈在向我介绍剧作家情况时,把王俭列入优秀剧作家行列的重要缘由。

话剧《大漠魂》设计了两条故事线索:空军科研试验基地总工程师郝一凡一家献身科研事业,以及试飞员丁大鹏一家扎根大漠。两条线索同时发展,互有交错,主要人物历史命运与性格展示在互为映衬基础上不断得到加强。双线交织发展摆脱了线性结构的单一性,使戏剧讲述的

[①] 王贵(1932—2016),军旅话剧导演。曾任原空军政治部话剧团团长。执导话剧《九一三事件》等。
[②] 〔南宋〕志南,生卒年月不详。出家僧人。出自绝句《古木阴中系短篷》,参见《宋诗纪事》。

故事更加好看，而把古代兵俑形象以虚幻方式摆上舞台，又增强了戏剧的写意性。

王俭在这部作品中不仅状写了军人的奉献精神，而且用大量笔墨生动描述了军人家属伴随丈夫扎根大漠的付出。这样的描述很有意味，大多数军事题材作品表现军人家属的牺牲精神，都如同"军功章啊有我的一半"那首军旅歌曲所唱的那样，是常年分隔两地，是代替人在军营的丈夫扛起家庭重责，看了《大漠魂》，我们会另有感悟。

家属本是中性词，指配偶及其他家庭成员，最早出自《管子·立政》："凡过党，其在家属，及于长家。"党在古代指民户编制，《汉书》说："五家为邻，五邻为里，四里为族，五族为党，五党为州，五州为乡。"管仲[①]的意思说，超过五百户人家，必然有许多家人，因而才有了负责家族事务的家长。

家属在部队是常见用词，专指军人配偶。随军家属、家属院的概念因此派生。问题是从事军人这个职业通常男性居多，所以"家属"这个概念常常被理解成"妻子"及其"子女"。

或许没有人注意到，当一位男士向别人介绍自己配偶时，会在同一句型中暗藏着不同的潜台词：

"这是我太太。"介绍者通常是白领或商界成功人士。

"这是我妻子。"介绍者大致是知识分子。

"这是我夫人。"介绍者一般说来是公职人员且有一定级别。

"这是我家属。"介绍者肯定是军人或军人出身，无论职务高低。

这是一个很有趣的现象。

一个晴空万里的下午，我从旃檀寺向万寿寺赶去。

万寿寺坐落在海淀区西三环中路东侧。这座始建于唐代的寺院最初

[①]〔春秋〕管仲（约公元前723—前645），思想家，法家主要代表人物。

叫聚瑟寺，清代光绪初年失火焚毁后改为菜园。后来光绪在菜园一角重修寺院并定名万寿寺，专藏经卷。20世纪20年代，曾经香火很旺的万寿寺变得荒芜。到了30年代，这里开始安置东北难民，随之国民党军队入住。北平和平解放后，人民解放军接管此地，并成为总政文工团安营扎寨之地。1979年，院落中寺院这一部分移交北京市文物部门，其余地方仍属原总政文工团，承继者为总政歌舞团和总政话剧团，分立出的另一团——总政歌剧团则搬迁至小西天。

所以，很长一段时间里，人们把万寿寺当成总政歌舞团和总政话剧团的代名词。

我去总政话剧团观看话剧《女兵连来了个男家属》。

说来蛮有意思。总政机关各部的职能面向全军，而直属单位则由总政直属工作部全面管理。总政四家文艺团体、文艺社、八一厂等文艺单位的业务工作由直工部文化处负责。我调京工作的前两年，总政直工部文化处撤销，业务工作划转总政文化部文艺局。就是说，两年前，文艺局在工作上并不直接接触总政直属文艺团体。

我第一次来到总政话剧团，十分惊讶于演出场所的简陋。没有前厅，顶棚低矮，光线暗淡，座椅竟然是老式胶合板材质，与相邻的中国剧院形成了巨大反差。1990年盛夏，全军文艺评论座谈会后，我在中国剧院观看"八一"晚会，对那里的"豪华"留下深刻而美好的印象，而我当时无论如何也想象不到，这个"高大上"剧场的隔壁居然还有一处可以排演话剧的简陋之地。

唯一让人欣慰的是，舞台倒还正规，灯光设备及幕布齐全，副台、台口、纵深都符合话剧演出标准，只是我对观众席只有区区三排座椅深感不解。

"这儿是排练场，不是剧场。"时任总政话剧团创作室主任的王寿仁[①]解释说。

王寿仁告诉我，排练场是总政话剧团正式编制单位，而中国剧院则隶属于总政治部，但由总政歌舞团代管。我悄悄在想，剧场是剧团的重要平台，面对两个条件反差巨大的场所，在列编和代管之间，你更愿意选择哪一个呢？

我哪里能想到若干年之后我会来到这里担任主官，并可以直接享用一座虽然不及中国剧院辉煌却依然很显档次和水准的话剧剧场之成果——军队文艺单位以及全国话剧界熟知的剧场：八一剧场。我后来知道，郑振环、王寿仁等人为此付出了极大努力。而我当时的困惑不解其实正是郑振环们埋藏心中多年的心结。

话剧《女兵连来了个男家属》讲的是发生在驻守西藏雪域高原一个女兵连的故事。连长雪妹的未婚夫诸葛明来队结婚，即将正式成为"男家属"。虽然诸葛明深爱雪妹，可是他毕竟是地方青年，对部队和军人还不甚理解，与雪妹产生了矛盾。连队火热的生活，女兵们不畏艰苦的精神，以及雪妹的言行最终感染了诸葛明。雪妹和女兵们对理想的执着追求，雪域高原的纯净也净化了诸葛明的灵魂。

从题材选择和编导手法上看，这部作品没有什么特别之处——军人、军营、军旅故事，一出典型的"兵戏"而已。但这部戏很好看，有趣的情节，轻喜剧风格，这些都是外在因素，最重要的因素是性别角色的置换——充满青春气息的女兵替换了人们习以为常的"军营男子汉"，观众的心理前置和预判都被这一"置换"所突破，因而产生了特殊效果。

其实，这部剧作潜存的超前意识被人们忽略了。人们好像只是看到满台漂亮的年轻女兵跑来跑去，甚至叽叽喳喳，而没有关注到这部戏中不同寻常的女性视角。这个特殊的观照视角是由总政话剧团女编剧燕

---

① 王寿仁（1940—），军旅话剧导演。曾任原总政治部话剧团副团长。执导话剧《回家》等。

燕[①]和担任此剧导演的女演员张梦梾[②]共同建立的。

"家属"这个多年来在军中被习以为常地看作中性的概念,似乎多少包含了"从属"的成分。假如并非如此,为何性别角色置换后,会在剧场产生欢快的"笑果"呢?法国古典主义戏剧理论家认为,喜剧有一个理论支撑点,当审美主体在心理"位势"上高于审美客体的时候,喜剧就产生了。

还有一个重要因素,这部戏的所有演员都是总政话剧团学员队的学员——从1975年复排话剧《万水千山》时选调一批青年演员以来,除少量戏剧学院毕业生分配进团,再无成批引进新人,青年演员奇缺,以致排演"兵"戏时无兵可选。正因如此,这台被当成"练兵"的剧目反倒成为编导者放开手脚、大胆尝试的机会。事实上,当日后这个戏囊括了所有大奖时,人们才意识到艺术上"放开手脚"有时比所谓"重视"重要得多。

这场被当成"审看"或"验收"的演出在黄昏即将到来的时候结束了。初冬时节,走出排练场时略感寒意。我不由自主地看看旁边中国剧院宽阔的台阶,那里没有演出,时间也不到张灯时分,而我们几个人在院落中则显得清净和寂寥,完全没有四年前夏夜熙熙攘攘的热闹景象,脑海中自然也就不会跳出《在一个地铁车站》的意象。

我忽然在想,四年前我看演出,就是一名观众,带着轻松而欢悦的心情,即使就是评论者,最多有感则发,无感则沉浸其中,享受好了。而今天以及往后呢?

1994年的时光还剩下一个多月,但这一年部队戏剧格外活跃,还有很多事情等待着我……

[①] 燕燕(1955—),女,军旅作家。曾任原总政治部话剧团编导室主任。著有散文集《灵性的芬芳》等。
[②] 张梦梾(1942—),女,军旅话剧演员。曾任原总政治部话剧团演员。主演话剧《南方来信》等。

第二幕

主角纷纷登台

旃檀寺大院西侧的爱民街中段,有一家四川火锅店,门脸还算宽阔,偏深色窗框却因油漆剥落而显得斑驳陆离。店堂不小,齐腰高围栏隔出许多独立餐区,但光线照度分明不足,暗乎乎的,土褐色桌椅,与地上残留且擦不净的油渍颜色十分接近。

那年月川菜开始在京城普及,但川式火锅并不多见。人们彼时的聚餐心态是,下饭馆终究并非常态,好不容易"改善"一次,没有四凉八热菜品上桌好像不够正式,有一点蹉跎了饭局时光的意思。再说,京城人总觉得老北京涮羊肉吃法和四川火锅差不多,都是将生鲜或半成品食材倒入沸汤煮熟后食之,后者并无更多特殊,火锅的麻辣"诱惑"尚未打开局面。

"旃檀寺"不同于西郊复兴路上一字排开的那些部队大院,那边是办公与居住同在一院,院内只是划分区域而已。这里与生活区分处两地,上班需要搭乘班车,不具备踩着广播里播放的进行曲或上班号声走向办公室的条件,所以机关干部对院墙之外的家常小馆倒还熟悉,加班时偶尔也会光顾,但如果不是成都军区政治部战旗话剧团将于1994年11月进京演出，我们对这家"比邻而居"的火锅店完全处于"灯下黑"状态。

刚刚送走前线话剧团《窗口的星》剧组，战旗话剧团《结伴同行》剧组应中国剧协邀请又即将来京——作为荣获"曹禺戏剧文学奖"的作品进京展演。

这是由中国文联和中国剧协主办的全国性奖项，重点奖励优秀剧本。1981年始评时称全国优秀剧本奖，从当年——1994年起，正式更名为"曹禺戏剧文学奖·剧本奖"。这个奖的评选数量大致每年十部作品，话剧与戏曲通常四六占比，这一年评出十二部作品，还有歌剧和儿童剧各一部。四部话剧获奖作品，军队文艺团体占半数，另一部作品是总政话剧团的话剧《李大钊》。

对戏剧创作来说，全国性奖项的类别和格局在1990年代初期已经基本形成，这就是中国文联系统的"曹禺戏剧文学奖"，文化部于1991年设立的每年一度的"文华奖"，以及中宣部1992年设立的精神文明建设"五个一工程"奖。都是全国性奖项，主办者不同，鼓励的侧重点有所区别。而总政也于当年恢复了由我们文艺局承办的全军性奖项——解放军文艺奖，这个奖最初设立于1983年，1986年暂停。

毋庸置疑，这些奖项的设立对戏剧创作与繁荣都起到了推动作用。

很多专家喜欢说，戏剧创作最大的动能来自剧作家的内驱力，就是说，首先剧作家要有强烈的创作愿望，缘事而发，有感而发。这话肯定没错，只是过于"专"了。"专"的好处是局部非常真实，就像盲人摸到象腿时说出的结果，你还真不能简单地责怪盲人，只是整体上看常常会显得偏颇。

其实，戏剧创作最大的动能是观众需求。想看、喜欢看，部队的戏则是战士愿意看，这话也可以说成为兵服务，这也是戏剧赖以存在的前提，其他无以比拟，古今中外，概莫如此。其次就是"引导"。这是戏剧自身在发展过程中为达成某种目标而产生的需求。明代昆曲在京城渐成势力，就有"引导"——士大夫阶层广泛参与和评议，清代京剧取代昆曲也有"引导"——皇家的喜好以及达官贵人的追捧。关于"引导"，现时英美日韩皆有，方式和内容不同罢了，无须赘言。奖项设立是"引导"的一种重要方式，它也可以形成动能。但"需求"与"引导"两者秩序不能颠倒。

有一个问题马上摆在面前。

战旗话剧团话剧《结伴同行》获得"曹禺戏剧文学奖"的同时，这个团的另一部话剧《空港故事》荣获当年——第四届精神文明建设"五个一工程"奖的提名，正式获奖作品是空政话剧团的话剧《甘巴拉》，前卫话剧团的话剧《徐洪刚》。

这件事情非同寻常，因为前三届军队无一戏剧作品获此奖项，这是填补空白的成绩。总政文化部是职能部门，这一点与地方省、直辖市、自治区略有区别。在地方，三大奖项对应党、政、群团三个系统，而对军队来说，则都汇集在总政文化部文艺局，作为承办人，我深知重要性。

优秀剧目进京演出无可厚非，谁主办，谁邀请，必须师出有名，否则，剧目再好，也无法操办。空政话剧团驻地在北京，话剧《甘巴拉》在京"亮相"不存在问题，而话剧《徐洪刚》则刚刚在北京完成全国话剧交流演出任务。实际上，在各类获奖戏剧作品中，唯有话剧《空港故事》面临已然获奖却没有邀请这样的难题。

部里主要领导给出一条很好的思路，《结伴同行》剧组如期进京，《空港故事》剧组的人员构成既然与前者大致重叠，可同时托运道具进京，此间我们积极协调，争取安排后者作专场汇报演出。袁厚春局长、陆文虎副局长都认为这个思路很好，成本增加不大，又为仅剩的尚未在京"亮相"的获奖剧目创造了演出机会，可谓一举多得。

初冬时节的北京，下午5点天色渐黑。

成都军区文化部负责文艺工作的干事和战旗话剧团打前站的人一下火车，不顾舟车劳顿，便急急忙忙来到机关，和我商议话剧《结伴同行》演出地点以及《空港故事》有否可能演出之事。

打前站的是"战旗"舞美队长杨柱[①]，他本身是舞美设计师，恰好同时担任《结伴同行》和《空港故事》两部话剧的美术设计。我第一次发现军队文工团的工作非常务实，打前站原本主要是协调或安排各种具体事务，按我想象应该由办公室之类的行政人员担当，而团里派出舞美队的人，显然把重点放在了剧场。进京演出的机会难得而宝贵，演出当然是核心要务，舞台条件是否符合演出要求，舞美队的人最有发言权。后来，广州军区战士话剧团赴京演出之前也曾安排舞美队灯光师刘建中[②]做此工作。

年过五旬的杨柱身材偏高，不苟言笑，严谨认真，思路清晰，和我沟通时不停地在小本子上做着记录。我偶然瞥到，杨柱手中小本子上有数字、图标，还有各种图形，而给我印象最深的是他冬常服军装领口上的白色衬领格外洁净醒目。这很少见，搞美术的，一般好像不太注重这些。

按照中国剧协给定的演出时间段，驻京部队各单位剧场或礼堂都因各自有安排而无法承接演出。我告诉杨柱，只能安排总政话剧团排练场作为《结伴同行》的演出场所。虽然那里座椅数量少，只有寥寥三排，但舞台条件完备，符合演出要求，况且可以在座位后区临时增加一部分折叠椅，聊胜于无。

天色完全黑下来，局里其他人陆续下班离去。

和我同在一个办公室的屈塬和姚志清干事还未忙完手头工作。姚干

---

① 杨柱（1942—），军旅舞美设计师。曾任原成都军区政治部战旗话剧团舞美队队长。设计作品有话剧《结伴同行》等。
② 刘建中（1955—），军旅灯光设计师。曾任原总政治部歌剧团灯光设计。设计作品有歌剧《钓鱼城》等。

事是女同志，心细如发，看我们还在商谈工作，便建议我安排成都军区来人先去吃饭，毕竟人家一下火车就赶来，十分辛苦。

还没等我回答，杨柱表示马上要赶往万寿寺，因为已经与总政话剧团舞美队同行约定好即刻查勘舞台，说罢便转身匆匆离去。

军区文化部的同志说，《空港故事》的编剧正巧在北京办理其他事情，很想了解一下这个戏安排演出的可能性和进展情况，现在正在大院外边等候。

于是，我们就有了第一次踏入那家四川火锅店的机会。

隔栏里火锅旁围坐着三位正在嘻嘻哈哈说笑的年轻姑娘，看到我们进来，其中一位站了起来，笑盈盈地向我们走来。

"王焰珍[①]，战旗话剧团编剧。"军区文化部文艺干事指着她向我们介绍说。

这让我多少有些惊讶——在我的感觉中，戏剧编剧与文学作者应该有很大不同。一首诗，一篇散文，哪怕是一部长篇小说，其作者或许可以是年轻的，初出茅庐的，甚至充满朝气而显得青涩的，但编剧总该饱含阅历，处事老到吧，就像郑振环、翟迎春、唐栋那样，动辄一说就是"六八年的兵"，或者在某某军宣传队锻炼过之类。那时王焰珍大约不到三十岁，看上去比实际年龄小许多，眼睛水汪汪的，所以，我真的一下子很难把眼前这位娇小秀气的姑娘与《空港故事》这样一部获奖戏剧作品联系起来。

在军队文艺队伍中，女作家虽然不占多数，但绝非凤毛麟角，只是大多从事文学创作，而专职编剧却没有几人。总政话剧团的燕燕、王海

[①] 王焰珍（1965—），女，军旅剧作家。曾任原成都军区政治部战旗文工团编剧。创作话剧《阿夏拉雄的雪》等。

鸽[1]算是出色代表，可她们从军时间长，生活经历丰富，且都是文学创作出身，所取得的成就不完全来自戏剧。

王焰珍或许是个例外，兵龄不长，缺乏基层连队磨砺，但毕业于上海戏剧学院戏剧文学系，科班出身、受过系统训练……

"这是蒲逊[2]，我的朋友，成都人。在中国剧协研究室工作。她可是学戏剧创作的哦！"王焰珍微笑着指着另一位姑娘，俏皮地向我们做了介绍。

那个叫蒲逊的姑娘嘿嘿地笑着，落落大方且真诚地看着我们，并没有接话作答。

大家落座寒暄之后，我赶忙向蒲逊问询了曹禺戏剧文学奖获奖作品展演的有关事情，想详细了解一下官方并未公布的具体细节，以便下一步操作中提前有所准备。蒲逊说，她所在的研究室也参与此项工作，但并不负主责，所以很多细节安排不甚清楚。

最后被介绍的姑娘叫周乐洋，是蒲逊的朋友——我们原本以为她也是"戏剧"中人，看上去文文静静，像是刚刚毕业的大学生。蒲逊告诉我们，她实际上闯荡商场多年，是一位豪气十足的川妹子，而且居然是这家火锅店的老板。

火锅升腾起的热气，氤氲着川式麻辣之香。大家谈论着《结伴同行》和《空港故事》，谈论着"战旗"这个地处西南之隅的话剧团队即将创造的一次两部大戏进京的奇迹。

此时的蒲逊不断插话与提问，所涉问题无外乎创作、作品、团队，以及她似曾相识的人和事，毕竟她毕业于中央戏剧学院戏剧文学系，又在中国剧协工作，和这个行当联系密切。当然，我也能明显感觉到她对

---

[1] 王海鸽（1952—），女，军旅剧作家。曾任原总政治部话剧团编剧。创作话剧《冲出强气流》等。

[2] 蒲逊（1969—），女，军旅剧作家。曾任原广州军区政治部战士文工团编剧。创作话剧《绿十字星座》等。

军队艺术家的羡慕，和对部队话剧创作与演出的浓厚兴趣。

谁也没有想到，这样一次偶然相聚以及话题很对路子的交流，之后还会产生意外收获——我说的是蒲逊和部队戏剧创作的关系。今天回顾，那次聚餐相当于为军队戏剧队伍"储备"人才，为某个军区话剧团"储备"编剧创造了机会……

这当然是且听下回分解的后话。

话剧《结伴同行》演出即将开始的时候，北京开始下雪。一开始是哩哩啦啦的零星雪粒，渐渐变成纷纷扬扬的雪花，不一会儿就把中国剧院和总政话剧团排练场共用的院落铺上了银色"地毯"。

北方人普遍认为立冬之后下雪是祥瑞之事，是吉兆。

果不其然，话剧《结伴同行》演出效果异常火爆。

我之前曾为此顾虑重重，这里座椅数偏少，即使临时增加了折叠椅，也不过两三百观众，而且剧协领导、专家、驻京部队剧团及北京同行占据大多数。圈儿里人都知道，专家场演出，观者通常很理性，也很挑剔，演员压力很大，很多应有的"效果"与"呼应"常常不会出现，冷场是常态。

可是，在《结伴同行》的演出过程中，欢声、笑语、掌声始终不断，那些平素看戏一本正经的专家们似乎怎么也控制不住自己的情绪"开关"，结果就任由自己"快乐"下去，弄得整个演出像联欢会似的热闹无比。

"别看我们场子小，聚人气儿！"郑振环是观众，是专家，也是"场主"，受到现场气氛感染，不由自主地用他特有的声调向正在接受祝贺的"战旗人"说。

话剧《结伴同行》的成功是1992年奠定的。这部参加第六届全军文艺会演的作品当时就获得创作一等奖。最重要的是，这部作品讲述了一个曲折有致、生动感人的故事——

满怀理想的军干子弟、大学应届毕业生赵军生瞒着父亲要赴西藏报到参军；即将出嫁的河南姑娘荷花要去西藏找以前的未婚夫——普琼边防连连长陈铁柱最后一次讨要说法。他们与驾车返藏归队的汽车兵马义祥、侯小川结伴同行。入伍十年的班长马义祥此时刚刚度完蜜月，仅仅当兵一年的侯小川已打好调回内地的主意。四个想法不同、性格迥异的年轻人结为一个临时集体，便有了许多妙趣横生的故事。

题材选择和戏剧结构的"规制"，是这部作品成功的重要基础，淡淡的"川式"幽默所造成的"好看"效果是不可忽视的因素，而侯小川扮演者——青年演员赵亮[①]的出色表演则是一个亮点。

于是，大家不约而同地把目光聚焦到这部话剧的编剧——看上去不那么幽默的金乃凡[②]身上。

金乃凡是专业编剧，时任战旗话剧团团长，奇怪的是他在某些正式场合不善言辞，至少不善于出口成章，有时话未说完却因为找不到合适词语而卡壳，需要对方配合领悟，方能完成交流的全部内容。但马上年届五旬且依然英气逼人的金乃凡很接地气，讲起西南风情或者成都乡俗口若悬河，尤其在规范的普通话与地道的成都方言之间频繁切换毫无障碍，只是他的这种表达方式并非"曲艺"式样的，平淡地说而已，却常常令听者忍俊不禁。这或许是他的《结伴同行》在骨子里拥有一种淡淡的幽默风范之缘由。

金乃凡弓着腰站在总政话剧团排练场门口，笑容可掬地对每一位专家和同行说着谢谢。不搞戏的人大约永远理解不了，那个看完戏站在剧场门口恭送身份重要的宾客并连连致谢的过程，实际上混合着主创者特

[①] 赵亮（1969—），军旅话剧演员。曾任原成都军区政治部战旗文工团演员。主演电视剧《山城棒棒军》等。
[②] 金乃凡（1945—），军旅剧作家。曾任原成都军区政治部战旗话剧团团长。创作话剧《结伴同行》等。

别复杂的情感，其中有骄傲与自豪，也有委屈与辛酸。骄傲与自豪自不必说，进京了，亮相了，获奖了，得到好评了，而委屈与辛酸从来都是主创者独享的。对戏剧艺术家来说，这样的状态可能周而复始，贯穿一生。

我能理解，金乃凡的谢意表达发自内心，既代表自己，又代表团队，因为他是编剧兼团长。而作为团长，他进京演出的任务才刚刚完成一半。

1994年的那场雪下得很大，雪盖京城，也让整个华北平原银装素裹。

对战旗话剧团和金乃凡来说，好事成双的愿望终于实现了。

话剧《空港故事》为驻京部队专场汇报演出之事最终落实，演出地点安排在警卫局礼堂，时间与《结伴同行》恰好形成衔接，这让战旗话剧团大喜过望。

由于北京西三环路和长安街的积雪很快被清理干净，战旗话剧团的转场丝毫没有受到影响。

按照人们正常理解，此刻最为忙碌的应该是剧团舞美队的工作人员——拆台、装车、运输、再装台，一刻不能松懈。其实，在我眼中，最忙碌的，是这两部话剧的导演雷羽[①]。

雷羽满头白发，似与五十多岁的实际年龄不符，略略鼓起的大眼睛上挂着一副大号眼镜，厚厚的嘴唇总是微微张启，身材厚重，走路却似一阵风，看上去他好像一直在忙着各种事情。

雷羽对导演事业的执着和对导演身份的看重远远超出寻常人的想象。为了当上拥有正式"命令"的导演，他奔波了大半个中国——从东南到西北，从西北到华北，再从华北到西南。我这里说的"奔波"，不同于今日那些因为四处"导戏"走穴而满中国奔波的导演。

1963年，雷羽毕业于上海戏剧学院，分配到四千公里之外的新疆，

[①] 雷羽（1941—2015），军旅话剧导演。曾任原成都军区政治部战旗话剧团导演。执导话剧《结伴同行》等。

在当时尚未整编裁撤的乌鲁木齐军区政治部话剧团担任演员。他的导演天分显露出来后，便开始毕生的追求。因为未能转任导演职务，他在1980年代调到位于北京的海政话剧团，很快便执导了话剧《天边有群男子汉》，并产生很大影响。但由于种种原因，他的导演"命令"在"海政"仍然迟迟未能下达，他毫不犹豫地告别京城，又调往答应为其解决"身份"问题的成都军区，终于在战旗话剧团得到"正名"。

北方人都知道，下雪不冷化雪冷。我赶到警卫局礼堂查看装台情况，由于设备进出通道大门敞开，寒风不停地灌入，使得礼堂后台很冷。我正在了解"设备"进场情况，只见雷羽急匆匆地跑过来，向我打听部队观众进场之前，留给他调光以及安排演员走台的时间。望着满头大汗的雷羽，身穿军大衣的我不由得生出一分感动。

《空港故事》让我们看到一出不同以往的军旅题材话剧——没有讲述军人职业的艰辛，牺牲精神的可贵，夫妻分居的相思，或者训练场上官兵的生龙活虎，甚至没有可供演员高声朗诵的豪言壮语，而是以清新视角向我们展示了一群素不相识的人在一个特殊空间的交往。不同岗位的军人，军人子女，怀孕的军嫂，寻常的烦恼，琐碎的心思，心中的理想，这些平凡的元素组成了空港一隅的别致风景。

"第一感觉非常不错，角度很巧，整个戏的发展十分流畅，人物可信。导演手法很新，有现代感。气氛活跃。"

这是部里主要领导的评价。

这个评价不是全剧结束后，观戏者在舞台上祝贺演出成功时通常都会说出的客套用语——在一段时间里，这几乎成为一种"文化"之外的文化现象，好像没有这个环节，观演双方似乎都觉得"流程"没有走完，甚至有一种演出尚未结束的感觉。

这是演出结束次日——1994年11月18号下午，在总政文化部会议室召开的观剧座谈会上部里主要领导的讲话，这相当于业务主管部门的正式认定。这显然与范咏戈在文艺社小楼里吩咐的"表态"主体不同，层级高出许多。参会人员还有袁厚春、陆文虎两位局领导，总政话剧团郑振环团长，雷羽导演，王焰珍编剧，还有我和成都军区政治部文化部主要领导。

我在总政机关履职七个年头，以总政文化部名义召开观剧座谈会且地点选择在部里，参会范围又压缩得很小，记忆中，这是唯一一次。

王焰珍很兴奋，脸上挂着笑，谁问她什么，或者说点什么祝贺的话，她总是呵呵的，笑着看着对方，算是应答。实际上她也不知道说什么才好，毕竟她入伍时间不长，作为年轻编剧，能得到这样的认可，远超出她的心理预期。

会议结束后，在我的办公室，成都军区文化部那位主要领导手里夹着香烟，眼睛笑得眯成缝。他用浓重的川式普通话告诉我，他差一点成为我在西安政治学院从事教学工作的同事——1985年百万大裁军，成都军区面临撤裁，他在西安政治学院派出的"选调裁撤单位人才"接收组面前，顺利通过"试讲"这一关，已经准备办理调动手续。当然，与"转型期"许多人命运一样，最后的结果出人意料——国防话剧团随同昆明军区一起被撤销，这位部领导和战旗话剧团则在最后一刻得到保留，并且在近十年之后赴京演出。

我完全理解这位部领导话语的意味所在，他只是在寻找表达兴奋的渠道。各大单位政治部的文化部在1998年并入宣传部之前，抓创作，是部长的首要职责。我不知道他说一口"川普话"，转任军事院校教员是否能够称职，但能够抓出一次两部大戏同时进京的业绩，这位文化部长的能力不可小觑。就聚拢文艺人才的条件而言，与其他大单位相比，成都军区不占优势。位置偏远，团队弱小，"大腕儿"稀缺，但在抓创作以及制约创作的关键问题上，他们却肯下大力——调入雷羽并破例为其下达"导演"命令，特招青年编剧王焰珍入伍，把有创作才能的金乃凡放在重要岗位……这样的事情说起来很多，貌似也不复杂，但基于当时的政策"条框"，做起来并不容易。

除了夜半三更，北京西二环路堵车就像海底捞火锅一样尽人皆知，从西直门立交桥向东转向北二环路后，"堵"情瞬间开始缓解，很是奇特。缓缓的平路走不了多久，主路上分出一条引桥拐往八达岭高速，刚刚驶上引桥向南看，解放军歌剧院就映入眼帘，几个大字非常醒目。

1994年，那地方还是寻常百姓并不知晓的总政歌剧团排练场，破旧简陋程度与总政话剧团排练场不分伯仲，从二环辅路无法进入，唯一路径是南侧小铜井胡同。清代时小铜井胡同属正黄旗地界，抬轿子进出算是宽阔，现如今驱车进出，境况可想而知。

京外大军区话剧团接二连三进京演出，不仅震动了业界，也震动了总政直属文艺团体，首当其冲的是总政话剧团和总政歌剧团。

部里主要领导说，都说话剧难搞，为什么大单位话剧出成绩了？

袁厚春说，创作不少，成果不多。总政直属文艺单位创作人员都是从军区选来的精英，来后反倒出不了作品，脱离生活，观念陈旧。

战旗话剧团离京返蓉十天后，部里召开总政四家直属文艺团体领导工作会议。年终岁尾，机关的各种事情特别多，为何在忙碌时节召开这样的会议，无从记起，但京外大军区话剧团纷纷进京演出引发了连锁反响，肯定是更重要诱因之一。

这个会开得很有"辣味"，反思和检讨的意味很重。部局两级领导都沉着脸，话锋直指问题所在，不留情面。我是会议组织者，也是记录者，看得很清楚，团长们貌似都在埋头做记录，实际上以记录的方式掩盖着神情的尴尬。

胶东人陈奎及[①]当时是总政歌剧团副团长，给即将退休的另一位胶东人王云之[②]团长担任助手。他在会后把我拉到一边，悄悄送我一本自己的歌词集《月亮总是圆的》，苦笑着说：

"歌剧创作很难。《党的女儿》是我们团演的，可是创作集中了全军的力量。没有总政机关的支持，单靠我们很难完成。"

陈奎及馈赠其作品集与他表述的内容毫无关联。送书是沟通的媒介与方式，也从侧面证明一下他的专业能力。不过我却想到，在艺术领域，有些行当可以不凭借外力独自完成，而有些事情则不行。《月亮总是圆的》收录的都是陈奎及独立创作的歌词，我以往所熟悉的文学创作大都如此，而戏剧创作需要整体的力量，尽管生产链的每个环节都有其独特性，但协调统一必不可少，歌剧尤甚。

《党的女儿》是军队歌剧创作的一个高峰，甚至称得上新中国歌剧史上里程碑式的作品。最初，总政歌剧团立项时由创作室主任王受远[③]担纲创作。选题被列为重点后，文艺局根据领导指示，调集空政话剧团编剧王俭，前线歌舞团创作员贺东久[④]参与创作。三人各有千秋，王受远熟悉歌剧规律，剧作家王俭擅长戏剧结构的把握，贺东久是著名词作家，应该是较好的组合。

但几易其稿后文本依然有缺陷，而确定的演出时间又在倒逼，最后又由文艺局出面，选调空政歌舞团创作员阎肃[⑤]加盟且担当执笔，几经

[①] 陈奎及（1942—），军旅词作家。曾任原总政治部歌剧团团长。著有歌词集《月亮总是圆的》等。
[②] 王云之（1939—），军旅作曲家。曾任原总政治部歌剧团团长。为小戏歌剧晚会《军营儿女》作曲。
[③] 王受远（1936—），军旅剧作家。曾任原总政治部歌剧团创作室主任。参与创作歌剧《党的女儿》等。
[④] 贺东久（1951—），军旅词作家。曾任原总政治部歌舞团创作员。创作歌词《中国，鲜红的太阳永不落》等。
[⑤] 阎肃（1930—2017），军旅剧作家，词作家。曾任原空军政治部政文工团创作员。创作歌剧《江姐》等。

努力，最终完成。此间，部局两级做了大量指导与协调工作。而作曲过程更加复杂，在此按下不表。

总政歌剧团在会上汇报了许多创作构想，包括剿匪题材的《阿依玛》，双拥共建题材的《SOS村》，红军题材的《草鞋的传说》，新四军题材的《青春涅槃》，甚至还有等待作曲的小型歌剧《海韵》和《姊妹坡》。

我心里十分清楚，他们汇报的这些项目仅限于构想，在相当一段时间内几乎没有落实的可能，因为王云之团长最后讲到的困难和问题远远多于构想本身。而总政歌剧团近期要推出小戏歌剧晚会《军营儿女》却十分"靠谱儿"，这也正是陈奎及与我私下沟通的原因，他担心作品分量与《党的女儿》形成较大反差。

陈奎及的担心不是没有道理。

《党的女儿》1991年年底问世，迄今不过三年。对一个团队来说，收获荣誉的同时，也等于给自己建立了一个很难超越的标杆。小戏歌剧晚会的样式，好像之前从未有过，乍一听还有些创新的意思，但仔细一想，实际上是"过渡期"的无奈之举。就是说，按照艺术生产的一般规律，一个重要作品完成之后，若再推"重头之作"，需要酝酿的过程。艺术生产不同于工业生产，虽说都有标准，但前者牵涉复杂的精神感受，无法批量制造。

《军营儿女》由三个小歌剧组成：《沙海中秋》《高原情暖》和《克里木参军》，都是根据兰州军区战斗话剧团和新疆军区文工团的小品改编。其中《沙海中秋》改编自获奖小品《骆驼刺》。

在将近一个月的时间里，袁厚春局长和我频繁奔波于机关与总政歌剧团排练场之间。在那个需要先登上台阶，然后走下更深阶梯才能进入的排练场下沉式休息室,我们和陈奎及以及导演汪俊[1]进行了反复沟通与交流。

好在《军营儿女》演出效果很好,甚至在某些"点位"上产生了很大影响,尤其是陈奎及根据小品《骆驼刺》亲自改编的小歌剧《沙海中秋》,为推出某个日后有了较大名气的演员奠定了基础。十八年后,在伦敦的一次文化活动中,我和这位业已成名的演员聊起往事,他还很感慨地说到《沙海中秋》带给他的影响。小歌剧,大效果,让陈奎及深深松了一口气,也为他后来狠抓音乐剧《芦花白,木棉红》增强了信心。

那天,我到总政歌剧团公干,结束后准备返回机关,陈奎及神神秘秘地拉我到他的办公室,悄声说要送我一份礼物,我当即表示不必如此。陈奎及用食指挡住嘟起的嘴唇,轻轻地"嘘"了一下,从柜子里取出一个用彩纸包裹的东西。我打开一看,是一个16开的笔记簿,印制得比较精致。我连声道谢,笑着接了过来,也深深地松了一口气。

和陈奎及不同,刚刚提拔为总政话剧团副团长的王寿仁显得沉稳而有城府,虽有白发,却一丝不苟地梳着背头,讲话慢条斯理,很有底气。王寿仁早年在哈尔滨从事话剧表演专业,特招入伍到总政话剧团后改做导演工作,后来又担任创作室主任。

作为团长的郑振环对王寿仁高度信任,但凡上级问及总政话剧团有关业务状况和基本数据,郑振环都会毫不犹豫地说:

"问王寿仁,他知道。"

王寿仁记性好,点子多,遇事不急,只是岁数偏大,提拔副团长时,已超过首次授衔规定的最高年龄,所以他是全军唯一一个没有军衔的文工团领导。

---

[1] 汪俊(1963—),军旅导演。曾任原总政治部歌剧团导演。执导音乐剧《芦花白,木棉红》等。

尽管部局领导在直属文艺单位会议上提出严厉批评，但王寿仁认为总政话剧团的创作状况还说得过去。话剧《鱼水情》在1992年第六届全军文艺会演中获得一等奖。话剧《女兵连来了个男家属》已经连排完成，虽然是学员队的作品，但毕竟由总政话剧团推出。

让王寿仁最踏实的是，王海鸰正在创作小剧场话剧《不要问为什么》。他相信王海鸰的实力，拿出的作品一定不差，所以王寿仁打算自己执导此剧。王海鸰写小说出身，文学素养很好，早年在内长山要塞区服役。那时要塞区是军级单位，藏龙卧虎，储备了不少文艺骨干。

在军队专业文艺队伍中，写小说最好的去处是各大单位政治部文艺创作室。在那里可以专司创作，心无旁骛。不出作品，不创名气，反倒奇怪。1980年代和90年代，能进创作室任专业创作员，是一件令人羡慕的事情。想想看，作品获奖固然可以给单位带来声誉，但获奖证书归己，稿酬归己，还能因此立功晋级，不好好干都没有理由。正因如此，驻京部队几家大单位创作室通常人满员足，调入很难。

调入总政话剧团创作室也算专业对口——创作是本职工作，不过也有所区别，最大的区别是，不能总写小说，不写话剧。再后来的区别是，不能总写电视剧，不写话剧。这是个逐渐形成的潜在问题，其中蕴藏着时代发展造成的价值观转换。这些问题的解决，最初是靠时代培养的觉悟加以"自律"，日积月累，衍化为只能用条令、纪律、考核等"他律"方式加以约束。此为赘言，不在话下。

不管怎么说，燕燕创作了话剧《女兵连来了个男家属》。王海鸰在创作了《过把瘾》《牵手》等电视剧赢得声誉后，终于开始创作话剧《不要问为什么》，只是这个过程有些偏长。

一年多以后，总政话剧团排练场改造成拥有三百多座椅的正规剧场，并命名为八一剧场。又过了两年，王海鸰创作的《不要问为什么》在改名为《冲出强气流》后，终于在八一剧场侧厅的小剧场正式演出，导演果然是王寿仁。作品的确彰显了王海鸰的文学底蕴——

航空兵师空勤副师长彭飞和妻子安叶感情笃深，生活如常。无论社会发生了怎样变化，彭飞的职责没有变化，除了职务提升，飞行训练或安全飞行是他始终不变的任务，也是他和妻子的永恒话题。但安叶突然面临下岗和重新择业，心理上和生活观念上都经历了一次巨大冲击和震荡。这个原本对把军人配偶称为家属就颇感不习惯的倔强女性，发现自己不能再像以前那样按部就班地依附丈夫生活了。他们的感情出现了危机。既定的军旅工作方式与家庭情感模式，曾经使彭飞长期心安理得地接受生活馈赠给他的一切，他享受着军中骄子和生活宠儿的温馨与滋润。但彭飞现在看到熟悉中透着陌生，并已然有了自己生活轴心的妻子，他知道时代变化并非与己无关了，他需要重新认识自己。

看得出王海鸰在剧作中渗透着比燕燕的作品更加强烈的女性意识，以及对爱情与婚姻的独到见解。王海鸰不是那种"才女型"作家，很少去写飘逸空灵的文字，也不会写那种简单肤浅的"赞歌"。她喜欢思索，愿意发现问题。六年后，我到总政话剧团担任主官，与王海鸰多次恳谈交流，更加深了我对她如此创作追求的认识。

我专门为王海鸰创作的小剧场话剧《冲出强气流》撰写了评论文章，以示赞赏和支持[①]。当然，我的赞赏是基于军事题材话剧创作的多样化、多视角原则，而不是其他，因为军旅戏剧创作在内容与手段的选择上的确面临着"一顺撇"的现象。

这是我平生第一次看小剧场话剧。那种近距离的观演关系使我感到很新奇，也很兴奋，我所看到的仿佛不是舞台上的作品，而是身边发生的事情，那种强烈的"带入感"，令我对戏剧的魅力有了新的认识。

只是，我迄今不甚明白，这样的作品何以囿于小剧场的体量？

[①] 参见拙文《从时代的漩涡中探窥军人的灵魂》，原载《文艺报》1998年8月1日。

当然，王海鸰真正拿出有震撼力的话剧作品是之后的事情了。

王寿仁从烟盒中弹出一支香烟，在大拇指甲盖上用力磕了磕，点燃后深深吸了一口，神色郑重地对我说：

"《李大钊》得了曹禺奖，刚刚演完，各方反映很好。"

我听懂了王寿仁话语的潜台词——总政话剧团在创作上始终没有松劲，一直按照部局领导的要求，"有演的，有排的，有写的"，三个环节紧密相连。

我宽慰王寿仁说，会上所说不过举一反三而已，说到抓创作，不能总排别人写的戏，没有特指。

"刘星正在创作一部新戏。抽空和你聊聊。"王寿仁说。

其实，我稍微有些纳闷儿，因为会上部局领导没点名说到有的直属团体"总排别人的戏"。我觉得"排别人的戏"之概念不甚清楚。请"别人"为我写戏，与排演"别人"现成的戏，两者不同。

我想到了一个一直没有出场的重要人物。

这个人不是王寿仁刚刚提到的刘星。

范咏戈向我交接工作时将其介绍为军队最具实力的剧作家之一。他不具备"六八年的兵"的军旅资历，没有部队基层宣传队吹拉弹唱兼备的磨砺过程，甚至不熟悉内务条令的基本要求。当别人在接近四十岁年龄关口考虑退役转业的时候，他却穿上军装并成为军队戏剧团体的专业编剧。他师从陈白尘[①]的专业学历背景和创作实操能力很快引起军旅戏剧界的广泛关注，而在全国话剧交流演出中，由他创作或参与创作的作品占有两部——总政话剧团的话剧《李大钊》，前线话剧团的话剧《窗口的星》。

---

① 陈白尘（1908—1994），戏剧艺术家。曾任南京大学戏剧专业博士生导师。著有《陈白尘剧作选》等。

话剧《李大钊》改编自王朝柱[①]同名传记文学作品。按说，被总政话剧团老人称作"柱子"的王朝柱是本团创作员，可他的话剧作品不多，文学创作和影视作品影响很大，尤其是"主旋律"类影视创作，堪称"权威"。

改编王朝柱的纪实文学《李大钊》并不容易，编剧最成功之处在于样式的有效转变——在基本继承原著的基础上，充分利用戏剧手段，简约而传神地展现了包括李大钊等一大批历史人物。与他参与创作的《窗口的星》相比，《李大钊》在剧作手法上更加纯熟，也更为流畅。特别是众多历史人物的纷纷登场，如传统戏曲中人物出场亮相一般，自报家门，在话剧表现中显得很有新意。

这台话剧为纪念建党70周年而作。1990年，还在担任总政话剧团团长的郑邦玉[②]亲自邀请这位编剧赴京，款款相待，推心置腹，其邀也盛，其情也真。更重要的是，当时对这位近四十岁才入伍的编剧来说，蓦然间总政话剧团团长诚恳相邀，除了感动，岂有不应允之理？

于是，便有了"别人"创作的话剧《李大钊》。

这个"别人"就是南京军区政治部前线话剧团编剧姚远[③]。

---

① 王朝柱（1941—），军旅作家、剧作家。曾任原总政治部话剧团创作员。创作电影剧本《解放》等。
② 郑邦玉（1945—），军旅话剧演员。曾任原解放军艺术学院副院长。主演电视剧《四世同堂》等。
③ 姚远（1944—），军旅剧作家。曾任原南京军区政治部创作室创作员。创作话剧《商鞅》等。

第三幕

大戏刚刚开始

从长安街西单十字路口向北，不远处再向东，经民丰胡同、小磨盘胡同和太平桥大街，可抵达西兴盛胡同。这是 20 世纪 90 年代中期之前的路线。当时，这里胡同交错，平房纵横。居住在那一带的老百姓还不知道若干年之后这里会成为高楼林立，财团汇聚的金融街。操着一口京腔的胡同居民不过以为这里去西单菜市场买菜方便，外地亲戚朋友来了顺便逛一下西单商场和新华书店不用坐公交车而已。

2014 年，我去纽约出差，地接司机就是来自这一带的"老北京"。正当我们一行坐在车里看到路边的 townhouse，感叹联排别墅这么多时，司机不屑地说：

"什么呀，不就是平房吗？咱北京城里遍地都是。"

我们"嘿嘿"笑着算是回应，暗自想，恐怕还真不一样。

在西兴盛胡同的平房群中，有一个院落里突然冒出几栋二层楼房，尽管算不得鹤立鸡群，却也明显高出一头。我根本想象不到，那里居然是早年总政文工团还没有分家时就已经存在的家属院。后来得知，这些二层建筑最早是为苏联专家修建的。

那是冬季里的艳阳之日，除了吹到脸上的小风略感凌冽，阳光洒在身上还是十分惬意。约好地方，我搭上刘星那辆车牌号为"京A—7X0X7"的高尔夫轿车，穿大街过小巷，不时经过老北京涮肉、修锁掌鞋底、五金杂货等各种小门脸商铺，七拐八拐终于来到他在西兴盛的住所。

落座后，刘星发现屋内并无开水，无法沏茶，便拿出一听饮料递给我，然后就是一番寒暄。待我们完成了诸如"房子面积多大""为何能分到你名下"等初来乍到总会进行的问答流程后，坐在对面的刘星小心翼翼地打开一台簇新的笔记本电脑，然后开始和我聊起他正在创作的话剧《最危险的时候》。

笔记本电脑在当时绝对是稀罕物，我仅仅听说过，今天是初见真容。机关办公也才刚刚配置了少量奔腾286台式电脑，而我还在使用四通打字机。所以，我很艳羡地问：

"使用起来方便吗？"

"我不会打字，还是手写。"刘星平静地回答。

我吃惊地望着刘星："那你这是？"

"放在旁边踏实。"刘星只是笑笑，没觉出异样。

我不知道刘星何时才学会使用电脑写作，但我知道在很长一段时间里，刘星参加诸如剧本研讨等会议，都会一本正经地插上电源，打开笔记本电脑，然后使用钢笔和真正的笔记本记录。刘星的奇特习惯不由得使我想到苏珊·桑塔格[①]的"奇葩"理论——"反对阐释"，看重形式，当然，这没什么关系，联想罢了。

目标指向非常明确，话剧《最危险的时候》为纪念抗战胜利50周年而创作。怎么写，写什么，切入角度，成为刘星最初的考虑。

[①] 苏珊·桑塔格（1933—2004），美国作家、艺术评论家。著有《反对阐释》等多部著作。

刘星反复强调了全景式的概念，打算把剧作视野扩展到"亚细亚语系""斯拉夫语系"。我马上想到了刘星之前创作的话剧《中国，1949》。我没有看过这部话剧，但看过刘星"一题两做"的电影《开国大典》——巧合的是，我在院校任教时，还给学员讲过这部电影，一下子明白了他所谓"全景式"的含义——从剧作结构角度说，就是散点透视，场景并列，人物亮相，其完整性不是靠事件逻辑，而是靠时间逻辑。

印象中，电影《开国大典》也将视点扫描到欧洲和亚洲。从艺术样式的角度说，电影利用蒙太奇手段拓展表现视野，更加便捷，也符合自身特点，但舞台受条件限制，并不擅长如此这般。而能把视野聚焦在与中国共产党相关涉的抗战事件或战场，并做到典型精致，已经相当不错。我说了我的看法。

刘星住宅的客厅逼仄局促，却显得温馨洁净，边柜上摆着一个相框，里面的照片是"一颗红星头上戴，革命的红旗挂两边"的女军人。我想，一定是这里的女主人——刘星夫人。

"我前妻，现在带着女儿在日本。"没等我发问，刘星就指着照片平静地说道。

刘星的坦诚又一次超出我的想象，我甚至感到，有时直面这种坦诚并不容易——你的应承能力有时并不匹配于这种坦诚。艺术家的个性与特点常常是教科书无法归纳总结的，十人十样，百人百面，了解他们的个性与了解他们的创作同样重要，因为他们的个性渗透在创作之中。个性过于鲜明有时在军旅文艺创作中不见得可行，但如果没有个性，则肯定不行。

然后的时光就处在辞旧迎新之中。当每个人都在感慨马上年长一岁的时候，1995年就毫不犹豫地到来了。干过军旅文艺工作的人，大致都知道"歌舞跟着日历走，话剧牵着典型的手"的说法，这个概括显然不是来自正式文件，虽然听上去有些"口水化"，但多少触及工作的基本规律，只不过没那么绝对。话剧踩着时间节点，歌舞表现英模典型也很正常。

巧合的是，今年两件大事成为重要创作选题，分别由总政两家直属戏剧团体——话剧团和歌剧团承担。一看日历就知道，第一件大事是抗战胜利50周年，第二件大事则是"模范军嫂"韩素云的事迹广为报道，影响甚大。

如果把文艺局比作举重运动员，这两大选题就如杠铃两侧的杠铃片，今年的砝码加重了，要真正举起来，并不容易。

话剧《最危险的时候》和音乐剧《军嫂》被提到部局两级重要的工作日程。首长机关是任务下达者、督办者、组织者和服务者，仅仅说"服务"不全面，也不实事求是，否则机关哪来这么大权力？不就是任务下达、督办和组织吗？每一个"者"都是责任，与你为了表达自谦而仅仅说"服务"无关。对机关工作来说，三件事情必不可少：开会，发文件，组织实施。

3月10日上午，总政文化部文艺局在部会议室听取总政话剧团关于话剧《最危险的时候》剧本创作情况汇报。部里主要领导、袁厚春局长、郑振环团长、王寿仁副团长、黄冠余[①]设计师、刘星创作员和我参加了会议。

刘星终究在原福州军区前锋话剧团担任过演员，原本我提示他以汇报口吻讲述一下创作思路和剧本大纲，不必面面俱到，因为重点在研究思路。或许刘星有自己的考量，根本没理会我的建议，一上来就字正腔圆地朗读起来。朗读和念稿显然不同，前者需要抑扬顿挫且辅之以情感，刘星都做到了。

说实话，有些作家或剧作家之所以写作，是因为内心丰富而拙于表

---

① 黄冠余（1945—），军旅画家，舞美设计师。曾任原总政治部话剧团设计师。创作油画《肩背》等。

达，甚至在骨子里还有些害羞，不愿意在公开场合"露头"，而从事过表演的"写家"则不同，此时顺便展示一下自己曾经的"强项"也很正常。

那个时候开会还没有形成把汇报大纲提前印发给参会者的习惯，所以每个人只能顺其自然地听下去。我虽然有记录的习惯，却也无法把接近剧本规模的详细大纲记录下来，不过我所记录的场次要点恰恰成为这部话剧日后演出的基本框架：

1. 黄河边。2. 南京。3. 平型关。4. 黄土岭（阿部规秀）。5. 延安（或大生产，或其他）。6. 百团大战。7. 皖南事变。8. 大后方（重庆）。9. 反扫荡。10. 延安（尾声）。

全景式审美观照与戏剧本体的结构要求容易形成二律背反。就是说，我们的确需要一台全面展示中国共产党所领导的抗战之大图景舞台艺术作品，但戏剧的"冲突律"原则又更适合于事件的集中与紧凑。这就构成了创作的难点。

刘星朗读结束后，会议一时陷入沉寂，大家不知怎么切入话题才好。袁厚春局长本身是作家，又长期在文艺社担任编辑，经常能提出很好且易于操作的修改思路，但面对这种情况，他似乎也无法拿出"引导"的话题，便提出让总政话剧团几位参会者先谈看法。

"我们主要想听听部局领导的意见。"郑振环团长很快把"皮球"踢了回来。现在想想，郑振环的做法没错，他们是作为一个整体来汇报的，不可能在这种场合提出不同意见。

黄冠余率先打破僵局，他说："场景比较分散，我们在设计上有所考虑。在舞台中心安置转台，通过旋转，解决各个场景的衔接。"

黄冠余与一般的舞美设计师不同，他本身是著名画家，擅长连环画，油画也很出色，其油画作品《肩背》以简约的概括打破了写实油画"高像素"的惯例。而黄冠余在舞台上的构图常常别出心裁，属于经验与智慧兼备的艺术家，经常能提出打破困局的思路。后来我到总政话剧团任职，常常与他深谈，获取启发。不过，黄冠余的发言恰恰指出了问题所在——场景分散，如何按照戏剧规律推进全剧？

最后，部里主要领导提出两条意见，一是尽可能集中视点，实在无法集中，则着力精选。二是以写中国共产党抗战为主。

这仅仅是开始。这样规格的会议开了八次，还不包括总政话剧团自己组织的研讨。二律背反的问题始终没有得到解决。时间已经形成倒逼，8月越来越快地向我们走来。于是，大家形成共识——强攻。看来话剧《最危险的时候》只能按照散点式的路径走下去了。

宫晓东[①]是在第六次开会时走进我的视野的。

这是总政话剧团一个思维缜密且激情澎湃的导演，毕业于中央戏剧学院导演系，师从徐晓钟[②]教授。那时的宫晓东不惑之年刚过不久，虽有少许白发，但浓眉大眼，鼻直口阔，帅气俊朗，精气神儿十足，加上专业导演的身份，煞是惹人眼目。我迄今仍然认为，没有宫晓东二度创作的提升，《最危险的时候》很难充分展现"全景式"话剧的魅力。

宫晓东最大的特点是循循善诱、娓娓道来的说服力，以及铺排有序、灵光乍现的"导调"手段。前者在应对各类"把关者"时往往奏效，后者在面对排练场众说纷纭的复杂情形时常常可以"一剑封喉"。

宫晓东的激情并不像有些人那样体现在嗓门大，语速快，易激动，干事风风火火，而是热情中透着思辨，情绪里带着逻辑，貌似粗糙的急迫中始终包含着沉稳与细致。不知是否与他在美国留过学有关，他在讨论发言或导演现场的调度布排过程中，通常大量使用拗口的欧化多重复句，词序颠倒，句式倒装，定语、状语后置——很拗，然后冷不丁在其

[①] 宫晓东（1952— ），军旅话剧导演。曾任原总政治部话剧团电视剧部主任。执导话剧《生命档案》等。

[②] 徐晓钟（1928— ），戏剧教育家、话剧导演艺术家。曾任中央戏剧学院院长。执导话剧《麦克白》等。

中夹杂一两句北京土话中的"糙词儿",这对在场的演员来说很像常年习惯于吃油泼面的西北人猛然享用粤式海鲜,一开始觉得鲜美醇厚,吃着吃着就觉出了寡淡,这时突然有人往其中撒了一把盐。

宫晓东可以在正式场合以标准军人姿态向首长报告或请示——握双拳自然抬臂至身体两侧,小跑,立定,双手迅速下垂,紧贴裤缝线,举右手至眉侧行军礼。就这一点而言,许多军旅生涯不够丰富或"半路"入伍的艺术家难以做到——

有一次正式演出,我们通知若干艺术家身着夏常服参加,有人居然身穿夏季军衬衣到来,他以为既然有"夏"的成分,一定是衬衣,那可是北京10月下旬的气温呀。别人"衣冠楚楚"时,那人却露着白皙的双臂,让我哭笑不得。宫晓东也可以在某些不那么正规的应酬场合穿着背心、脸涨筋红地与对方"叫板"。当然,宫晓东更可以在一些外事活动中西装革履,文质彬彬。据说由于他在中戏"导七九"毕业大戏《培尔·金特》中出色地扮演培尔·金特,受邀于瑞典王宫,其风度翩翩之表现颇有"为国争光"的意味。

不得不说到一个民间流行的特别概念:"装"。

"装"是这一代人并不陌生且在成长过程中多少都曾体验、见识并最终鄙夷的人生状态。"假装"并不可怕,一时一事而已,而"装"之所以遭人反感,是因为它变成了生活方式,貌似具备而实则缺乏真正文化内涵,令人觉得虚伪。不过现实生活中,"貌似"与"真正"有时难以区分,以至于"假作真时真亦假"。这让许多具备"真材实料"的人很是为难。为了免于沾染"装"的色彩,宫晓东努力让自己过人的才华交融在"世俗"之中,并把那种具备文化含量或者文明要素的人生理解用寻常百姓的方式表达出来。在我看来,这其实也是一种智慧。

事实上,宫晓东不仅用这样的方式平衡着他的人生,也用他的这种特殊方式传递着更为开放、时尚且能够实操的戏剧理念。尽管困难重重,问题多多，但是，为了使话剧《最危险的时候》按时演出，在总政话剧团提出的"团长盯创作，业务副团长盯舞台，行政副团长盯保障"机制助推下，宫晓东导演最终在舞台上较好地解决了"散点戏"所可能存在的问题：

"散点戏的关键不在于'散'的延展与铺张，而在于'点'的选择与安排。'散'只是一种经过美学选择后外化了的形式，而'点'则是内容表现的必需。编导必须在一个貌似无序的广阔背景下始终将观众的注意力聚焦于若干戏剧效果较强的典型事件的编排上。……由于这台散点布局的大戏基本沿着纵式（时间）走向演绎，所以如何避免游离感和跳跃感，用戏剧特有的方式把各个'点'衔接起来，便显得至关重要了。应该说，导演以一种开放的艺术观念，比较成功地运用了包括现代科技（如激光灯、双向转台）在内的诸种舞台手段，较好地解决了这个问题，剧情发展、场景转换始终保持流畅之感，更为重要的是，体现为全剧特色之一的宏大气势，不仅在各'点'，而且在场景的衔接与过渡中都得到了较好张扬。"①

再次和孟冰见面的时候，我居然差点没认出来。

四年多时光眨眼就过去，"白驹过隙"一般。虽说上次见面是在盛夏时节，改为文职干部的孟冰身着便衣夏装，这次再度相见则是春节刚过，当上战友话剧团副团长的孟冰已经身着配有上校军衔的冬常服军装，这算是有些区别，但最重要的变化是，孟冰当时给我留下深刻印象的"板寸"发型消失了——他把头发蓄留起来，是那种爬满头顶却没有蓬松生长的发型。

我暗自在想，孟冰发型变化的原因肯定不是民间说的"心闲长头

---

① 参见拙文《以气势和神韵展示大制作话剧的魅力》，原载于《文艺报》1995年10月6日。

发，手闲长指甲"，我宁可相信他多半是担心"白头搔更短，浑欲不胜簪"①吧。

孟冰在创作上的聪慧与勤奋，我早有所闻——他最早是战友话剧团招收的"表演类"学员，却因种种条件所限，始终未能担任主演。在"跑龙套"的实践中，他发现了舞台的"奥秘"，常常在背身、侧身的配角戏中使出各种招数"抢戏"，吸引观众的关注和笑声。

结果可想而知，"搅局"的孟冰被安排从事道具搬运和场记工作。谁也没有想到，道具箱成了他最初的写作平台。许多台词的修改，小戏的初稿，演出情况的记录都是在道具箱上完成的。想想看，演出时道具箱通常放置在两侧副台，四周都是匆匆上下场的演员和随时准备更换舞美道具的工作人员，加上舞台监督忙前忙后的指挥，其热闹程度不亚于舞台。所以，很长一段时间里，喧闹的环境成为道具箱旁成长起来的剧作家孟冰写作的必备条件。

我后来数次去孟冰在八大处的住所，那个很像战友话剧团"俱乐部"的"孟宅"，被"战友"的人们习惯地简称为"2133"，不是门牌号，而是他家军线电话号码的后四位数字。

"嘛去？"

"2133，找孟团说点事儿。"

"没在办公室？"

"问过了，就在2133。"

推门而进，嘈杂的说笑声扑面而来，五六个甚或更多的人在谈天论地，评戏说文，吸烟者吞云吐雾，品茶人吸溜有声，此时的孟冰却猫在一个角落写作，不时还侧过脸笑着接应众人话题说上两句。据说，这是孟冰创作的常态。

---

① 〔唐〕杜甫（712—770）《春望》。

于是就有了《山脉》《红白喜事》《来自滹沱河的报告》《郝家村的故事》这些由孟冰独立或参与创作的话剧。

春节刚过不久，根据部领导指示，文艺局商北京军区文化部临时抽调孟冰到总政歌剧团参与"音乐剧"《军嫂》的创作。与话剧《最危险的时候》一样，音乐剧《军嫂》也被列为创作重点。

后者几乎可以说是"会战"的产物，从立项到正式演出，部局两级，甚至机关其他二级部召开的听取汇报，研究创作方案等各类会议达十九次之多。除主创人员，参加者竟有几十人，几乎囊括了全军可利用的编剧、导演、作词、作曲、舞蹈编导、舞美设计、服装设计各类创作人员，甚至还有地方艺术家，可谓创造了1990年代单一军旅剧目创作参与人员之最。

这个戏的讨论和推进是与话剧《最危险的时候》交替进行的，常常是今天研讨话剧，次日则研究音乐剧，全年以至于延伸至下一年度伊始几乎没有停歇。这个复杂过程也说明，歌剧院团的剧目创作尽管也可以被归入"戏剧类"，但与话剧院团的创作差别甚大，难度更大，更为复杂，甚至不能同日而语。

《军嫂》选题来自模范军嫂韩素云的事迹。韩素云与倪效武定亲后，边防部队来征兵。倪效武家境困难，老人有病，弟妹年幼，所以对参军入伍一事犹豫不定。但韩素云鼓励倪效武从军报国，并在"未过门"的情况下主动搬到未婚夫家，照顾一家人生活。三年后两人成婚，韩素云更是支持丈夫安心服役。后来韩素云患上股骨头坏死病，为治病全家举债，韩素云于心不忍。倪效武的战友们获知后纷纷捐款。这一军人和军属互相支持的事迹发表在《羊城晚报》，引起社会强烈反响。广州中医学院附属医院主动把韩素云从山东老家接到广州，免费为她治疗。

不富裕的农村人口占有很大比例，农村籍士兵在部队为数众多，这是一个无法回避的历史条件。70年代末的部队文艺创作就开始涉猎如此内容，小说《高山下的花环》中的梁三喜，就是"顶着满头高粱花子参军的"，牺牲后留下带血的账单。所以，对军事文艺创作而言，这样的题材很有现实意义。

虽然每次开会都由孟冰作主要汇报，但他并不是唯一作者。另一位作者是总政歌剧团五年前从湖南湘潭选调特招入伍的冯柏铭[①]。冯柏铭早年因创作歌剧《苍原》《深宫欲海》而产生很大影响，写歌剧算是高手。对他来说，可能存在的问题是对军事题材创作规律和特点不够熟悉。孟冰的加入是个很好的补充。这不仅单指军事题材本身，实际上孟冰还继承了战友话剧团的一项传统，善于描写农村。这个传统是由老剧作家胡可[②]从话剧《槐树庄》起开创的。

冯柏铭完全是"富态"之相，是那种与"胖"的概念紧密相关的富态。古人说"硕人其颀，衣锦褧衣"[③]，虽然描写的是女性，却分明看出"富态"之正向含义——"胖"就是美人呀！所以，说冯柏铭"富态"，是说他的"胖"具有一种讨人喜欢的状态。冯柏铭原本算得上标准身高，却因"富态"反而未显出身材之"颀"。加之另一位编剧孟冰衣带渐"窄"，腰围开始变得"醒目"，两人站在一起，"硕人"成双，我们有时会以谐谑口吻说此次创作的"分量"不可小觑。

冯柏铭并不在意别人拿他身材打趣儿。每每这时，他都会不厌其烦地告诉打趣儿的人，早年他在湘潭歌舞团排演的舞剧《红色娘子军》中扮演的可是洪常青的角色，然后他会以标准的"谢内（chaine）"舞姿在原地打起转来。当冯柏铭做完动作，开始呼哧带喘的时候，大家就会一阵感慨：

[①] 冯柏铭（1952—），军旅剧作家。曾任原总政治部歌剧团创作员。创作歌剧《"玉鸟"兵站》等。
[②] 胡可（1921—2019），著名剧作家。曾任原解放军艺术学院院长。创作话剧《戎冠秀》等。
[③] 参见《诗经》之《卫风.硕人》。

"岁月啊，岁月是一把杀猪刀……"

冯柏铭的才能得益于他刻苦读书的习惯，他对莎士比亚的熟读和对西方文学的偏好，使得他有可能在基层歌舞团缺乏专业编剧的情况下，有了创作歌剧的可能。当绝大多数职业编剧都"拥挤"在话剧和戏曲创作之路的时候，冯柏铭的尝试成为亮眼的少数。

音乐剧成为时尚肇始于1980年代后期，至90年代中期大有蔚然成风之势。许多人跃跃欲试，就连中央戏剧学院这样的高尚殿堂都组建了音乐剧系，好像不懂得音乐剧就俨然落伍于世界。

我之所以在《军嫂》之前音乐剧上冠以"引号"，是因为大家试图为总政歌剧团开创一个歌剧之外的先例。歌剧团的这个想法，得到袁厚春局长的积极拥戴，他的艺术观念始终不保守。我读研时主修欧美文学，对英美音乐剧略知一二，反而谨慎。所以艺术样式一开始只是暂定。

冯柏铭和孟冰都是第一次创作音乐剧。这种实际上和歌剧不是一回事的艺术样式，在国内可能被一些人当成了歌剧的通俗版。这句话的潜台词是，既然能创作歌剧，何以不能创作"通俗的"歌剧呢？我们的剧作家在尝试这种新样式的过程中并没有意识到自己的创作方式和世界流行的制作方式相去甚远。

退一步讲，这也没有什么。艺术样式的界定有时非常劳神，许多教授和学者为此耗费一生精力，而对"实操"的艺术院团来说，则没必要如此。一旦提及音乐剧，人们就始终围绕"什么是""什么不是"打转，诸如"舞台要流动起来""演员要载歌载舞"之类，这并不是务实的态度。我当时在想，与其在样式本身是否符合标准上做文章，不如在创作上把剧本做扎实了。我们可以将其称作音乐剧，但实际上就是写成通俗的歌剧，也没有什么，这对总政歌剧团来说，反而切实可行。歌剧演员、尤其是唱美声的歌剧演员通常并不见得苗条轻盈，指望他们像百老汇的青年男女艺人那样边唱边跳，近乎痴人说梦。

3月3日下午，在部会议室召开的第二次创作讨论会上，孟冰汇报了赴山东和广州采访的情况。第一次提出广州是救治韩素云的地方，且韩素云事迹在广州深入人心，必须作为剧本的重要环节。这等于扩大了题材的外延——原本是"十五的月亮，照在家乡照在边关"式样的题材，又增加了"双拥"的内容。这样做的好处是，剧本的意义更加丰厚。

冯柏铭补充汇报了创作手法上的考虑：全剧采用无场次结构，现实部分以大写意方式处理，回忆部分则按写实方法描述，再现韩素云的生活环境。除了韩素云和倪效武使用真实姓名，其他人物以称呼代名，做虚化处理。剧名更改为《桃花红，芦花白》。

3月11日上午依然在部会议室进行的汇报，得到部局两级领导的肯定。袁厚春局长最后提出了要求："不搞人为的宣传品，而要搞艺术精品，这是一个基本原则。搞成一个传奇故事，能够透视出90年代人们的精神面貌。故事本身要有传奇色彩，要加强情节性和故事性，能给人留下印象。人物要有内心矛盾，整个剧情要有波折。"

袁厚春的观点代表了当时部队文艺工作的基本价值取向：采用文艺的方式就要尊重文艺规律，而不能仅仅把文艺当成一般的宣传载体。事实上，只有按照文艺特性抓好创作，才能真正实现"传播"和"宣传"的效能。

直到6月29日在总政歌剧团排练场休息室召开的第六次创作研讨会上，才最终确定了音乐剧的创作方向。这时，剧本已经基本定型，剧名正式定为《芦花白，木棉红》。

这次会议的"音乐"和"舞蹈"色彩很重，王晓岭、王祖皆[①]、张卓

---

① 王祖皆（1949—），军旅作曲家。曾任原总政治部歌剧团团长。为歌剧《芳草心》等作曲。

娅[1]、郭鼎力[2]、范伟强[3]、张小芯[4]、贺东久都是参会者，当然还有歌剧团马上退休的王云之团长、即将接棒团长的陈奎及，以及袁厚春和我。这些人中有四位作曲家，两位词作家，一位舞蹈编导。让这样一些艺术家来听情况，意图很明显——音乐和舞蹈将如何进入？

最为特殊的是，这不是一次剧本创作进展汇报会。整个创作过程是由袁厚春局长介绍的，这原本应该是歌剧团领导或者编剧的事情，而冯柏铭和孟冰没有参会。艺术家们发言之后，袁厚春说：

"马上进入二度创作，剧本已经提供了一个基础。下决心搞成音乐剧，这个方向不能改变了。这样的题材搞成音乐剧，在中国没有先例。"

有一个人一直在认真记录每位专家的发言，很少说话，偶尔点点头，或者一动不动地目视着发言者，表情严肃，眉头紧锁。

他就是已经确定担任本剧导演的王群[5]。

王群是北京军区战友话剧团导演，曾长期在南京军区前线话剧团工作。人们对王群的关注起始于他在前线话剧团执导了音乐话剧《征婚启事》。王群的适应性很强，善于驾驭各种复杂的舞台作品，用行业内部的俗话说，"招数"比较多。当年前线话剧团力推"音乐话剧"完全是创新之举，无规无则，没有依据，难免招致业界有些人说三道四，诸如"话剧加唱""不伦不类"之类。但王群硬生生将《征婚启事》整得满堂生彩。

---

[1]　张卓娅（1952— ），军旅作曲家。曾任原总政治部歌舞团创作室创作员。为歌剧《芳草心》等作曲。

[2]　郭鼎力（1955— ），军旅作曲家。曾任原北京军区政治部战友歌舞团创作员。为电视剧《沙场点兵》等作曲。

[3]　范伟强（1956— ），军旅作曲家。曾任原解放军军乐团创作员。为电影《路边吉他队》等作曲。

[4]　张小芯（1962— ），军旅舞蹈编导。曾任原海军政治部文工团编导。创作舞剧《土里巴人》等。

[5]　王群（1948— ），军旅话剧导演。曾任原北京军区政治部战友话剧团导演。执导音乐剧《芦花白，木棉红》等。

之后，前线话剧团推出的《海风吹来》《青春涅槃》，战友话剧团创排的《这里通向天堂》，总政话剧团出品的《桃花谣》，都是音乐话剧。这一切都归因于王群的"挑头儿"，他若不先吃这一口"螃蟹"，哪来后面的"接二连三"？和其他戏剧导演相比，他离"音乐"最近。

王群还有一个重要身份——著名电影演员王馥荔的丈夫。妻子名气比丈夫大许多，若是别人，或许内心很不平衡。王群毫不在意，且引以为荣，倒不是他愿意沾夫人名气之光，而是真切之情的真切表现。

某种程度上说，今天各位名家的发言都是说给王群听的，在二度创作拉开帷幕之前，他需要有所准备。按照总政歌剧团的安排，汪俊参与导演工作。

歌剧也好，音乐剧也罢，对这部作品来说，最重要的是要能留下优美的唱段。作曲家的选择便显得至关重要。目前部队一线作曲家主要擅长队列歌曲或抒情歌曲的创作，鲜有交响乐的创作经历，而这个经历对一部大型音乐类剧作来说十分重要，有些老艺术家虽有歌剧音乐创作经验，但年岁渐长，身体状况恐无力承担，所以一时间未能找到合适人选。

陈奎及推荐了珠江电影制片厂作曲家程大兆[①]。他的几部交响曲和电影音乐创作在业界反响不错。最让我们感觉对路子的是，他曾经在新疆军区政治部歌舞团工作多年，了解军旅文艺创作路数。

和程大兆第一次见面，我们就相谈甚欢。这位西安籍的音乐家保留了关中人特有的古朴与厚道，目光坦荡，笑声朗朗，讲话韵味十足，尾音很重。他毫不隐晦地表述了对《易经》的喜好以及"阴阳"之于音乐的关系。我们在总政歌剧团排练场聊了近一下午。欲离开时，仍觉意犹未尽。他又送我，顺着小铜井胡同又边走边聊，竟不知不觉来到新街口大街上。恰好路旁有一家京味家常菜小馆，食客进进出出，生意很是

---

① 程大兆（1949—），作曲家。曾任珠江电影制片厂作曲。创作《第一交响曲》等。

兴隆。

"进去？"我指了指餐馆，问程大兆。

"进去！"程大兆果断地点点头。

想到与程大兆所聊，皆与音乐相关，莫不如唤来我的同事——文艺局分管音乐业务的屈塬干事同聊，说不定能"碰"出火花。便用餐馆吧台电话打了传呼机，联系屈塬。

果然不出所料，屈塬到后，气氛更加热火。

屈塬与程大兆皆为正宗"秦人"，加之我能说比较地道的"秦"语，一时间关中话充斥这家小小餐馆，引得周边说着京腔的食客不时好奇地朝我们这边张望。他们哪里晓得这几位说着土气十足话语的人在聊着或许"洋气"十足的话题呢！

我们边吃边喝边聊，从秦腔聊到眉户戏、碗碗腔[①]，从大雁塔聊到西凤酒，从伊犁河谷巩乃斯的马聊到新疆军区诗人周涛，最终聊到这部"音乐剧"的曲调定位、主题歌和应该有的唱段风格。

眉飞色舞、兴高采烈、激情澎湃的气氛伴随着"咱是谁呀""写出来肯定倭也""嚜嘛哒[②]"之类酒酣状态下的"土话"自信，在一定程度上激发了三位聊天者对这部作品音乐走向的思绪。那情境颇有一种"醉里挑灯看剑，梦回吹角连营"[③]的架势。

"ŋè（我）的爷呀，喝得美！聊得美！"步出餐馆时，程大兆略带醉意地感慨道。ŋè 的发音类似于"饿"，但发音时口腔上颚与咽部前区紧贴，很特别。

程大兆当然最终兑现了"嚜嘛哒"的承诺。

但程大兆在后来的创作中深切体会到"嚜嘛哒"背后的艰辛。现在

---

① 眉户戏、碗碗腔，皆为陕西地方戏曲剧种，主要流行于关中一带。
② 倭也、嚜嘛哒，陕西关中方言。倭也，完美、好的意思。嚜嘛哒，没问题的意思。
③ 参见〔南宋〕辛弃疾（1140—1207）《破阵子．为陈同甫赋壮诗以寄之》。

听程大兆的《第一交响曲》《第二交响曲》《第三交响曲》以及其他一些作品，仍能感觉到他鲜明的多少有些张扬的个性色彩。而对于军事题材创作来说，个性经常需要包容在共性之中，或者说，要在共性的需要中寻找到个性准确的位置。程大兆对此适应了很长时间。

和队列歌曲看重节奏与旋律不同，交响乐更加复杂，层次多维，并不能简单地以"好听"为原则。而这部剧作，既要具备宏大作品的气度，又要拥有"好听"的元素——音乐剧嘛，难度可想而知。

最难的是，研讨会开得多，建议和意见便来自四面八方。业务人员和行政管理者所提建议角度往往不一样，前者或许偏"技术"且专业性强，后者可能更具"分量"却常常出于直觉。

"咋个样？"研讨会后，我担心程大兆不能"承受之重"，有时为了缓解气氛，故意调侃一下，便用陕西方言问他。

"还行。"程大兆苦笑着，眼神略显迷离。

围绕这部"音乐剧"创作而频繁召开研讨会，我为此找遍许多场所——总政歌剧团排练场、文艺社北太平庄书库、总政西直门招待所、旃檀寺西侧的金桥饭店、部会议室，甚至还数次借用机关其他二级部会议室。

"三月扬花满地飞"的时节刚刚结束，一位其他二级部的干事告诉我，有个地方适合开会，更适合创作，且不受干扰。他们刚刚在那里开过会。

"什么地方？"我问。

"中越友好人民公社。"他哈哈笑着说。

他说的地方在京城之北，昌平地界，原来果真叫中越友好人民公社，后来改为中日友好人民公社，再后来改为北郊农场。

我第一次去那里的时候，小麦已经长得齐腰高，一望无际的绿色。

麦田中间居然有一条还算宽阔的石渣路。摇下车窗，不仅视野开阔，而且分明可以闻到一股泥土和麦田混合的芳香。不知拐了几道弯，来到一处并不算很大的院落。一进院子大门，一片空旷的广场之后，有一座工字型二层建筑，白色瓷砖墙面，红色琉璃瓦屋顶。

这里是驻京某部队质监站培训中心，所在地位于北郊农场一隅。北京地界，常有以寺观起名之传统，恰好附近曾有一处名叫回龙观的道观。据说明代弘治皇帝常来此处修道，如今道观早已不见踪影，却留下一座也唤作回龙观的村落。

我们索性把这个培训中心简称为"回龙观"。

二十多年过去，回龙观已经成为北京城北拥有几十万人居住的大型社区。而曾经的"回龙观"留给我们的是创作、研讨军事文艺作品的记忆。

程大兆的家在广州，来回奔波实在不便。一段时间，我们在这里开会研讨，索性就将程大兆安顿在这里，消化各方建议，整理思路，修改曲谱。不知过了多久，程大兆悄悄地告诉我，他成为回龙观第一批"经济适用住房"的购买者。

其实，我们正是在"回龙观"，为《芦花白，木棉红》召开了规模最大的一次研讨会。不过那是在下一年度4月，剧目在内部试演阶段，我们为参加每年一度的全军文艺创作规划汇报会的全体代表作了专场演出安排。这些代表包括各大单位文化部部长和文艺处处长，政治部文艺创作室主任，各专业文艺团体负责人，八一电影制片厂负责人，解放军文艺出版社负责人，解放军艺术学院各专业系负责人。当然，这次研讨会是在"创作规划汇报会"正式议程之外，以征求意见的名义召开的。这在全军文艺工作历史上非常罕见。

张卓娅作为该剧作曲之一也参与了音乐创作。这种情况并不多见。

我说的不是张卓娅与别人合作，而是张卓娅没有与其丈夫王祖皆共同参与和署名并不多见。这对伉俪作曲家在创作上的琴瑟和谐在乐坛传为美谈，他们创作的歌剧《芳草心》的主题歌《小草》传遍大江南北。原因在于王祖皆即将提升为总政歌剧团分管业务工作的副团长，而他原来与张卓娅同为总政歌舞团创作员。按照领导干部管理的若干要求，王祖皆需要"避嫌"。即便如此，在最初试听张卓娅创作的唱段时，我目睹王祖皆在为张卓娅提示音高、击节拍子过程中的投入专注和下意识的百般呵护，还是很受感动。

在下一个年度，当《芦花白，木棉红》正式以总政歌剧团和北京军区战友歌舞团联合演出名义推出的时候，相当于从一个侧面证明，这不可能是一部典型的音乐剧。尽管创作者努力把每个片段的歌与舞都有机地打造成整体，但歌者和舞者是分离的——歌者咏之，舞者蹈之，各行其是。其实，如若不纠缠于艺术样式本体的标准与否，或者说不受某些条框的制约，创作者还可以放开手脚，施展更大空间。

我可以悉数讲出优秀的舞蹈《芦花舞》《上大梁》《背媳妇》，以及优秀的唱段《芦花花》《四季歌》《嫂子之歌》。迄今清楚地记得，一曲动人的《嫂子之歌》唱出的"但愿天下当兵的人都有这样的好妻子"令观众唏嘘不已的场面，而火红热烈的《木棉舞》则引发了观众持续很久的掌声。

许多人都说《芦花白，木棉红》很好看。这点很重要。

"将这部剧作定位于音乐剧，我以为并非单纯出于戏剧样式选择的考虑或追寻时尚之举，很大程度上是对歌剧作为小众文化某种非广普品性的回避。为使其尽可能具有大众文化的色彩，在剧、舞、歌等音乐剧基本要素构成上做了精心处理。剧之流畅，舞之优美，歌之动人，以及它们彼此之间以民族风格表现为基础的有机结合，成为该剧遵循的准则。"①

　　需要记述的是，韩素云和倪效武这两个生活原型，在剧中没有按照最初汇报的那样使用人物的真实姓名，而被称作芦花和大苇。生活中，人们记住了韩素云和倪效武；舞台上，观众记住了芦花和大苇。无论真实人物还是艺术典型，他们传递的都是人世间一种蓬勃向上的情绪。

---

① 参见拙文《"白""红"交融映高洁》，原载于《戏剧电影报》第816期。

第四幕

渐入佳境

　　1995年，最重要的事情莫过于总政文化部让上一年度刚刚恢复的解放军文艺奖真正结出"硕果"——除了按照政治工作条例规定每五年举办一次全军文艺会演，从这一年起，解放军文艺奖的评选成为年度重要工作。按照计划和规则，在1995年把1994年的获奖作品评选出来。其后，每年类推。

　　解放军文艺奖定位为大奖，突出唯一性、标杆性，无普惠比例，每个艺术门类仅有一个获奖名额。文学类以长篇小说、中篇小说、短篇小说、诗歌、散文、报告文学、理论评论各为单元，美术为独立单元，舞台艺术类则以专业门类为单元：戏剧、歌曲、舞蹈、曲艺等。不设个人单项奖。这个限定条件对舞台艺术是苛刻的，因为文学和美术作品基本由个人完成，舞台艺术则是系统工程，少则十几人，多则几十甚至上百人。

　　比较而言，获此奖项难度甚于"五个一工程"奖、文华奖、曹禺戏剧文学奖。奖项规格越高，受奖面则越窄。对组织者而言，总要设法鼓励创作，调动创作人员积极性，于是当年同步增设"全军文艺新作品奖"，作为补充和基础奖。基础奖分设一至三等，均有比例。一等奖则具备参评解放军文艺奖的资格。

每件参评作品背后，关注的目光岂止来自创作者个人，而是各大单位，可谓众目睽睽，评奖难度可想而知。《上堂开示颂》云："尘劳迥脱事非常，紧把绳头做一场。不经一番寒彻骨，怎得梅花扑鼻香。"不得不赞叹唐代黄檗禅师[①]悟得何其透彻！

颁奖仪式确定在 7 月 28 日，建军节之前，明显具有纪念意味。

除获奖人员，参加者囊括军队文化系统从分管领导到具体单位相关人员，规模可观。以如此"阵仗"在北京举办全军文艺颁奖活动，我在总政机关任职期间一共经历两次，第二次则在 1999 年第七届全军文艺会演之后。

因奖项涉及电影和电视剧，总政文化部由所属文艺局、文化影视局成立秘书、会务、演出、材料等若干小组，负责颁奖仪式的筹备与组织工作。我在材料组负责讲话稿撰写以及相关作品资料的准备。

正式颁奖前一天上午，我正在旃檀寺机关办公室紧锣密鼓地准备相关材料，突然接到唐栋打来的电话，告知他马上从广州乘飞机赶赴北京报到参加会议，问我能否去机场接他。

唐栋要从广州飞来？我一下子没愣过神来。

还没等我发问，唐栋匆匆说了句"我去年调广州军区了，见面细说"，便挂断电话。

我忽然想起当年在兰州的往事，"舍友"刘剑锋政委曾说他在观摩演出之外另有"重任"。莫非这"重任"与唐栋调动有关？

不管怎样，从喀喇昆仑山边防哨所到乌鲁木齐，从兰州到广州，唐栋从世界屋脊一路下来，也算经历了漫漫征程——身体所处海拔高度越

[①] 〔唐〕黄檗禅师（？—855），唐代大乘佛教高僧。

来越低，人生冲刺目标或许越来越高。

我对唐栋走过的人生路径透着一种似曾相识的熟悉——1980年代后期，我在西安政治学院的一些教员同事议论起未来可能的人生去向：要么东去北京，要么南下广州。

我不负责会务接待，也不清楚参会人员的具体情况。得知唐栋参会，便想当然以为他来领奖。多年未见的老朋友要来北京，自然非常高兴。

7月下旬，北京炎热无比。但当时首都机场狭窄的一层接机区有空调，倒也凉爽舒适。

那时，还没有首都机场2号、3号航站楼，谁也不知道机场的宏伟究竟应该呈现什么样子。当时的首都机场不过就是在现在的1号航站楼，候机区是一个圆形建筑，登机口依次转圈布排，而服务区则是设置在候机区中心的圆形柜台。想到前不久去香港，往返搭乘飞机都在广州白云机场。那个机场更小，好像就坐落在城里的建筑群之中，飞机起降时周边都是楼宇住宅，看得人心惊肉跳。比较起来，首都机场还算不错。

唐栋拖着拉杆箱从里面走出来的时候，十分显眼。这倒不是说他是否身材高大，是否仪表堂堂，是否容易惹人注目，而是他身穿短袖制式军衬衣，肩佩大校军衔。我吃了一惊，作为创作员的唐栋何时得以授衔？

我那时只是中校，看到大校军官自然觉得威风八面。事实上，我站在围栏外边看得很清楚，接机者和步出的旅客总是自觉不自觉地朝唐栋肩上溜一眼，我猜想八成是在数他肩章上"两道杠"之间究竟嵌有几颗星——"好奇害死猫"，人的天性使然。在我记忆中，好像从未见过唐栋戎装在身，五年前在新疆见面，大家都改为文职干部，当然无军装可穿。三年前在兰州再聚，全军已经确定"五一节"之后文职干部恢复穿军装，可是当时正处在"转换"期间的那几天，许多人要么没来得及穿，要么军装还未发到手。再之后，军装已成为我们日常生活之必需，但我们却未曾相聚。

我指着唐栋的肩章，问："你这是？"

唐栋恍然大悟，急忙解释道："我从军区创作室去战话当团长了，刚刚两个月。"

按照规定，文工团领导授予军衔，而创作室人员则为文职。原来，唐栋参加颁奖仪式是以战士话剧团团长身份而来，与获奖无关。除了唐栋，广州军区参加者应该还有政治部分管领导、文化部领导、战士歌舞团、战士杂技团和军区创作室负责人。其他大单位相同。

唐栋说的"战话"，是广州军区的人对战士话剧团习惯性简称，很像南京军区的人把前线话剧团简称为"前话"一样。

在我看来，"战话"和"前话"这两个简称十分霸气，有一种"舍我其谁"的气概，完全没有考虑到，如果北京军区、兰州军区、成都军区的人分别把本军区的战友话剧团、战斗话剧团、战旗话剧团都简称为"战话"怎么办？同样，如果济南军区、沈阳军区分别把自己军区属下前卫话剧团、前进话剧团都简称为"前话"怎么办？

幸好"存在即为合理"，除了广州和南京军区，其他军区的简称习惯有所不同。北京军区的简称是"战友"——它的歌舞、话剧、京剧三个团都如此自称。济南军区则习惯于以"前卫"示人，也是歌舞、话剧两团"共享"。兰州军区很别致，自称"兰战"。只有沈阳军区有些特殊，军区属下前进话剧团的人有时自称"抗敌"——其实，这个称呼原本应该归属北京军区战友话剧团，因为它从晋察冀军区抗敌剧社——华北军区——北京军区演化而来，可是组建于1955年的前进话剧团，是由原华北军区、西北军区和东北军区三家话剧队合并而来，而且华北军区话剧队大部分人都去了前进话剧团。换句话说，如果检测"DNA"，前进话剧团果真拥有一部分"抗敌剧社"的基因。

这种简称方式不是短时间形成的，经历了漫长岁月，各团几代艺术家都这么叫着，就习惯成自然，然后再传承。它也是一种文化现象，包孕着热爱、自豪和自信。其实，我也一直纳闷儿，总政歌舞团、歌剧团、话剧团为什么一直没有像大军区文工团那样的简称习惯？我到总政话剧团任职后才知道，三个团也有简称，只是把"总政"两个字省略了而已——这算什么？

我到总政机关后，知道除总政文工团编制等级为正师级外，各大单位文工团皆为正团级建制，团级正职最高可授予上校军衔。但由于各团业务主官大都身兼高级专业技术职务，一级编剧或二级演员之类，所以按照《中国人民解放军军官军衔条例》第八条之规定，"套衔"时均参照专业技术军官之军衔评定，因而团级单位的主官，甚至副职都可以授以"专业技术大校"军衔，这与人们所知道的"军事、政治、后勤"军官之军衔有所区别，完全不是后来社会上传言，文工团的领导动辄什么军级师级之类的。

唐栋大校坐上车后，寥寥数语提及他何时离开兰州，到广州之后做了哪些事情，然后话锋一转，很快说起话剧创作之事，反复说目前战士话剧团的剧本数量偏少，质量不高，不足以支撑团队发展。

以我的有限接触判断，唐栋做事认真，写小说，谈感受，聊时事，总是一板一眼，有理有据，有时喜欢较真儿。但他今日如此之快进入角色，还是让我肃然起敬。没承想"当官"后秉性依然。

既然唐栋当了团长，我便问起战士话剧团"班子"情况。

"原来的团长肖振华[①]改任政委。"唐栋说。

"刘剑锋呢？"我问。

"调到战士杂技团当政委。"唐栋说。

我暗自想，刘剑锋对"话剧"贡献真可谓不小，他哪里是"挖"来一位重要编剧，分明是"挖"来一位话剧团团长，想想马致远《汉宫秋》

[①] 肖振华（1950—），军旅话剧演员。曾任原广州军区政治部战士话剧团政委。主演话剧《祖国屏峰》等。

第二折戏文:"陡恁的千军易得,一将难求",可不是咋的?

"战话最需要的是编剧。如果有合适人选,推荐给我们。"唐栋接着我的话题说。

"你自己是搞创作的,干吗还要找编剧?"我有些不解。

"专业编剧很重要,我有行政职务,不可能全力投入创作。战话以前创作力量很强。可惜赵寰[1]退休,年纪也大了。张晓然[2]转业回上海。张莉莉[3]因为别的原因,去了香港工作。"

唐栋提到的赵寰、张晓然和张莉莉都曾是战士话剧团创作的支撑力量。前者与陈其通[4]、沈西蒙[5]、胡可等人同为军队老一代剧作家之翘楚,毕业于解放军艺术学院的张晓然获得过全国优秀剧本奖之殊荣,那可是曹禺戏剧文学奖的前身呀!而张莉莉的作品曾经赴京演出,轰动一时。

我理解唐栋的意思。他认为我站在总部角度,视野或许开阔,接触相关专业人员的机会比较多。但由于我身处总部机关,不可能像刘剑锋那样"如此这般"行事,我若那么做了,相当于"拆东墙补西墙"。

我忽然想到了游檀寺西墙外那一次四川火锅店的聚餐,因为与战旗话剧团青年女编剧王焰珍谋面谈进京演出的机缘,我结识了中国剧协研究室的蒲逊,她是"科班"出身,有过创作实践,最重要的是,她好像对军旅话剧格外感兴趣。

---

[1] 赵寰(1925—),军旅剧作家。曾任原广州军区政治部战士话剧团团长。创作话剧《南海长城》等。

[2] 张晓然(1959—),作家。现任《新民晚报》主任记者。创作话剧《大趋势》等。

[3] 张莉莉(1955—),女,军旅剧作家。曾任原广州军区政治部战士话剧团创作员。创作话剧《血染的风采》等。

[4] 陈其通(1916—2001),著名剧作家。曾任原总政治部文化部副部长。创作话剧《万水千山》等。

[5] 沈西蒙(1919—2006),著名剧作家。曾任原南京军区政治部文化部部长、原总政治部文化部副部长。创作话剧《霓虹灯下的哨兵》等。

"有啦！"我坐在桑塔纳后排座椅上，狠拍了一下大腿。

"什么？"唐栋一愣。

"颁奖结束后，我安排你们见面。"

事情进展之顺利远超我的想象，有道是"有志者事竟成，破釜沉舟，百二秦关终属楚"①。也就是一餐饭的功夫，唐栋完成了目测、口试、专业情况了解等"特招"最初阶段所需要的大致流程。我能感觉到唐栋对推荐人选蒲逊是满意的。我能做的也就这些，剩下的事情全凭唐栋的努力。

蒲逊穿上军装，真正实现军旅话剧梦想，好像是相当一段时间以后的事情了。据说，团里研究、报批、借调工作这些环节经历了很久。当然，入伍后又下连当兵，完成从老百姓到军人的转变，以及不断熟悉部队生活等等，这些都是后话。不管怎么说，唐栋上任伊始，从抓创作队伍入手，路径显然是正确的。

就在那次颁奖大会上，我明显地感到，刚刚走马上任的唐栋面临的紧迫任务，并不是选调专业人员充实创作队伍，尽管此事关乎团队的长远发展，而是战士话剧团自 1988 年进京演出话剧《血染的风采》以来，再无剧目在京亮相。

谁都知道，"进京演出"从来没有真正成为戏剧评奖或者业界以及观众认可的标准，但长期以来，它却成为一只"无形的手"，牵动、影响、有时也制约着京外戏剧团体。反观之，明眼人都发现，凡获奖剧目，大多有过进京演出经历。

我不知道唐栋是否意识到这个问题，至少颁奖大会一结束，广州军区文化部主要领导在会场与我碰面时，驻足而立，专门与我谈到此事。

---

① 流传数百年经典对联之上联，传说为明代胡寄垣所作，一说蒲松龄。

这位部领导有作曲才能,凭我们想象,他会更加关注军区战士歌舞团,而战士杂技团作为全军的"艺坛楷模"和广州军区的骄傲,更是他一直以来的关照重点。他能够"专谈"战士话剧团进京亮相之事,说明军区有关方面开始重视此事。

北京的五环路通车之前,阜石路是去往八大处的必经之路。路况不算很好,虽说多数路段铺设了柏油,但有一段路面坑坑洼洼,不仅有多处十字路口,且路径弯曲狭窄。所以,我有时觉得,去战友话剧团不见得比去某些京外军区话剧团便捷——下飞机,汽车走高速,寒暄话还没说完,车进院子了。

不管怎么说,战友话剧团地处北京,即使路上堵车耗时,联系起来毕竟方便。最重要的是,战友话剧团始终把话剧创作与演出看成团队发展的核心事业,从未三心二意。虽说"战友"也拍电视剧,时常也会有团队人员出外景拍摄,诸如电视剧《黄土岭1939》《伊木河的小老兵》等,但能让人们记住"战友"的却都是话剧。

战友话剧团团长翟迎春,写京剧出身,曾在战友京剧团担任创作室主任,代表作是京剧《梁红玉》,一出正宗"刀马旦"新编历史剧。这出戏甫一推出,便引起广泛关注。我说的是"广泛"——往白了说,就是各个层面都很喜欢,差一点被八一电影制片厂拍成电影。之所以"差一点",也缘自于"各个层面"中的某一层面。此为旧话,不提也罢。

说起来,写京剧《梁红玉》对翟迎春不算什么大事,他真正的大事是——曾经在1964年成为全军"大比武"的尖子。写戏的人有多少?大比武的尖子有多少?一比就知道哪一头的分量重。如此稀缺人才何以不留在作战部队领兵打仗,偏偏跑到文工团写戏?

"哎呦喂,别提了!当年可是论家庭成分滴,富农外加逃亡,怎么可能留在作战部队?允许留在部队奏(就)算烧高香了。"翟迎春团长对我描述当年情况时，摇着头，皱着眉，拍着腿，依旧满脸无奈和窝火的样子。残存的河北饶阳口音，还是会使翟迎春团长稍不留心，把"就"顺嘴说成"奏"。

我就想起了济南军区剧作家殷习华，他可是正宗"贫下中渔"出身。和殷习华的家庭出身相比，翟迎春的家庭"成分"显然高出不少。那年月，两种家庭背景出身就可能"碾出"两种人生轨迹，尽管殷习华终归也和翟迎春一样，干上了"写戏"的行当。但时代造就的很多东西，由不得你愿意与否，哪里顾得上你的能力大小？至少彼时的"环境"带给当事人的心理感受大不相同。五十多岁的翟迎春是60年代初入伍的老兵，经历的"时代风雨"比我们多了不少。

先写京剧，再抓话剧，现在看来，上级选定翟迎春担任战友话剧团团长，不算乱点鸳鸯谱。京剧和话剧在本质上相通，而"抓"和"写"的侧重点完全不同。团长懂得艺术规律，比懂得"技法"重要得多。因为业界人们常常用打比方的方式暗喻一个不便明说的道理：团长的位置相当于"屁股"，是否懂得艺术规律相当于"脑袋"。一般情况下，前者总是决定后者，万一"不懂"，带来的后果无法想象。这个比方显然不够雅致，可是这么一说，人们马上就理解了其中含义。

那段时间，翟迎春团长不时跑到黄寺找我，主要是约定何时去战友话剧团所在地八大处观看"小孟"新创的音乐话剧《这里通向天堂》。

"小孟"是当时孟冰在战友话剧团的官称，男女老少都这么叫。虽说孟冰的军龄已有二十多年，可年纪毕竟才三十啷当岁。那年月文工团招小兵，十一二岁入伍的不少，让我们这些当时还在读初中的人羡慕不已。在年长"一轮"的翟迎春团长面前，在众多看着他成长起来的老艺术家面前，称"小孟"准确而稳妥。很久以后，说不好是哪个时间节点，"小孟"突然间就变成了"老孟"和"孟大爷"。

战友话剧团创排华北农村题材的作品，是优长，也是传统，追溯起来可至1937年的抗敌剧社，这类题材一开始就关涉军事题材创作的核心——兵民是胜利之本。

抗战时期的《戎冠秀》，解放战争时期的《我们的乡村》，1949年以后的《槐树庄》，新时期翟迎春和小孟这一代人的《娲皇峪》《来自滹沱河的报告》《郝家村的故事》，这些话剧一脉相承下来的，不仅是"拥军支前"的题材，还有"石碾土炕老槐树"一般的乡村气息。干脆点说，"土气"甚至是他们的一大特色。走进战友话剧团办公楼或排练场听到的话语口音，真正流行的不是胡同里的京腔京韵，而是多少带有冀中平原"老坦儿"味道的乡音。据说，孟冰当年为北京人艺朗读自己创作的话剧《红白喜事》，用的是河北方言，中间被于是之[①]打断，说："等我笑完了再读。"

无论怎么说，音乐话剧在样式上是洋气的：通俗歌曲、现代音乐、绚丽灯光、充满时代新潮风格的服装，虽然作品反映的是北京军区总医院学雷锋标兵孙茂芳的事迹。

对这部作品的导演王群来说，这些都不是问题，他毕竟来自南京军区前线话剧团，上海、苏州、杭州、厦门这些时尚大都市都在南京军区的管辖范围和前线话剧团的观照视野。

但演出《这里通向天堂》的这支队伍名叫"战友话剧团"。

我也是无意中发现，小孟娓娓道来的"说服"能力丝毫不亚于总政话剧团导演宫晓东。为了让我相信"战友"之传统、风范与创演这部音乐话剧的要求十分匹配，小孟以别的话题为由头，从抗敌剧社1940年开始排演苏联话剧《前线》《俄罗斯人》说起，讲到抗战时期演出过最时尚的话剧《雷雨》和《日出》，甚至在1938年还给外国观众演出，这位外国观众名叫诺尔曼·白求恩。这些"说服"的潜台词是，玩洋的，

[①] 于是之（1927—2013），话剧表演艺术家。曾任北京人民艺术剧院演员。主演话剧《茶馆》等。

"战友"也行，而且很早就行。

翟迎春团长在一旁不住地点着头，口中念念有词："那是，那是。"

当然，孟冰说这些，并非向我汇报。出品主体是军区，总政机关业务部门最多属于了解情况，不存在直接"请示""汇报"的关系。再说，假如非得由孟冰汇报不可，汇报的正式场所也应该安排在会议室，汇报者的身份是副团长。而"小孟"向我娓娓道来的地方，一般是在"战友"人心目中的"俱乐部"——"2133"。他只是希望我多了解战友话剧团，增强对他们的信心。

这些都不重要，顾虑也是多余的。战友话剧团虽有传统和特色，但创作观念并不保守，敢于把前线话剧团创新的艺术样式拿来用，并且把自身最好的演员阵容布排上阵，最重要的是，一台状写学雷锋标兵的作品，通过如此形式，变得好看、耐看。北京军区文化部报送的材料显示，这台音乐话剧下部队演出时，深受基层官兵喜欢。这就很有说服力。而给我留下印象深刻的，是剧中一位信仰天主教老太太与孙茂芳的对手戏，拿捏分寸准确，看不到"强迫"与"说教"的色彩，看后令人信服。这部作品的剧名意味深长，从哪里能够通向"天堂"，观众在观后会有所领悟。

仲秋时节，当西郊植物园的奇花异草最具观赏价值的时候，北京的气候就开始变得宜人起来。

穿长袖制式衬衣的时节总算过去了。说实话，这个时节最担心的是军衬衣后摆从军裤中"抻"出，你浑然不觉且依旧雄赳赳地行走在大街上，人们关注的目光集中过来，还自以为军姿很好。说俗点，这有碍观瞻，说雅的，这影响军容。按照军务部门通知，我们开始换穿常服军装。虽然"八七式"夏常服的好处是有了小翻领，不必总是检查风纪扣是否扣上，但"一拉得"领带还需扎好。我在院校养成了习惯，军容风纪从不马虎。

文艺局办公区在大楼西侧,两位局领导分别在两个小单间办公室,其他干事则在两间大办公室办公。我的办公桌既不靠门,也不靠窗,倚在一个角落,平时偶尔有人从门口经过,我也看不到。

这一天,汪守德、屈塬、姚志清等人外出办事,我独自一人在办公室处理公务,正准备打电话与兰州军区文化部联系,落实军区战斗歌舞团赴香港演出的有关之事,只见门口有人探头进来张望——是头伸了进来而身体还在外面。由于他是侧身,我自然看到他的半个肩膀,簇新的上校肩章十分明显。

看到我在办公室,那人径直走了进来。

来人军装合体整洁,领带紧扣在衣领口,左手托着军帽,右手提着公文包,军容严谨得无可挑剔。

"我是蒋晓勤[①]。"

我眼前一亮。

"前线话剧团蒋晓勤?"

"是的。"

我需要确认一下来人是编剧蒋晓勤,而不是哪个军区话剧团与其重名的某个演员,因为来到我面前的是一个浓眉的英武军人。在一般的描写习惯中,"浓眉"与"大眼"被当成单一词组,并不分开。但对蒋晓勤,简单这么写来,容易被读者忽略"浓眉"的特别之处,以为就像常人那样眉毛稍微黑些密些而已。他的"浓眉"之显著、之引人关注,远远超出寻常,几乎近似于"戏妆"完成后的效果。

未见其人时,其名早已如雷贯耳。

因为我清楚地记得,范咏戈向我介绍全军戏剧队伍状况时,把蒋晓

[①] 蒋晓勤(1950—),军旅剧作家。曾任原南京军区政治部创作室主任。创作话剧《死峡》等。

勤列为"一线"编剧。办公之余有空闲,我也曾向陆文虎请教全军各门类创作人员情况。在说到戏剧队伍时,陆文虎向我提到蒋晓勤以及他创作的话剧《强台风从这里经过》。

从陆文虎话语中,我能听出他对蒋晓勤创作的认可——作为评论家和职能部门领导,陆文虎一向严谨,获得他的"认可"并不容易。我为此专门翻阅了《剧本》杂志刊载的《强台风从这里经过》。印象中,剧本的写作方式很专业,强调和看重了规定情境的作用——一个只有连队驻守的小岛,因为三位家属来队,以及一对老战士夫妇回连队探访,他们所带来的信息和观念,引发了这个孤寂小岛上官兵内心的"强台风"。

蒋晓勤刚刚担任副团长,分管创作。

我们所聊内容始终围绕前线话剧团的创作和历史。

说是聊,其实我一直在听。

我已经意识到,许多话剧团的领导愿意向我多说,多介绍情况。我完全理解,毕竟我调入文艺局时间不长。他们希望我能像我的前任,甚至前任的前任那样,了解他们,熟悉他们,助力他们抓出好作品,推出好剧目。

蒋晓勤从当下的创作情况说起,从音乐话剧《海风吹来》聊到姚远、邓海南[①]两位编剧,从音乐话剧《青春涅槃》聊到他们从上海戏剧学院"挖"来的导演李建平[②],从话剧《许永楠》聊到导演潘西平[③],渐渐又把话题转向老一代的剧作家沈西蒙和漠雁[④],最后居然聊到新四军战

[①] 邓海南(1955—),军旅剧作家。曾任原南京军区政治部前线话剧团创作员。创作音乐话剧《征婚启事》等。
[②] 李建平(1962—),导演、教授。现为上海戏剧学院教授。执导音乐话剧《海风吹来》等。
[③] 潘西平(1944—),军旅戏剧导演。曾任原南京军区政治部前线话剧团导演。执导话剧《虎踞钟山》等。
[④] 漠雁(1925—2009),著名剧作家。曾任原南京军区政治部前线话剧团团长。创作话剧《宋指导员的日记》等。

地服务团。蒋晓勤的这种倒叙方式的介绍，让我脑海中渐渐形成对"前话"的大致印象。我隐约感到，蒋晓勤貌似在讲创作，分明在讲"前话"的传统，那是一种源自党领导下的人民武装——新四军对文化的重视和对文化人尊重的传统。

蒋晓勤的叙述方式与"小孟"不同，后者的特点是娓娓道来，绘声绘色，像讲故事。蒋晓勤的叙述则是声情并茂，条理分明，像在讲课。后来我知道，在军队话剧"阵容"中，蒋晓勤是他这个年龄段为数不多的毕业于正规大学的"科班"编剧，这使得他一直以来严谨认真，一丝不苟，周到细致，这也很像他的创作风格。

蒋晓勤以进京办事为由，"越过"军区文化部这一与总部文艺局对接的中间环节，直接与我面见并沟通，就是希望我们能在"前话"新班子上任之初，在音乐话剧《青春涅槃》和话剧《许永楠》正在演出之际，去前线话剧团"审看"一下。

"审看"是文艺界特定用语，用于机关或上级观看演出的场合。我很不习惯，但入乡随俗，不得不接受。多少有点像"上"与"下"之间说"爱护"和"爱戴"的区别，其中包含着微妙的精确。绝对属于汉文化专利，很难译成外文。

蒋晓勤的想法正合我意。我需要在尽可能短的时间里，完成对全军戏剧队伍的全面调研。袁厚春局长支持我的想法，所以，我的请示很快得到批准。

"夜幕低垂，红灯绿灯，霓虹多耀眼。那钟楼轻轻回响，迎接好夜晚。避风塘多风光，点点渔火叫人陶醉。在那美丽夜晚，那相爱人儿伴成双。"

没错，这是邓丽君演唱的歌曲《香港之夜》。像幻听一般，这首歌总在我耳畔回响，似乎很真切，且循环往复——这种感觉简直由不得自己,因为——我此刻就在香港的大街上,感慨着香江的繁华以及北方所没有的闷热。

我和兰州军区政治部战斗歌舞团《鼓舞竞飘扬》演出队一行四十余人,于傍晚时分离开香港弥敦道上的一家酒店,乘车前往位于尖沙咀中港城码头,准备乘船返回广州。

那是1995年10月,国家民委文宣司组织兰州军区战斗歌舞团赴香港演出,我作为部队业务主管部门工作人员随团前往。那是我第一次去香港,又是在"九七"回归之前,心里还是有别样之感。

香港回归之前,去那里并不容易,办理有关手续有时甚至难于出国。按照计划,我们进入香港是搭乘穗港直通列车。演出结束后,则搭乘港穗直达客船经由香港海域和珠江航道返回内地。在北京"预设"般默想了许多遍从深圳罗湖口岸进入香港的情形,没承想却从广州乘火车直达,返程搭船就更加特别,迄今不解。不过回想起来,也蛮有意思。这使得我有可能不用转车而在广州安排业务活动。

黄昏时分,在中港城码头办完出关手续,我们登上了一艘中型规模客船。按舱位安顿好所有人员后,大家便在船上自由活动——船上居然有一处面积不算很小的免税店。开船的时间定在午夜之前,抵达广州则在凌晨5点多。

我利用这段时间,与广州军区文化部文艺处喻英华干事联系,落实明天去军区战士话剧团的事情。

赴港之前获知,广州军区战士话剧团刚刚创排了话剧《桃花崮》,而这部话剧所反映的内容与总政歌剧团正在推进的音乐剧《芦花白,木棉红》的题材非常相近。恰好此行途经广州,所以,我打算借此机会了解一下战士话剧团和新创剧目情况。

说来很巧,喻英华干事是当年我在西安政治学院教过的学生,如今我们工作在"一条线"上,想到明天即将见面,十分高兴。

因为海浪缘故，停在码头上船体略微有些荡漾，不明显，却似摇篮一般，不知何时我便进入梦乡，我甚至不知晓客船何时起航。我在睡意朦胧中，被服务电话唤醒，一看手表，已是凌晨。我知道，客船即将停靠广州莲花山码头。

在码头出口处，我既没有看到唐栋的身影，也没有看到三年前在兰州看戏时的"舍友"刘剑锋。说实话，我内心深处还是很想与刘剑锋见面，除了叙旧，也想夸夸他的"特殊"贡献。刘剑锋没来接我，这很正常。此次到广州，为"战话"之戏而来，刘剑锋转任"战杂"政委，与我的业务没有直接关联。

早已站在我身边的喻英华，一边表露着阔别数年之后思念的"师生之情"，一边展示着"战友之谊"，那种感觉温馨而复杂。喻英华向我介绍了同来接船的战士话剧团身材健硕的肖振华政委，阳刚帅气的卢志启[①]副团长。肖振华行了军礼，便爽朗地笑起来。我刚刚从香港返回，身着便衣，没法还礼，便紧握住他的双手，以示尊重。后来我发现，肖振华的谦逊以及礼节之"到位"远远超出常人，逢人见面，无论职务高低，每每首先敬礼。

和唐栋不同，肖振华政委和卢志启副团长都是演员出身，两人身材高大，气宇轩昂，英气逼人，再加上军装的衬托，在码头上熙熙攘攘的人群中十分扎眼。听说卢志启还得过中国剧协的戏剧"梅花奖"，这对演员来说，几乎可以算是顶尖的荣誉。

当天晚上，在战士话剧团排演场，我看了话剧《桃花崮》。

这是一部描写家在农村的军嫂桃花支持丈夫安心服役戍边的作品。题材是传统的，常见的，和此类大多数作品相似，故事也发生在农村。但《桃花崮》别致新颖之处在于作品背景和前提的设置——不纠缠于困

---

① 卢志启（1952—），军旅话剧演员。曾任原广州军区政治部战士话剧团副团长。主演话剧《大趋势》等。

难、哀怨、病痛，不把精神境界的升华建立在克服困难、军地双方帮助的基础上。女主人公桃花是个阳光开朗的农村妇女，积极向上，热爱生活。全剧没有虚饰的赞美，却有期盼的美好，没有令人落泪的伤感，却有感人奋进的气氛。此类题材的如此表现，在军事文艺创作中，不仅话剧少见，小说似乎也不多见。

这实际上是个创作观念和思维角度的问题。其实，行业的"不易"和"艰苦"比比皆是，"矿工""地质勘探者""远洋船员"……生活中，哪个"行当"是安逸且踏实的呢？极而言之，人生就是历练的过程。

我到广州后才知道，《桃花崮》的编剧是战士话剧团创作员王树增[1]。原来，除了唐栋，战士话剧团还有写戏之人。我早就知道王树增是一位优秀军旅作家。我在院校任教时因经常撰写文学评论稿件而关注军事文学动态，知道80年代武汉军区尚未撤裁而军区空军还有创作室时，王树增在武汉空军当创作员。他写的小说角度都很精巧，《黑峡》《红鱼》《鸽哨》这些中篇小说都给我留下很深印象。在创作上似乎历来看重角度的确立。但我没有想到王树增能写话剧，更没料到他如今就职于战士话剧团。

我当晚匆匆忙忙，与王树增有过简单交流，先是在剧场，然后一起吃夜宵，但身边总是有许多人，无法深入。或许因为我初来乍到的缘故，军区文化部和团里的人都很热情，生怕对我有所慢待，结果反倒让我没有更多时间与编剧多聊。

《桃花崮》的导演是陈明正[2]和许家琅[3]。这一组合非常特殊，前者

---

[1] 王树增（1952— ），军旅作家。曾任原武警部队政治部创作室主任。著有长篇纪实文学《朝鲜战争》等。
[2] 陈明正（1933— ），戏剧导演。曾任上海戏剧学院表演系主任。执导话剧《OK股票》等。
[3] 许家琅（1940—2009），军旅话剧演员。曾任原广州军区政治部战士话剧团副团长。执导话剧《桃花崮》等。

是上海戏剧学院教授，后者毕业于"上戏"，虽是演员，却担任过"战话"副团长，有过执导话剧经验。陈明正因有工作，不能保证随时从上海过来"盯戏"，许多工作便由许家琅接手。而我看戏时，两人均不在现场，自然没有和导演沟通的机会。

唐栋刚刚上任不久，对这部作品创作过程不甚熟知，看戏时也未多说，仅为陪同。但我记住的是，这部话剧女主角和男二号演员是夫妻，从哈尔滨话剧院借来排戏，团里拟将他们夫妻俩同时特招入伍，充实演员队伍。事实上，这两人后来都成为"战话"的表演骨干。

那一次，我在广州累计逗留时间很短，只能算是途经。由于话剧《最危险的时候》和音乐剧《芦花白，木棉红》正在紧锣密鼓地创作之中，需要上传下达和协调的事情很多，次日一早我便匆匆返京。所以，我对战士话剧团的深入了解则是半年之后的事情了。

看戏之后的惯例是谈意见，要么在剧场休息室，要么干脆就正儿八经地去会议室，没有例外。若有部局领导在场，我倒无所顾忌。袁厚春局长出身于编辑，谈意见很注意专业分寸。陆文虎副局长"学者"气息很浓，讲话丝丝入扣，拿捏精准，不易"跑偏"。而我独自看戏时，一个棘手问题马上摆在面前。

没有局领导在场，我就"代表"机关，无论我如何表达自己对作品的看法，都很容易被基层剧团理解成"上级"的意见。这对文艺作品的创作与修改并不合适，艺术规律有自身独特属性，简单地介入"行政"因素，不利于推出作品，繁荣创作。虽然我自认为"专业"出身，但角色毕竟归属于"机关"。轻、重、宽、严，每一句话都会令创演单位十分在意。我每每会想起范咏戈的"叮嘱"。

我向袁厚春谈及我的苦恼。

"干脆带上几个专业人员，让他们说，我们总结。"袁厚春说。

最早一段时间，我们观看京外军区话剧新作时，所带专业人员有：郑振环、刘星和卢学公①。这似乎有些道理。前两人来自总政话剧团，"位势"貌似略高，水准亦不错，卢学公是解放军艺术学院戏剧系主任，本身既是导演，又是教授，大家都能接受。

此方法渐成惯例时，需要有一个"名头"加以确认，这样也好向部领导"请示"时便于行文。袁厚春对我说：

"称为攻关小组怎么样？"

我暗想，又不是搞技术革新，攻哪门子关？便说：

"就叫专家组吧。各团互相助力，彼此互为专家。"我说。

袁厚春思忖了一下，拍板定夺："好，就叫专家组！"

建立专家组，这是1990年代军旅话剧"一盘棋"概念正式提出之前的重要举措。当时我们的专家没有任何酬劳，连普通的"出场费"也没有，纯粹尽义务，奉献智慧。今天的"专家"已随处可见——有专长者即为专家，回望那时这一小步的迈出，仍感艰难不易。"互相助力，互为专家"的说法，实际上解除了业务机关和每位参加者的顾虑——甘愿无偿奉献，不做出头椽子。

这一年刚刚立冬的时候，袁厚春与我率领"最早一段时间"的军队戏剧专家组成员郑振环和刘星，踏进了南京中山门附近的"卫岗"大院。此行当然与蒋晓勤不久进京密切相关。

卫岗是地名，出自明代，因山岗上有驻军守卫孝陵而得名。但今日卫岗之名扬，则完全因为这里驻扎两家赫赫有名的军队文工团——南京军区政治部前线歌舞团和前线话剧团。

1950年代至今，这里人才辈出，佳作频现，几无中断。尽管"前线"两团的艺术人才源源不断地输往总政文工团或者驻京海空军等艺

---

① 卢学公（1942—），军旅话剧导演。曾任原解放军艺术学院戏剧系主任。执导话剧《带一身黄土来当兵》等。

团体，但"卫岗"始终保持着"推人"与"出戏"的旺盛态势。无须逐一说出这里走出的"名人大腕"，但品味魏了翁[①]之《满江红》，便可领悟其中奥秘：

逢诸公卿，谁不道，人才难得。
须认取，天根一点，几曾休息。
未问人间多少事，一门男子头头立。
只其间，如许广文君，谁人识。
冠盖会，渔樵席。
豪气度，清标格。
要安排稳当，讲帷词掖。
蜀泮堂堂元不恶，犹嫌偏惠天西壁。
嘱公卿，著眼看乾坤，搜人物。

魏了翁说得到位，只是他哪曾料想近千年之后的卫岗大院，"人才"何尝局限于"头头立"之"男子"？

此时的北方在经历了萧瑟秋风之后已现清冷之态，但南京仍然满街绿色，尤其让我们惊讶的是，进入卫岗大院大门，马上看到那两排依旧充满生机的大树，其架势很像南京新街口大街两侧遮天蔽日的法国梧桐。

看完音乐话剧《青春涅槃》，我忽然想起总政歌剧团陈奎及曾经在总政直属文艺团体汇报会上提及这个选题。一经了解，果不其然。原本蒋晓勤为总政歌剧团专门创作此剧，却因种种原因而被搁置。于是，一出可能的歌剧或音乐剧，变成音乐话剧。

新四军题材总是让前线话剧团难以割舍——他们确认自己是新四军的传人。《青春涅槃》描写的是新四军女战士芳菲的传奇经历，唯美、

[①] 〔南宋〕魏了翁（1178—1237），理学家。著有《鹤山全集》等。

略有悲伤，女主人公芳菲牺牲后又有一种情绪和情感的升华，全剧充满浪漫主义的色彩，很容易令人想起华兹华斯的美妙诗篇：

啊，回来吧，快把我们扶挽，给我们良风，美德，力量，自由！你的灵魂是独立的明星，你的声音如大海的波涛，你纯洁如天空，奔放，崇高……①

至少，我在看此剧时，这种感受十分强烈。当然，我也在想象，若当年以歌剧或音乐剧形式推出，会是什么样子呢？

---

① 华兹华斯（1770—1850），英国浪漫主义诗人。著有《抒情歌谣集》等。此诗节选自《伦敦，1802》。

第五幕

热闹的过场戏

蒋晓勤知道，音乐话剧《青春涅槃》只是他曾经的心结，这件事情确实与总政歌剧团有密切关联。在他看来，我应约而写，交稿后却迟迟没有结果。无论如何，这是一个问题。这样的问题在合约规则弱于"体制"意识的时代背景下，也只能自己设法化解或了断。当然，我们不排除其中可能既有彼此误解的因素，也有不合时宜的缘故。不管怎么说，"前话"用自身的创演实力化解了这个"心结"。对剧作家来说，作品推出了，立住了，而且是按照自己的理解方式上演的，就算大功告成。

我们纷纷向蒋晓勤表示祝贺。戏剧作品立起来并首演成功这种事情很有意思，某种程度上很像喜结良缘的婚礼，热火朝天的"恋爱"阶段总是得不到祝福，哪怕同居很久且幸福甜美，非得等到"男穿西服女穿纱"的这一天不可。喜欢圆满，喜欢大功告成，是人的天性。所以，没有一个编剧或导演不渴盼相当于"婚礼"的那一场演出。蒋晓勤虽然在名校濡染多年而养成矜持习惯，但"浓眉"下掩藏的喜悦已然情不自禁地流露出来。

其实，向蒋晓勤表示祝贺，相当于同时祝贺姚远和邓海南。他们三人事实上已经结成有机的创作整体,起码三人联合署名就是一种标志。蒋、姚、邓,或者姚、邓、蒋,再或者……无论人们说的这"三驾马车"①排序方式如何变化,反正经常呈现的状态是你中有我,我中有你——用谐谑的口吻说,多少有点像《红楼梦》里说的贾史王薛四大家族之"一荣俱荣,一损俱损"的意思,而我还要补充加上"一顺皆顺,一难皆难"。

刘星的祝贺几乎成了赞美——他的评价远远超过别人。这很有意思,刘星发言很少有模糊"地带",常常非此即彼。他若喜欢,所谈内容很容易让听者"飘飘然";反之,也会令听者一时难以接受。这种发言方式在机关绝对是禁忌,再怎么着也得讲究一下辩证法和"两点论"吧。

"这个问题呢,我认为应该是这样理解的……"刘星以如此惯常的表达方式打开话题,表明了自己对这个革命浪漫主义题材的认同以及文化品位的喜欢。作为剧作家,刘星在骨子里是个浪漫主义者,他喜欢《青春涅槃》是可以想见的。

这个发言并不是在观后座谈会上所说,看完演出已然亥时,军区文化部和前线话剧团蒋晓勤等人安排专家组一行去吃夜宵。刘星的赞美是在餐桌上说的。东道主自然高兴,难免会以劝酒方式表示感谢。

参加夜宵活动的还有一个与今晚演出无关的人——军区政治部创作室专业作家胡正言②。他有些不知所措地认真听着大家聊戏,似乎还不是很适应一帮子搞戏剧的如此这般的交流方式。再说,胡正言除了与曾经当过文艺社编辑的袁厚春局长熟识以外,与军队戏剧口艺术家并无交往,也不知从何处插入话题。好在胡正言在交谈中发现我与他是安徽同乡,且家乡相距不远,便有了可聊话题。

---

① 关于"三驾马车"概念的提出,可参见《剧本》2003年11期。
② 胡正言(1949—),军旅作家。曾任原南京军区政治部创作室副主任。著有长篇小说《鸡鸣山下》等。

胡正言原本写报告文学——他的报告文学《走出洪荒》曾给我留下深刻印象，我还专门为之写过评论文章《安徽的悲壮：大自然的肆虐与人的抗争》[①]。后来，胡正言兴趣面不断拓宽，又涉猎长篇小说、电视连续剧等体裁样式。而前不久，他又接受一项任务，创作了以第三十一集团军优秀士兵许永楠事迹为题材的话剧《许永楠》。按照此行计划，我们明天将在"前话"排练场观看话剧《许永楠》。

这部话剧塑造了一个始终在平凡岗位上扎实做着平凡事情的平凡士兵，强调了平凡细小的生活琐事孕育着不平凡的人和事。如此写法的话剧在军旅戏剧创作中经常可见，就像不久之前沈阳军区前进话剧团艺术室主任王承友[②]创作的话剧《飘落的雪花》——根据沈阳军区某部两位通讯兵在长白山护线时牺牲的事迹创作的剧目。不过，在这类题材创作中，济南军区前卫话剧团的话剧《徐洪刚》是一个范式。换句话说，自从有了话剧《徐洪刚》，此类题材的崭露头角变得不那么容易。

当郑振环在餐桌旁开始发言时，气氛马上活跃起来。说来奇怪，郑振环担任总政话剧团团长，正儿八经的正师职领导，但无论场合正式与否，他讲话都很难建立一种严肃的气场，这可能与他的表达方式有关，要么他自己先"轻松"下来，要么他的话题中有易于让人们感到"轻松"的缺口。而刘星分明是创作员，但凡发言，却立刻能把大家带入一本正经的氛围——当然，现时的刘星已然转换身份，他已经被任命为总政歌剧团副团长。

郑振环引发的热闹，自然把矛头转向自己，于是人们纷纷向他敬酒。我则乘机把刘星拉到室外，想借用他的手机回复几个"汉显"传呼机提示的必须立刻回复的电话。刘星的现代化"装备"在这些人中总是领先

---

① 参见拙著《走向高原的境界》（解放军文艺出版社 1996 年版）。
② 王承友（1940—），军旅剧作家。曾任原沈阳军区政治部前进话剧团艺术室主任。创作话剧《飘落的雪花》等。

一步，那时多数人刚刚从数字传呼机更新换代为简称"汉显"的文字显示传呼机，刘星则已经开始使用刚刚由"大哥大"正式更名的"手机"，而且手机上标着令人羡慕的西语字母：Motorola。俱往矣，当时座机电话几乎没有开通拨打长途电话功能，遇有急事，非使用手机不可。

没想到"悲剧"了——电话死活打不出去。

"怎么回事？"我急得来回踱步。

"可能密码按错，锁死了。"刘星显得很不好意思。

我正要另想办法时，刘星说："上街找一家修理店，解锁就行。"

手机主人如此热情，弄得我反倒不好意思。刘星不由分说，带着我即刻来到街上，而把袁厚春、郑振环以及蒋晓勤、姚远等一干人撇下不管。接近夜半时分的南京街头依然热闹非凡，霓虹闪烁，只是无论如何找不到一家手机修理店，开门营业的不过是一些"24小时便利店""粥店"或者"足浴"之类的小门脸。

"别急！"刘星安慰着我，"我再试试，或许可以。"

在一处略显明亮的街角，焦急的我站在一旁，看着刘星拿出手机，重新开始输入解锁密码。其实，这些艺术家大都是"科技盲"，哪里晓得密码按键操作次数的限定。而刘星如同"劳模"一般不厌其烦地按着，一遍、两遍，以至于最后一次操作按键时居然像表演一般，摆出幅度很大的动作，高高地抬起右臂，然后猛地用力往下一按，同时口中还长长地"哎——"了一声……

1996年1月2日下午，新年上班第一天，总政文化部召开年度工作安排会议。

针对文艺局，部里主要安排三项工作：第一，注重作品思想性、艺术性与观赏性统一，创作官兵喜爱与老百姓好评的作品；第二，舞蹈、曲艺、长篇小说创作的薄弱环节要有所突破，抓好纪念长征60周年晚会，上半年推出音乐剧《芦花白，木棉红》；第三，今年在全军开展跨大单位交流演出。

第三点是一项非常特殊的工作。

下基层部队演出是军队专业文工团的基本任务，每年都有明确的演出场次要求。按相关规定，歌舞团演出场次略多于话剧团。除总政文工团在全军范围演出外，其他文工团均在所属大单位范围内执行演出任务。跨大单位交流演出，当然只针对总政文工团之外的文艺团体，这在军队文艺工作中史无前例。

为此，部里主要领导非常细致地提出七个方面要求：1. 交流演出的必要性。2. 交流演出的方式。上半年戏剧团体，下半年歌舞团体。3. 交流演出双方在时间安排上不一定同步对等。4. 交流演出不能局限在城市驻军，要下到基层部队。交流演出场次可以计算为年度下部队演出场次数。5. 交流演出期间严格遵照中央及军委有关廉洁规定，不许超规格接待。6. 总政文化部出面"结对子"：南京军区和兰州军区，广州军区和济南军区，沈阳军区和成都军区，海军和空军。

次日上午，文艺局召开会议，落实部里安排，细化工作环节。局里要求我当日向各大单位发出关于开展军队话剧团体跨大单位交流演出的通知。

这项工作安排来自我最初的提议，当时也只是隐约觉得，交流不仅可以使作品得以广泛传播，而且让人们得以了解兄弟单位不尽相同的军旅生活风貌。我在院校工作期间撰写文学评论时，就思考过此类问题："由于军事文学创作队伍的分布广泛，创作人员出身、教养以及生活氛围的不同，所以形成了绚丽多姿的局面。它的直接表征之一就是因军事文学的创作主体生活在不同的军区、军兵种而造成的明显的地域差异。"① 文学传播通过刊载媒体，基本没有障碍，而舞台艺术的传播则需要"交流"的形式。但是，正因为"交流"形式具有特殊性，所以我深知其意义重大而做起来却很难。能顺利获得部局认可并得到批准，的确出乎意料。

首先，各家都有年度计划，调整方案并不简单。其次，大型戏剧作品道具设备通常偏多，跨大单位长途机动，需要多方协调。第三，若以小型作品参加交流演出，各单位作品内容与形式差别不大，交流起来没有意义。

果不其然，反馈效果并不理想。

1月中旬，沈阳军区和中国曲艺家协会联合召开朱光斗② 曲艺艺术研讨会，我作为分管干事，陪同中国曲协领导赴沈阳参会。

例行之事按流程走——大会表彰，领导接见，座谈讨论，然后送客返程，也就一天多时间。我最惦记的是，此事结束后早一点去军区前进话剧团了解情况。

最让我感动的是军区文化部主要领导，始终不离我左右——其实是我随着他的计划活动，甚至午饭后都没有机会去政治部招待所休息，而被领到他的住宅小憩。

"我家属出差，孩子也不在家。在我这儿简单休息一下，省得来回跑。反正下午我和你一起去话剧团。"这位部领导的诚恳反倒令我过意不去。印象当中，军区二级部长始终陪同总部干事，并不多见，或许说明军区文化部对创作工作的重视。

与沈阳夏宫城市广场以及青年大街的现代化宏伟气度相比，和平区

---

① 参见拙文《论新时期军事文学的地域特色》(《解放军文艺》1990年12期)。
② 朱光斗 (1932—)，军旅曲艺家。曾任原沈阳军区政治部前进杂技团创作员。创作与表演快板书《学雷锋》等。

南八马路显得陈旧狭窄，路两侧大都是建筑年代久远的低矮旧楼。前进话剧团就坐落在南八马路14号，毫不起眼，至少不像舞台上的景致那般夺人眼目。

也许很久没有装修和粉刷的缘故，前进话剧团会议室略显老旧，看上去总觉得光线不够明亮。这里兼具团史馆和荣誉室，墙上挂满各个历史阶段的剧照、艺术家图片和获奖锦旗。田华[①]、王心刚[②]、王润身[③]、张良[④]、邢吉田[⑤]等老一辈艺术家都在这里留下工作的身影。给我留下印象最深刻的，自然是该团于1963年创作和演出的话剧《雷锋》。当年该剧奉调进京演出，竟然持续两个月之久，演出达50余场，并在中南海怀仁堂作专场演出，创造了新中国军旅话剧演出的一项辉煌成绩。

然而令我感到恍惚的是，前进话剧团向前追溯的历史几乎与北京军区战友话剧团重叠，有些还与八一电影制片厂有所交叉，而且直至话剧《雷锋》进京演出，军区话剧团依然前缀以"抗敌"之名。这件事情说来有趣。1955年，原东北军区组建专业文工团，共编制有四家团体，其中，歌舞、杂技、歌剧三个团均以"前进"前缀命名，唯有话剧团前缀以"抗敌"。

我想，无论前进话剧团还是战友话剧团，都应该感谢先辈开拓者——抗敌剧社。"抗敌"在创造历史的同时，也创造了最初的品牌。北京军区的前身华北军区在支援东北军区组建话剧团的时候，将自己所属文工

---

① 田华（1928—），女，电影表演艺术家。曾任原八一电影制片厂演员。主演电影《白毛女》等。
② 王心刚（1932—），电影表演艺术家。曾任原八一电影制片厂副厂长。主演电影《野火春风斗古城》等。
③ 王润身（1924—2007）电影表演艺术家。曾任原八一电影制片厂演员。主演电影《林海雪原》等。
④ 张良（1933—），电影表演艺术家。曾任原八一电影制片厂演员。主演电影《董存瑞》等。
⑤ 邢吉田（1926—1996），电影表演艺术家。曾任原八一电影制片厂演员。主演电影《秘密图纸》等。

团话剧队悉数人马全部贡献出去,连同"抗敌"那面闪耀着辉煌的团旗。但后人也应该记住,前进话剧团是由华北、东北、西北三家文工团话剧队合并而成,单用"抗敌",说明其话剧品牌力度足够大。

我没有见到团里创作人员,但李洪茂团长做了全面介绍。李洪茂团长是当时全军唯一不是"专业"出身的业务主官——当然,他来自军区文化部。

我对"前进"的"历史"充满敬重。

但前进话剧团"现实"的创作却处在踟蹰与摸索之中。

第六届全军文艺会演时,前进话剧团以话剧《圣爱》参加,成绩不错。次年又创作推出话剧《苏宁》。这是根据第二十三集团军某炮团参谋长苏宁在手榴弹实弹投掷时为掩护失手战友而牺牲的真实事迹创作的作品。作品构成的美学准则是,以生活真实为基础,适当进行艺术加工。军队话剧团创排这样的作品,天经地义,使命与责任使然。从反映"迅捷"的角度说,《苏宁》的作用已然发挥。团里很想将这部话剧打造成舞台艺术精品,只是李洪茂团长反复表示尚未找到合适的方式与角度。

我迫切希望知道除了话剧《苏宁》的修改之外,在新创剧目方面,团里有哪些考量?李洪茂团长讲到团里刚刚结束的创作会,一位具备一定创作基础的演员提出,准备创作一台反映基层连队官兵婚恋观的话剧《兵头》。从内心真实想法说,我宁愿以为这只是一种情况反映,并未真正列入创作计划。专业剧团的创作,不同于寻常单位的群众文化活动。虽然军队戏剧创作队伍中,亦有其他专业改行来的少数人才,但没有时间和机会的特殊磨砺,这种"可能"一般不能作为依托。

"团里专业编剧庞泽云[1]也有个创作意向。"李洪茂说。

庞泽云?我顿时觉得眼前一亮。我知道话剧《圣爱》由他创作,而

---

[1] 庞泽云(1949—),军旅剧作家。曾任原沈阳军区政治部前进话剧团艺术室主任。创作话剧《炮震》等。

且听说军艺参加全军会演的话剧《带一身黄土来当兵》也有他参与创作的成分。

"什么题材?"我问。

"反映部队建设中遇到的高技术与低素质矛盾的。"李洪茂说。

李洪茂接着转述了庞泽云的创作构想:原来的训练能手面临新问题,新装备列装后看不懂,用不了,最后不得不转业离队,而一位炊事班班长因文化素质较高而有了用武之地。

军队建设正处在"摩托化"向"机械化"转型的时代背景下,这是个极具现实意义的军旅题材。庞泽云视角的选取,一听就觉得不同凡响。

我知道庞泽云如同知道王树增,在院校写文学评论时便久闻其大名。他是正儿八经按照正常的军旅轨迹成长起来的部队作家——先是应征入伍,然后任班排连营之"长",基层岗位几乎一步不落。他创作的短篇小说《夫妻粉》获得过全国优秀短篇小说奖,并被收入中学课本。这是了不起的荣誉,当时全国写短篇小说的人比比皆是,能收获如此成就的却凤毛麟角。

但庞泽云知名度高,不完全因为小说创作,很大程度上还和他的传奇经历有所关联。我在多个场合听人讲起这则故事。1992年,庞泽云在解放军艺术学院文学系就读,周末搭公交车上街。车上遇小偷行窃,身为军人的他,正义之感油然而生,立即见义勇为,出面制止。哪承想小偷瞬间转为歹徒,拿出匕首朝庞泽云左胸深深地刺去。那可是心脏所在位置呀。

身强力壮的庞泽云好像没有受到致命"重创",依旧不撒手,直到制伏歹徒。去医院后,医生惊奇地发现,庞泽云的心脏并不在左胸,而在右胸,而且他的所有内脏位置均在相反方向,这种情况极为罕见,医学上称之为"内脏反位",这样的人占比为百万分之一。

庞泽云不是"常人",他也因此免于中年"涅槃"。

或许，不同寻常的庞泽云会带来一次机会。不管是不是偏见，我对优秀作家改任编剧历来看好，因为我相信人文素养、艺术素养之基础所可能辐射出的力量。

此时，总政文艺局接到国家文化部通知，拟于今年7月在哈尔滨举办全国歌剧、音乐剧观摩演出活动，希望部队推荐参加剧目。总政歌剧团的音乐剧《芦花白，木棉红》即将杀青，这是全军唯一专业歌剧团体的作品，必须保证能够如期参加。而我们也希望已经"立起"的三台音乐话剧有机会跻身此次观摩演出。这就是前线话剧团的音乐话剧《海风吹来》《青春涅槃》以及战友话剧团的音乐话剧《这里通向天堂》。

文化部很快同意我们推荐的《芦花白，木棉红》参演，但认为三台音乐话剧在本质上属于话剧，与歌剧、音乐剧观摩演出的专业要求不符。经过反复沟通，文化部最终接受音乐话剧《海风吹来》参加此次观摩演出活动，理由是在这三部作品中，《海风吹来》的音乐成分最多，和音乐剧的要求相对接近。

音乐话剧《海风吹来》起初叫《迷人的海湾》，邓海南主笔创作，蒋晓勤和姚远都署名参与，是为参加第六届全军文艺会演而专门打造的剧目。这部作品一直处于修改状态，原因不在于戏剧结构与故事本身，而是音乐话剧这种新的舞台艺术样式给大家带来认知上的不确定：歌、舞、剧要素之布排比例，三者互相衔接的当口，话剧属性是否出现偏移。没有标准答案，也没有能够一锤定音的大师。

此剧在题材选择上与该团另一部话剧《窗口的星》有异曲同工之处——基层部队如何在观念上适应周边快速发展的经济环境。金海镇为发展经济而要修路，协助修路的是驻军四连，而修路最"经济"的途径是从南小丘通过，可是这里埋葬着为解放和建设这个小镇牺牲的四连烈士。四连官兵内心受到巨大冲击。但部队上级最终决定让出南小丘，全体官兵肃然默立，集体向烈士墓敬礼告别。主人公欧阳宏说："在战场上不怕牺牲的军人不算勇敢，只有在战场上与和平时期都不怕牺牲的军人，才算得上真正的军人。"

"前话"去哈尔滨参加全国观摩演出，原本顺便在沈阳军区就地"交流"十分便捷，完全可因此调整南京军区与兰州军区结对"交流"计划。但最大的问题是沈阳军区旗下前进话剧团暂时没有新创剧目可供对等"交流"，庞泽云的创作仍处在意向之中。

北京军区呢？"前话"返程时途经北京呀！

"我们有新剧目。战友话剧团正在创作《热血甘泉》，反映模范团长李国安的话剧，下半年能演出。"北京军区文化部的反馈顿时让我踏实下来。

如获救命稻草一般，我立即找到"战友"翟迎春团长。

"哎哟，这可是一件大好事！"翟迎春先是皱着眉，但很快舒展开来，咧开的嘴角开始上扬——他露出笑容啦！

在全军各大单位话剧团团长中，翟迎春年岁最长。众人皆知他的一大特点，遇事时通常立即会呈现皱眉状态，即使嘴上"好滴好滴"貌似应允，但若眉头依然"皱而不展"，说明他内心还在纠结或者思考。如若眉头舒展，则意味着他——想明白了。周到、审慎、"平衡"的性格消耗了翟迎春不少精力，一个曾经激情四射的全军"大比武"尖子和剧作家，在转型为称职的艺术管理者过程之中，"付出"与"获得"显得鲜明而成正比。

我曾经在非工作场合领略过翟迎春团长瞬间爆发的"能量"——我们俩有一次在一家小餐馆吃饭谈事，记不得缘起何因，无外乎就是菜咸了，汤淡了之类的琐事，他居然大发雷霆，几乎没完没了地与服务员论辩着是非曲直，直到经理级别的人前来致歉，方才息事宁人。我后来越发理解，执掌艺术人才云集的文艺团体，并非易事。工作上越缜密，压力也就越大，总要有一个宣泄的出口。

那段时间，很少见到孟冰，因为他全身心投入在话剧《热血甘泉》的创作之中。与之前完全不同的是，孟冰不仅创作剧本，而且亲自担任导演。除了小品或小戏创作，集编剧导演于一身的情况，在全军并不多见。我在总政机关任职期间目睹和经历全军的戏剧创作，这好像是唯一一例。

丁丑盛夏时节，我在某天下午，好不容易冲出"阜石路"堵车路段，匆匆忙忙赶到"战友"排演场观看话剧《热血甘泉》彩排。

演出前，我在排演场休息室正与军区文化部主要领导交谈北京军区是否能与南京军区交流演出的事情，只听"吱扭"一声，休息室连通后台的门打开了，孟冰"导演"胸前挂着小包，端着一只茶叶几乎占据一半的硕大玻璃茶杯，步态略显摇晃地来到我们身边。我便感到有些诧异，"小孟"来了，翟迎春团长呢？这种情形很少出现。心细如发的"翟大爷"，怎么会如此不"周到"呢？

孟冰冲我笑笑，有些诡异的味道。

多时不见，身着白色土布坎肩汗衫的"小孟"明显发福。他一边向我介绍排练情况，一边从胸前小包里取出一个方盒，打开方盒又从中取出许多药粒，足有半个手掌之多，然后一把放进嘴里，用水吞服下去。

"什么药，这么多？"我问。

"寿比山，降压的，还有降脂的。"孟冰笑着说。

和蔼可亲的部领导带着怜惜口吻对我说："为这个戏，我们话剧团挺拼的。"

我不由得生出一丝感动。

当然，真正令我感动的是这部话剧的内容。

话剧《热血甘泉》取材于北京军区给水团"模范团长"李国安的事

迹。依然是真人真事，依然是英雄戏。"话剧牵着典型的手"在军旅戏剧创作中比比皆是，这是"为巩固和提高部队战斗力服务"的重要题材选项。理论和经验都告诉我们，作品优劣与否不在于写什么，而在于怎么写，从来如此。

这出戏很好看，不张扬。

"孟冰在这部戏中刻意追求一种婉转含蓄的美学风格，努力将分散的生活琐事梳理成协调的、寓意关联的有机整体，把以往这类戏剧创作中常常出现的某种张扬成分尽力消解在情与理的有机结合中。例如，李国安因未能及时给甜水井哨所打出甜水而深感歉疚，出水后官兵们欲喜却悲。冯工程师把李国安藏起来睡觉等几处场面，都给人留下十分深刻的印象……尤其是把党委会的争论搬上舞台，可谓独具匠心之笔，它从主人公人格力量的展示和对科学求实态度的印证两个方面，真实还原了李国安形象的可信基础。"[①]

看戏时，我才恍然大悟，原来在"党委会争论"那场戏中，翟迎春团长和战友话剧团郭白强政委居然都在舞台上扮演着给水团领导角色，在舞台上的会议桌旁争得面红耳赤。我在想，对于这样的戏剧情节，翟迎春和郭白强是不需要"体验"生活的，召开党委会是他们工作中的重要内容，"争论"也一定是他们在会议中经常上演的"戏码"。当舞台上的李国安大手一挥，铿锵激昂的《咱当兵的人》歌曲瞬间响起，灯光急速熄灭，此段戏结束。

灯光再度亮起，戏剧继续进行之时，翟迎春团长已经悄然坐到了我身边。他嘿嘿笑着轻声问我："还行吗？"

孟冰的这一招称得上奇妙。

---

① 参见拙文《平凡与伟大——军旅话剧〈热血甘泉〉的致力追求》，原载于《中国戏剧》1996年11期。

富丽堂皇的王府井大厦是知名度很高的路标，小小不言的"老班长"也是。前者是大型商业综合体，后者是早餐包子铺。两家门脸相向而对。那时逛商店还是人们上街的主要选项，"王府井"几个出入口始终人头攒动；"老班长"不像今天已经成为"连锁"，当时不过就是附近住户和逛街的人来买点包子。我之所以熟悉它们，并不是因为我逛过王府井大厦，或者吃过"老班长"包子，而是因为战士话剧团坐落在这里——广州市越秀区农林下路81号。

"五一节"刚过，袁厚春和我带领郑振环、刘星赶赴广州。姚远则从南京飞来。北京的5月虽然白天很热，但早晚尚且凉爽，而此时的广州则分明就是真正的夏天，颇有一种海天云蒸的架势。一出机场，一股暑浪便扑面而来。

唐栋就任战士话剧团团长以来面临的最大挑战被正式摆到了桌面——自张莉莉创作的话剧《血染的风采》之后，"战话"8年时间没有剧目进京演出，其创作成就与能力受到军区有关上级的质疑。我估计这件事差不多就像羊城之潮闷暑热，压得唐栋透不过气来。

我们来广州，是受军区文化部主要领导之邀，帮助他们就已经立项的话剧《南国木棉红》把脉定向。

这是作家王树增调任战士话剧团以来创作的第三部话剧作品。第一部话剧《摩天楼下》作为王树增献给"战话"的"见面礼"，参加了第六届全军文艺会演。但参加会演的作品通常都在军区机关所在地上演，并没有机会赴京亮相。第二部话剧则是《桃花崮》。作品本身中规中矩，没有"硬伤"，演出效果也很好，但选材特点不够明显，因而文化部、中国剧协都没有邀请进京的意向。总政文艺局是全军专业文艺工作主管部门，虽然具备调戏进京的权限，但每次选调需有"主题"依据。

根据军区文化部指示和战士话剧团年度创作计划，王树增已于1996年年初完成了话剧《南国木棉红》的剧本创作。4月下旬，作品在"战话"排练场完成彩排。

我忽然发现来接机的人中有肩佩上校军衔的王树增。上次与王树增面聊是在晚上，甚至没机会看清他的身姿。"丈夫意如此，不学腐儒酸"[1]，却原来王树增是个身材高大魁梧、仪表堂堂的军人：寸头，双目炯炯有神，昂首挺胸，走路身后一阵风。怪不得几年后莫言[2]谈及王树增时说："他是个听到军号就激动的人。他是个嗅到军营大锅饭的气味就胃口大开的人。他是个天生的当兵的材料。"[3]

同来接机的唐栋好像看懂我的心思，抢着说：

"王树增现在是副团长，分管创作。曲芬芬[4]副团长分管演员队。"

看来，随着"战话"业务主官换人，班子调整也完成了。

1990年代的广州军区，地处改革开放最前沿，部队建设面临的最大问题，就是如何在特殊环境下保持自身本色。这与南京军区类似，所以"战话"作品的选材与视角，许多与"前话"相似度极高，而与其他大单位话剧团则有许多不同。

当天晚上，专家组一行即在"战话"排演场观看了由王向明[5]执导的话剧《南国木棉红》。王向明是空政话剧团导演，"战话"专程将其请来执掌"导棒"。唐栋团长的基本考量是，话剧团队要尽可能多储备编剧，而导演则以外请为主。在随后多年艺术实践中，"战话"果然按此路径发展，除了培养本团演员傅勇凡[6]改任导演外，从未选调或招收一

---

[1] 〔明〕于谦（1398—1457）《处世若醉梦》，参见《浙江文丛：于谦集》（浙江古籍出版社2013年版）。
[2] 莫言（1955— ），著名作家，诺贝尔文学奖获得者。著有小说《红高粱家族》等。
[3] 参见《我的朋友王树增》，原载于《军营文化天地》2000年5期。
[4] 曲芬芬（1954— ），女，军旅话剧演员。曾任原广州军区政治部战士歌舞团政委。主演话剧《李闯王进京》等。
[5] 王向明（1955— ），军旅话剧导演。曾任原空军政治部话剧团导演。执导话剧《霸王别姬》等。
[6] 傅勇凡（1966— ），军旅话剧演员、导演。曾任原广州军区政治部战士文工团团长。执导话剧《天籁》等。

个导演。

演出结束后，在排演场休息室旋即召开第一次研讨会。

袁厚春局长做了开场白讲话，明确了此行"集体会诊，推出精品"之目的后，三位专家先后发言。

一如以往惯例，刘星率先"抛砖"，直指问题所在：导演"多"，演员"少"。他的意思是说，导演提供的形式感成分远远大于演员表演潜力的发掘。长处是形式好看，短处是形式大于内容。

"连长程成这个人物需要强化和突出。很多事件都与连长没有直接关联，比如说连长受伤与全剧主干情节无涉，这就缺乏打动人心的东西。"

刘星此行发言的认真程度与判断的细致超出我的想象。

话锋一转，刘星又强调了这部作品令他感动之处："扑面而来的是军队的东西，一种向上的东西。衡量戏的标准若从个人好恶出发，会有偏颇。今晚观众的掌声很能说明问题。"刘星发言时不断向上推扶着眼镜，用手指梳理着带有自来卷的偏分发型。

与以往不同的是，刘星的发言严格遵循了"两点论"准则，先是"劈头盖脸"地指出问题，然后再"如沐春风"地肯定优长，毫无"非此即彼"的印记。和过去那个总政话剧团的创作员相比，今晚总政歌剧团这位副团长令我刮目相看。

我仔细巡视了一圈与会者，除了我们一行，还有军区文化部主要领导、唐栋、王树增、张大力、曲芬芬和蒲逊。张大力是前任副团长，现在依旧参加班子工作，主抓电视剧业务。曲芬芬成长于"战话"，在团里多部戏中扮演过女主角，如今肩扛上校军衔，别有一种气质。唯一着便衣的蒲逊，或许因为研讨气氛的"严肃"，不像平素那般笑吟吟的，也是一脸严肃地听着大家发言。虽然自上次唐栋在京考察已有一段时日，但蒲逊在场还是令我很意外。

这么快就办完入伍手续了？

唐栋悄悄告诉我，办理过程很烦琐，现在是借调工作。

刘星终于最后"点睛"："军号令人难忘，如果修改，军号要加强。"

姚远身躯宽大厚实，动作却十分灵巧。我多次目睹他在休息时，为缓解大家加班时紧绷的神经，用灵活机动的小碎步和左右扭动的腰身模仿我们熟悉的同僚友人之步态与神情，人们常常因为他模仿得极为神似而笑得前仰后合。姚远的"超级模仿"能力想必与他年轻时曾在江苏高淳县锡剧团工作过相关。在那样的县级基层剧团干过，早晚都能掌握十八般武艺，拉京胡的能吹笛子，唱锡剧的也可以唱京剧，虽然不见得能达到"两下锅"①的专业程度，但在县剧场登台演出绝无问题。这样的多面手或"万金油"，在今天高层次专业文艺院团显然无处可寻，过于专业的限定，反倒在其他方面显出局促。

这很像姚远学养丰厚却思维敏捷一般。姚远的审美判断力和对作品的把握力在他不长的话语中充分彰显出来，并对于此剧最终修改到位起到重要作用，果然验证了范咏戈当年对他的评判——

"此剧的长处恰恰是其弱处，导演处处使劲，缺乏张力。不必做大修改，调整几个地方，就可以让情节更趋合理。连长程成、柳江南、指导员的关系可以写出东西，这是当代军人不可回避的。既然军号在戏中如此重要，难道还要叫《南国木棉红》这个剧名吗？军号的象征或其他蕴含的意义要挖掘得再深一些。"

姚远的发言起到了"提示"作用。我清楚地看到，此刻正埋头做笔记的王树增抬起头来望着姚远，若有所思。

不知是不是因为导演王向明并不在场，导演手法成为大家的讨论焦点。郑振环通常谈问题比较和缓，即便意见尖锐，也会留有很大余地，

---

① 两下锅，指不同戏曲在同一舞台演出的一种演出形式。

但这次也直接说出"真正的导演应该消失在舞台上,而不应露出痕迹"的观点。

王向明很有才华,却非科班,乃地道行伍出身,只是后来在专业院校有过进修。他对军旅生活的整齐划一有自己独特理解,喜欢或擅长在大场面调度中使用仪式感、队列感很强的导演手段。他在本单位——空政话剧团的话剧《甘巴拉》《豪情盖天》《湘江湘江》的二度创作中,每每强化着自己的此类风格。在我看来,除了对一度创作——文本阐释的需要,任何团队在二度创作,也就是导演过程中建立属于自身特有的戏剧风格都是无可厚非的。

时任空政话剧团团长商学锋[①]在一次全军文艺评奖会上专门为王向明的导演风格"正名":"我很喜欢王向明的导演方式,他的这些手段恰恰推动了戏剧矛盾冲突的发展。"

当然,"战话"是另一个团队,这个团队需要什么,它自己应该逐渐明确。

当晚研讨至夜半,而之后两个整天的梳理分析,涉及戏剧结构、人物关系、导演手段,细致程度超乎寻常。话剧《南国木棉红》最终改名为《都市军号》,并在内容上做出重要调整,这与此次专家组之行密不可分。

全军戏剧"一盘棋"概念的正式提出,算是肇始于此行。1990年代军队共计拥有12家专业戏剧团体,外加解放军艺术学院戏剧系,貌似具备一定规模,但力量并不集中。若每家偏安一隅,闭门造车,并不能真正展示军队戏剧创作的整体实力。总政文艺局出面建立"管道",连通了全军,整合了力量,现在看来是有价值的。

王树增在创作上的显著特点是,一旦动笔,常常一气呵成,有时笔

[①] 商学锋(1951—),军旅话剧演员。曾任原空军政治部话剧团团长。主演话剧《周郎拜帅》等。

速之快，令人惊叹。不过他向专家组坦言："写这个戏，从未扎实推敲过剧本，的确需要认真研讨一下。"作家出身的王树增在当年的文学创作中天马行空，独往独来，始终位列"今朝风流人物"之中，而戏剧创作勾连环节之多，牵涉"工种"之繁复，已不是单纯靠个性需要为借口所能够应对的。

大约因为袁厚春局长和军区文化部主要领导都在场，唐栋的发言完全抛开了作家的表达习惯，近乎以机关干部的口吻说："我们下一步的做法是，一个决心：决心修改；两个大块：主要人物命运和主题深化；三个调整：调整人物关系，调整细节安排，调整导演成分。"

善于总结与归纳是做领导的基本功，唐栋团长的水准不应该是一蹴而就的吧？作家和编剧出身的唐栋，在担任团长后深知"抓"与"写"的区别。

部领导说："专家组情真意切，皆为经验之谈，有大家风度。军区首长非常盼望你们到来，寄希望于你们。"这位部领导是广东新会人，用"广普"说出这段话，需要一字一句的节奏。

南京盛夏的"威猛"通常在 7 月开始发力，你能想象到的热，在这会儿都能得到真切感受。好在音乐话剧《海风吹来》的剧名带着一丝清爽之意，卫岗的草木葱茏之中不仅蕴藏着暑气，也赋有剧组人员赴哈尔滨参演之前的美妙心绪。

南京军区文化部诚邀专家组来宁做最后一次"会诊"。

除了孟冰替换姚远，其他人员未变。姚远是"前话"剧作家，自不必说。

孟冰参加专家组不仅因为剧作家身份，还有两条更重要的原因：他去年创作了音乐话剧《这里通向天堂》，积累了经验；部里已批准文艺局建议，调整交流演出计划，由"前话"《海风吹来》与"战友"《热血甘泉》先行对等交流演出。前者将在观摩演出结束返程时，从山海关直接进入北京军区所属部队"巡演"。孟冰是参加交流演出一方的团领导，有必要了解一下对方剧目情况。

此行我印象最深的当数邓海南。这可以理解。

邓海南是《海风吹来》的主笔——用主笔不见得准确，但在"三驾马车"邓、姚、蒋那里，这个概念最为接近实际情况本身。少白头的邓海南中等身高，体格结实。他和另外"两驾马车"的重要区别是，不仅写戏，也写小说和诗，多少类似于王树增和庞泽云。

只见邓海南来回忙碌着，招呼各种事情，一副笑呵呵的样子。和邓海南交谈，一点也看不出他身上具备些微江苏水乡的婉约之气——比如说温和谦恭、彬彬有礼、轻声细语之类，倒是与孟冰、宫晓东这些北方汉子有些相像，耿直、利索、不磨叽。

尽管我多次看过《海风吹来》的演出录像，但现场观看还是超出我的想象。舞蹈与演唱两个艺术元素有机地融入戏剧之中，与人们期盼的"音乐剧"要求相距不大。尽管"送饭舞"稍显生硬，但"施工舞"和"惠安女"两段舞蹈在表现剧情上的作用十分明显。而女主角——当年的"战地百灵"，如今的歌厅驻唱田宝宝的扮演者，在舞台上的演唱水准丝毫不逊色于专业音乐剧歌手，而扮演者却是真正的"前话"话剧演员。

我的这个判断后来得到了印证——当年 8 月 19 日上午，国家文化部艺术局为音乐话剧《海风吹来》召开研讨会，中国歌剧研究会会长田川①对此剧评价甚高，居然讲到"为歌剧队伍的壮大而感到高兴"，这简直是意外惊喜。

"妹伢子扮演者的演唱是专业的，欧阳宏和田宝宝的扮演者都唱得

---

① 田川（1926—2013），歌剧艺术家。曾任原总政治部歌剧团团长。创作歌剧《小二黑结婚》等。

不错。"对一家话剧团来说,想要获得专家田川如此评价,近乎关山阻隔。这并非极言。在舞台艺术界,"行业"视点看圈外人跨界本行,怎一个"业余"脱逃得了?再说,从话剧专业角度说,"说的比唱的好"是天经地义的,能做好"说"与"唱"俱佳,谈何容易?

我能感觉到孟冰在观看时的投入。目不转睛,聚精会神,一气呵成,这段时间要求孟冰看戏时做到如此这般,近乎不近人情。《这里通向天堂》《芦花白,木棉红》《热血甘泉》的创作是连续不断的,休息几无可能,而开始发福的身躯又常常令他处于困倦状态。

连打盹儿的闪失都没有出现的孟冰或许在感受此剧的魅力,思考剧作的得失,比较《这里通向天堂》和《海风吹来》两个戏各自的特点——如同"若非群玉山头见,会向瑶台月下逢"[①]之隽永,与"解释春风无限恨,沉香亭北倚阑干"[②]之深沉。

南京酷热,日夜温差不大。看完《海风吹来》步出排演场,我们一行便顶着暑气融进灯光点缀下的花草树丛。"阴阴藤挂树,隐隐日为年。坐觉凉风至,披襟共洒然。"——这是李贽[③]的《六月访袁中夫摄山》,写的是五百多年前盛夏时的南京,诗中6月恰是今时7月。李贽是泰州学派的一代宗师,而泰州是今晚"主笔"邓海南的家乡。果然,卫岗的郁郁葱葱和鸟语花香让我们感到了丝丝凉意。

按计划次日返京。

孟冰问我:"这就走?"

我说:"走!"

我已经习惯了,事情办完即刻乘飞机或乘火车返京上班。我忽略了疲倦的孟冰或许需要哪怕是少许时间歇息一下……

---

① 参见唐代诗人李白《清平调.其一》。
② 参见唐代诗人李白《清平调.其三》。
③ 〔明〕李贽(1527—1602),思想家、文学家。著有《焚书》《藏书》等。

第六幕

幕间与换场

1996年,京沈高速路开始分段施工。北京至秦皇岛路段大致完成,单向三车道,汽车行驶起来格外顺畅。这是我们认真研究的"机动"预案,认为驾车前往比乘火车更加便捷方便。

车窗外,北戴河的路标牌由远及近扑面而来,我便目不转睛地望着外面闪过的一切:葱绿的树木,鲜艳的花丛,别墅的屋角,间或露出的海面……然后路标牌和景致渐渐被甩到车后。毕竟是8月上旬,途经从未造访过的最佳避暑之地而不能停留,只好把遗憾转化成美好的想象。

这很像我在2017年春节,经巴黎转机飞往巴拿马,飞经巴哈马群岛上空时,我也是全神贯注地透过舷窗向下看,航路图告诉我,漂浮在海面上的岛屿是波多黎各和多米尼加两个美丽的小国,而中间狭窄的海面则是莫纳海峡,那种感受很是特别。

我们此刻马不停蹄地赶往山海关火车站,准备迎接南京军区前线话剧团《海风吹来》剧组。

"前话"顺利结束在哈尔滨举办的全国歌剧、音乐剧观摩演出,转而执行与北京军区的交流演出任务。从哈尔滨驶来的火车进入山海关之前，人们当然还在议论《海风吹来》的"荣誉"与"成功"，这一切都归属于南京军区和前线话剧团。而火车一旦进站，另一件全军性大事——军队戏剧团体"跨大单位交流演出"，便将在北京军区拉开帷幕。

我和北京军区文化部文艺干事秦威，战友话剧团翟迎春团长等若干人，早早来到山海关车站军代室，等候剧组乘坐的列车到来。

佩戴中校军衔的铁路军代表对我说："山海关车站是关内外枢纽，两大战区联结点。在这里转运军事装备和部队，是我们的日常工作，隔三岔五都会有。但运转部队文艺团体还是第一次，我们都感到很新鲜，很高兴。"

让我感到新奇的是，山海关本在河北省秦皇岛市地界，然而山海关火车站并不像行政区划那样自然归属于北京铁路局，却由沈阳铁路局管辖。所以，眼前这位中校军官是驻沈阳铁路局的军代表。

在场的人中，只有我作为经办人知晓此项工作组织过程的复杂与艰难，没有总后军交运输部的支持，根本无法实现。事实上，前不久"军交部"领导专门给管辖军代室打电话过问此事，叮嘱认真做好。

掐着"铁路客运时刻表"，我们几个人踱步到站台上。虽是暑天，且太阳依旧西照，但在山海关，伴随着阵阵"海风吹来"，我们仍然感到丝丝凉爽带来的惬意。

南京军区文化部陶琳[①]干事和蒋晓勤副团长率领的"前话"《海风吹来》剧组一行正点抵达。能看到从列车车厢里鱼贯而下的剧组每个人脸上带着笑容，想必其中既有"载誉"因素，也有即将为"全新的"部队演出的兴奋。秦威干事、翟迎春团长、蒋晓勤副团长和我分别在剧组队列面前讲话，算是"交流演出"启动和欢迎"前话"两者兼有的简单仪式。

---

① 陶琳（1964—），曾任原南京军区政治部前线文工团副团长。著有报告文学《两情依依系军魂》等。

按照北京军区的安排，剧组驱车来到距山海关不远的第二十四集团军某炮兵团。

在与炮兵团领导交谈中得知，这支部队前身由当年新四军一支队和二支队合并而来，而"前话"则源出于新四军战地服务团。蒋晓勤本身有浓厚的新四军情结，加之文人情怀的共同作用，顿时让他激动起来。我分明看到他浓眉下的双眸闪烁着泪光，一时间竟然无语，便紧紧握住部队领导的手，片刻之后，才滔滔不绝地讲述起来。

蒋晓勤所言，不外乎都是些战友相见格外亲，有缘千里心连心，交流演出方得见，长城脚下识故人之类的肺腑之言。

"我就是从这支部队走出来的。"翟迎春团长站着说话时，手里捧着一只空碗。

为表示欢迎，在团队大食堂的第一次晚餐上，部队领导为"前话"剧组加了菜，上了啤酒。翟迎春团长当着众人之面，放下手中的杯子，拿起一只硕大的空碗，慢慢地倒了整整一碗啤酒，双手举在面前，深情款款地说：

"我就是从这支部队走出来的老兵。我也代表这支部队，代表战友话剧团，对老大哥前线话剧团来北京军区演出表示真诚欢迎！"说完便一饮而尽。

用大碗喝酒且动作幅度很大，难免"洒汤漏水"，而这恰恰能体现出某种风格和状态。尤其是夏季军衬衣为短袖，翟迎春不得不用裸露的手臂在嘴上、下巴上横向抹了一把，那种豪爽与真诚，引来阵阵掌声和叫好之声则完全可以想见。

毕竟在京城濡染多年，虽说战友话剧团在表演上并不以京腔京韵见长，但老北京"礼数"却分毫不差，翟迎春团长举碗饮酒的动作和架势分明透着两个字：讲究！

按照北京军区文化部制订的计划，音乐话剧《海风吹来》从东至西一路巡演过来。基层部队没有剧场，不同年代修建的礼堂条件参差不齐，"好"则"好"演，"差"则因陋就简，终究有剧情，且载歌载舞，深受官兵喜欢自不必说。

至8月中旬，《海风吹来》终于巡演到最后一站——位于八大处的北京军区机关所在地，演出地点安排在军区礼堂。这个计划的制订是经过缜密思考的——总政文艺局无须为《海风吹来》剧组进京演出作专项请示，最终依然能够让该剧实现"晋京"演出目标。

经我们与北京军区文化部商量，除组织军区首长机关和直属部队观看外，也邀请相关方面观看，特别邀请了文化部艺术局——全国歌剧、音乐剧观摩演出的主办方及其相关专家观看。文化部艺术局据此为该剧组织了专题研讨会。

实际上，"音乐话剧"这个由军队戏剧团体创造的概念和切实可行的艺术样式，在这次研讨会上得到基本认可。作为歌剧界颇有声望的权威，总政歌剧团原团长田川的发言奠定了基调，而韦明[①]、任萍[②]、钟艺兵[③]、曹其敬[④]等"重量级"专家从不同方面对这部作品给予肯定。

"戏好看，音乐好听。话剧演员能唱能舞，是一个飞跃。"著名导演和教授曹其敬的评价或许更有说服力，她完全没有军旅背景，不像田川、韦明和任萍这些顶级专家那样来自总政歌剧团，至少曹其敬的视点不容易存在职业偏向。

曹其敬说："我们有时总是钻牛角尖，比如说什么是音乐剧？我想，好听好看、观众认可就行，不要总拿尺子卡它。前线话剧团的这种探索，

---

① 韦明（1925—），歌剧导演。曾任原总政治部歌剧团导演，获中国歌剧导演终身荣誉奖。执导歌剧《多印》等。
② 任萍（1925—），著名剧作家。曾任原总政治部歌剧团编剧。创作电影《智取华山》等。
③ 钟艺兵（1930—），作家、评论家。曾任《文艺报》副主编。著有《钟艺兵艺术评论选》等。
④ 曹其敬（1941—），戏剧导演。曾任中央戏剧学院教授。执导歌剧《苍原》等。

是在开拓艺术表现力和表现范围，这是很有意义的。"

虽然时任《文艺报》副主编的钟艺兵提出不同看法，但并非否定"音乐话剧"的艺术样式，而是指出了该剧题材选择上的某种缺陷："军人在奉献，地方大款在挥霍，这已成为一种套路，很难出新。军人应该放眼全局，军队和人民的利益是一致的。"

钟艺兵在海政文工团有过工作经历，对有些我们习以为常的东西感同身受。他言之所及，确有真知灼见之处。创作上始终处在优势地位的"前话"尚且如此认知，其他团队呢？迄今记忆犹新，此刻的我停下手中记录的笔，思之悟之，有些怅然……

跨大单位交流演出，从原本的年度工作，终于演变成一项长期安排。因为当年仅仅完成一组对等交流。而歌舞团体的交流计划则根本没有实施。想想也是，话剧尚存题材差异，交流起来虽有困难，但还算有意义，那么歌舞表现内容的相似度非常接近，各大单位的积极性自然不会很高。

北京军区战友话剧团下半年派出话剧《热血甘泉》剧组，赴南京军区驻舟山群岛以及上海警备区部队展开巡演。我因工作繁多而未能随同前往。

据说，习惯了大漠风沙的战友话剧团，在乘船过海的过程中方才知晓另外一种艰辛与不易。剧组许多人大概只是想象了大海的美丽辽阔，对波涛汹涌和晕船毫无心理准备。谁也没有想到，当年可以徒手攀爬楼房且脸不变色心不跳的翟迎春团长比别人的晕船反应更加强烈。他自己回忆，是那种"欲死不能得，欲生无一可"[①]式的难熬。有人现场提供了一个偏方，对有些晕船者来说，只要处于跑动状态，症状便会减轻或消失。偏巧，翟迎春属于"有些"中的一员。

---

① 出自〔汉〕蔡琰（字文姬，生卒年月不详）《悲愤诗》。

运送剧组的船上便出现奇特的一景，当其他人在起伏摇动的船上静静地休息或者用聊天说笑的方式转移注意力的时候，翟迎春则跑遍了船上所有地方，一刻不停，直到数小时后抵达目的地码头。

"别人都是坐船去的，翟团长自己是跑着去的，大比武尖子的底子，身体那才叫一个棒！"郭自强政委后来大笑着告诉我。

我在西安政治学院任教时，1987年入学的一位学员给我留下深刻印象。学员在教员脑海里留下烙印，原因有很多——成绩优异，学有所长，文体高手，个性鲜明，都可能在某个特定场合引起教员注意。之前提及的学员则都因文字能力较强，写作成绩突出。

这位学员之所以让我记住，是因为入学次年——1988年全军恢复军衔制，他是学院12个学员队上千名学员中唯一的文职干部，与我们一样，没有被授予军衔，自然也没有军装。但军事院校学员队管理严格正规，不穿军装多有不便。西安政治学院系中级指挥院校，学员均为干部身份，不可能佩戴初级院校学员的红色肩章。于是，这位学员的着装就成了问题。

问题很快得到解决。我在某天讲课时，突然发现他身着军装，肩上佩戴部队文工团演出时的专用肩章——色彩和装饰与陆海空三军军官军衔完全不一样，特别显眼。我颇觉诧异，连忙查看学员花名册，上面清楚地标明这位名叫谭小健学员的部职别：

兰州军区政治部战斗歌舞团二级演奏员。

原来他是军队文工团的专业小提琴手。

如此来历，在所有学员中可谓唯一。通常的学员背景是：指导员、教导员、政治机关干事，少量即将改行为政工的军事干部或后勤干部。其实仔细想想，文工团员入政治学院深造也没有什么不妥，谁能说隶属于政治部的文工团员不是"政治工作者"呢？就如同谁能说部队文化工作不是政治工作的有机组成部分呢?

谭小健性格内敛,不善交流,清高寡言,走路略有外八字步态。印象中他在学院就读期间并未找过我"解惑释疑",毕业离校后也没有联系或音讯。

兰州军区文学创作历来繁兴。越是艰苦的地方,人们追求精神生活的动力越是强大,这种例证不胜枚举,连马克思都论证过"物质生产与艺术生产发展不平衡的关系"[①]。乌鲁木齐军区缩编并入兰州军区后,包括周涛、李斌奎、唐栋等作家的加入,使得西北军事文学的力量更加不可小觑。

可偏巧兰州军区的话剧创作与演出不像文学创作那样引人关注。虽说十多年前军区战斗话剧团创排过话剧《未完成的攀登》,表现第四军医大学学员华山抢险英雄事迹,把一桩突发事件的"瞬间"光彩凝聚在舞台上,并于1985年1月9日进京在中央戏剧学院礼堂演出,反响不错,但与军区多年来形成的文学优势相比,话剧创作的特色并未充分彰显。

我宁可相信这种状况不是因为懂得话剧创作技法的人太少,而是这里的文学土壤更加厚实,且文学创作的个体性偏强,仅凭一支笔、一张纸的"独狼侠"作为即可造成气候,而话剧需要"产业链",需要团队,需要特殊人才,需要经费投入。这对偏远的西北可能构成了某些限制。

除了像张即黄[②]、陈宜[③]和赵玉林[④]那样的专业编剧,兰州军区写小说的作家写话剧,似乎仅限于李斌奎和唐栋合作的《天山深处》和

---

① 参见马克思《〈政治经济学批判〉导言》。
② 张即黄(1928—),军旅剧作家。曾任原兰州军区政治部战斗话剧团创作员。创作话剧《未完成的攀登》等。
③ 陈宜(1936?—2004),军旅剧作家。曾任原兰州军区政治部战斗歌舞团副团长。创作歌剧《张骞》等。
④ 赵玉林(1942—2016),军旅剧作家。曾任原兰州军区政治部战斗话剧团团长。创作话剧《黄河第一湾》等。

《草原珍珠》。之后还有唐栋的《祁连山下》。

唐栋调往广州军区后，单枪匹马的李斌奎终于为军区战斗话剧团创作了话剧《天神》。这是李斌奎、唐栋们一直以来坚持和坚守的题材优势——冰山、雪线、"喀喇昆仑"的军人。1980年代的"冰山文学"曾经让人激动和敬仰，我们从他们的作品中获知，那里的军人即使没有惊天动地的伟业，守在那里就是一种奉献。因为那里高寒缺氧，荒凉偏远，不具备常人的生存条件。后来再加上一场边境局部战争，以及《十五的月亮》催人泪下的歌声，军人需要理解成为那时军事题材创作的基本选项。

时光已经穿越彼时，审美视界固然可以不变，但是所观照的视物却已然染上90年代中期的色彩。仅仅把"彼时"的文学精髓转换成舞台样式而没有赋予它时代灵光，人们就会觉得"隔膜"，实际上就是缺乏时代精神——这是话剧《天神》存在的问题，也是1995年全军首次评选文艺新作品奖时评委们对这部作品感到不甚满意的原因。

西北航空公司图-154俄式飞机落地滑行时，略感不安的心情总算平复下来，我就想，北京飞其他城市航班都是"空客"或"波音"，为什么飞兰州偏偏是这款机型？总让人感到不那么踏实，表面上还得装作若无其事的样子，若有同行者，遇上气流引起的颠簸，还得以满不在乎的神态告诉人家：正常现象，绝无问题。

从中川机场步出时，此行的缘由再次浮现在我的脑海——军区文化部主要领导前几天来电话告知，战斗话剧团已对话剧《天神》作了重大修改，基本以全新面目出现，能否继续参加今年全军文艺新作品奖评选？

这位矮壮敦实、风趣幽默的部领导算是我的熟人。上次与战斗歌舞团赴港演出一周时间，他是领队，我和他同行。我们朝夕相处，每天都有机会听他讲述西北高原边防军人默默无闻的奉献牺牲。他的述说并不悲怆与伤感，反而多以"俏皮腔"形态出现，诸如"丈夫黑乎乎，妻子胖乎乎，孩子傻乎乎"，以及"该硬的不硬，该软的不软"之类，但听者笑过后常有酸楚之感。

机场出口外面站立着许多接机的人，只见一位中等身材的上校军官笑呵呵地向我走来。

此人看上去肌肤白皙，走路略呈外八字步态，稍显端肩，国字脸。怎么会如此面熟？这人是谁呢？

谭小健？果真是他。

同来接机的军区文化部吴干事告诉我，谭小健现在担任战斗话剧团政委。起初是军区歌舞团演奏员，经过政治学院培训，再担任话剧团政委，谭小健的成长路径似乎完全符合军队中级指挥院校培训学员的目标要求。

说起来挺有意思，现在不仅有广州军区文化部喻英华干事，南京军区文化部王琦干事，南京军区前线话剧团尹志鹏干事，还有兰州军区战斗话剧团谭小健政委，我和他们当年的师生情谊续接为同一行业的战友情谊，令人不得不感慨天下之小、际遇之巧。

或许因为与我关系"特殊"，或许是其性格使然，在进城的车上，谭小健居然省略了多年未见通常需要表达思念之类的寒暄与客套过程，开门见山地讲到战斗话剧团剧目急需"立住"的迫切性——潜台词就是希望修改后的话剧《昆仑雪》能够得到认可。

这让我很感意外。谭小健原来如此健谈，从头说来，旁征博引，是非判断，车行一路，话说全程，完全没有"寡言"的任何表征。事实上这也是我第一次与谭小健交谈沟通。近望眼前这位熟悉的陌生人，我对自己以往没能更加熟悉和了解谭小健学员而感到些许遗憾。

我听懂了谭小健话中含意。他的诉求是正向的，是对作品充满自信的，绝无那种看在师生关系情分上给予关照的成分。日后数年交往，我发现，虽然身为政委，谭小健对战斗话剧团整体建设、剧目生产与演出以及军队话剧"大盘"的感情与关注，丝毫不亚于任何剧团的业务主官。2000年7月，我离开总政机关，赴总政话剧团任职，他获悉后第一时间给我电话，居然大哭——

"你调走了，这些事情怎么办？"

电话那头的泣声之悲，语调之烈，感情之真，至今我每每想起，仍觉十分动容。我只有默默地听，没有解释的可能与必要。

我知道，谭小健"说"我，只是由头，其中主要包含有他对整个军旅话剧队伍所形成的默契程度与"一盘棋"格局的肯定，这里当然包含他数年的努力与付出——他毕竟"搭档"了两任团长。内敛之人或许寻常不苟言笑，可一旦他对某件事情投入了精力和感情，猛然让他"刹车"，怎可能一下子释怀？

说起来1992年我应陆文虎副局长邀请，来兰州看过战斗话剧团参加第六届全军文艺会演的剧目——话剧《祁连山下》，也见过时任团长赵玉林，且有过寒暄和简单交流，但这个很像家属住宅区的小院落——战斗话剧团驻地，却是我第一次光顾。而且自己现在不同于当初旁观者角色，又具备了正式的工作身份，自然有一种蛮特别的感觉。

当战斗话剧团吴熙源团长匆匆赶来与我握手的时候，我立刻觉得有些恍惚，那个在舞台上朗诵着大段台词，声音洪亮地讲述共产党人应该"如同勇士，用自己的身躯铺垫起通向未来之路"的"司令员"好像突然来到我面前。那是我见过吴熙源扮演的话剧《祁连山下》中的司令员，扮演者当时担任战斗话剧团副团长，但我此时却是和现任团长吴熙源第一次真正谋面。

晚上观看由话剧《天神》改编的话剧《昆仑雪》，我再次见到舞台上的"司令员"吴熙源——军分区副司令员行步云和巡诊的野战医院医疗队因暴风雪的提前到来，被困在昆仑山上的边防哨卡，要下山只能等到来年冰消雪融。他们在这里将同普通哨卡官兵一样，与严寒、缺氧、寂寞以及种种难以预想的困难共存。"剧中所表现的几组人物——军分区副司令员行步云与女儿行秋雁、行秋雁与连长赫连城、军医冯知秋与护士白雪，还有排长玉素甫、台长胡春来、战士刘溪水……他们之间的父女情、战友情、恋人情错综复杂地纠葛在一起，演绎出冰山之巅感人的军旅诗篇。"[1]

规定情境，矛盾冲突，意义升华，都符合军旅话剧创作的基本要求，最重要的是好看。我向陪同观看的剧作者李斌奎和导演吕志斌[2]表示祝贺。前者是军区著名军旅作家，以小说《天山深处的"大兵"》饮誉当代文坛。当年我在学院任教时参加军区创作会，曾与其有过一面之交。后者不过四十多岁却满头白发，戴着高度近视镜，十多年前曾与陈坪也就是现如今赫赫有名的陈薪伊[3]导演联合执导过话剧《未完成的攀登》。

按照评奖规则，凡参评过全军文艺新作品奖的剧目不得重新申报。但话剧《昆仑雪》的确特殊，除了题材和人物关系得以保留，剧名不再是《天神》，内容与结构均有重大改动，看成一台新戏也未尝不可。

果不其然，当年5月在北京召开的全军文艺新作品奖评选会上，话剧《昆仑雪》获得较好评价。

陈奎及说："《昆仑雪》的主题与戏剧结构不错，是一部符合部队需要的好戏。"

王寿仁说："《昆仑雪》很好看，手法流畅，很上档次。"

黄冠余说："《昆仑雪》强调了舞台的假定性，很好。"

卢学公说："《昆仑雪》的编导较之《天神》有很大改进，原戏中精

---

[1] 参见拙著《吴然军旅文艺评论集》（长征出版社2003年版）第18页。
[2] 吕志斌（1951—），军旅话剧导演。曾任原兰州军区政治部战斗话剧团导演。执导话剧《昆仑雪》等。
[3] 陈薪伊（1938—），话剧导演。曾任职铁路文工团，现为上海文广局签约导演。执导歌剧《张骞》等。

彩因素得以保留，显得很好看。"

战斗话剧团很欣慰。我想，最感欣慰的人当数谭小健。

那一年，是回龙观会议的黄金期——我说的是那家军队某单位质检站培训中心，而不是1998年开始开发的大型经济适用住房住宅区。全军专业文艺工作逐渐步入正轨，每年一次的全军文艺新作品奖评选，以及全军文艺创作规划汇报会，都在那里召开。

"规划会"是年度重要会议，各大单位文化部部长和文艺团体主要领导悉数参加。这个会议实际上成为全军舞台艺术创作的晴雨表，而各大单位在会上展示的"规划"，客观上产生了一种对比：创作选题艺术价值、操作可行性以及未来达成何种目标。正因如此，会议发言颇有"听头"。

每年召开"规划汇报会"的时间，恰好是"麦苗青来菜花黄"的时节。尚未城市化的回龙观，可以让一群行当特殊的人们暂时避开高楼林立的繁华与车水马龙的喧闹，在田野环绕的静谧与泥土的特有气息中思考一下来年的艺术创作。说是规划汇报，总会掺杂有交流与研讨成分。

济南军区前卫话剧团施效增[①]团长自步入会场起始终笑意写在脸上，我后来在接触中发现，"笑"是施效增的常态——生活中、舞台上都是这样，几乎难得见到他表现出悲天悯人或正言厉色的样子，这个演员出身的剧团领导仿佛是天生的乐天派。

"目前我们团创作人员状态不是很好，精力没有全部投入，每年都有本子，但适合投排的不多，精品更少。"很奇怪的是，这样带有检讨意味的内容，施效增居然也是微笑着说的。

我宁愿相信施效增这么说是出于自谦，因为他讲的三个选题都已完

---

① 施效增（1942—），军旅话剧演员。曾任原济南军区政治部前卫话剧团团长。主演话剧《历史的审判》等。

成初稿：殷习华创作的话剧《忠诚》，描写内长山要塞区9位老兵长年以"兵"的身份扎根基层的故事。这对军旅话剧来说，简直就是难能可贵的题材，事实上，日后"前卫"的一部重要话剧作品就是由此而来。还有戴嵘[①]创作的话剧《追彩云的日子》，以及戴嵘与殷习华联合创作的表现某坦克旅邬援军旅长事迹的话剧《中原之子》。

我蓦然想到年初在国家文化部召开的会议上，剧作家代路[②]同我说过，他的女儿在济南军区前卫话剧团担任编剧。莫非戴嵘就是？可是"代"与"戴"仅为同音呀。后来才知道代路本名戴文迎，果真是父女。说起来，在我的浅见寡识中，好像工匠或手艺类技能两代传承的居多，戏剧创作女承父业的还真不多见。只是此时，我一未见戴嵘其人，二也未见戴嵘之作。

广州军区的发言稍微有些火辣，抱怨当中多少带有不满成分。军区文化部主要领导开宗明义且言简意赅："希望总政文化部重视一下广州军区的戏剧！"

我历来有详记之习惯，部长们的发言通常"机关"色彩浓重，常常高屋建瓴且容易长篇大论，明显有别于剧团领导，而这位部领导的确仅仅讲了一句，但大家都听出了"一言九鼎"的潜台词分量。

唐栋团长虽然按要求汇报了包括拟创作配合香港"九七回归"的话剧《莞香》，以及继续修改话剧《南国木棉红》（其后很快更名为《都市军号》），而此后的发言几乎相当于诠释了叶长安部长的"九鼎一言"——

"我们并不为进京演出而创作，但现在已经形成这种氛围，很多人认为不进京演出就不能算是好戏。"唐栋说这番话的时候，不停地比画

[①] 戴嵘（1968—），女，军旅剧作家。曾任原济南军区政治部前卫电视艺术中心主任。创作话剧《英雄战士》等。
[②] 代路（1940—），剧作家。曾任青岛话剧院名誉院长。创作话剧《二小放牛郎》等。

着手势，语调也显得有些激动。

我们都知道，哪里会有"很多人"在意是否进京演出这件事？压力显然来自军区自身。当然，我们也理解，层级不同，视角必然不同，谁分管，谁就有压力。恐怕正因如此，唐栋也只能向业务主管部门宣泄一下自己的郁闷心情。

空军文化部领导没有直接谈及本单位创作，却提出总部机关能否给全军各团提供更多展示机会，为京外剧团进京演出创造条件。这相当于呼应了广州军区文化部领导的提议。这位部领导虽然在文化战线工作时间不长，但他的这一表态却令我肃然起敬。空军机关和所属剧团均在北京，并不存在能否"进京演出"的限定，能表达如此观点，境界非同一般。生活中和工作上为自己之事敢于"说出"，可称之为"直言"，为他人之事敢于"说出"，则称得上"仗义"。

而空政话剧团商学锋团长提出纪念长征胜利60周年的话剧选题《寻找》，意在表现当代人应该寻找红军精神。这个戏在当年国庆节之后首演，定名为《湘江湘江》。也正是在这里，许多团长又以专家身份对该剧说长道短，意见鲜明尖锐，此为后话。

很奇特的一幕出现在沈阳军区"部""团"两级的发言上。前进话剧团李洪茂团长提出话剧《炮震》选题，反映部队建设中高科技与低素质之间的矛盾，与年初我去前进话剧团调研相比，目标更加明确。而军区文化部主要领导则强调重点修改话剧《苏宁》，若有可能，则修改话剧《飘落的雪花》，未提及《炮震》。这种状况鲜有出现。按说李洪茂团长当过文化部文艺处长，口径如何与部里统一，他应该掌两分星。

海军在创作上打算回归话剧让与会者眼前一亮，尤其令我为之一振。每年下达创作任务或布置业务活动，与其他大单位以话剧创作为主的做法明显不同，海军的回应只是"小品"。这也难怪，"改编"定位如此。海政电视艺术中心张勇政委在汇报中说，为迎接第七届全军文艺会演，拟创排大型话剧《驱逐舰长》，反映高科技条件下人与现代化的矛盾，年底"立戏"。这个选题与李洪茂提出的《炮震》在立意上不谋而合。这也是自海军政治部话剧团1988年改编为电视艺术中心之后，首次提出创排话剧。

这件事情在海军文化部主要领导的发言中得到确认。这位部领导专门讲到海军首长机关对海军题材话剧创作的重视。我感觉海军对"话剧"的重提至少有两个原因：全军话剧创作日渐浓厚氛围的形成，以及海军题材话剧创作与演出的稀缺。前者对海军算是有所触动，后者则反映了自身的需要。海军虽然是军种，但与"大陆军"相比，确实只体现为一个方面。张勇政委补充发言时提出尖锐意见，总政直属文艺团体在创作与演出上应该面向全军，不能只反映陆军而没有海军，由此可见一斑。

没人注意到这种现象，自从1985年海军题材话剧《天边有群男子汉》上演之后，舞台上再没有完整的海军故事出现。而海军不仅是一支现代化军种，也是一种具有世界意义的文化现象。圈儿里人都知晓一个不便明说的道理，除了表现一般意义上的生活，反映"行业"题材，"行业"艺术家最为精准。换句话说，海军自己不创作海军题材，指望别人创作是不牢靠的。偶尔看到这样的情形，非军旅剧团创演军旅剧目，且不论艺术水准如何，从头至尾，我们担心的都是"形"与"神"的差距。军人在本质上并非依靠军装外表的支撑，而是依靠一种精神。

虽然最终话剧《驱逐舰长》没能问世，但军旅话剧界同仁渴盼当年的海政话剧团回归的心情却是一样的。不过，海政电视艺术中心按照职能定位算是圆满完成了任务，两年后，5集同名电视剧《驱逐舰长》在中央电视台播出。

当王爱飞①拎着行李箱走进回龙观客房的时候，我才发现原来军旅话剧这支队伍中不仅有像施效增、吴熙源、金乃凡、商学锋这样帅气十足的团长，居然还有王爱飞这般帅气程度丝毫不逊色于那些演员出身又担任团长的政委。那时开会住宿标准十分严格，大单位文化部部长这样的师职及以上级别干部方可住单间，而我们只能"享受"双人间待遇。

与我同为"舍友"的王爱飞政委双目炯炯，身材高大，浑身上下透着凛然之气。他与金乃凡在成都军区战旗话剧团搭班子。想来也是了不得的事情，由帅哥美女组成的战旗话剧团在这样两位军政主官率领下外出演出，不知会赚来多少羡艳的目光。

"我也是77级的，川师英语系。"王爱飞回应着我的问题。我知道王爱飞提到的"川师"，指的是当时的四川师范学院，后来则改称四川师范大学。

"替班"参加"业务会"的政治委员王爱飞居然非常专业，且不说作家、翻译家之头衔，著述甚多，还担任过联合国维和观察员。与我所聊，皆为话剧创作之专业问题。难怪"战旗"不鸣则罢，"一鸣"就是两部大戏——《结伴同行》《空港故事》同时进京。原来如此。

王爱飞政委告诉我，此次"战旗"汇报选题是大型喜剧《七彩军营》，依然由团长金乃凡亲自"操刀"创作，主要考虑明年参加第七届全军文艺会演，必须力保质量。

按照政治工作条例，全军文艺会演每五年举行一次。而实际上因为种种原因，常常不能如期。以时间推算，下一年也就是1997年应该举行会演。但下一年香港回归，国家大事多，推延已成定局。但上届会演在成都军区拉开帷幕，且战旗话剧团旗开得胜，所以他们对会演格外重视。虽然尚未接到正式通知，但已经未雨绸缪。

---

① 王爱飞（1955—），作家，翻译家。曾任成都市文化局副局长。著有纪实文学《西哈努克沉浮录》等。

次日会上，成都军区文化部主要领导在王爱飞政委正式汇报后，补充说，这部大型喜剧很大程度上将以话剧《结伴同行》主角扮演者赵亮的表演特点着手创作。把话剧称为大型喜剧，其实就是强调了这部作品的特点。赵亮作为演员，喜剧"因子"较多，可以理解。

回龙观院后有一汪塘水，面积不算很大，沿着水边栽有倒垂柳树，池塘一角煞有介事地建有一座微型拱桥，倒也可以通行，只是两人并肩过桥会略感拥挤。也不晓得设计者在什么地方出了毛病，貌似什么元素都有，就是没有园林味道。这很像某些话剧作品，编剧科班出身，导演名气不小，立意高度不低，故事有头有尾，但万般归一，就是不好看。不过开会总是沉闷之事，想想陶渊明都说过："弱女虽非男，慰情良胜无"[1]，那意思是说薄酒虽然比不上佳酿，总比没有酒强呀！聊胜于无，休会间歇或者晚饭之后，与会者常常三三两两在此散步。

傍晚时分，日光尚未完全消退，月亮竟然匆匆挂在了半空，是日晴空，透过稀稀拉拉的云朵，好像还能看见略略闪亮的星星。未及暑热时节，少了昆虫叫声，便显得郊外格外宁静，偶尔会扑腾扑腾飞过几只小鸟，倒也衬托出些许生机。

晚饭后，蒋晓勤与我散步至倒垂柳下，隐隐约约望着被来回穿梭的小鱼微微搅起波纹的不大的水面，闲聊之后，不免就说起白天会议的内容。

书卷气十足的蒋晓勤在表达专业看法时常常直言不讳，径直向我说到小品问题。他很难理解如此规模与层次的戏剧规划汇报会，怎么可以把小品创作作为重要内容？无论怎么说，小品与严肃的戏剧创作都不能相提并论。

"行"里人都知道，小品起初不过就是戏剧训练中的片段，只不过

---

[1] 参见〔东晋〕陶渊明《和刘柴桑》。

电视晚会放大了它的娱乐效能，以至于万众瞩目。老话说，无鸡不成宴，无鱼不成席。现在的状况是，无小品不成晚会。有好事者极而言之，好像无晚会，连年节都不知道怎么过了。

蒋晓勤没有说错，这次会议各大单位均把小品创作作为重点加以汇报。不仅团长们纷纷汇报，部长们也纷纷加以补充或强调，算得上史无前例。

其实，小品被重点提及，此次会议不算发端，起始点应为上年解放军文艺奖颁奖大会。在那次以"颁奖"为主的会议上，总政以总政话剧团为基础，成立了有名义无编制的总政小品喜剧艺术团，还"封任"王寿仁为团长。原本只是想以此整合总政直属文艺团体或其他团体小品明星，在适当时候借用电视平台，展示部队小品创作风貌。实际上大家该干吗还干吗，有事时召之即来则可。不过在那样的场合做出那样的事情，"示范"效能非常显著。

像蒋晓勤这样埋头写戏的人并没有意识到，小品作为一种风尚已然蓬勃兴起，而且不以人的意志为转移。这后面还存在一个未及言说的理论支撑——部队文艺团体应该想基层官兵之所想，演基层官兵之所喜爱。基层官兵喜欢观看小品演出，尤其喜欢观看那些通过电视媒介变得人人脸熟的明星演出的小品。

就像有些部队歌舞团体开始悄悄引进通俗歌手，理由也是连队战士喜欢。这在过去，近乎是禁忌。1950年代初期重组军队文工团，标准是"专业的、正规的、示范的"，歌舞团的声乐专业，只能是引进和建立民族和美声两种唱法，通俗唱法岂可登大雅之堂？谁也没有想到，王菲①在这一年登上美国《时代周刊》封面。

当然，认识和现状总在变化之中。会议间歇，王爱飞政委坐在客

---

① 王菲（1969—），中国流行乐女歌手。

房床沿边，向坐在茶几旁的我说到眼下军队话剧团体面临很实际的问题——大型话剧道具多、设备多、人员多，下基层部队演出多有不便，接待起来也让部队为难。反倒是小品类演出，十来个人，几件小道具，简单收拾一下行囊，说走就走了。或许同为舍友，沟通方便，无所顾忌，王爱飞讲了会上不便提及的内容。

这几年尝到小品甜头的兰州军区战斗话剧团吴熙源团长索性直言：

"今年重点抓小品创作，发动全团投入到小品创作中来，推出一两个好作品。"

"发动全团"的说法颇有意味，小品创作可以如此，有时甚至演员都可以成为小品创作骨干，但话剧创作能"发动全团"吗？

这几年，战斗话剧团话剧创作偏弱，而小品创作却异军突起。不但获得各种奖项，在各个层级电视台频频演出，而且引来许多学习者和仿效者。上一年总政歌剧团推出的小戏歌剧晚会中的作品，至少一半改编自战斗话剧团的小品。

就连"战友"这样的话剧大团，今年除了继续修改打磨话剧《热血甘泉》之外，也计划创排一台小品晚会《并不遥远的故事》，以纪念红军长征胜利60周年。

南京军区前线话剧团成为此次会议上的唯一例外。认真严谨的蒋晓勤副团长在汇报中压根没提小品二字，却一口气汇报了五台大戏选题，创造了本次汇报会话剧选题之最，颇有些力挽狂澜的意思，而且他所汇报的选题个个分量不轻——

老剧作家沈西蒙的话剧《秦淮丽人》，讲述几位爱国知识青年在抗日烽火中历练成长的故事；导演李建平亲自操刀创作具有轻喜剧色彩的小剧场话剧《小岛轶事》；老剧作家刘川[①]的话剧《黄浦江启示录》，反

[①] 刘川（1926—），军旅剧作家。曾任原南京军区政治部前线话剧团创作员。创作话剧《第二个春天》等。

映百年历史中三个家族与国防军工企业的命运；江深拟创作以刘伯承在南京创办军事院校为题材的话剧；邓海南拟创作高科技背景下"三军联演"题材的话剧。

最有意思的是，南京军区文化部主要领导的发言与众不同，既没有高屋建瓴的指导意味，也没有未来的战略设定，而是非常爽快地表示军区文化部要全力"做好保障和落实工作"。这个说法可以看成"机关就是服务"的翻版。

"北来南去几时休，人在光阴似箭流。"[1] 没觉得怎么样，时光就到了下半年。因为央视"春晚"和"双拥晚会"语言类作品创作需要，前进话剧团艺术室主任王承友再次来到北京。

王承友的"笑"和"笑话"在业界闻名。

都说出了山海关，人人都是赵本山，意指东北人普遍幽默风趣。你若见到王承友，便会觉得应该重新定义这个说法。因为央视春晚许多东北式的笑料都出自王承友的创意，迄今依旧如此。

王承友爱笑，笑声不大，但可持续。不是那种"哈哈"笑个没完带着憨劲儿，也不是那种"呵呵"时笑时停揣着想法。他是边说边笑，边笑边说，或者干脆说是用"笑说"的方式叙述事情，描绘人物。这样的结果是，王承友的"笑话"便源源不断。

但王承友的本行是话剧创作，当然很久之前不是。

"你最初是什么专业？"我问。

"表演。我是演员出身。"王承友说。

"演过什么角色？"

"雷锋。"

---

[1] 参见〔唐〕罗邺（825—?）《叹别》。

亦确定 7 日作专场汇报演出。

这个戏反复打磨，又经赴南京军区所属部队交流演出之检验，趋于完整，加之题材反映英模人物，安排汇报演出，实至名归。

按时间排列，《热血甘泉》的演出早于《飘落的雪花》。

对驻京部队剧团来说，专场汇报演出的重要性等同于京外部队剧团的进京演出，因为后者通常也会安排专场汇报。这样的演出，"任务"性质更加明确，相比下部队演出或者在社会上公演，其重要性不言而喻。不仅大单位文化部，甚至政治部乃至于大单位主要领导对此都非常重视。

话剧《热血甘泉》演出前一天，北京天气转晴。按照常规，为保证演出顺利进行，相关部门共同召开协调会。陆文虎副局长以及文艺局负责演出业务的申若东干事前去参加。我则在机关协调处理有关"双拥晚会"事务——此时，双拥晚会主创团队及来自全军有关文艺团体参演队伍，集中住在位于蓝靛厂的空军指挥学院招待所。

我突然接到前进话剧团李新华副团长打来的电话：因为积雪封路，无法运送道具，话剧《飘落的雪花》进京演出可能要取消。

我当时只觉得脑袋嗡的一下。

这可是开天辟地头一回出现的事情，我一时半会儿不知说什么才好。待我冷静下来，整理了一下思路，用非常严肃的口吻回复说：

"取消进京演出任务的权限在总部机关，你们无权取消。请你立即报告军区文化部，请他们直接向总政文化部报告，说明原因。"

我后来一直在想，那场波及东北和华北地区的大雪或许是影响前进话剧团进京的直接原因，一般情况下，道具运输需要通过公路，雪天路滑，局部路段多半会封闭，这个理由还算充分，安全毕竟排在首位。但联想起去年创作规划汇报会的情形，也保不准不会没有另外缘故，至少在如此严肃的任务面前，克服困难的办法总会找到。

不管怎么说,这两件事情形成了鲜明对比,偏巧间隔时间又不长——前进话剧团因为"大雪"放弃了话剧《飘落的雪花》进京演出机会,而对地处南国的广州军区战士话剧团来说,能否进京演出则胜过一切。

从公历纪年上看,事情都发生在1997年年初,而从农历纪年角度上说则完全是两个光景——前者的"获准"与"取消"均在丙子鼠年腊月,后者若进京则必定在丁丑牛年正月。我们自然不会去掐算农历年涉及的命理或者时运。这倒不是因为我们完全排斥传统文化中"这一块"的内容,而是多数人听了也搞不懂,遇到高人给你指点,明明云里雾里,你还要假装若有所悟的样子,莫不如王承友那样当作"笑说"罢了。而好事者事后则振振有词地说出"丙子"与"丁丑"的种种不同,诸如"八字偏弱,八字喜土"以及"精神闪烁,谦和恭敬",还有乾坎艮震,巽离坤兑之类。

我个人感受最深的是,"战话"进京可谓好事多磨。当年赵寰创作的话剧《李闯王进京》在进京问题上起初一帆风顺,最终却折戟沉沙。而话剧《南国木棉红》也是波折不断。唐栋和王树增都是当代文坛的风云人物,虽然小说和话剧有些区别,但终究两人都有创作实力。前者主抓,后者主写,再加上专家组的鼎力协助,力量配置不可谓不强。姚远的建议、刘星的提示、唐栋的紧抓、王树增的顿悟,终于使《南国木棉红》在更名为《都市军号》之后,走完了所有报批流程。

正月十五元宵节是京城百姓过大年的最后一个环节。吃元宵只是家人团聚的一种方式,占用时间并不长,男女老少的心思都在其后的闹花灯上。明代闹花灯在灯市口,时间从正月初八至正月十八,地名由此而得。史载,清代内务府担心花灯失火殃及皇宫,因而将灯市移至外城东四大街。1949年以后则以劳动人民文化宫为聚集点。岁月更迭,花灯争艳和人流如织的热闹景致依然如故。有如辛弃疾①《元夕》所描述：

东风夜放花千树。更吹落，星如雨。宝马雕车香满路。凤箫声动，玉壶光转，一夜鱼龙舞。

蛾儿雪柳黄金缕，笑语盈盈暗香去。众里寻他千百度，蓦然回首，那人却在，灯火阑珊处。

身着簇新冬常服军装的战士话剧团灯光师刘建中，在京城百姓闹花灯当日，顶着凌冽寒风，穿过挂满彩灯的大街小巷，查看了文艺局推荐的三家演出场所——总政话剧团八一剧场、总后礼堂、京西宾馆礼堂，然后匆匆忙忙来到办公室找我，述说剧场情况——

八一剧场防火条件尚未达标，且同期有北京电视台活动，提前预租；总后礼堂台深仅为12米，不符合演出要求；京西宾馆礼堂最为理想。

我从刘建中介绍情况的话语中听出了主客观色彩。八一剧场条件尚可，但对方不甚情愿；刘建中看不上总后礼堂；京西宾馆礼堂和刘建中则属于"两厢情愿"。

按照批件要求，时间已然紧迫起来。我当即操起电话协调此事，最终确定，队伍下榻空军指挥学院招待所，演出地点确定在八一剧场，两地相距不远，往返便捷。

一周后，打前站的战士话剧团肖振华政委和王树增副团长来到文艺局办公室，汇报演出前相关情况。当平时安静肃穆的办公大楼过道传来肖振华分贝指数较高的爽朗笑声和逢人便感谢的说话声时，我急忙走出办公室准备迎接，只见陆文虎副局长已经站在他们面前。

"你了解他的情况吗？"陆文虎指着肖振华，笑着问我。

我来文艺局任职时间不算很长，许多久远之事不甚清楚。陆文虎这

---

① 〔南宋〕辛弃疾（1140—1207），词人。

么一说，我有些懵懂如坠五里雾中，不知他的话意何在。

"他是全军文工团有名的'活雷锋'。"陆文虎冲着肖振华伸出大拇指。

肖振华有些不好意思地嘿嘿笑着说："哪里！哪里！"

我后来得知，肖振华乐于助人，毫无条件，从来如此。八九十年代，人们公差探亲出远门主要走铁路，火车票十分紧俏，尤其硬卧车票几乎一票难求。知情人获悉他的妻妹在广州火车站当售票员，常常托他代卖车票。肖振华总是爽快应承，且用洪亮嗓音哈哈笑着说"没问题"，居然每每得以兑现。好说话，有效率，托的人就越来越多，以至于成为"农林下路81号"甚至军区政治部诸多人买票的惯性。很久之后，人们才发现，肖振华每次都是凌晨两三点去火车站售票窗口排队，且从未跟人提及。

如此事情在今天看来已经具有"传奇"色彩，恍若隔世。我曾经很不知趣地向肖振华核实过真伪，肖振华嘿嘿笑道："托小姨子买票，一次两次是有的，总托肯定不行。既然答应人家，只好排队。"

我暗自想，你不会不答应呀？

古道热肠的肖振华做不到。

晚上，我请肖振华和王树增吃饭，想借机再说一下"买一赠一"之事——当然这是谐谑之说，实际上就是选调"战话"大戏进京，顺便再让他们"搭"一台小品晚会。因为战士话剧团在抓大戏同时，小品创作也如火如荼。部局领导想趁"战话"下榻"空指"招待所之际，给学院官兵教职员工专场演出小品，顺便安排驻京部队文艺团体观摩学习，为下一步在全军开展小品创作与演出做铺垫。

王树增的家属王瑛[①]当然与我们共进晚餐。

[①] 王瑛（1962—），女，军事文艺编辑。曾任《解放军文艺》主编。

所谓当然，是因为王瑛非同一般"家属"，不是军旅文学作品中常常描写到的那种需要随军安置的家属——她是《解放军文艺》著名编辑，俏丽聪慧，艺术感觉与辨识力极好，许多军旅文学佳作都出自她之手编辑，在军旅文学界口碑甚好，后来成为刊物主编。王瑛实际上也是王树增的第一读者，而她身为专业文艺编辑的独特视角自然给王树增许多启迪。

王树增与王瑛长时间互为家属。武汉空军撤裁时，王树增好不容易争取到一个转业进京指标，于是脱下军装回到北京，成为仍为现役军人王瑛的"家属"。莫言撰文说，王树增"回来就后悔了"[①]，他太喜欢军队生活了。结果广州军区有需要，王树增立即选择再披戎装。于是，王树增和王瑛重新过上了互为家属的探亲日子。

能看出王树增神情轻松了不少，眉头不再紧锁，脸上又现笑意，最重要的是恢复了侃侃善谈的才能，毕竟《都市军号》进京在即，他的历史使命即将完成。想来这一年时间里，曾经在文学领域自由驰骋的王树增，在戏剧创作的重重羁绊下付出了极大努力，而且这件事情不仅仅在创作本身，还担负了额外的使命。

"真够辛苦啦，压力不小吧？"我不无同情地说。

"老唐压力更大。"王树增说。

"那是，那是，团长压力更大。"肖振华附和着说。

唐栋、肖振华、王树增三人角色迥异，作用不同，责任也有差别。肖振华当过团长，感同身受。唐栋主抓，承上启下，各种压力汇聚于一身。王树增主创，成败在此一"写"。

3月1日上午，肖振华政委陪同我去北京西客站迎接"战话"进京。没有规定京外剧团进京，总部分管干事必须接站。"战话"在漫长等待

---

① 参见莫言《我的朋友王树增》。原载于《军营文化天地》2000年5期。

中何其不易，对我来说，跑一趟火车站，算得了什么？"如有力者，哀其穷而运转之，盖一举手一投足之劳也。"①

立春二十多天，北京寒意未减。我们在站台上甚至需要不断地颠动双脚驱寒。那时乘民航飞机出行尚算奢侈之事，单位财务制度有明确限制，坐火车是首选。或许因为广州始发的这趟特快列车携带"港行"货品的人较多，接站者总是挎裳连袂。列车进站尚未停稳，便有人跟随列车跑动，有人挥手，有人呼唤，好不热闹。

"战话"的人戎装背囊整齐划一，一水儿的"国防绿色"，且帅哥美女众多，自然引来许多旅客和接站者驻足关注。略显疲惫的唐栋向我走来，带着微笑，也带着一丝不易察觉的激动。唐栋有许多理由提前乘飞机来京，但我了解唐栋的内心，他肯定选择随队前来——他要亲身感受这个过程。

我看到，正在集合的"战话"剧组队列中，有人兴高采烈，有人悄悄擦拭眼泪。我便感慨十分。上一幕此情此景发生在九年之前。十个年头一代人。我想，高兴者想必多为此间加入这支队伍的新人，而擦拭泪水的人一定想起漫长的九年之前相似的情景。

"战话"抵京次日，恰逢本年度全军文艺创作规划汇报会在"回龙观"召开。这为"战话"在京演出邀请同行观摩提供了绝佳契机。尽管文艺局已经制订组织全体参会人员观摩话剧《都市军号》的计划，但广州军区文化部主要领导还是在会上逐一向各家发出口头邀请。

"欢迎来指导的啦——"其"广普"口音此时尤显悠长与洪亮。

当然，话剧《都市军号》在京演出四场都受到好评。其中有一场由于组织协调上的疏忽，观众人数居然严重"超编"，不得不说服"多余

---

① 参见〔唐〕韩愈（768—824）《应科目时与人书》。

者"下一场观看。从专业认定角度说，中国剧协为话剧《都市军号》召开了专题研讨会。

在这样一个场合，文化部长们也意识到舞台剧与影视艺术在某一点上存在巨大区别。除了审看需要，你不可能把大家召唤在一起观看影视作品——电视剧的消费地点在家庭，欣赏电影则在"黑暗的"封闭空间，唯舞台剧拥有如此特殊功能：不仅观众和演员可以面对面"交流"，而且每个观看者都身处同一个社交平台上。这显然不像影视艺术，事后再铺上一张红地毯，把人们重聚起来，然后彼此张望或交流。

广州军区文化部主要领导乐不可支。他完全知道，即使全军文艺会演，各大单位文化部部长也不可能悉数到场。这等于在全军面前正式亮相，展示了本军区的创作风采。大单位之间剧团的合作机会并不多，驻京部队剧团虽在同一城市，但通常各自为政，各行其是。京外剧团更是相距遥远，顾不得许多。而各剧团"比较"与"竞赛"的可能却始终存在，评奖与会演皆是。文化部部长亦然。

唐栋则长长舒了一口气。他就任团长以来做了毕生从未做过的事情。之前所为，仅与个人相关；此番努力，牵涉一个团队乃至一个大军区。在军队这个特殊体制内工作，荣誉感与成就感都非常重要。专场汇报演出结束，当掌声响起的时候，唐栋觉得自己的努力没有白费。

王树增虽然没有像战旗话剧团金乃凡团长那样，以谦和姿态躬着身子在八一剧场门口一一恭送着来宾，反复说着谢谢，但他喜眉笑眼的神情始终没有消失。复杂的感受肯定会有，以往写小说固然潇洒，"写"是自己的事儿，好坏与别人干系不大，荣誉也归属于自己。但写话剧不同，"写"不仅仅是自己的事儿，那么多人在关心、参与和协助。荣誉也不仅仅归属于自己，整个团队都在高兴，包括驾驶员和炊事员，他们逢人都会说：我们团去北京演出了。军区领导也很高兴——军区政治部分管副主任在现场目睹了一切。尤其是同样高兴的"家属"王瑛请来驻京部队文学界许多名家大腕儿，捧足了夫君之场。

捧场的不仅有王瑛和军旅文学"大咖"，还有驻京部队三家半话剧团体：总政、空政、战友和海政。这样的演出越多，大家彼此间走动的机会就越多。

而在这个过程中，"战友"的翟迎春团长很好地扮演了"地主"角色，不但组织团里业务骨干观摩演出，还在剧组某日休息的间歇，在八大处某家朴素平常的餐馆为"战话"剧组涮肉接风。出于礼貌和尊重，翟迎春团长亦邀请局里派员参加。恰巧当晚袁厚春局长与屈塬干事去武警部队文工团审看歌舞晚会，便嘱咐我代表前往。

在那场"半官方半民间"的两团联谊活动中，我多少感受到某种带有明显陆军色彩的行业战友情谊。那个年代，"大军区"几乎是陆军部队的代名词。也许是个人风范或性格使然，也许是"陆军"之间的惺惺相惜，京外六家剧团进京，"战友"总是倾力表达"地主"之情谊。我说的不仅是"把酒言欢"，而且在演出等诸多事务上，要人给人，要物给物，从不打折扣。

如同去年在山海关欢迎前线话剧团《海风吹来》剧组，翟迎春团长同样端出一只硕大的空碗，倒入满满一碗啤酒，双手将其高高举起，在一番热情洋溢致辞后，一饮而尽，底下又是一片掌声和叫好声。

最重要的插曲则是话剧《都市军号》正式演出之前，"战话"在空军指挥学院演出的那场小品晚会。全军戏剧团体领导及军艺戏剧系相关人员都来观看。

就像晚会与戏剧的演出效果截然不同，小品与话剧也大相径庭，前者的检验标准之一就是伴随着欢声笑语。无论何种晚会，观众期盼小品出现就是希望找到"笑"的机会。此项功能原来专属于曲艺类的"相声"，现在被小品瓜分掉大半。

前年我曾力邀刘星为"双拥晚会"写一个小品，他欣然应允。我在等待的日子里就琢磨刘星会为观众提供怎样一种幽默。结果企望先听先乐的我们在审听这个名叫《祝你平安》的小品脚本时，被感动得直想落泪而毫无笑的可能，实在因为春节晚会更需要欢乐而只好作罢。我们宁可称其为短剧，也不愿意让小品失去"笑"的基因。无论小品是否包含严肃庄重的内容，"先笑"或者"后笑"必须成为基本构成。

"战话"这台小品晚会遵从了这样的路径。特别是小品《斤斤计较》引发观众热烈掌声，而且笑声不断——

一个连队给养员上街买菜，与菜贩讨价还价在所难免。可是，既要维护连队利益，又不能伤害买菜人——群众的利益，"斤斤计较"的分寸把握便很有讲究。这则小品不仅创造了风趣幽默的氛围，在"买"与"卖"双方貌似讨价还价的外表下，还蕴含着一种强烈的时代意味，一种对特区新型军民关系较为准确和恰当的把握。"在这则小品中，交织着精明、憨厚等特点的小贩，与认真、求实而又不乏天真气息的女兵构成的某种反差，这种反差作为双方'斤斤计较'的必要条件，恰恰为作品提供了轻松活泼的喜剧基因。"①

部队小品创作当然受到央视春晚的"引导"。早期军艺戏剧系在小品创作上十分活跃，这种与戏剧教学关联紧密的样式自然属于它的强项，典范之作当数小品《芙蓉树下》——一个农村青年入伍前在芙蓉树下与恋人告别，由于借用方言的幽默和分寸拿捏的精准，使得这个可能"催泪"的作品充满笑料却又品位不俗。军艺戏剧系在小品创作上领跑是天经地义的，因为小品原本就是戏剧教学训练上的一种手段，把时尚需求的元素稍加融入就是观众们喜欢看的小品。

真正让军旅小品达到较高水准且经得住推敲的，应该算总政话剧团的《纠察》。一个即将退伍的老兵最后一次上街执勤，发现一位文工团

---

① 参见拙文《军事题材小品创作的新收获》。原载于《文艺报》1997年9月20日。

女兵着军装外出却没按条例规定戴军帽。"纠察"过程中得知女兵是自己同乡。"女兵"与"老乡"的双重身份,增加了老兵对违反军容风纪者进行纠察的复杂性。"情"与"理"的纠葛最终统一到军人的形象与荣誉之上。

从《芙蓉树下》,经由《纠察》,再到《斤斤计较》,军队小品创作的数量与水准开始"双增"。不过细致分析,其中不乏有趣现象和耐人寻味之处——在军队专业文艺团体中,似乎很难发现专业编导从事小品创作,"实践者"甚至"成功者"多为演员或演员出身的人,偶尔有"专业者"涉足,反倒捉襟见肘,显出短板。

机趣与巧妙当然是话剧创作的重要构成因素,但话剧创作历来不能单凭这二者的支撑,而小品立作之核恰恰在此。极而言之,没有机趣和巧妙,就没有小品的魅力。就此而言,演员有独特优势。演员在接受训练时,不断提升观察力之要求会促使他们对机趣与巧妙的捕捉,而观众在有限时间内希望看到的往往是此类东西,这恐怕正是优秀小品多为演员创作的原因所在。

我就想起在战士话剧团研讨话剧《都市军号》时的额外收获。

一个偶然机会,唐栋团长当面向我介绍了"战话"三位青年演员——林永健[①]、杨艺徽[②]、刘晓翠[③]。唐栋不无自豪地说他们很有想法,常常凑在一起琢磨小品创作之事,为"战话"下部队演出,提供了许多基层官兵喜欢看的小品。《斤斤计较》的导演虽然署名为傅勇凡,但却出自这三人的创意。

那天时间已晚,专家组成员各自回房间休息。这时便有人敲我的房

[①] 林永健(1970—),影视演员。曾任原空军政治部文工团演员。主演电视剧《怒放》等。
[②] 杨艺徽(1972—),军旅话剧演员。曾任原广州军区政治部战士文工团演员。主演话剧《回家》等。
[③] 刘晓翠(1973—),话剧演员。现任中国国家话剧院演员。主演话剧《岁月风景》等。

门，声音不大，但在夜晚寂静时分显得很清晰。我知道我们下榻的艺星宾馆属于军区文工团所有，可毕竟向社会开放，我不免有些警觉。

透过房门"猫眼"，我发现来人居然是林永健。我拉开房门，笑眯眯的林永健站在那儿，显得很诚恳的样子。

我去各单位剧团，多因创作之事，自然与团领导和创作人员交往甚多。看戏后也会在舞台上与演职人员交谈意见，仅限于此。所以，林永健的出现让我很意外。

"想请您吃夜宵。知道您白天都在忙话剧的事儿，只好现在找您说说小品创作的想法。"这位青岛籍小伙子嘿嘿笑着说，普通话中似乎还略带一点去不掉根儿的"胶东味儿"。

几乎容不得我推托，林永健便连劝带拉地拽我出门，边走边说，广州生活习惯不同于北方，因为气候炎热，人们普遍休息较晚。然后就上了一辆进口单门轿跑小车。

那年月，在京城拥有私家车是一件很稀罕的事情。在我的感觉中，小车本应就属于公家。一旦去机场、车站接人，无论因公因私，都得求助于单位司机，这已经变成习惯。

广州的马路不像北京那样笔直通畅，穿大街过小巷，不知拐了多少道弯，小车驶抵珠江边一处夜市大排档。

那景象顿时让我眼花缭乱甚至瞠目结舌。这个渔港夜市竟然与越南西贡重名，夜色中珠江点点船灯映衬着水岸上的闪烁霓虹和比肩食肆，一眼望去，家家灯火通明的餐馆内几近无人，而室外的餐桌排列则似若矩阵，吃客如云，好不热闹。与此时京城的寂静相比，简直如同两个世界。

林永健轻车熟路地与光着上身、穿着七分短裤和拖鞋的老板打着招呼，择桌而坐，安排菜品，然后话锋一转就与我聊起他们几个年轻演员创作小品之事，其间近乎没有过渡。我在些微的懵懂中仅剩下看与听的可能。隐隐约约就听到林永健说，他们虽然写不了话剧，但"琢磨"小品还有些办法，而且得到唐栋和王树增等团领导的认可，话语中不乏自豪之感。

我知道林永健刚刚参演军区联合其他单位出品的电视连续剧《和平年代》，扮演一个小老板，在广州那边有点小名气。那时军队话剧演员参演电视剧机会并不多，即使参演，酬金也十分有限，远不如后来那么多。我不由想到，广州这边处在开放前沿，像林永健这样的人，交往广，应酬多，还要买车，他们的经济实力如何支撑？

"嘿嘿，有时也悄悄去炒更。"林永健不好意思地笑着说。

炒更、埋单、搞掂、煲汤这些术语，以及餐前服务员第一次往杯子里所倒茶水不能直接喝，而要先涮碗筷，还有别人为你斟茶时，需以手指敲击桌面三下，以示谢意之类的习俗，都是这段时间我数次来广州渐渐知晓的。而彼时京城初现端倪的许多时尚之事，大多属于"南风北渐"，且蔚然成风。

我忽然意识到，像《斤斤计较》这样充满时代"商气"却不失军旅特色的小品，北方部队的剧团，无论如何也写不出来。

春暖花开，又到了年度评奖的时节。

评奖之前，分类整理各个艺术门类的材料是一项十分烦琐的事务性工作：剧目简介、剧本、演出录像都需归类分置，许多材料需要按照评委人数复印多份，装订成册。好不容易整理完毕，装箱封存，就准备用车运往评奖会议所在地。

此时，前卫话剧团女编剧戴嵘风风火火地来到我的办公室。

由于济南军区文化部漏报一项材料，所漏报的，恰恰是戴嵘的作品——广播剧《追彩云的日子》的录音带，便差使戴嵘替部里送达。她自然心急火燎，恨不得立马赶到北京。不过那个时候没有高铁，去北京的基本选择是济南人格外熟悉的那趟598次"普快"夜行列车,再急迫的心情也要和8个小时的火车速度形成同一节拍。

戴嵘进入游檀寺大院后显然是一路小跑过来的,踏进办公室那一刻,还在呼呼喘息,两颊绯红,口中还连连说着:"没晚吧?没晚吧?急死我了。"

晚与不晚不是问题关键,最要命的是,她的到来,使得所有装箱封存的材料都需要重新打开,并依序从头再来一遍。

我想起去年规划会上施效增团长汇报过这个选题,记忆中是话剧,为何改成广播剧?

"原来就是话剧,女兵题材。总政话剧团排演了《女兵连来了个男家属》,影响挺大。团里担心题材撞车,也很难超越人家,就改成了广播剧。"戴嵘解释说。

我暗自想,头一个理由分明不成立,军旅话剧几十年来不是常常围绕相似题材进行创作吗?后一个顾虑倒可以理解,毕竟燕燕创作的话剧《女兵连来了个男家属》连续获得"五个一工程"奖、文华奖和曹禺戏剧文学奖,超越起来确有难度。

久闻芳名,初见真人,对话的工夫使我得以打量这位戎装在身的"剧二代",还是觉得有些惊讶。当时还没有现今这些时髦的常用描绘用语,诸如"明明可以靠颜值吃饭,偏要靠才华"之类,我就想到对我有所嘱托的剧作家代路——你这女儿身材颀长、肤色白皙,形象俊秀,何以不让她做演员,却做这劳什子——煞费苦心的编剧?

也是在闲聊中得知,戴嵘正在创作小品。这可是难能可贵,据我判断,她没准儿是全军专业编剧中唯一参与小品创作的人。

8月份举办全军电视小品大赛的通知已经下达。

此刻我已经意识到,弄不好此次小品大赛真成了全军专业文艺团体的一次"群众性创作活动",就像战斗话剧团汇报的那样,发动全团投入创作，这与剧团正常的剧目创作确实有所区别。

其实，最大的区别是在7月中旬为此次电视小品大赛专门举办的评奖之中发现的。我也是蓦然悟到，小品的类型原来并不仅限于话剧队伍创作的戏剧类小品，归属于歌舞团或杂技团的曲艺队伍也活跃着一股创作力量，他们创作的小品充满曲艺色彩。

"曲艺类"小品的创作者同样也多为演员，这与整个曲艺界的创作习惯相吻合——自己做饭自己吃，专职曲艺作者可谓凤毛麟角，演员参与创作甚至是一项基本要求。朱光斗的快板书《巧遇好八连》，贾冀光[①]的相声《搬家乐》都是自己创作的作品。一般说来，戏剧小品更多地依赖情节发展的逻辑，而曲艺小品则常常看重"包袱"[②]的使用，更多的时候索性直接把相声或二人转中的诗韵体"说口"[③]作为开场白而引出"笑点"，我以为两者在创作路径与构思方式上确有云泥之别。

面对"话剧"这支专业队伍，我当然希望参评范围限定在戏剧类小品之中，因为这样，评选标准易于统一，也与剧团业务属性相一致。但面对全军电视小品大赛以及演出效果，则必须把曲艺类小品看成重要的选择对象。事实上，在许多演出场合，尤其是电视场合，后者的"笑果"往往更加明显。

可是评选结果大大超出了我的想象。

所有获奖作品，几乎被戏剧类小品包揽，而少数几个略有曲艺色彩的作品也只是刚刚迈进"入围"的边缘。

在三个一等奖获奖作品中，排名第一的恰恰是由此次大赛唯一专业编剧创作、专业导演执导的小品《熄灯号响过之后》。

这位编剧就是"偏要靠才华"吃饭的"剧二代"——济南军区前卫

---

① 贾冀光（1937—），军旅曲艺家。曾任原第二炮兵政治部文工团演员。
② 包袱，相声术语。常指笑料和噱头，通过细密组织和铺垫，达到的喜剧效果。
③ 说口，也叫段子，主要在民间笑话基础上所做的移植和创造，具有先铺垫后"甩包袱"的特点。

话剧团女编剧戴嵘，而导演则是话剧《徐洪刚》的导演之一胡宗琪。

连央视导演张美英和文艺部主任王晓都对这则小品赞不绝口，尽管王晓主任分管央视《曲苑杂坛》栏目，对曲艺作品和曲艺类小品十分熟悉和偏爱。甚至在1997年8月25日夜半——央视播出全军电视小品大赛前夜，我们在一起核对字幕时，依然兴趣盎然地谈论着电视大赛的作品以及大家都格外垂青的《熄灯号响过之后》。

说是小品，但这部作品却严格遵循了戏剧创作的结构方式——人物设置、情节走向、起承转合，简直就是微缩版的话剧。最重要的是，其好看与"可乐"程度不输于任何流行的"火爆"小品。

《熄灯号响过之后》择取的角度既奇巧又平常——师长下连当兵，晚上住在9班。为了让师长睡好觉，班里采取了几项"非常"措施，一是让脚臭的新兵谢小毛睡觉时穿上鞋，二是安排睡觉打鼾的老兵吴二愣站夜岗。作品的喜剧光点表现在互为因果的两方面，一是9班做出的这两项决定不尽合理，却分明透着战士对干部的爱戴与尊敬之情；二是亦有打鼾习惯且训练一天之后鞋里同样有臭味的师长，能以平常心态和对战士细腻的关切之情融入"兵"的群体之中。

看上去神态与在规划汇报会上发言时毫无二致，施效增团长笑呵呵地坐在床边，一副和蔼可亲的样子，几个战士依偎在他的身边，说着家长里短和训练心得。只是此时的施效增，人在舞台上，扮演的是小品中的师长。这幅生动的画面不由让人浮想联翩，1937年毛泽东在与新西兰出生的小伙子詹姆斯·贝特兰[1]谈话时讲道："在军队中肃清封建主义，废除打骂制度，建立自觉纪律，实行同甘共苦的生活，因此全军是一致的。"[2] 这段谈话后来成为人民军队政治工作三大原则之一的"官兵

---

[1] 詹姆斯·贝特兰（1910—1993），新西兰出生，后来供职于伦敦《泰晤士报》。抗战初期访问延安。
[2] 毛泽东：《和英国记者贝特兰的谈话》，收录于《毛泽东选集》第二卷。

一致"原则。

我在总政机关任职期间，始终没有机会看到戴嵘创作的话剧，但她创作的这则小品却给我留下深刻印象，而其产生的社会影响力和艺术感染力丝毫不亚于一部话剧。

"小品创作一直以来存在两个误导，一是电视晚会的急就章；二是明星使用方言。"唐栋说。

"小品创作简易而不简单。"兰州军区老剧作家陈宜说。

"小品整体创作形势有些乱。部队剧团的小品创作要有导向性，高质量为先，高标准为首。"曾任济南军区文化部主要领导而刚刚就任总政文化部的分管领导说起这个话题更加直言不讳。

这是1996年全军文艺新作品奖评选会上充满"火药味"的发言。然后总政职能部门就出台了指导性文件，并在多种场合提出要求。仅仅一年时间，就有了1997年全军小品电视大赛的成果。这些成果真正出自创作，毫无"攒活儿"之痕迹，参赛团队和创作者的认真程度甚至超过"双拥晚会"对小品的"研发攻关"。8月25晚，中央电视台在八一剧场对决赛现场实况录像，并于次日晚上央视一套节目黄金时段播出，这意味着这一年创作的优秀军旅小品已经镌刻在军队文艺发展的历史长廊中：

《熄灯号响过之后》（一等奖，前卫话剧团）；
《斤斤计较》（一等奖，战士话剧团）；
《基本群众》（一等奖，总政话剧团）；
《一二一》（二等奖，战旗话剧团）；
《往后站》（二等奖，前线话剧团）；
《留守兵》（二等奖，二炮文工团）；
《界碑内外》（二等奖，武警文工团）；

《四千六百零一》（二等奖，战友话剧团）；

《路在何方》（二等奖，战友话剧团）。

对军队戏剧队伍来说，小品显然是大戏之间的插话。我不得不把笔触拉回到这一年的春天。

话剧《都市军号》进京演出产生的反响是连锁性的，尤其是3月11日，中国戏剧家协会为该剧召开专题研讨会，除邀请许多地方专家以及部队剧团的编剧、导演参会外，张西南、范咏戈、丁临一、汪守德、朱向前、张志忠、周政保等如此之多军旅评论家也应邀参会发言，实属罕见。

在这一年文艺新作品奖评选中，话剧《都市军号》毫无争议地被评为一等奖，投票结果居然比同为一等奖的音乐剧《芦花白，木棉红》多出一票，后者毕竟是举全军之力创作的作品。

这件事情极大地触动和影响了全军话剧创作。

"回龙观"规划汇报会刚刚结束，济南军区文化部和前卫话剧团便请求为他们延留一天，以便研究他们确定的重点剧目《老兵》。这部作品正是上一年度施效增团长在汇报时提到的《忠诚》，即描写内长山要塞区9位老兵长年以"兵"的身份扎根基层的话剧。

部里分管领导私下对我说："这部话剧是我在军区文化部任职时抓的题材，酝酿了很久，基础不错。你们看看有没有潜力？帮助促一促。"

这位分管副部长，又是济南军区文化部老部长，于大于小，他的要求都有道理。但我理解"私下"的含义，当下全军各大单位纷纷热抓话剧，他站在"总部"角度，需要一碗水端平。

于是，在次日安排郑振环团长、刘星副团长两位专家继续留会后，袁厚春局长主持召开了话剧《老兵》剧本的第一次研讨会。编剧殷习华、施效增团长、军区文化部陈正华干事和我参加了会议。

这是我第一次完整地阅读《老兵》文本,印象十分深刻。我问施效增团长,剧本修改过程中应该尽早确定导演人选,以便参与修改,为下一步二度创作做好准备。

施效增团长告诉我,导演人选已经确定,由胡宗琪独立执导。我对胡宗琪早已耳熟能详,两年多前,胡宗琪随话剧《徐洪刚》进京演出时,我刚刚任职文艺局不久。当时我忙于办理几家京外剧团演出、研讨等杂事,一直找不到合适机会与胡宗琪谋面交谈。

我哪里料到,济南军区的"延留"只是一家单位的正式要求。待讨论完《老兵》剧本,送走济南军区的人之后,我才发现,沈阳军区前进话剧团李洪茂团长则根本没有离开。不仅如此,他还召唤来了前进话剧团艺术室主任王承友、导演袁平[①]以及舞美设计田运忠[②],还有他们从战旗话剧团特邀的导演雷羽,希望文艺局为他们组织话剧《炮震》剧本的研讨会。

当时,话剧《都市军号》在京演出任务尚未完成,诸事缠身,忙得我脚打后脑勺。安排此类事情,只能见缝插针。那天上午,在中国剧协参加完话剧《都市军号》研讨会后,按袁厚春局长叮嘱,我又把同样参会的郑振环、刘星、卢学公和王树增"拽"到"回龙观",与前进话剧团几位主创人员一起讨论话剧《炮震》的剧本。

作为作家的剧作者,其厚实的文学功力毕竟不同凡响,庞泽云创作的这个剧本立即引起大家的兴奋。我这才发现,真正的剧作者居然没有到会。

"怎么没有让庞泽云来听意见?"我问李洪茂团长。

李洪茂团长似乎犹豫了一下,然后说:"王承友是团里艺术室主任,

[①] 袁平(1944—1998),军旅话剧导演。曾任原沈阳军区政治部前进话剧团导演。执导话剧《飘落的雪花》等。
[②] 田运忠(1948—),军旅舞美设计师。曾任原沈阳军区政治部前进话剧团舞美设计师。设计话剧《炮震》等。

也参与了《炮震》的创作。再说还有导演雷羽听取意见，所以，就没有通知庞泽云。"

庞泽云也是我迄今为止尚未谋面而其剧作又异常出彩的剧作家。

持续几日的少云晴天，仲春的阳光终于开始变得和煦起来，按照惯例，北京还有两天才停止供暖，所以此时依然身穿"马裤呢"军装的我和"战话"《都市军号》剧组的全体人员，在熙熙攘攘的北京西客站大厅里便觉得燥热，许多人不时摘下军帽擦拭额头上的汗珠。

在进站口，我和肖振华政委、曲芬芬副团长互相郑重敬礼、握手道别后，便目送这支队伍离去。

我长舒了一口气，心想，或许可以短暂休息一下，但按照目前各大单位剧团的创作态势，更加繁忙和紧张的节奏很快就会到来。

第八幕

高潮迭起

  李炳军出身于演员，时常还在话剧舞台上出现，我只看过他扮演的一个叫巴谢洛夫的苏军顾问，角色不怎么重要，却生动有趣，不过他的职务是前线话剧团业务办公室主任，属于"双肩挑"的干部，联系军区文化部是他的日常工作，有时也会"越级"与我联系——当然都是具体琐碎之事，如果这些琐事严格按程序办理，会降低办事效率。1994年11月，话剧《窗口的星》进京演出时，李炳军就为剧场、住宿、观众等诸多事情频繁联系我。

  刚刚送走战士话剧团《都市军号》剧组没多久的一天下午，李炳军忽然打来电话，告知团里几件与创作相关的事情都处在关键节点，非常希望我和专家组月底时能去一趟"卫岗"。不愧是话剧演员，电话那头传来李炳军的声音显得中气十足，嗓门很大，尽管算不得"震耳欲聋"，但我还是将电话听筒与耳朵拉开了一点距离。

  我正纳闷儿这算不算正式告知时，李炳军最后补了一句：明早军区文化部会给我打电话。我立刻听懂了他的话意——军区文化部和前线话剧团已确定月底邀请我们赴宁，他只是提前告知我一下。我暗自笑了笑，他打来的这个电话既不在"程序"之中，又不符合"效率优先"原则。但可以证明一点，我们之间非常熟络。

果然，次日上午刚刚踏入办公室，就接到南京军区文化部文艺处临时负责人方之光[①]的电话，正式邀请总政戏剧专家组月底赴南京指导"有关"戏剧创作工作。方之光曾任前线话剧团政委，因擅长作曲又到前线歌舞团担任作曲，实际上一直在军区文化部牵头文艺处的工作。之所以"有关"，就意味着事情不止一件，既有研究剧本之事，还要观看和这个剧本无关的另一台话剧。

南京军区文化部约定的这个时间，并不影响我手头马上需要办理的一件特殊急事——

1985年，福州、昆明、武汉三大军区撤裁。武汉军区所属部队按驻防区域分别划给广州军区和济南军区。武汉军区机关及其包括胜利文工团在内的直属单位归属也大致如此。胜利文工团曾经在全军文艺队伍中占有重要地位，其话剧、歌舞、京剧三个团各有千秋。当时全军只有两家京剧团，与战友京剧团相比，胜利京剧团以演现代戏见长，这在当时也算独树一帜。而胜利话剧团最著名的作品则是话剧《豹子湾战斗》。

这部话剧以延安大生产运动为背景，描写一心想上前线打仗的红一连连长丁勇，带领一个班战士进驻豹子湾，与当地妇女一起开荒纺线，并在这个过程中逐步转变思想的故事。按当时审美标准，这部话剧的戏剧冲突和趣味性都很强，很受观众喜爱。该剧作者就是胜利话剧团老剧作家马吉星[②]。最有意思的是，话剧《豹子湾战斗》由中国青年艺术剧院1964年首演，而后才由胜利话剧团演出，个中原委，我不得而知。

这一年3月，局里忽然接到上级批示，离休在武汉的前辈军旅剧作

---

① 方之光（1952— ），军旅作曲家。曾任原南京军区政治部前线歌舞团作曲。为音乐话剧《青春涅槃》作曲。

② 马吉星（1925—2008），军旅剧作家。曾任原武汉军区政治部胜利话剧团编剧。代表作有电影《林海雪原》等。

家马吉星创作了一部反映改革开放题材的话剧,希望局里认真研究一下,给予这位老人一个答复。

这件事情既让我意外,又让我感动。一位年逾古稀的老剧作家,原单位已撤裁多年,却依然坚持笔耕"戏文"。戏剧创作不同于文学创作,后者以发表或出版为目的,而戏剧创作如果仅仅满足于文字本身的完成而不能排演,似乎并不圆满。问题是,对马吉星来说,剧本为谁而写很重要,"应邀"或者"委约"实际上包含着剧团艺术创作的规划和目标。这些都没有。

虽然文艺学概论之类的教科书把"剧本"列为"戏剧文学",那意思是说剧本可以作为独立的文学样式用于阅读,其实这个说法并不"靠谱",谁没事干不看小说而看剧本?或者说不去剧场看戏而猫在书房里看剧本?

马吉星的执着实际上包含着一种精神——既然我毕生做了这件事情,那就矢志不渝地将其坚持下去。这种精神何其珍贵!说起来马吉星当年知名度甚高,1960年八一电影制片厂拍摄的故事片《林海雪原》,剧本就是由他创作,几乎家喻户晓,当今任何票房冠军的电影无法与其相比。

于是,文艺局将马吉星请到北京,共同研究他的新作。

当马吉星走进解放军文艺出版社北太平庄书库会议室的时候,我简直不敢相信自己的眼睛,老人尽管略显驼背,但精神矍铄,步履稳健,笑呵呵地与在座的我们——袁厚春、郑振环、刘星、周振天等人打着招呼,和蔼可亲又谦恭温良。没准他在想象,眼前的场景就像他当年在胜利话剧团排戏之前的艺术准备会。

我们人手一份复印成册的剧本,原以为马吉星会简单述说一下剧情和想法,然后听取大家的建议。可他执意要自己朗读一遍剧本。我想起了翟迎春、孟冰和刘星,他们都有在研讨会上朗读剧本的习惯。翟迎春朗读时能把听者带入情境，孟冰则努力把人物个性"朗读"出来，那种转换自如的人物方言或角色语气竟然让表演艺术家于是之忍俊不禁，刘星声情并茂的朗读很容易暴露出曾经的演员身份。

但马吉星和他们不同——他的声音不大，没有起伏，但吐字清晰且富于节奏。从开始朗读，他就没有再次抬头与我们对视，他已经完全进入到他所创造的那个世界。我有点激动，鼻子发酸，眼睛发潮，一种莫名的悲凉之感油然而生。在我看来，这位长者与翟迎春他们几人的最大不同，或许是他人生中没有更多机会朗读剧本了。

尽管我们知道，马吉星的新作可能没有机会面世。当然有戏剧观念不合时宜的因素，也有承载团队难以落实的问题，所写题材也未见得符合"今天"的需要，但我们自始至终都静静地听着他的朗读……

4月6日夕阳西下时分，袁厚春、郑振环、刘星和我聚合在北京站西侧钟楼下，准备搭乘K65次赶赴南京。提前确定的专家组成员还有海军的周振天，但他始终没有回音，估计在"海上"执行任务。此行还有一位成员——"战友"副团长孟冰通过"汉显"传呼机回复：明日将从柳州飞往南京。想来蛮有意思，那时的传呼机十分便捷，尤其是从数字机升级为汉字显示机后，省去了直接通话的成本与麻烦，某些功效类似于今天的微信。

我简单述说了此行任务：帮助"前话"研讨话剧剧本《走进和平》，审看"前话"刚刚立在舞台上的话剧《秦淮丽人》。这些具体安排是前线话剧团邵钧林[①]团长之前一天电话中告知的。

我和邵钧林有过接触，他和蒋晓勤同时担任"前话"副团长，但后者分管戏剧创作，而邵钧林则主抓电视剧业务，所以每年题材规划汇报

[①] 邵钧林（1949—2016），军旅剧作家。曾任原南京军区政治部前线话剧团团长。创作话剧《抗天歌》等。

会和文艺新作品奖评审会通常都是由蒋晓勤参会。去年，邵钧林担任团长后，便首次担任了评奖"专家"。在那次会议评奖接近尾声时，他的发言让我记忆犹新——"投票不宜太仓促。在可能的情况下，尽量照顾到面。"

这与其他评委通常围绕评判标准或者谁上谁下的激烈发言不尽一致，倒更像机关工作层面的考量：稳妥、周到以及尽量别引发新的矛盾。我当时还在琢磨，是不是因为担任了主官就会如此这般？但细想似乎也不尽然，"战话"团长唐栋的发言不是依然"旗帜鲜明"吗？若从是否业务出身判断，邵钧林也曾参与创作获得文华大奖的话剧《抗天歌》呀？

夜行列车有节奏的"咣当"声伴随着胡思乱想和迷迷糊糊，很快就迎来了朝阳初升的南京火车站。

站台上站立着一排身穿八七式夏常服的军人——前来接站的方之光、邵钧林、陶琳、李炳军诸人的脸上都挂着微笑。我突然发现了微笑的人之中还有侯大康[①]，他似乎比其他人笑得更加灿烂。我知道，侯大康是军区文化部干事，和我们算是在"一条线"上工作，曾一度去前线歌舞团担任政治处主任，现在刚刚就任前线话剧团政委。新官初现，春风满面。

文工团政委是个很特殊的岗位，表面上看与部队的团政委没什么区别，负责团队党的工作和政治工作。团级作战部队以青年士兵为主，干部流动性相对较快，"铁打的营盘流水的兵"之色彩十分明显，而文工团是一支"特殊"部队，主体成员都是业务干部。按照专业技术干部服役条例，很多人可以服役至退休。文工团政委则是"行政"干部，团级军官的最高服役年限通常是45岁。如此一来，"稳定他人思想工作"之

[①] 侯大康（1954—），作家。曾任苏州市教育局副局长。著有小说集《蜃影》等。

人，在岗位上并不能够长期"稳定"。所以，干好文工团政委，且能持续下去，并不容易。

邵钧林眼睛不大，但很透亮，他最大的特点就是单薄而瘦削，今年好像更加清瘦，虽说现行军装都是量身定做，但穿在他身上，仿佛还是显得肥大。无论出于礼貌，还是出于"迫切需要"，当别人已然转为正常表情并开始互相交谈时，邵钧林却一直眉开眼笑。

"什么事情让你这么高兴？"我问。

"剧本修改到了关键时期，你们来了，我当然高兴。"邵钧林说。

邵钧林是话剧《为了和平》的编剧之一。这个剧本并非原创，而是根据军区创作员江深的电视文学剧本《战神走进和平》改编。这件事情的因果关系蛮有意思——电视文学剧本在先，话剧创作在后；话剧先行排演，电视剧随后拍摄。电视剧是按照话剧的最终"定名"而定名的。这种情况如若发生在今天，当属"传奇"——看今朝，有多少小说或话剧不是借电视剧"走红"势头而顺便问世？

当天下午，专家组一行便在下榻的南京工商宾馆召开研讨会。

"前话"参加者仅有团长兼编剧邵钧林、政委侯大康两人。蒋晓勤副团长分管戏剧创作，原本应该参会，但他率姚远、邓海南两位编剧去福建采风，三天后才返回。军区文化部亦没派人参加。

出乎我意料的是，邵钧林居然也采用了朗读剧本的方式。平心而论，满口"金华"普通话的邵钧林，在朗读特色上远不及翟迎春、孟冰和刘星。那三人分明都带有角色口吻和表演味道，字里行间始终伴随着抑扬顿挫和轻重缓急，邵钧林只是把文字的可读性转换为声音的可听性。好在他的朗读认真、缓慢，声音低沉、持重，反倒省却了我们阅读时间，且得以在聆听时同步思考。

话剧《为了和平》讲的是新中国成立初期刘伯承在南京创办军事学院，培养新型军事指挥人才的故事。刘伯承顶住压力，启用了一大批国民党旧军官做军事学院教员。而新学员则都是刚刚从战场上凯旋的解放军"战斗英雄"。环境的变化,使"英雄们"产生了各种各样的问题:要么贪图安逸,要么无法适应。而以往的败军之将与胜利之师的指挥官在新的历史条件下又结成师生关系,矛盾重重。最终,在结业典礼上,每个学员都交上了合格的答卷。

现场的同步思考来自专家组一行,碎片化、非连贯,很跳跃,但很真实——苏军顾问巴谢洛夫的戏偏少;第一场"报到"之戏应该再紧凑一些;第二场战俘管理营中的国民党军官吴觉非能否直接出现在军事学院?解放军骑兵司令崔保山始终刚愎自用,性格变化稍嫌慢了,他与"交际花"赛艳秋的"情戏"可删除;是否应该有一个我军培养的教官?演习这场戏应显示出崔保山新的军事指挥观念……

真正的研讨发言是在第二天下午。会议"移师"前线话剧团会议室。除了昨日参加者,同样担任该剧编剧之一的稽道青[1],"前话"确定的导演潘西平,以及军区文化部文化处负责人方之光和陶琳干事也参加了研讨。

炮兵学院毕业的稽道青身材高挑,看上去精干利索,经历与邵钧林十分相似,没有"科班"受训经历,在基层部队时就是多面手的文化骨干,调入"前话"后始终配合邵钧林做电视剧业务。此次,又与邵钧林团长一起创作话剧。

一如既往,仍然由刘星跳出"当头炮",这几乎成为专家组发言的惯例。不管各剧团或专家如何评判,从我扮演的组织者角色来看,很感谢刘星的率真和"出头"意识。"飒飒西风满院栽,蕊寒香冷蝶难来"[2],一众人围坐在会议桌四周,你看我,我看你,要么干脆低头作思

---

[1] 稽道青(1963—),军旅制片人。曾任原南京军区政治部前线话剧团副团长。电视剧《我的兄弟叫顺溜》总制片。
[2] 参见〔唐〕黄巢(820—884)《题菊花》,载于《全唐诗》。

考状，各种研讨发言开场时静默的尴尬并不少见。只要刘星参会，冷场的情形从未出现过。而且"当头炮"很重要，观点是否准确，话题是否需要修正，都可以将其作为"靶标"，具有定位与引导作用。

与其热情外向性格吻合的是，刘星的观点常常富于激情，诗化意味很浓，就是说，指导性的学理成分或者操作性的实用成分偏少，有时听者很难把握。可是这次刘星的发言却十分到位，一下子"号"出此剧"戏核"之脉。

"这个戏开了一个50年代的处方，来医治今天的病。"刘星说。

刘星试图揭开此剧的现实意义，并指出作者在修改时应该把握的着力点："从戏剧构成方式上说，写刘伯承的伟绩，还是写走进和平的转变，这是两种不同的选择。它们甚至在剧名上都不一样，前者可以叫《刘伯承》，后者则可叫《走进和平》。"

低着头不停地吸烟的孟冰，猛然抬起头，接过话题说："我军打败了蒋军，但还是需要学习和提高，这是历史给我们提出的新课题。要把朝鲜战争密切联系起来，这就和刘伯承办学的思想有了内在关联。杨震师长再赴朝鲜战场的线索要利用好，写出学习前后的区别。"

"既然写刘伯承办学，就要写好刘伯承。让刘伯承形象更加丰满，写出刘帅办学的艰难性。"和刘星的发言常常作为开头一样，郑振环的发言往往以"殿后"为主。我的感觉是，郑振环的发言越来越像站位高的领导，宏观要求偏多，具体指导偏少。其实，袁厚春局长和我都希望他更多地发挥一个创作过话剧《天边有一簇圣火》的著名剧作家的作用。

晚上，按照预先设定，我们在前线话剧团排演场观看话剧《秦淮丽人》。与之前"前话"剧目演出时的细致周到不同，此次演出居然连个像样的"节目单"都没有，只有一张简易的油印说明书——

编剧：沈西蒙（执笔）、陈真；导演：查丽芳；设计：涂俊、周丹林、段庆伟。

我忽然想到今天早上邵钧林团长、侯大康政委和李炳军陪同我们在夫子庙喝早茶的情形——

鸭血粉丝汤、小笼包和南京干丝固然让我们领略了夫子庙作为中国四大小吃群之一的特色美味，但早茶期间，侯大康政委喋喋不休地讲述着沈西蒙对这里的喜好与青睐，使得我们不得不把注意力集中于沈西蒙的"前史"上。沈西蒙作为剧作家和军旅文化界领导，身份十分特别，他当过"前话"团长、南京军区文化部部长，甚至还在总政文化部任过副部长。

记得蒋晓勤副团长也曾多次和我提及沈西蒙以及这位老剧作家与夫子庙的"情感"联系，说他年轻时喜欢在这里流连，泡澡、听戏、与艺人们交往。我甚至觉得这是"前话"为晚上这场演出做的刻意安排。我猜测，虽然蒋晓勤在外地采风并未在宁，但安排专家组去一次夫子庙的"计划"，一定有蒋晓勤强烈建议的因素。

我们完全没有想到的是，一个曾经写过话剧《霓虹灯下的哨兵》和电影《南征北战》的老一辈军旅剧作家、年近八旬的沈西蒙就是以抗战时期的夫子庙为背景创作的话剧《秦淮丽人》。作品写的是一个叫方梦伶的男青年和三个"丽人"，在秦淮河畔参加抗战并在战火中历练成长，以及1949年后经历数次政治运动后不断反思追悔的故事。作品前后两段调性不尽一致，前段温婉绮丽，蓬勃振奋，后段则低沉压抑，晦暗阴郁。

沈西蒙对军旅话剧甚至对中国当代话剧的贡献具有标志性意义，这一结论性评价来自话剧《霓虹灯下的哨兵》的不可替代性。加之沈西蒙作为军队文化官员与剧作家的双重身份，以及长期以来我们对"功成名就"之经典作家的习惯性固化认知，所以"把握"其晚年之作《秦淮丽人》并不简单。现在看来，南京军区和前线话剧团当时对此剧是否投排、如何投排一定充满纠结。这恐怕也是蒋晓勤频繁与我沟通并且多侧面预先解释的原因所在。

看完戏后，"前话"照例安排了夜宵。

只不过，这次夜宵被特别安排在一个热闹非凡的大排档，因为专家组带着任务而来，大家都知道，夜宵定然会成为《秦淮丽人》的研讨会，热闹嘈杂的地方可以有效降低研讨时话题过于严肃的"阈值"。

果不其然，夜宵期间主要探讨话剧《秦淮丽人》后半部——最后一场大约时长30分钟戏剧内容的修改，只是大家谈论意见时提高了声音分贝。

南京军区政治部主要领导和分管领导对此次专家组来宁非常重视——这种重视远不是用"款待"或"接见"所能解释得了的，而是他们专门听取了专家组一行研讨及观剧的情况介绍。

袁厚春局长代表专家组一行谈了对《秦淮丽人》和《为了和平》的看法：

《秦淮丽人》写了一个老文艺工作者对往事的回首。"解放前"部分写得比较超脱，表现较好；"解放后"部分则过于"拉近"，没有摆脱几次政治运动是是非非纠葛的影响。专家组建议维持该剧"解放前"的内容，主要讴歌与塑造三个女性形象。"解放后"的内容要改变现有走向，应超越历史上的是非，尤其不要把历史伤害归结为个人品格上的问题。

《为了和平》有两个重大选题价值，一是符合强军之路的战略方针，二是塑造了刘伯承元帅形象，填补了我军将帅形象画廊的空白。袁厚春局长归纳了三位专家的修改意见后，明确提出：

"好饭不怕晚，就怕夹生。争取今年9月进京演出。"

我清楚地记得军区政治部主要领导喜笑颜开的样子，连连说着感谢对军区两个戏的鼓励。

我的感觉与别人的看法不尽相同。别人以为军区政治部主要领导之所以高兴是因为《为了和平》具备了进京演出的基础。我却认为这位主要领导为《秦淮丽人》找到了"解决问题"的理由而松了一口气——那个理由毕竟来自总政戏剧专家组。为前者高兴毕竟是以后的事情，而后者眼前便可让他不再背负压力。军区政治部主要领导扮演的角色与艺术家不同，"站位"决定了他考量问题的视点。

今日之南京早已不见工商宾馆的踪影，也难怪，那家小宾馆坐落于瑞金路和大光路之间，是南京城核心区的风水宝地，如今已变成现代化住宅群落，名叫金鑫园小区，从名字可见其含金量之高。但当时宾馆刚刚投入使用，并不奢华，但小巧秀气精致，最重要的是距"前话"所在地卫岗和夫子庙都很近。从"前话"驱车过来，穿越月牙湖公园不久即到。

次日下午，邵钧林团长、侯大康政委、嵇道青赶到宾馆继续与专家组讨论《为了和平》内容及剧名的修改。邵钧林明确表示修改路径已经清楚，很快就能完成，并告知争取两个月之内将戏立在舞台上。

我发现，如若轻量级举重运动员一样，侯大康政委瘦小而结实，走路时两只下垂的臂膀也略略撑起，且精力格外旺盛。侯大康政委对剧本创作和修改的热情程度丝毫不亚于邵钧林团长，每每讨论，场场不落，而且表现出善听加好说的特点，话毕还伴随着嘿嘿笑声。与其委婉交谈中获知，他居然并非"行伍"出身，而是大学中文系毕业后分配入伍，且不时有中短篇小说发表。我不由想到军区文化部也经常发表小说之类作品的陶琳、柳江南[①]几位干事，便对南京军区和"卫岗"的文化传统再次感到敬佩。

这一天接近午夜时分，蒋晓勤、姚远、邓海南从厦门飞回南京后，

---

① 柳江南（1964—），军旅作家。曾任无锡军分区政委。著有小说集《紫染》，诗集《生命栅栏》等。

匆匆来到我们住地，竟然聊至凌晨两点。蒋晓勤说，他们正着手一部话剧题材的酝酿，依然采用三人联合方式创作。蒋晓勤尽管略显疲态，但说到创作，他那浓眉的舒展之间却依然传递着兴奋的信息。

望着眼前珠联璧合的"三驾马车"，想到邵钧林与嵇道青创作《为了和平》的组合，我不免浮想联翩——"前话"的创作队伍是军队话剧创作构成一直以来的缩影。它基本上由两种力量组成：专业出身的文化型剧作家，军旅出身的生活型剧作家。这个概括当然不够精准，但发展流脉大致如此。从沈西蒙、胡可算起，延续至今……

其间，接到唐栋从北京打来的电话，我很诧异，便问：何以抵京？回复说有急事找我商议。一推算，我们此次来南京整整四天，超出了以往专家组外出单次逗留时间。

这一年适逢中国话剧运动90年，国家层面将要举办重要纪念活动。部队话剧创作也紧紧围绕此目标，一刻不停地抓紧推进。

回京第二天，恰逢周日。那时，虽然已经实行每周双休，但周六常被出差占用，星期天是唯一可调节之日，加上连续四天奔波，看戏研讨连轴转，颇觉困顿，原本打算好好休整，但已在北京等候数日的唐栋和王树增显然遇到棘手之事，急不可待地约我见面。

晚上，我们在黄寺附近一家小餐馆见面时，唐栋和王树增已没有一个多月前进京演出时的兴奋，反倒显出郁闷神态。他们找我，显然不是为了喝酒解闷。再说唐栋不善饮酒，即便遇到特殊场合，虽说也会煞有介事地端起酒杯，动作幅度很大地比画一下，但很少真喝，若碰到较真儿的主儿逼他就范，偶尔喝下几口便面红耳赤。我也弄不明白，这位在新疆广袤大地战斗了许久的西北汉子怎么如此不胜酒力？伞兵出身的王树增人高马大，身体健硕，酒量自然不在话下。只是今日的确没有喝酒的氛围。

"老唐的《莞香》写完了，基础很不错。现在急需导演人选。"王树增拉开了话题。

《莞香》是个奇特的剧名。"莞"作为地名具有唯一性，专指东莞，而东莞别名为香市。东晋时香港本属东莞郡。此剧写的是这里的中国民众为保护历史遗迹"宋王台"经历的百年沧桑。莞香是该剧女主人公的名字。看得出，话剧《莞香》是专为香港即将回归的历史盛举而创作。广州军区战士话剧团以此为题材责无旁贷。

刚刚结束在北京的演出，唐栋创作的话剧《莞香》便已经杀青。虽说这是去年汇报的题材，但不到一年时间便拿出可供导演"使用"的成熟剧本，也着实让人吃惊。说起来唐栋还有政务在身，不比专职剧作家那样时间充裕。

这个行当有些事情非常特殊，专业人员尤其是从事创作者担当行政职务，在"公务"与"业务"之间始终存在一个拿捏平衡点，全身心投入"公务"，很可能因荒废了"业务"而影响未来发展和技术级别晋升；而仅仅挂"公务"之名却埋头做"业务"之事，显然又与体制要求不相符合。唯一的办法就是"超时"多干。客观地说，和"创作"专业相比，其他"业务"人员兼职政务，似乎压力没有那么大，因为"码字"是真真切切需要时间的。

与之前相比，此时唐栋和王树增之间特殊的"互为"关系开始重置，王树增副团长主抓，唐栋团长主写。从全军戏剧队伍的整体状况看，除了前线话剧团在创作实力上显得异常突出外，"战话"有如此强的创作阵容，也让许多剧团羡慕。

但"战话"也有自己的软肋，那就是缺少导演力量。这个软肋是由唐栋团长的建团"方略"决定的——他本不打算"储备"导演。那时，"战话"的傅勇凡远没有成名，本身"命令"仍是演员，还在向导演专业努力迈进的实践之中，最多执导一些很出彩的小品或短剧之类的小型作品,如若在这个"艰节儿"放手让其担当大型话剧导演,似乎还不那么放心。

话剧《都市军号》选择空政话剧团王向明担任导演,结果虽然很好——说千道万,《都市军号》与《芦花白,木棉红》《热血甘泉》一起,位列1997年全军评奖"一线"阵容,但也引发了争论,主要是导演手法是否应该"外化"。以郑振环为代表的多数人坚决反对,他们认为好的导演应该"死在舞台上";以翟迎春为代表的"两分法"——外化手法给人以朝气,有合理一面,但这是台词之外的东西,有不合理一面;以商学锋为代表的少数人坚决力挺——"外化"有助于戏剧矛盾的展开。

话剧《都市军号》获奖,"战话"是受益方,导演自然功不可没。按说"趁热打铁",继续发挥王向明的作用是顺理成章之事,但或许因为王向明在空政话剧团当年话剧《湘江,湘江》的创排中更加强化了这种手法,反倒使包括唐栋在内的许多人在认知上有所犹豫。

唐栋在评奖会上说:"王向明好学、谦虚,两部戏的风格比较接近,正处于上升期,精神可嘉。我们军队导演太少,应引起对王向明的注意,扭转单纯从地方请导演的趋向。"这个表态在宏观上肯定了王向明的进取意识,但在艺术水准的判断上似乎不够明朗,这也恰恰表露出唐栋此时的心境。

事情远比我想象的复杂。

《莞香》剧本其实早已写就,《都市军号》还在排练时,唐栋已着手创作。实际情况是,"战话"剧组从北京返回广州后,很快便建组排练《莞香》。在下大力推话剧作品这件事情上,唐栋内心深处潜藏着打"帽子戏法"战术之念想。

"战话"请来一位知名女导演执导话剧《莞香》,期望马到成功。可是人算不如天算,偏偏作品刚刚排出一两场,就问题多多,唐栋、王树增们不甚满意。

王树增抓创作、抓排练似乎比唐栋更加严格。他既要对分管工作和团队负责，也要对主官兼编剧负责。恰好一位博士导演在广州市话剧团排戏，请来同看，感觉类似。他们便有些慌乱，想请博士出面帮助解决问题。结果被婉拒。这里既有行规之束难脱，又有面子之关难过，搁谁都难以接手如此之事。

唐栋、王树增此番来京目的很明确，话剧《莞香》的二度创作，准备另打鼓重开张。

唐栋的判断没错，军队戏剧队伍中导演人数屈指可数，甚至比编剧还少。想来想去，总政话剧团两位专业导演汪遵熹[1]和宫晓东都有任务在身，"前话"导演潘西平正在执导邵钧林创作的刘伯承办军校的话剧，"战旗"导演雷羽已被借调到前进话剧团筹排话剧《炮震》，"战友"导演王群当下在执导本军区京剧大戏，战斗话剧团自身"导戏"还外借了"中戏"导演系老师……

我猛然想到战友话剧团正在办理天津人艺导演孙文学[2]特招入伍手续。前不久，翟迎春团长、孟冰副团长与孙文学夫妇专门与我聚会，以为相互熟识搭桥。我由此得知他们夫妻自编自导的话剧《夫妻夜话》影响甚大。毕业于上海戏剧学院导演系的孙文学之所以受到"战友"青睐，除了他执导的话剧《周恩来在南开》刚刚获得"五个一工程"奖之外，还有一个重要原因，就是他曾经服过兵役，熟悉军旅生活。我当即向唐栋和王树增作了推荐。

唐栋和王树增顿时喜出望外，很快与孙文学对接。当时孙文学即将以导演身份"二次"入伍，对军队话剧团体的剧目充满热情，便应允下来，答应在合适时间赶赴广州，再次建组，二度开张。

---

[1] 汪遵熹（1945—2013），军旅话剧导演。曾任原总政治部话剧团导演。执导话剧《洗礼》等。
[2] 孙文学（1961—），军旅话剧导演。曾任原北京军区政治部战友文工团导演。执导话剧《爱尔纳·突击》等。

屋漏偏逢连夜雨，话剧《莞香》在改名《宋王台》后依然命运多舛。1月初，孙文学导演在剧组执导一周多时间后，接到紧急通知，必须马上赶回北京军区办理入伍手续，还有其他琐事等待他去解决，总之，一时半会儿无法回到剧组。

为配合全国举办的纪念中国话剧运动90年系列活动，全军话剧创作研讨会暨新剧目调演的通知已正式发出，将于秋季全面展开。若想赶上此次活动，看来又得重头再来。

此刻，唐栋和王树增的沮丧心绪达到极点。恰好总政专家组需要调整人员，赶赴兰州等地观看指导新戏。新加入的人员中有唐栋和宫晓东。我想，届时再提此事，或许还有机会。

战友话剧团导演王群自音乐剧《芦花白，木棉红》之后，执导新戏的任务接连不断。受军区文化部委派，王群已着手为军区战友京剧团排演新编大型京剧《香江泪》，不日将立在京城舞台。这让战士话剧团和唐栋团长始料未及，没承想全军现存唯一京剧团体创作的庆祝香港回归大戏居然走在"战话"之前。

袁小海[①]那段时间三天两头奔波于战友京剧团、总政机关大楼和黄寺大院之间。他是梨园名家袁世海[②]的儿子，担任战友京剧团办公室主任。袁小海虽身兼行政，但浑身上下还是透着梨园世家气息，讲话得体，举止大方，露脸必有笑，张口必带"您"。

袁小海常来找我办事，送材料、送请柬、送录像，一旦有事，不分上下班时间。有时也会登门家访，开门一看，袁小海微笑着立于门外，如角色登场亮相一般。我一开始非常不习惯，每每叮嘱不必如此客套。

---

① 袁小海（1955—），军旅京剧演员。曾任原北京军区政治部战友京剧团办公室主任。主演京剧《华容道》等。

② 袁世海（1916—2002），著名京剧表演艺术大师。曾任国家京剧院演员。主演京剧《盗御马》等。

熟稔之后才发现袁小海言行并非刻意，人家不过习惯成自然而已，便意识到隔行真如隔座大山。搞得那些日子里我和他们交往时也频频点头微笑或者弓背致意，好像遇到街头有人打哈欠，众人便跟着打哈欠一样。

"五一节"刚过不久的某天一大早，袁小海匆匆赶到机关接我，就去了"战友"排演场观看京剧《香江泪》首次连排，文化部艺术局"振京办"几位工作人员也来到现场。看完后，我和"振京办"负责人互相对视一眼，然后就击掌叫好。

该剧编剧张志高[①]和刘星也在现场。前者是战友京剧团专业创作员，早年工花脸，"倒仓"没倒好，就是"变声期"没把握好，又跟着翁偶虹[②]大师学写戏，写过京剧《小刀会英雄传》《美人计》等作品。在场还有战友话剧团团长翟迎春，他是地道京剧编剧出身。虽然翟迎春并未署名编剧，但他对这部剧作架构尤其是唱词修改起到不可替代的作用。

京剧《香江泪》讲述百年前英国殖民主义者侵占新界时的一段真实故事。全剧立意清晰，结构讲究，主副两条线并进。主线讲述清朝国力虽日渐衰弱，最终丢失新界，但仍有诸如富于正义感的两广总督谭仲麟，对外敢于"抗英"，对内敢于为民请命。副线则表现铁门村邓氏家族与人埔村廖氏家族，由相互仇视到捐弃前嫌，共抵外侮并一举烧毁"接管新界庆典"的大席棚。

导演王群的贡献体现在既尊重了京剧程式，又运用了新的手法，增强了京剧表现力。而"裘派"之朴实无华，"马派"之飘逸潇洒，"张

---

① 张志高（1947—），军旅剧作家。曾任原北京军区政治部战友京剧团编剧。创作京剧《妈阁紫烟》等。
② 翁偶虹（1908—1994），著名戏曲作家、教育家。曾任中央文史研究馆馆员。创作京剧《将相和》等。

派"之俏丽清新,则通过杨燕毅[1]扮演的邓彭侯,朱宝光[2]扮演的谭仲麟,张萍[3]扮演的慈禧太后,都得到淋漓尽致的展示,而刀马旦王玉兰[4]扮演的廖怡文亦很出彩。

连排初看半月之后,部里主要领导,袁厚春和陆文虎两位局领导,局里分管港澳事务的杨宏波干事和我,以及一些专家正式去北京军区审看京剧《香江泪》。这意味着这部大戏将代表全军参加庆祝香港回归祖国系列活动之一的重要演出。

和话剧《热血甘泉》的"审看"场所一样,京剧《香江泪》也是在战友文工团排演场接受"验收"并召开观剧座谈会。众说纷纭,视角各异,但大都以赞赏为主,无外乎好看、创新之类,其中阎肃的发言掷地有声且言简意赅:

"这戏能震!"

阎肃年近七旬,心态却始终年轻,喜欢看香港枪战片,聊天话题多为时髦之事,总能记住影星大腕儿名字,时尚术语常挂嘴上。

果然,阎肃的判断在八一剧场的四场汇报演出中得到验证。

5月下旬,北京气温渐渐热起来。说不好从什么时候起,三环路隔离墩上开始爬满月季花,有的路段还可以看到紫色蔷薇。不同于温室里的花朵,环路上的这些艳丽花卉,生命力十分旺盛,居然就在汽车尾气熏陶下竞相开放,茁壮成长。

---

[1] 杨燕毅(1950—),军旅京剧演员。曾任原北京军区政治部战友京剧团演员。主演京剧《铡判官》等。
[2] 朱宝光(1947—),军旅京剧演员。曾任原北京军区政治部战友京剧团副团长。主演京剧《法门寺》等。
[3] 张萍(1959—),女,军旅京剧演员。曾任原北京军区政治部战友京剧团演员。主演京剧《玉堂春》等。
[4] 王玉兰(1959—),女,军旅京剧演员。曾任原北京军区政治部战友京剧团演员。主演京剧《红灯照》等。

从北三环路由西向东方向的辅路拐进尚未拓宽的皂君庙大街，两侧林林总总的小商铺和小餐馆便出现在眼前。每当夜幕降临，各色灯光亮起，这里看上去多少有些霓虹闪烁的味道，虽然比不上广州西贡渔港大排档那般繁华，但对京城偏西的海淀街区来说，已经足够热闹了，加上附近的北方交通大学（今北京交通大学）和街后面许多老旧居民小区，这里的生活气息很是浓厚。

也不知道以八大处为生活轴心的翟迎春团长怎么就发现这里有一家贵州人经营的"家乡鹅"餐馆。那家餐馆坐东朝西，和周边小餐馆相比，算是比较"伟岸"，门脸阔大，装饰质朴却上档次。

翟迎春团长提前一天和我预约了时间，但并未告诉因何聚会。头一天还在下雨，届时我赶赴"家乡鹅"的时候，天气已然放晴。在机关开了整整一下午会，昏头涨脑的。到了餐馆门口，看见翟迎春团长笑眯眯地望着我，没等我发问，翟迎春不由分说把我拽到餐馆里头。

战友话剧团郭自强政委身材高大，孟冰副团长体态宽阔，躲在他们身后还有一位个头不高的汉子，身穿浅绿色圆领镶边真丝夹克衫，配着绿军裤。我定睛一看，原来是前线话剧团侯大康政委。

看着我一脸惊讶的样子，郭自强哈哈笑着，侯大康嘿嘿笑着，孟冰未出声却作微笑状。

侯大康来京出差，自然由战友话剧团负责保障。这个理由来自战友话剧团赴南京军区交流演出时，侯大康政委陪同始终，据说一路上照料得无微不至。我发现他们已然熟稔至极，竟然给侯大康起了"绰号"，好像和某种蔬菜有点关系，开口闭口地以"绰号"相称，透着亲密无间的气氛。这种事情在孩童时期常有，天真无邪嘛，没想到两个军旅剧团的人也能天真至此，可见友情之真、之纯。

我便问起"前话"新戏情况，因为部里已确定下月初分别去南京、济南审看新戏，且部里主要领导要前往，足见重视程度。

侯大康政委告诉我,新戏《为了和平》已经更名为《钟山风雨后》,排练全部完成,静等"验收"。也就在十多天前的同一天,济南军区前卫话剧团业务办公室赵干事和兰州军区战斗话剧团吴熙源团长亦先后到京,与我谈及各自剧目的准备情况。我心里暗自高兴,大家的努力开始渐显成果。

此番去南京观看话剧《钟山风雨后》,相当于总政文化部对有可能参加全军性活动的作品进行"验收"。没有专家参加,却是由部里主要领导带队,袁厚春局长与我随行。凌晨赶到,当天下午即在"卫岗"排演场看戏,演出效果很好。剧本结构合理,导演调度清晰,演员表演出色,鲜明地呈现出"人戏互保"的稳定状态。所谓"人戏互保",就是说演员表演出色,剧本质量扎实,形成了互相支撑的局面。最重要的是,貌似状写历史,但观照现实的意味很浓,果真如同刘星所说,用"50年代的处方,来医治今天的病"——转型时期人们的思想观念如何与现实相适应。

部里主要领导看后十分兴奋,给予充分肯定,认为"抓"的成效显著,下一步只需打磨,只是顺便提及是否可能再推敲一下剧名。

当晚离开南京,乘夜行列车去济南。

济南之行不同于南京。"前卫"的重点是话剧《老兵》,仅在"回龙观"讨论过一次,当时剧名还叫《忠诚》,改名为《老兵》后则直接立戏了,不好判定剧本最终的"成色",所以约定专家组郑振环、孟冰、黄冠余前来"会商"。恰巧屈塬干事带王祖皆等歌舞类专家刚刚看完前卫歌舞团民乐演出,便留下一并看戏和讨论。

演出甫一结束,掌声便热烈响起。

典型的"兵人兵戏",特点是这些兵并不年轻,知天命的半百年华——修船专业的老志愿兵,象征意味很浓。"三位老兵固然是数百万官兵中特殊的个体,但其朴实无华、矢志不渝的士兵精神在几十年光阴中的延续却从根本上体现了人民军队的本质。而始终占据舞台大半空间的船坞脚手架——那是一艘在时代航道上行驶的大船——则象征着祖国的命运和军队的使命。"①

胡宗琪导演站在观众席前区侧面,看着我们鼓掌。我离他很近,分明看见他在激动,脸部肌肉带动着嘴角,似乎都在抽搐。

接下来的座谈会持续到夜半,部局领导始终参加。

次日晨,部里主要领导返京前叮嘱我们:"你们留下来再看一遍,看看有没有再提升的空间。"

上午"大脑"休息,在军区文化部陈正华干事、前卫话剧团李静政委、殷习华和戴嵘的引导下,袁厚春、郑振环、孟冰、黄冠余和我便让"身体"受累,"精神"放松,登上泰山玉皇顶。

或许因为山风阵阵,并未觉得鲁中腹地 6 月的酷热,只需脱去外套而已。山石上刻有许多古人游此感言,自然少不了"会当凌绝顶,一览众山小"之类的佳句。我却鬼使神差地联想到"出口转内销"的《咏泰山》:"遥远的泰山,展现出阴暗的身影;厚重的基础,支撑起浅薄的高层;假如某一天,有人将那乾坤颠倒;陈旧的传统,必将遭逢地裂山崩。"

这首诗本为中文,有好事者将其译成英文。偏遇上英吉利一位汉学爱好者,照着英文又将其译成中文,如上是。却原来本诗这样写道:"远看泰山黑乎乎,上头细来下头粗。有朝一日倒过来,下头细来上头粗。"写者系山东军阀张宗昌,并无学识却好附庸风雅,常作此类打油诗。

笑话固然如是,却无法否认"二度"翻译与"三度"回译的改造与提升。此例不为比照,仅以借用,极言"二度"重要性而已。

胡宗琪寡言却直率,喜欢说"要出事儿",意指作品效果很好,会产生反响。我们从南京乘火车抵达济南时,他随同军区政治部、文化

---

① 参见拙文《'97 军旅话剧冲击波》,原载于《军营文化天地》1997 年 12 期。

部和前卫话剧团领导前来接站,我把他拉到一边,悄悄问:"戏排得怎么样?"

他悄悄回答:"要出事儿。"

这位当年"北大荒"知青中的文艺骨干,因长于表演而考入昆明军区国防话剧团,竟然参拍过电影《晚钟》,尽管扮演的是"鬼子兵"。"整编"后调入前卫话剧团。改任导演,无门无派,仅靠钻研与实践。他的基本方略是,跑遍驻山东、河南两省所有部队的战士业余演出队,为他们创排小型剧目,因为"前卫"每年拟排剧目非常有限。那一年,胡宗琪47岁。

那年7月,炎热而繁忙。据三十五年气象大数据统计,北京热天增多始于1997年。全军电视小品大赛在京举办,队伍进出频繁;央视在八一建军节期间要播出《军旅话剧巡礼》专题片,急需文稿撰写;还要验收相关军区重点剧目,需要赶赴外地。回想起来真有一种"力尽不知热,但惜夏日长"[①]的味道。

另外两个重点剧目是战斗话剧团的话剧《兵妹子》和前进话剧团的话剧《炮震》。确定重点项目的依据是剧本基础。题材规划汇报会只是起点,一旦发现好的选题,文艺局即刻要求大单位文化部紧紧抓住,推进创作。

按照部里统一部署,7月上旬,部里分管领导率我去兰州"验收"话剧《兵妹子》。

说实话,对没经过充分研讨、反复推敲的作品直接"验收",有"偷工减料"之嫌疑,并不稳妥。但苦于诸事繁多,无法分身,我在口头报告时,认为《兵妹子》可以直接"验收"。

---

① 〔唐〕白居易(772—846)《观刈麦》,见《全唐诗》。

反映军嫂题材的作品很多,音乐剧《芦花白,木棉红》、话剧《桃花岗》,还有更早的话剧《郝家村的故事》都说明家属对拥军的重要性。话剧《兵妹子》择取的"双拥"题材具备一个非常特殊的角度——"军妹"。

作品表现的是,性格坚强的农村少女彩彩,为支持二哥在部队安心服役,在父亲突然去世,大哥被迫去女方家做上门女婿的沉重压力下,独自承担起家庭重任,两年之中给当兵的二哥写了60多封平安家信,展现了新一代青年爱国拥军情怀。想想也有些心酸,大都市里16岁少女,正是青春靓丽、百般受宠的年华,而这位农村少女居然能把"小家"与"大家"责任扛在肩上,不断给当兵的哥哥编织着"美丽的谎言"。

这个题材的原型基础来自陕北。编剧王元平[1]在采风中深受触动,"走进陕北,扑面而来的高山大川,使你感悟生命的伟大与悲壮;走进陕北,目不暇接的纵横沟壑,使你领受人生的复杂与诙谐;听着苍凉悠远的信天游,你情不自禁热泪盈眶;眼前晃动的白羊肚毛巾,使你心灵震颤神情肃然……"[2]

王元平在剧本中强化了彩彩支持哥哥戍边卫国的思想源自于陕北老区几十年来的拥军传统。彩彩的父亲曾经作为民兵参加过沙家店战役,而村支书也是解放战争时期入伍的老兵,他们对人民军队的真挚感情发自于内心。彩彩的信念是前辈思想情怀的延续。

王元平时任兰州市文艺创作研究中心专职作家,身材高大魁梧,椭圆脸,大耳垂,下颌丰腴,典型的西北汉子形象,多少还带点佛之福相。军区文化部主要领导告诉我,正在着手办理王元平特招入伍手续,到战斗话剧团任编剧。这位记者出身的部领导也是刚刚接替调任陕西省军区

---

[1] 王元平(1954—),军旅剧作家。曾任原兰州军区政治部战斗文工团创作员。创作话剧《生命如歌》等。
[2] 参见王元平《走进陕北——抒情话剧〈兵妹子〉剧本创作随笔》,原载于《剧本》1999年1期。

的原任部长，他的文人色彩更浓，格外看重艺术人才。

其实，这部作品最大的难点在于60多封家信的诗化处理，因为大段的戏要表现虚实之间的兄妹相会与对话。

我们部分管部领导问我："是不是还可以找到更恰当的方法？"

军区文化部领导说："我们先做调整，成熟后再请总政文化部和专家组来兰州验收。"

我暗自想，该剧导演鲍黔明[①]和银国春[②]夫妇都是中央戏剧学院导演系知名的专业教授，他们在盛夏时节的兰州已经尽了最大努力，年近七旬的他们怎么可能继续坚持？看来，没有捷径可循，我还得择机再来兰州，当然要和专家组一起。

回京一周后，接到沈阳军区文化部电话，告知话剧《炮震》合成完毕。当即敲定，由姚远、刘星、孟冰参加专家组，随袁厚春局长和我于19日晚乘火车赶赴沈阳。

话剧《炮震》的"立住"，不仅因为前进话剧团的不懈努力，还得益于新上任的军区文化部主要领导的积极促成。印象中，他很特殊，上任后专程拜访总政文化部，这在京外大单位文化部部长中唯此一例，而且他非常看重作品的推出。

沈阳新城子区帽山西麓有一段路很奇特，长80米，宽20米，是一处西高东低的斜坡。人们称之为"怪坡"。军区文化部主要领导、李洪茂团长、庞泽云等人在火车站接到我们一行后，径直带我们来到这里。

怪坡的奇特之处在于给人以错觉，骑自行车由低处向高处行竟然可以按惯性滑行，反之则需要使劲蹬轮。原因何在，众说纷纭：磁场说、

[①] 鲍黔明（1940—2015），戏剧教育工作者。曾任中央戏剧学院导演系主任。出版《导演学基础教程》等。
[②] 银国春（1940— ），戏剧教育工作者。曾任中央戏剧学院导演系教授。执导话剧《地狱之火》等。

重力位移说和视觉差说，没有定论。

姚远时年53岁，在一行人中岁数最大，却也是对此"怪"兴趣最浓者。身躯宽厚但动作灵巧的姚远首先骑车试行，然后大呼其怪。随后骑行者大都如此反应，唯有刘星质疑不断。

此处已辟为公园，与七年前刚刚发现"怪坡"时相比，现在游人渐渐增多。满足游人猎奇之心是公园最大"卖点"。公园专门注明，1994年，科考专家组专程前来勘测，使用多种手法，最终证明此"怪"为不解之谜。

其实，"怪坡"最终被证实为视觉误差。既然如此，也无须破解其谜，人们来此不过游玩娱乐罢了。此"怪"不解对公园大有裨益，好奇者便纷纷涌来，便可成为创利景点。若发现提早两千年，说不定还可录入张华编撰的志怪小说集《博物志》[①]。

大抵类似于艺术真实与生活真实之关系。你在舞台上看到的"真实"是艺术的，是可以领悟和感受的，还有"享受"的可能。如同庞泽云在39集团军116师体验生活而创作的话剧《炮震》，舞台上的神炮连连长刘大海在"换装"后因无法适应而不得不告别部队，而我们似无必要探究116师哪个连长与刘大海有相同经历。

为预留充分的研讨时间，黄昏时分的6点半，《炮震》即在军区八一礼堂拉开帷幕。我们很强烈地感到，此剧与前线话剧团刚刚创排的戏在主题价值上有异曲同工之妙。

"前话"刚刚把《钟山风雨后》改名为《虎踞钟山》。

《虎踞钟山》以历史为载体，折射现实之光，而《炮震》则地地道道为军事题材照了一张"正面照"——一个炮兵团在更换现代化装备后，人的观念如何适应新装备的需要成为亟待解决的问题。当热爱部队的感

[①] 《博物志》系〔西晋〕张华（232—300）编撰的志怪小说集，记载异境奇物、琐闻杂事、神仙方术等。

情与为部队作贡献的实际能力之间产生差异的时候，衡量与选择人才的标准只能是后者。

膀大腰圆的庞泽云浑身透着"行伍"气息，站立腰杆笔挺，行走足下生风。更奇特的是，这个1970年入伍的四川兵，因为长期在沈阳军区服役，居然满嘴东北口音，"大碴子"味十足，讨论发言时"那啥那啥"说个不停。反倒是黑龙江出生的刘星在发言中却努力"操持着"普通话。

这或许和刘星人生中一次"失误"有关——

当年在福州军区前锋话剧团当演员，参拍电影《延河战火》，刘星扮演通讯员。指挥作战的首长问："敌人现在哪里？""通讯员"指着地图某个方位说："仄！"他把"卷舌音"的"这"说成了"齿音"的"仄"，惹得拍摄现场哄堂大笑。

临近7月结束还有三天，兰州军区文化部主要领导一大早打来电话，告知话剧《兵妹子》已经修改完毕，邀请专家组赴兰"验收"。时间非常紧迫，中国剧协几天前已经开始调取部队系统相关剧目录像，为纪念活动做准备，而我们的重点剧目尚未全部完成——《兵妹子》等待验收，而《宋王台》却因导演问题搁置半道儿。我仅仅向剧协提供了《虎踞钟山》和《都市军号》两个剧目的录像带。

事不宜迟，决定报请部局领导审批后，当天就出发。结果，预设计划在部里"受阻"。

部里主要领导说，刘星近来团里创作任务较重，近期暂不安排他参加专家组活动。

我不由一愣。就在昨晚，我约刘星、翟迎春、孟冰餐叙，已经通知刘星和孟冰做好近日出发准备。而雪上加霜的是，姚远却因临时有急事要处理，无法成行。原本带队的袁厚春局长也因工作原因，此次不能前往。

面对此情，我只好迅速给刘星打电话，含蓄婉转地作了解释。说实话，我很感谢刘星，这段时间东奔西跑，他毫无怨言，每每发言又主动充当"带头大哥"，且直言不讳，并不在意别人看法，发挥了十分特殊的作用。

猛然想到战士话剧团的《宋王台》面临特殊困境，我灵机一动，莫不如让唐栋团长和宫晓东导演参加专家组，增加一"编"一"导"，专家组的专业结构反倒更加合理。再说唐栋熟悉兰州军区和战斗话剧团情况，遇事便于协调，谈意见时对方容易接受。最重要的是，有机会当面为"战话"和宫晓东"搭桥"。

专家组的各项事情在中午之前得以敲定。要求唐栋当天从广州直飞兰州，我则带孟冰和宫晓东即刻乘飞机出发。到达首都机场售票处才得知，当日飞兰州的航班无票。来不及商量，当即决定改飞西安，然后再换乘火车前往。

登上飞往西安的航班后，我长吁一口气。这一天马不停蹄，此刻总算安定下来。我把上次观看《兵妹子》的感受与两位专家做了交流。

宫晓东笑呵呵地说："别担心，排戏常有的事儿，总有办法解决。"宫晓东首次进入全军戏剧专家组，多少还有些兴奋。

飞机降落咸阳机场，出机场大厅后打车，一路顺利，不到下午6点即到达西安火车站。我突然意识到，我们犯了大错，竟然忽略了一个"时代性"难题——现场买到火车票的可能性为零，莫说卧铺，坐票也没有，除非站票。

这时，我就想起"战话"肖振华政委半夜排队替别人购买火车票的故事。西安至兰州，乘坐"直快"也需要一夜时间。我顿时有些不知所措。更要命的是，此时西安气温接近摄氏40度，闷热难耐，身体略胖的孟冰已经表现出少许不适，目光呆滞，沉默寡言，满头大汗。

此时的宫晓东开始发挥"导演"作用。他果断建议购买长途过路列车的站票，上车后直奔餐车，在餐车购买一箱啤酒和餐食，一切见机行事。他的"阐释"是，过路列车旅客下车概率高，即使西安没有下车旅客，前方车站一定会有。

晚上9点，我们登上郑州开往乌鲁木齐的197次"直快"。

一切都按"导演"预案进行。此时餐车早已停止供餐，但听说来了几个"大手笔"旅客，居然要购买一箱啤酒，便欣然应允我们在餐桌旁就坐。餐车并无空调，摇头电扇吹得呜呜直响，热风在我们头顶来回飞舞。

"来一箱啤酒，再上点好东西。有烧鸡吗？"宫晓东舞动着胳膊冲着餐车主任模样的人喊道。

那人看我们几个人身穿军装，尤其是孟冰显得很有派头的样子，便怯怯地说："要不，给你们炒几个菜吧？"

一瓶啤酒下肚，宫晓东不见了踪影。不知过了多久，他兴冲冲地回到餐桌旁的座椅上，喜笑颜开地说：

"车长和乘警长都搞定了。有铺位马上补给我们。"

夜半12点，我们终于补到三张硬卧上铺的票。

上午9点30分，军区文化部主要领导和吴熙源团长在兰州站接到我们的时候，第一时间听到我们的"西行列车"故事。

部领导哈哈大笑："好精彩！"

吴熙源团长文绉绉地说："各位辛苦了！"

入住军区金城宾馆，与前一天到达的唐栋会合。一日休息，我就借机与宫晓东说起《宋王台》之事，在场的唐栋立即作求贤若渴状，眼巴巴地望着宫晓东。

"没问题！"宫晓东答应之爽快超出我的预想。"回京后我把手头事情处理一下，很快去广州，一个月之内肯定完成。"

唐栋顿时露出了久违的笑容，那种感觉很像久旱之地遇到甘霖。

当晚我们一行观看话剧《兵妹子》，没承想军区政治部领导亲自陪同。我就想起本月上旬与我们部分管领导观看此剧时，军区主要领导亲自陪同。看得出，军区方面对这部话剧能否"验收"通过，期望值非常之高。

剧目存在的问题依然是小山哥哥和彩彩妹妹相见时虚实处理方式不够理想。能否处理好，很重要，这几乎成为此剧立住的关键所在。

次日上午在战斗话剧团召开研讨会。宫晓东、孟冰和唐栋都谈了中肯意见。中肯的含意是，以建设性思维为出发点，谈意见时不要轻易说"不行"，而要着重说怎样做"才行"。这是全军戏剧专家组建立以来始终坚持的一条标准。

最棘手的问题，是如何落实这些建设性的修改意见？鲍黔明夫妇年岁已大，身体状况恐怕无法再坚持下去，时间又形成倒逼态势，必须尽快完成。马上从全国或全军选人显然不切实际，看来只能从现场的专家组中选人介入到该剧收尾"整理"工作。

宫晓东是导演，按理说他是最合适人选。但宫晓东毕业于"中戏"，是鲍黔明老师的学生。让学生接手，修改老师的作品，这么安排显然不妥，而且话剧《宋工台》也面临同样境况。思来想去，唯一的救急办法是让孟冰"上手"。

孟冰刚刚"自导"了话剧《热血甘泉》，具备"二度"经验，他本身又是编剧，万一剧本需要调整，可独立完成。还有一点也很重要，他与王元平曾经是进修时的同学，遇到问题容易沟通。

当场决定，孟冰留下来"接棒"。

空气仿佛凝固了一般。众人目光都聚焦在孟冰身上。谭小健政委甚至从座椅上急迫地站了起来，眼巴巴地望着孟冰。

孟冰沉寂了许久，抬起头看了看现场的诸位，坚定地说："行！"

第九幕

异彩纷呈

　　和K197次相比，兰州驶往北京的K44次算是豪华列车，墨绿色车体，车体上有一条簇新的金黄色"腰线"。那时坊间传说，进京列车在硬件上有明确要求：车况新，铺地毯，有空调，甚至乘务人员的形象都要"靓"出许多。我和唐栋、孟冰、宫晓东同坐在一个软卧包间里。包间桌上摆着一小盆鲜花，车窗上居然挂着雪白的线织镂空窗帘，令人赏心悦目。现在想想，当时没有高铁，如果出差不乘飞机，而乘坐普通列车，其实就是另外一种方式的休息。

　　按说，任务完成后，唐栋可以直接飞回广州，但他说要到北京办事，便与我们同行。我心里清楚，他主要目的是盯住宫晓东，免得突然节外生枝。他是被前两次"意外"折腾怕了。孟冰返回北京则是要取一些必备用品，几天后再去兰州"导戏"，毕竟不是几天能做完的事情。譬如，他的用药量很大，每天都是"成把"地服用。此次在兰州，他就感到某些不适，当然也与天热、疲劳有关。

　　大约列车上现役军人不多，恰好赶上"八一"建军节，列车长对我们多有关照。又有一家电视台在列车上作专题采访，执意要采访我们。

我就把三位"专家"推荐出去，都是编剧、导演的身份，能说会道，这节目若是播出，效果定然不错。

列车正点到京，意味着我们的休息也结束了。

按照纪念中国话剧运动90年的相关要求，我次日加班整理出部队系统从事话剧艺术50年老同志名单。此事非常烦琐，各大单位汇总来的名单并不完全准确，主要因为全军文艺单位数次精简整编，有些老同志存在转隶、调动等情况，万一有疏漏，对他们来说，将会是一个遗憾。

忙了整整一天，正准备离开办公室，接到翟迎春团长电话，要我马上赶到"家乡鹅"，有要事相商。

"是不是侯大康政委又来了？"我打趣道，并告知自己很累，想回去休息。

"无论如何你得来，真的有事商量。奏（就）我和郭自强政委俩人。"翟迎春团长一着急，饶阳方言便脱口而出，把"就"又说成"奏"。

赶到"家乡鹅"，我简直大吃一惊，不仅唐栋团长在场，高大威武的王树增副团长、温婉秀丽的曲芬芬副团长竟然都在现场，战士话剧团大半个"班子"都来了。当然还有宫晓东导演。我对唐栋佩服至极。为了敲定导演人选，他可谓煞费苦心。王树增分管创作，曲芬芬分管演员，看今晚的架势，大有和宫晓东导演直接对接的意思。

唐栋团长不仅创作上才思敏捷，工作中考虑问题也严谨细致，这与陕西关中人通常表现出的粗放思维方式多有不同。我曾半开玩笑地向他打探过何以如此，唐栋却很认真地告诉我：

"我们家祖籍在四川。"

今晚聚会，与"战友"业务丝毫无关，他们果真成了京外部队剧团的驻京办事机构，而翟迎春团长和郭自强政委纯粹扮演了"托儿"的角色。实事求是地说，为京外剧团来京办事提供服务，驻京部队其他几家话剧团远不及"战友"。即使后来我去总政话剧团任职，在这方面的"作为"，依旧不如战友话剧团。大军区之间那种"陆军"的情感纽带与联系，别人取代不了。

"我能不去吗？都这样了。"宫晓东咧着嘴笑着说。

文艺局9月8日召开办公会，最终确定10月中旬在北京举行全军话剧创作研讨会，并同时选调四台剧目进京演出——南京军区前线话剧团《虎踞钟山》，济南军区前卫话剧团《老兵》，兰州军区战斗话剧团《兵妹子》，沈阳军区前进话剧团《炮震》。这将是中国话剧运动90年全国性纪念活动的重要组成部分，也是全国系列活动中规模较大的一项。

在中宣部领导和统筹下，文化部和文联是纪念活动主办方，两家专门成立了组委会。中国剧协则是文联系统的承办单位，许多具体事务都是由剧协负责落实。经组委会推荐，中央戏剧学院徐晓钟院长以中国话剧艺术研究会名誉会长身份，将在纪念大会上作主旨发言。我专门去剧协参加了发言稿的讨论，因为其中涉及军旅话剧内容。

除了纪念活动，中国剧协还有一项重要工作和我们有密切关联，就是当年11月将在广州举办第五届中国戏剧节，需要遴选入围剧目。说实话，总政文艺局和剧协关系素来良好，其标志就是我们工作人员之间沟通顺畅，感情笃深，他们对部队戏剧创作与演出十分支持。

但在这一届戏剧节剧目入围问题上，文艺局与剧协却产生了激烈博弈。

刚刚进入9月中旬，接到中国剧协通知，之前报送的两台剧目中必须有一台京剧。我很清楚，剧协传递的意思是，让我们在之前报送的《虎踞钟山》和《都市军号》之间"拿下"一台话剧，而后再加上战友京剧团的京剧《香江泪》。

这显然是"临时起意"，可能与《香江泪》产生的反响以及今年香港回归有关，最初报送时并没有这个要求。

"能不能在这两台话剧之外,加上一台京剧?"我问。业界都知道,最初报送相关剧目材料时,都是要和剧目出品单位通气的。临时变更会引起基层剧团的质疑和不满。

"各省市都是两台剧目,部队不能例外!"剧协负责此项事务的人语气非常坚决。

"部队系统代表一个方面,简单地等同于省市,恐怕不太合适吧?"我也当仁不让。

我们之间的电话沟通僵持了很久,最终对方答应作为特殊情况上报领导。

第二天,剧协回复,同意部队系统入围三台剧目。

节外生枝的事情出现在我们部队系统内部。刚刚通知广州军区做好话剧《都市军号》参加中国戏剧节的准备,唐栋团长即打来电话,告知拟将参加戏剧节剧目调整为话剧《宋王台》,并说此事已经军区文化部领导同意。我当然知道此事的决定权不在军区文化部,换言之,军区文化部领导同意与否并不起决定作用。

不过我们尊重广州军区的意见,立即给剧协发去推荐函。很快得到回复,同意《宋王台》替换《都市军号》参加戏剧节。一般情况下,此类活动主办方,仅看重名额管控,并不十分在意具体剧目的调整,因而,推荐显得尤为重要。有时推荐方常常会超出名额加以推荐,以期起到"一石两鸟"作用——对上,或许可能增加名额;对下,亦便于"搪塞"——我们推荐了呀。主办方此时的"应对"策略是,以排序为准。

但是,剧协负责此项事务的人补充说,戏剧节演出排档日期以及工作秩序册已经确定,马上付梓印刷,内容调整由广州市文化局具体承办。届时,他们会主动联系广州军区文化部。

两天后,军区文化部主要领导亲自打来电话,告知没有接到广州市文化局电话。我深知,这位部长并不放心,而他身后的唐栋则更加"焦虑"。事不关己者并没有意识到这件事情的严重性，一旦有所"闪失"，广州军区以及战士话剧团将因剧目调换而在"东道主"的地盘上"轮空"，于情于理很难说得过去。

我再度联系中国剧协，请他们出面协调。虽费周折，但此事最终得以落实。

那几天，诸多事项齐头并进，一切都以优秀剧目的创排完成为核心与抓手。全军话剧创作研讨会已经万事俱备，只待参会人员以及剧目进京。此时，突然有人提出前卫话剧团话剧《老兵》的舞美设计不知是否修改到位。

我想起那天专家组一行从泰山返回济南，按部里主要领导要求，第二次"审看"话剧《老兵》。在之后的研讨会上，大家专门谈及布满舞台空间的"船坞脚手架"，话题始终围绕"充满"还是"打开"为好展开。最后，专家组将舞美专家黄冠余留在济南，继续与《老兵》剧组研究修改方案。

对话剧《老兵》的最后一次"验收"，是我和郑振环团长再赴济南完成的。军区文化部主要领导似乎有些担心，生怕在最后一个环节出问题而功亏一篑。"前卫"进京演出请示已获军区政治部批准，行程业已安排，万一情况有变，他这个文化部长无法交代，所以他始终不离我们左右——看戏，座谈，直到我们给出明确意见：作品修改确有成效，舞美空间疏密有致，为戏剧情节发展和人物形象塑造提供了可信、有效的平台。一切可按计划进行。

北京的蓟门桥当时并未改造成环形立交，不过就是架在北三环路上一座桥，但它是真正的桥，桥下有河。清澈的小月河从桥下穿过，而且"胆敢"不向南流，却汩汩朝北淌去。桥下西北侧的河边，有一排档次不算高却很聚人气的餐饮店面。仲秋时节，气候格外宜人，夜幕降临后，店家就把桌椅置于店外，在餐馆门脸灯光映照下，形成露天餐场，其中尤以贵州"酸汤鱼"门前场地宽阔，食客也就最多。

军旅话剧"盛会"之前，总政干部部组织全军文艺系列专业技术职务评定，因需选调军内业界专家担任评委，总政文化部文艺局和文化影视局便来协助此项工作。

许多人或许因为忙碌而没有注意到，评委报到那天恰逢农历八月十五中秋节。及至月亮爬上夜空，透亮圆润，有人蓦然"醒悟"，便纷纷外出寻觅空旷场地赏月。已经在总政西直门招待所办好入住手续的"战友"翟迎春团长和"前线"蒋晓勤副团长便招呼我，说如此大好"月光"不该错过。于是，我们一起唤上戏剧组的吴熙源、施效增两位团长以及前进话剧团"大腕儿"演员王玉孝[1]，来到蓟门桥下的"贵州酸汤鱼"。

夜空与河中月亮同时映晖，便让人想到"尘中见月心亦闲，况是清秋仙府间"[2]的咏月佳句。只是在座的没有"心闲"之人，偏巧赏月者所在剧团多有剧目下月进京，在赞叹月光之美之余不免聊及即将到来的军旅话剧界系列活动，感叹四台话剧同时进京之分量将不亚于全军文艺会演。

吴熙源团长说到孟冰最后的"调整"发挥了重要作用，《兵妹子》全剧焕然一新。我看过战斗话剧团最终报送的录像带，知道吴熙源所说并非礼貌性赞美。实则已经55岁的施效增团长笑容始终挂在脸上，看上去依旧帅气俊朗。他反复说着胡宗琪在《老兵》中表现出的"水准"明显高于《徐洪刚》；王玉孝虽是演员，离开舞台却不善言辞，只是呵

---

[1] 王玉孝（1949—），军旅话剧演员。曾任原沈阳军区政治部前进话剧团演员队长。主演话剧《彭大将军》等。
[2] 〔唐〕刘禹锡（772—842）《八月十五夜桃源玩月》。

呵笑着，偶尔插话谈及《炮震》男主角刘大海的扮演者宋凯[①]表演不错。我早听说宋凯的父亲是辽宁人艺著名演员宋国锋[②]，看来话剧界子继父业的情形并不仅仅出现在剧作家代路与前卫话剧团编剧戴嵊身上，区别只是"演二代"与"编二代"罢了。

如果没有萦绕在头脑中的问题"负担"作为前提，蒋晓勤的笑声总是格外爽朗，是那种放声大笑的爽朗，但由于他常常忧"团"忧"剧"，所以更多时间都在浓眉紧锁。他一边吃着月饼，一边与我说起话剧《秦淮丽人》，语气中带着些许无奈与遗憾，看来他在这部话剧的修改问题上，面临不小压力。他为自己敬仰的前辈深感不平和惋惜。

想当年，沈西蒙的话剧《霓虹灯下的哨兵》创造了何等辉煌。1963年5月进京演出，持续将近3个月，演出73场，观众人数超过11万，剧场售票处购票队伍竟有几十米。当时扮演"中央电视台"角色的北京电视台多次进行现场实况转播。周恩来总理在西花厅专门宴请剧组全体人员，陈毅夫妇和夏衍陪同……

只要京外来人，翟迎春团长总是竭力发挥"地主"作用，生怕礼数有所闪失。因而，在赏月活动中，翟迎春主动负责"招呼"和"聆听"。他身手矫健，跑前跑后，要茶点茉，全然没有年过半百行动迟缓的样子。好不容易安心坐下，又作洗耳恭听状，只是偶尔插话："那是，那是！"要么显出不甚解的样子，"噢——"

下月召开军旅话剧研讨会，又要调演，虽然"战友"没有作品演出，但孟冰副团长却有"规定的"主旨发言，这与一般的讨论发言有所不同，由文艺局预先布置。"小孟"的分量在全军戏剧界越来越重，"翟大爷"的成就感也就越来越强。对翟迎春来说，更大的喜讯是，北京军区将召

---

① 宋凯（1971—），现名宋佳伦，影视演员。曾任原沈阳军区政治部前进话剧团演员。主演电视剧《芈月传》等。
② 宋国锋（1950—），话剧演员。曾任辽宁人民艺术剧院院长。主演话剧《父亲》等。

开庆功会，隆重表彰话剧《热血甘泉》等优秀作品——后来我应邀参加了这次庆功会，战友话剧团荣立集体二等功，翟迎春团长披红挂彩，代表获奖单位和个人上台发言，煞是风光。军队团级建制单位非战时状态获此等级功别，十分少见，足见军区对此剧目的充分肯定。

"赏月"只是插曲，那次来京的重点是评职称。对文工团而言，评奖主要关涉团队，评职称却和个人利益密切相关。每个评委身后都有一个团队，都有睁大双眼渴盼着的个人。评审会自然不像赏月那般温馨和美，唇枪舌剑、针锋相对或者据理力争总是在所难免。

二十多年前的很多细节早已忘却，偏偏记住了"战话"王树增被评定为一级编剧，且全票通过，毫无异议，因为此次评定与话剧《都市军号》在京演出产生反响不过半年光阴，所有评委记忆犹新。而另一位经常在影视中扮演军队高级领导人的著名"特型"演员却未能通过，理由是身为话剧演员，多演电视剧而未主演话剧而不被认可。

10月12日近午时分，艳阳高照，秋风和煦。我刚刚在八一剧场门厅外驻足，就见秦威匆匆朝我走来，看上去像小跑一般。北京军区文化部领导已经同意此段时间秦威来文艺局帮助我工作，这个战友歌舞团舞蹈学员出身的军区文化部干事平素机敏勤快，且善于协调复杂事务。说来很有意思，无论总部还是各大单位，从业务才能角度上说，文化部干事通常有两类，一类拥有专业水准而分管创作，另一类长于协调，则主责演出。

我们便在这里召开协调会，布置全军话剧创作研讨会暨新剧目调演的具体安排。四家京外部队剧团正式进京之前，相关军区文化部和剧团业务办公室人员均已提前到京。会议内容简洁明了：研讨会所在地、剧团驻地、各剧团演出场所，以及相关日程安排。

当天下午，我便和秦威干事在北京站迎接前线话剧团《虎踞钟山》

剧组。

军队文工团出行的特点是着装整齐，集合列队。这类行为在营院之中被视为"一日生活制度"的一部分，人们习以为常，而在车站和其他公共场合，却成为一道亮丽的风景，总会引来过往百姓好奇和关注的目光。战士话剧团年初进京演出话剧《都市军号》时也如此这般。只是与"歌舞团"相比，"话剧团"的队伍有所不同，前者帅哥美女居多，散发着青春气息；后者则不乏两鬓斑白的老演员。队列中站立着扮演刘伯承的程建勋[①]、扮演崔司令的陈国典[②]，他们均已年过半百。

"前话"近年来两度进京演出，对接待安排的各项流程轻车熟路，剧组很快就在空军指挥学院招待所安顿完毕。侯大康政委却是第一次带队进京，脸上写满"团结、紧张、严肃、活泼"的丰富表情，似乎想和我多聊。我简单告知侯大康，我们现在要与先期抵京的兰州军区战斗话剧团谭小健政委一起，马上返回北京站，迎接《兵妹子》剧组，回来后再叙。

兰州军区战斗话剧团自1984年话剧《未完成的攀登》进京演出之后，再无剧目进京亮相。这个时间间隔实际上远远超出广州军区战士话剧团，虽然他们貌似没有"战话"那样紧迫与焦虑，军区方面好像也未给他们很大压力，但当大家走下火车的一刹那，还是情不自禁地欢呼起来。

让我没有想到的是，当战斗话剧团《兵妹子》剧组走进空军指挥学院招待所门前那条呈直角转弯型大路的时候，先于他们5小时抵达驻地的"前话"《虎踞钟山》剧组全体人员，居然已经摆开了列队夹道欢迎的阵势。而侯大康政委则站立在队首，带头鼓掌。热烈的情景令战斗话

[①] 程建勋（1944—），军旅话剧演员。曾任原南京军区政治部前线话剧团演员。主演话剧《虎踞钟山》等。
[②] 陈国典（1941—2010），军旅话剧演员。曾任原南京军区政治部前线话剧团演员。主演话剧《"厄尔尼诺"报告》等。

剧团成员激动不已，甚至有人热泪盈眶。我不由暗自佩服到任文工团时间不久的侯大康政委，心思缜密，他实际上等于替我做了工作——体现了文艺局作为组织者的热情，当然也顺便展示了兄弟团体的友情。就见谭小健上前一步，紧紧握住侯大康的手，连连说着"谢谢"。

这一年全军话剧创作研讨会暨新剧目调演活动，在京城掀起了军旅话剧的热潮，影响力显然超过1994年。相关部门负责人，戏剧专家都受邀观看。在一周时间内，参加研讨会的军队戏剧创作人员白天开会，晚上观剧，形成了非常浓烈的戏剧艺术氛围。

《虎踞钟山》《老兵》《炮震》《兵妹子》分别在警卫局礼堂、通信兵礼堂和八一剧场演出，研讨会则在总后军交部培训中心召开。

此次调演与以往最大的不同是，参演各剧团所有演职人员，悉数参加观摩。演出之前的各剧场大厅，几乎成为全军话剧界交流聚首的"嘉年华"。很多解放军艺术学院毕业的演员在这里见到戏剧系的老师和曾经的同窗。大厅则摆满了来自业界和参演剧团彼此祝贺演出成功的花篮。

说不好在研讨会的什么时候，驻京部队几家剧团领导——郑振环、翟迎春、商学锋和周振天达成共识，拟邀请会议代表和四家剧团全体人员聚餐，以为"盛会"助兴。

此乃"破天荒"之举。以往此类事情，一对一为主，"战友"出力较多——翟迎春团长在研讨发言中专门讲道："我们愿意为全军戏剧工作做些事情。例如京外同志来京，需要我们做的，尽管吩咐。"但这次京城"盛会"，团多人众，仅凭"战友"一团之力出面招呼八方来宾，人力与财力负担显然过重。四家驻京部队剧团携手坐庄，应时顺意，彰显军旅话剧团体凝聚之气。

受郑振环团长委托，总政话剧团分管行政后勤工作的副团长连苏宣[①]问我，何时安排合适？从我的视角看，"聚餐"虽有规模，也属"民间"活动，只要不占用日程安排规定时间，皆可。

于是，10月18日晚，在八一剧场观摩完战斗话剧团话剧《兵妹子》之后，一场颇有规模的夜宵聚餐便在四季青桥外杏石口路上的一家餐厅展开。尽管袁厚春局长和我应邀参加，但站立在主桌前区致辞的却是郑振环、翟迎春、商学峰和周振天。印象尤为深刻的是，《兵妹子》剧组演员成员带"妆"参加，他们谢幕之后，便匆匆搭车前来参加。

真不知道他们如何踅摸到这个场地，装修简朴，档次不高，主厅硕大，甚至可以放置几十张餐桌，一看就是那种地处城乡接合部适合举办婚礼的场所。以餐厅地理位置推测，这地方多半是"战友"发现和推荐的。四家"主办者"为此煞费苦心，城里夜宵场所多，但场地偏小。而那时西四环路之外尚为城郊，夜幕降临时，一眼望去，也只是偶有灯光，间或会听到旷野中传来犬吠之声。即便有面积适宜餐厅，也无夜宵服务。

据说，这家餐厅接下如此大单，全员加班。

整个夜宵过程自然热闹非凡，推杯换盏，觥筹交错，面对面交谈的，三五成群合影的，倒是难得见到有谁安静地坐在那里享用美食。我在参与"热闹"之余，也会抽身置于一旁，望着眼前"喧嚣"情景而独自感慨：全军十家话剧团体——七大军区之前进、战友、前卫、前线、战士、战旗、战斗，海政和空政以及总政，外加军艺戏剧系，和"地方"上百家国有话剧院团相比，所谓军旅话剧阵容不过如此。以往各自为政，单打独斗，虽然不时亦有佳作问世，但终究难以形成规模。自全军话剧一盘棋概念提出，总部机关搭建平台，建立"管道"，创作的叠加效应开始显现。

在如此热烈的氛围中，很多军旅话剧艺术家都在感慨，不过几年光

[①] 连苏宣（1945—），军旅话剧演员。曾任原总政治部话剧团副团长。主演话剧《东进！东进》等。

景，军旅话剧开始振兴，大家在自豪感产生的同时，也在思考军旅话剧创作未来发展的可能。全军话剧创作研讨会便借纪念"中国话剧运动90年"之势，应运而生。

那是在位于丰台靛厂路的总后军交运输部培训中心，会议桌被刻意围合成椭圆形。军队是讲究等级的，而如此布设却造成没有上下之分的位次安排，这对艺术家十分重要。桌上的茶杯摆放整齐，区别只是有的冒着袅袅热气，有的则扣着杯盖。每一只茶杯后面都坐着一位我既熟悉又陌生的军旅戏剧艺术家：编剧、导演、设计、剧团领导。我熟悉每个人的性格、爱好和作品，但我不了解他们对戏剧的真实想法和内心深处的追求。

研讨会与每次观剧后的座谈会不同，虽然进京演出的四台话剧成为研究问题的抓手，但并不锁定具象，却紧紧围绕军旅话剧创作的宏观视野展开。

在四天的研讨会中，蒋晓勤居然打破刘星带头发言惯例，抢先"首发"："部队剧团演经典名剧给部队看，也算是为兵服务的一项内容；军队戏剧坚持了主旋律，但在多样化问题上犹犹豫豫。"其后，蒋晓勤多次补充发言，直指部队文工团存在的"贵族化倾向"，影响和制约了创作和演出的发展，也不失时机地讲到沈西蒙的话剧《秦淮丽人》面临的困境。

姚远在两天后才得以发言，但他依然呼应了蒋晓勤的观点："军旅话剧的使命是提高部队战斗力。我们的剧团应该为提高官兵文化素质承担责任，譬如，为他们演出更多中外经典戏剧作品。"

如此观点颇有"市场"，典型的"学院派"导演、军艺戏剧系主任卢学公说："要提高全民素质，官兵素质，多演中外经典名剧是可行的，必要的。"

"文气"十足的战旗话剧团政委王爱飞说："我们战旗话剧团准备尝

试排一些名剧片段，比如《保尔·柯察金》。"

刘星也提及"经典"，但与别人略有不同："能否搞一次20世纪军旅戏剧经典剧目回顾展？可以在社会上产生巨大效应。比如，总政的《万水千山》、海军的《赤道战鼓》、广州的《南海长城》等。"

宫晓东导演发言中彰显出的"学院派"气度分明有别于蒋晓勤们，更加前卫、新锐和开放："军旅话剧的战斗传统在战争年代是有目标的，但在解放后却显得捉襟见肘。我们应该去除军事题材戏剧创作中的'虚伪'成分，让歌颂变得真诚起来。即便写英雄也可以采用多样化的手段。"

话剧《徐洪刚》的编剧之一陈志斌，在谈及军旅话剧创作面临的新课题时，坦言描写英雄遇到的困惑：如何把握创作的自由度？他说："问题在于评奖大于修改，修改大于创作，创作大于生活，这已经成为一种倾向，这种倾向由获奖情结造成。"

孟冰则直截了当地表明自己与宫晓东的观点完全相反，甚至是另外一个极端："我的发言题目就是军事题材戏剧创作的英雄情结，我们必须处理好英雄情结与小人物的关系。"孟冰为此详细回顾了自己创作两个英模人物——学雷锋标兵孙茂芳和模范团长李国安的体会，直言甘苦交叠。

当郑振环刚刚讲完关于英雄戏创作与真人真事之间的关系时，卢学公立即接过话题，对军旅话剧与英雄情结的概念加以补充：真人不必"真事"，要保持创作的自由空间。

邓海南的发言涉及敏感话题："在某些领导那里，有的剧目不是剧目而是别的什么，这使得很多问题变得复杂起来。我们很希望有些领导能像周恩来总理、陈老总那样看戏。"

顺着邓海南的话题，庞泽云围绕"高素质文化部长对剧目建设十分重要"展开论述，我发现此刻与会者都不约而同地悄悄把目光瞄向参会的总政文化部分管领导。但分管部领导似乎并无察觉，依然认真听取发言。庞泽云所说，不仅是一般性理论，而是他的切身感受。话剧《炮震》立项时曾"遭遇"困难，后来得益于军区文化部新上任部领导的鼎力支持。

空政话剧团被认为是"明星团"，商学锋团长有自己的理解："我们鼓励演员外出签合同拍影视剧，先让他们出名，再为本团演话剧，这样就能更好地为部队服务，官兵们熟悉他们，就容易喜欢他们。但前提是，凡遇空军重要演出，必须返回。"

"战旗"女编剧王焰珍发言时声音很小，不像有的艺术家那样带着某种"偏激"的亢奋，却充满温情与真情："我对边防高原官兵的感情是在深入部队体验生活中获得的，与兵的接触使我的情感有了很大转变，这对戏剧创作十分重要。自己不受感动，何以感动别人？"

女作家燕燕提出一个全新问题："我们可以研讨成功的作品，也可以研讨不成功的，或者没有公演的剧目，比如话剧《马蹄声碎》。"燕燕提到的《马蹄声碎》是姚远根据江奇涛[①]同名中篇小说改编的话剧，最早由总政话剧团排演，写红军西路军女战士的故事，充满英雄主义精神和悲壮色彩。但因对战士恋爱、船夫形象等问题，看法有分歧而最终未与观众见面。

尽管我做了专门发言，论述1994年以来部队话剧创作取得的成绩和存在的问题，但我还是很感谢军艺戏剧系王敏[②]教授，她的发言与来自剧团的编导们显然不同，"院校色彩"鲜明，归纳与总结意味很强，这相当于为文艺局的戏剧工作做了总结：

"选调进京的四台话剧非常出色，自觉朝精品化方向追求，标志着

[①] 江奇涛（1953—），军旅作家。曾任原南京军区政治部创作室创作员。代表作有中篇小说《雷场相思树》等。
[②] 王敏（1942—2019），女，军旅戏剧导演。曾任原解放军艺术学院戏剧系主任。执导话剧《老妇还乡》等。

军旅话剧的成熟。《老兵》舞台上的'人生航船',《炮震》中的'大白马'都具有象征性,是深邃思想与完美形式的统一;《兵妹子》充满青春活力,令我激动。我感受最深的是,我军有一支召之即来,来之能战,战之能胜的话剧队伍。"

最重要的是,伴随着研讨会始终,四台话剧均安排了专场汇报演出。文化部、中国文联在受邀观看的同时,也以我们军内调演为依据和标准,基本确定了当年12月在京举办全国性纪念活动中军旅话剧的选调范围。也就是说,《虎踞钟山》《炮震》《老兵》《兵妹子》在完成全军调演任务后,受纪念中国话剧运动90年组委会邀请,年底将再度赴京演出,创造了一年之内两度进京演出的纪录。

只是组委会在邀请这四台军旅话剧之外,又多邀请了一台部队作品,这就是广州军区战士话剧团的话剧《宋王台》。

话剧《宋王台》经历坎坷之多,或许超出唐栋的预想。

一开始是一位著名女导演执导。这位女导演与军旅话剧有着特殊缘分,还曾为前线话剧团、总政话剧团各执导过一台话剧。说不清楚什么原因,大概是与编剧对文本解读不尽一致,竟然"半途而废"。唐栋回忆说,排戏排到"一半"时就终止了。很奇怪的是,女导演执导的那两台部队话剧也都未能公演。当然,那两部戏的"流产"与题材本身有很大关系。这直接影响了唐栋最初的"宏伟"设想——为庆祝香港回归祖国而演出,至少可以在深圳为即将驻防香港的部队演出。一旦最合适的时间错过,剧目本身附带的特殊意义就会减弱。

孙文学接手此剧时,编导双方都充满信心。7月底的一天晚上,我在北京参加了唐栋与孙文学对《宋王台》的修改讨论,他们对"结果"甚至都做了比较美好的憧憬。天不遂人愿,孙文学导演的"撤出"完全是一次意外,且具有不可抗力。

宫晓东导演介入后,一开始顺风顺水。分段排演的效果不错,加上宫晓东擅长表达，剧组的期望值很高。但连排后，分管创作的王树增副团长看后觉得"二度"呈现并不十分理想，提出修改意见。宫晓东导演则拒不接受，认为"二度"创作没有问题，潜台词意指若有问题，亦属文本所限。

"抓"与"导"的分歧造成僵持局面的形成。

作家王树增有一个显著特点，在话剧创作问题上，只要不是亲自"操刀"的作品，他都会保持非常清醒的判断——叙述、推理或概括，如同剥笋一般，条理分明，而且具有很强的思辨性。于是，第一次"抓"创作的王树增副团长宣布剧组暂时休息，他与宫晓东导演进行了一次长谈。据说那次长谈十分严肃，连唐栋团长都被"拒之门外"。

"王宫"之谈完全是智慧、口才和心力的博弈。怀揣"攻坚拔寨"意念的王树增最终"说服"了伶牙俐齿的宫晓东。

唐栋虽然常常显得"执拗"，但在话剧《宋王台》的问题上表现得很无奈，甚至有些迷失，也许应了"不识庐山真面目，只缘身在此山中"的说法。但唐栋有一点却很果断，执意让我去广州，以作平衡和"仲裁"。但为话剧《宋王台》之事去广州，并未列入文艺局工作日程，无法因公"出差"。权衡再三，我只好借周末休息时间，未经"请假"，以个人身份悄悄飞往广州。当然没有专家组随行。

雾气蒙蒙的广州番禺珠江边，看不见船帆的影子，却可见近处并不清澈的江水滚滚南流，岸边是一家"农家乐"餐馆，被叫不出名字的低矮树丛合围着。唐栋团长，王树增、曲芬芬两位副团长，宫晓东导演和我坐在一处支着遮阳棚的露天餐桌旁，在军区文化部不知情的情况下，开始谈论话剧《宋王台》。我发现这几位团领导和导演已然沟通顺畅，似乎未曾有过"隔阂"一般。我在一刹那间甚至觉得自己"到此一游"有些多余。

宫晓东导演恢复了往昔的"豪迈"气概——

"有村姑吗？"宫晓东挥舞着胳膊招呼着店家，"再来一壶米酒！"

在湿热的环境下，宫晓东导演身着背心，高谈阔论。唐栋和王树增倒像个客人似的诺诺应承，而曲芬芬则像个文静的女观众，笑呵呵地看着这一出由"悲"转"喜"的戏剧。

当年11月，在广州举办的第五届中国戏剧节拉开帷幕。话剧《虎踞钟山》《宋王台》、京剧《香江泪》亮相于羊城。

全军各大单位文化部和剧团纷纷派人前去观摩。借助全国平台，军旅戏剧界诸多"大咖"再度聚首。我因身体欠佳，当时正在广州军区疗养院休养治疗，住院时间恰巧与戏剧节重合，于是疗养院成为我暂时栖身的招待所。

军区文化部喻英华干事电话告知，军区领导和政治部领导11号晚上在"战话"排演场审看刚刚完成彩排的话剧《宋王台》，希望我一同参加。我向院方请假，虽获批准，但被要求护士随同，且晚10点必须归院。想来也是，我是休养员，准病号身份。我暗自好笑，什么时候看戏能够这么早结束？院方大概把我当成去看戏的"观众"了。不过人家也是军队医疗单位，院规院纪公开贴在墙上。

"战话"有人听说后，坏笑着说我"待遇"不错，看戏还有女护士陪同。我暗自想，除非街头小报看多了，或者创作人员展开"想象的翅膀"，谁会以为这种"待遇"能够带来好处？

情节发展果真犹如街头小报描述的故事一般奇妙，偏偏"战话"演员林永健与这位护士非常熟稔。林永健参拍电视剧《和平年代》后，知名度在广州蹿升，在军区驻穗单位结识不少人。到达农林下路81号时，护士的"监护"任务很快便被林永健的热情所消解。我便和孟冰一起正式参加了"审看"。孟冰随"战友"观摩组来广州观摩，临时被我"抓差"。

宋王台曾是位于香港九龙半岛一座小山上的巨石，宋代皇帝南逃时曾在此休息，后人为纪念此事而在巨石上刻下"宋王台"。唐栋选此题材，纪念香港回归的意味十分明显。

故事发生在19世纪，英国殖民者深谙"宋王台"巨石的象征意义，几欲毁石以绝后患。当地中国民众为"保石"而进行了数十年的抗争。女主人公莞香给人留下深刻印象。这个曾经纯真漂亮的岭南女子，在经历了失子丧夫之痛后，居然坚强地担负起守护宋王台的责任，常年为宋王台的命运奔走呼号，甚至不惜以出卖自己换取保全宋王台的经费。

若不考虑"纪念"之特殊功效，从戏剧本体角度说，我倒觉得之前剧名《莞香》更为合适，既与女主人公同名，符合戏剧通常以剧中人名、地名或者主旨定名的惯例，又具有多维象征性。

联想到"前话"的《虎踞钟山》，从电视剧《战神走进和平》的原始创意，到最初的《为了和平》，再到《钟山风雨后》，最后定名《虎踞钟山》，几经周折，费尽心机。为戏剧作品确定一个合适的剧名并不简单。

让我眼前一亮的是，在"战话"排演场见到了身穿军装的蒲逊。

"首长好！"蒲逊居然半认真半玩笑似的向我行了军礼，只是抬臂动作结束得过快，就像匆匆甩了一下胳膊，看上去她还不甚习惯。

不管怎么说，原来那副娇小单纯的学生模样荡然无存，戎装在身的蒲逊已成为真正的军人，对她的描述似可选用"英姿勃发"或者"飒爽英姿"之类的词汇了。没有变化的是，蒲逊依旧带着略显羞赧的神态嘿嘿地笑着。在一旁的肖振华政委以及军区创作室张波[①]主任等人就势便说起蒲逊下连当兵的趣闻。

剧团参加中国戏剧节最看重的核心环节是评奖，因此，评委观看的

---

① 张波（1954—），作家。曾任珠海报业集团负责人。著有长篇小说《平常人家》等。

那场演出通常被视为"主场"。在"主场"开始之前，仍然有机会对剧目进行调整。由于部队参演的另外两台剧目——话剧《虎踞钟山》和京剧《香江泪》已经经过多次修改，反复打磨，舞台呈现较为稳定，而话剧《宋王台》毕竟刚刚完成，所以演出结束后，旋即开会研究修改方案。军区创作室的"文学"作家们参与了讨论。

整整一周时间后，在"主场"演出前一天下午，我再次从疗养院赶到"战话"排演场，与唐栋团长、曲芬芬副团长以及"战话"分管行政事务的于雷副团长，再度观看了"调整"后的《宋王台》。宫晓东导演几乎没有就座，不停地用对讲机"指挥着"操控台和舞台监督，虽然此时广州天气已渐渐凉爽，但他却身穿短袖衣服，满头冒汗。

当演员开始谢幕时，我们每个人都松了一口气。我们确信，此剧已达到"可圈可点"之程度。

果不其然，次日下午，话剧《宋王台》"主场"演出正式亮相。在两天前刚刚抵穗的袁厚春局长陪同下，"中戏"院长徐晓钟等一干评委来到"战话"排演场。宫晓东导演本是徐晓钟院长的得意门生，按说谦恭中带着少许随意，应该是此种场合他应该表现出的最合适状态。当宫晓东企图以更加"活泼"的方式与"恩师"交流时，没承想徐晓钟教授只是微微点头致意，报之以礼貌的微笑。或许这与场合有关，毕竟评委众多。

在这样特殊的演出场合，剧团一般都会安排专人在舞台侧幕一角悄悄观察评委看戏时的反应。这种不登大雅之堂的做法的确不便明说，或许少数"高雅者"不屑如此，但多数剧团都有过这样的经历。我曾在战友话剧团观看演出时真切发现郭自强政委承担了这样的角色。其实，戏剧作品的修改依据很多时候从这里的观察获取比专家们的研讨更加实际有效，只是究竟应该观察哪些观众才是问题的关键。业界人士都知道，英国音乐剧的制作流程中，观察观众的观剧反应是必备的环节。

不管怎么说,"战话"的观察者实际上看到了评委们看戏时神情变化,先是严肃,然后表情开始轻松,剧终时无一例外地热烈鼓掌。徐晓钟院长走上舞台时依旧保持着谦和的风度,却已经喜笑颜开,他主动接过手持话筒,代表评委作了热情洋溢的讲话,对此剧给予高度赞扬。

在本届戏剧节上,宫晓东荣获最佳导演奖。

部队三台剧目在广州产生了很大反响,广州军区和军区政治部领导给予部队参演剧目和各大单位观摩人员很大支持与协助。让我感动的是,广州军区把自己的参演话剧《宋王台》安排在条件较差的"战话"排演场演出,而把南京军区的话剧《虎踞钟山》,北京军区的京剧《香江泪》安排在条件上乘的军区礼堂演出,且有军区主要领导出席观看。

话剧《虎踞钟山》"主场"演出结束的那天晚上,我和来自北京、南京、广州三个军区的文艺干事秦威、陶琳、喻英华在"西贡"大排档吃夜宵。虽说入冬多日,可广州此时的气温依旧温暖,甚至白天还稍嫌闷热。依次排开的餐馆都敞开着大门,里面灯火通明却空无一人,食客们无一例外地聚集在室外"矩阵"般布设的餐桌旁。珠江上传来阵阵微风,令人更觉惬意。看来,适宜的气温和特殊的环境是构成不夜城之不夜场所的基本条件。许多年之后,我再去广州,问及"西贡",友人笑答,早就因环保问题被"改造"了。

我平素因工作关系与剧团领导和编导人员交往较多,虽说与这三人属于两级机关的同行,但日常工作联系以电话沟通为主,难得在一起聚会。因为都在机关任职,相近的"角色"使得我们不由自主地说起三个军区剧目在本届戏剧节的演出情况。戏好固然重要,但演出场所条件好坏也会影响剧目本身水准的发挥。今晚话剧《虎踞钟山》在军区礼堂的演出显得"炉火纯青",广州军区提供的优质剧场起到了助推作用。

陶琳干事十分认同我的判断,并借机代表南京军区和前线话剧团向喻英华干事敬酒表示感谢。

说话间，秦威偶然发现战友话剧团翟迎春团长、郭自强政委和孟冰夫妇居然就坐在距我们不远处餐桌旁用餐，这让我们喜出望外，便欢呼着并桌而坐。

无巧不成书，唐栋团长率班子成员此时也来此地招呼战斗话剧团观摩组一行就餐，"八方来客"又一次欢呼雀跃，于是就唤来店家拼凑起硕大餐台，众多人便聚集一起。席间大家不约而同地谈论起刚刚结束演出的话剧《虎踞钟山》。偏偏"前话"的人不在场，陶琳干事也说不知他们去向，大家就略觉遗憾，不然则可共同祝贺一下。

今晚演出的重要性，在于它悄悄地改变了之前形成的某种定型格局——根据纪念中国话剧运动90年组委会决定，文化部、中国文联、总政治部按系统各自推荐一台优秀剧目，然后再经评议，最终确定一台话剧作为纪念活动的"主场"演出。戏剧节之前，三家各自备选剧目基本确定。上月在京举办了全军话剧创作研讨会暨新剧目调演，我们已经确定推送话剧《虎踞钟山》。而文化部和中国文联各自推送的剧目也在此次戏剧节上露脸。

偏巧今晚军旅话剧《虎踞钟山》格外震撼，剧协领导和有关专家回京后纷纷向中国文联领导作了反映。

1997年12月15日，我接到中国文联电话，告知其主要领导想去南京观看话剧《虎踞钟山》，问我们能否帮助协调。请示后，我即刻代表部里通知南京军区文化部：迅速将此事报告军区首长，做好最充分的准备，提供最便利的条件，以最好的姿态完成演出……三天后，根据南京军区文化部报告，我撰写了上报"请阅件"《中国文联主要负责同志高度评价话剧〈虎踞钟山〉》。

这是纪念活动"主场"演出最终确定的重要环节，相当于三个大系统中有两家的意见开始趋于一致——话剧《虎踞钟山》志在必得。

组委会具体负责部门实际上不愿错过任何优秀剧目。从广州返回北京不久，剧协有关负责人听说沈阳军区的话剧《炮震》反响很好，即联系我拟去沈阳观看。全军新剧目调演期间，我们曾邀请剧协观看，但那时他们忙于纪念活动准备，有些领导未能到场。

沈阳军区得知消息后欣喜万分，却发现军区礼堂因维修无法使用，而文工团排演场的条件不足以"应对"如此重要演出，而军区方面又不便在短时间内协调地方剧场。几经商量，军区文化部决定将这场演出安排在距沈阳60余公里之外的39集团军礼堂。

话剧《炮震》的编剧庞泽云曾在39军服役多年，创作《炮震》之前又到集团军所属步兵116师体验生活。这是全军最早由摩托化步兵师转型为机械化步兵师的部队之一。"摩步师"与"机步师"的重要区别在于乘载工具、战斗方式、战斗武器和通信手段，后者科技含量更高。戏剧反映的突出矛盾是，以往"摩步师"时期的作训骨干，转型为"机步师"后，出现明显的不适应。作品所观照的现实意义是，在现代化转型时期，不相适应的何止部队"作训骨干"？

我和陪同前来的袁厚春局长、军区文化部领导多次观看此剧，但今晚在39集团军这支特殊部队背景下观看，别有一番感受。集团军礼堂略小于军区礼堂，但舞台开阔，设备齐全。对我来说，此次39军观剧之旅非常奇妙，冥冥之中似乎有一种命定，无论如何我都无法想象，十六年之后，我竟然在这里代职，担任集团军政治部副主任，而这个曾经演出话剧《炮震》的礼堂恰恰又在我分管的业务范围之内，代职期间每每来到礼堂，我都会不由自主地想起当年的往事。

1997年快要结束的时候，参加全军新剧目调演的四台话剧再度进京，参加全国"新剧目交流演出"。组委会同时告诉我，同意广州军区战士话剧团话剧《宋王台》以"祝贺演出"名义进京。这个结果已经足以让唐栋喜出望外了。

一天以后，文化部艺术局副局长姚欣①电话告知，话剧《宋王台》由"祝贺演出"改为"正式演出"，两字之差，意味着有关方面对这部话剧艺术品质认定的变化，因为那是为纪念中国话剧运动90年而选调进京演出的剧目。这对"战话"和唐栋来说，可谓大喜过望。

公历年底前两天下午5点，唐栋、王树增、曲芬芬等"战话"领导在地处西直门的国务院"二招"餐厅请姚欣副局长吃饭——表面上看，这只是顺便之举，因为下午刚刚在这里召开"全国话剧发展战略研讨会"——胡可代表部队系统发言。当晚，姚欣等戏剧专家、行业领导要去八一剧场观看话剧《宋王台》。而要陪同观看的袁厚春局长、郑振环团长和我也借此一起用餐。

实际上，这次"顺便"包含着我们的"刻意"——我们没有机会答谢姚欣诸人，"刻意"会让秉性耿直的姚欣婉拒。他不仅解决了"战话"《宋王台》进京演出的资格，更重要的是，在确定纪念活动"主场"剧目的最后一刻，包括姚欣副局长在内的文化部部局两级领导，放弃了自己的"推举"主张，转而和中国文联一起，支持部队系统推荐的剧目《虎踞钟山》。

到了此刻，我的内心反倒有些不安，因为文化部和中国文联推荐的那两台话剧也非常优秀，迄今人们提及，仍然赞不绝口。其中的一台话剧曾令我泪洒剧场——

20世纪60年代初，洛明、卢静、罗大生、刘仁、曲丹等一批热血青年，从北京某地质学院毕业后争相奔赴大庆。弹指一挥30余年，他们的人生壮歌与悲歌交替吟唱。洛明忍痛让所爱之人卢静与自己的好友罗大生结合，自己却与一个采油工成家，扎根油城。罗大生因工作需要上调北京，也为石油事业献出了满腔热忱，可他灵魂深处那种说不清的

---

① 姚欣（1937—2018），剧作家。曾任原文化部艺术局副局长。创作话剧《忠诚》等。

情结却常常使他陷入苦闷和失落状态。刘仁因公致伤成为残疾，妻子曲丹精心照护，终身厮守，无奈的人生虽然留给他们不尽的痛苦，却有爱的阳光沐浴心田。

这就是国家文化部推荐的大庆话剧团的话剧《地质师》。

这一年岁末之日的下午，"全国话剧发展战略研讨会"在"二招"举行闭幕式。会后，邵钧林团长、侯大康政委等"前话"领导也在这里请中国文联主要领导吃饭——这次不是"顺便"，而是"刻意"。总政文化部主要领导，袁厚春、陆文虎两位局领导和我参加。当然就是表达感谢之意。从剧团参加调演角度说，"前话"应该感谢。而从剧目即将作为"主场"演出角度说，因为代表部队系统，我们总部机关也应该感谢。

我想起一周之前，前线话剧团业务办公室主任李炳军、老演员程建勋为《虎踞钟山》进京演出"打前站"来机关办事。我用玩笑口吻对他们说："'前话'真够重视呀，派'刘伯承院长'和'巴谢洛夫将军'这么高层次的人物来办事！"

李炳军模仿剧中苏军顾问的神态耸了耸肩，说："我倒希望骑兵司令崔保山来办事，戏还没演，学还没上，观念还没转变，所以只能我俩来了。"

2017年春节，我随京侨联演出团赴巴拿马、阿根廷"慰侨"演出。在巴拿马城国际会展中心演出现场，央视一位身材不高却很健硕的中年记者朝我走来，正准备采访时，我们都愣住了，互相打量了许久，彼此都觉得十分面熟。仔细一聊，原来他正是当年跟进话剧《虎踞钟山》剧组采访将近一周时间的记者。时光荏苒，当年大学甫一毕业入行的青年学子在20年光阴流逝中变成了"大叔"记者。

话剧《虎踞钟山》在京演出从"97"岁末跨入"98"新年。"主场"演出，反响甚好。谢幕时，邵钧林团长和侯大康政委仿佛排练过一般，迅速站到第一排谢幕演员的两头。

按照中国传统戏曲演出的讲究，上场口被称作"出将"，下场口则唤作"入相"，其实本意只是借用"出"与"入"，即所谓演员"出场"和"退场"的地方。邵钧林团长把守"出将"，侯大康政委站立"入相"，文武两分，倒也与各自身份十分吻合。他们笑逐颜开，等待着标志演出成功场面的到来。我在台口看得清楚，邵钧林笑得眼睛眯成了缝，侯大康则笑得咧开了嘴。

"入相"者高兴是因工作卓有成效，况且毕竟到任时间不长。"出将"者高兴则不仅如此，还因获得了成就感。去年5月专家组赴宁研讨此剧时，剧名还叫《钟山风雨后》，并且专门注明根据江深同名电视剧改编，编剧署名竟然是林青——邵钧林、稽道青各取一字的笔名。而此时《虎踞钟山》节目单上已没有"注明"，且编剧署名已由两人"大名"取代了林青。导演潘西平执导作品甚多，但从未像《虎踞钟山》这样让他立时声名鹊起。

"主场"演出结束后，话剧《虎踞钟山》参加"新剧目交流演出"的任务已经完成，剧组将转而为中央机关、国家机关、北京市、军队各总部、驻京各大单位作专场汇报演出。由于场次增多，演出从警卫局礼堂转场并固定在总政黄寺礼堂。但邵钧林和侯大康依然每每如此，站位、笑容和动作几成惯例，若拍摄合影照时不加以注明，或许很难分清为何方演出。

"主场"演出次日，媒体便铺天盖地打来电话，要求采访《虎踞钟山》剧组。演出组织和宣传报道并行不悖的情形常常遇到，一场演出，一次报道，就算"大功告成"，区别最多在于媒体数量的多少，或者"头条"还是"头版"，但两者同时如此大密度进行却并不多见。显得最急迫的便是央视新闻中心的记者，因为要上《新闻联播》，且要持续报道。

《新闻联播》连续几日报道一个剧目演出情况，并不多见，也不容易,央视提出,能否有其他报道角度?想想也是,每天报道内容几乎相同,唯有受众单位有变化,如此持续,显然与新闻要求不符。我们研究认为,部队剧团本质工作就是演出,不在剧场演出,就应该在基层部队演出。于是,利用剧组转场装台间隙,陆文虎副局长和我率剧组前往北京卫戍区3师"老虎团"演出小节目。

选择这支部队,并非随意。"老虎团"前身是新四军部队,与"前话"历史同源。侯大康政委在小节目演出前的致辞中专门提及剧团与该部队同为新四军传人,准确、到位,台下官兵群情振奋,热烈鼓掌。我悄悄在想,这个话题若由剧作家蒋晓勤讲起,必定充满感情,说不定还会热泪盈眶。

数日后,南京军区政治部主要领导到京,替换军区分管领导。每天专场汇报演出,各观看单位都有要员出席,军区陪同角色非常重要,虽然做不到完全对等,但大致"相应"总是应该的。陆文虎副局长嘱我到首都机场接机。

令我惊讶的是,南京军区政治部主要领导走出机场时,随行人员之中居然有侯大康政委,我顿时有些恍惚。侯大康一直随剧组活动,何时返回的南京?莫非他有分身术?

侯大康政委嘿嘿笑着说:"昨天晚上临时返回,为了接首长,顺便汇报情况。"

这一天,我忽然接到刘伯承元帅次子刘蒙来信:

"《虎踞钟山》一剧如此成功,你们局实在做了不少工作,深表感谢!我和陆文虎局长交谈,他说:'《虎踞钟山》还要在京演七场左右,如果要票的话,可以直接找你。'我们家是个大家,人很多,很难凑到一起,所以方便的话,请给我们9、10、11号的票若干张,谢谢!"

获悉刘帅一家前来看戏,我们都十分高兴。尤其在刘帅夫人汪荣华老人到场时,我专门叮嘱剧组安排刘伯承扮演者程建勋和汪荣华扮演者孔庆梅前去贵宾室探望，并合影留念。

话剧《虎踞钟山》两度进京，创造了许多"奇迹"——演出场次，观演人数，观众"规格"，连续报道的持续时间，中国当代话剧、至少军旅话剧因此受到极大振奋。剧组在京逗留20余天，演出11场，虽远不及当年该团《霓虹灯下的哨兵》剧组在京创下的逗留时间、演出场次以及通过售票方式与观众见面的纪录，但这已经是我任职期间见过的剧团进京演出创造的最高纪录。

也许一切过于顺利，"收官"之刻便生出"岔子"。

1月21日下午，我到总政西直门招待所为《虎踞钟山》剧组送行，发现剧组成员的亲朋好友很多也来送行，三三两两凑在一起说个不停，人人喜形于色，兴奋不已。结果停在院落中的大轿车拖延了十多分钟方才发车。我不免有些担心，就随车前往北京站。没承想，凑巧就遇上严重堵车。

剧组赶到北京站检票口，已临近发车时间。所有人都拖带行李，如果"按部就班"，必定误车。我只好撒开双腿，飞快地从检票口一口气跑到站台，匆匆与列车长说明情况，希望能略晚发车。毕竟几十人要乘车，列车长竟然应允，只是反复叮嘱要尽快登车。

当剧组搭乘的K65次列车终于发车时，我低头看了一眼手表，列车居然为剧组晚点始发整整两分钟，我这才感到自己在呼哧呼哧大口喘气，很累，但很欣慰，我向剧组挥手道别。我想，刚才剧组所有人都在站台上拼命奔跑，一旁还伴随着车站工作人员"快点快点"的急切催促，年轻人应该问题不大，只是程建勋、陈国典以及孔庆梅这些年岁稍大的老演员"累"不堪言，我甚至折过头跑到联结站台的廊桥台阶处帮助程建勋搬拿行李。我脑海中瞬间闪现出两件事情——

1月12日，话剧《虎踞钟山》为总政机关演出专场，扮演骑兵司令崔保山的陈国典刚一出场，不知何因，便重重地摔了一跤，少顷才爬了起来。虽然观众席中有人发出惊呼声，但多数观众并未觉察出异样，而陈国典终究舞台经验丰富，如若情节设计一般拍了拍屁股，便开始了表演。陈国典毕竟是1959年入伍的老演员，连续数日演出或许会造成疲劳，以至"失足"摔倒。

而在此前两天，我们还经历了有惊无险的一幕。

那天上午，文艺局与解放军报社联合举办话剧《虎踞钟山》座谈会，邀请观看过此剧的驻京部队几家大单位的人畅谈感受。部里分管领导及军报负责人和我也参加了座谈。大家踊跃发言，唯恐落下，时间竟至中午。此时突然间桌椅开始晃动，我感到有些眩晕。有人小声说了一句"地震啦！"奇特的是，与会者竟然没人离开会场，也无惊慌表现，却继续发言，直到会议结束。事后得知，此次地震震中在张家口地区张北与尚义交界处，距北京仅300公里，震级达到6.2级。好在京城没有受到余震波及，《虎踞钟山》的演出一切正常。

第十幕

波澜壮阔

对京外剧团来说，进京演出是戏剧创作一项很重要的"牵动力"，很多时候不亚于评奖、展演或者艺术节之类的活动。从创意立项、筹措经费起，"进京"就是一个目标，而在创作排练阶段，作品能否"进京"，已成为衡量剧目是否"立得住"的重要标准。

话剧《虎踞钟山》固然大获成功，但同时进京演出的另外四台话剧——《老兵》《兵妹子》《炮震》和《宋王台》，也显得风光无限，并无逊色。

《老兵》元旦当日带观众彩排，次日在京西宾馆礼堂正式亮相，差不多相当于迎新年演出，而且很多观众在此观剧会产生一种莫名的自豪感与神圣感，逢人会刻意强调"昨天去京西宾馆看戏了"。《兵妹子》先后在海军礼堂和总政黄寺礼堂演出，等于"巡演"了两家驻京大单位，"待遇"颇高。《宋王台》在八一剧场演出，虽然剧场偏小，但因为是专业剧场，演出效果最好。制作精美的剧目介绍牌置放在大厅正面墙壁那幅巨大的"奔马"石画前，唐栋、曲芬芬、蒲逊、傅勇凡等人纷纷着冬常服军装在此驻足留影——这是唐栋调到"战话"以后创作的第一部戏，且顺利进京，颇有纪念意义。而《炮震》则是五台京外部队剧团进京演出最后一台，自觉"分量"很重。

其实，"纪念中国话剧90年新剧目交流演出"所有参演剧目的"压轴"之作，是总政话剧团的话剧《男人兵阵》。人们往往把目光聚焦在"进京演出"的京外剧团身上，而忽略了京城剧团本身的作品。

对于总政、海政、空政和"战友"四家驻京部队话剧团，以及中央实验话剧院、中国青年艺术剧院、北京人民艺术剧院来说，"进京"的概念并不存在，也没有特殊意义，但这些院团每每推出新作，往往容易引起广泛关注。

央广编导兼主持人雪汉青女士专门邀我在1月19日央广《今晚八点半》的直播节目中介绍了此次参演的六台军旅话剧作品。雪汉青在播音界知名度极高，以"小雪"著称，与央视主持人相比，其声音之甜美尤甚，广播的优势可能正在这里——不见其人，只闻其声，你可以尽情想象。虽说当时电视风头正劲，汽车普及率尚未高到可以"回流"听众的程度，但黄金时段的《今晚八点半》依然是收听率很高的节目。

有听众就问及总政话剧团的《男人兵阵》。

"为什么是女参谋？在部队这种情况普遍吗？"

不知道总政话剧团郑振环团长出于何种考虑，燕燕创作的这部话剧又被安排以特殊的主创组合——由著名女演员乔琛[①]担任导演。与其他团队相比，总政话剧团原本拥有全军最强的导演阵容——汪洋恣肆、激情澎湃的宫晓东导演，以及豪迈与婉约气度相融合的"舞台诗人"汪遵熹导演。《女兵连来了个男家属》的导演张梦棣和《男人兵阵》的导演乔琛，都不是专业导演，且又都是女性。

郑振环团长也许刻意为之。因为燕燕创作的这两部话剧都具有强烈

---

① 乔琛（1945—），女，军旅话剧演员。曾任原总政治部话剧团演员。主演话剧《蓝天，飘来一朵白云》等。

的女性意识。和上一部作品相比,《男人兵阵》中的性别布局完全相反,在由众多男性构成的兵阵中,只有一个女性角色——军事学硕士,女参谋张扬。

剧中主人公连长战龙企望率连队在全军比武中夺冠,与前来检查训练工作的师部女参谋张扬屡屡发生冲撞。原来两人是离异夫妻,分手原因也是性格与观念差异。周边战友并不知情,却总是听出他们交谈时话中有话。全剧充满喜剧效果的潜台词,令观众回味无穷。

与《女兵连来了个男家属》相比,话剧《男人兵阵》弱化了浪漫情怀与诗的意境,凸显了生活的严酷与彼此个性差异带来的人生挑战。两两相比倒蛮有意思,燕燕的前一个戏讲的是大美雪域高原上的恋爱与新婚,人生在这个阶段主要体现为浪漫与包容,即使有冲突也易于化解;后一个戏则讲述离异夫妻在工作交往中的继续冲突,男女之间在这个阶段的沟通则需要建立在冲突后的反思与理解之上。女作家看到的生活也许更加细微、真切。

当其他剧作家们把目光集中在时代转型背景下观念如何跟进之时,燕燕则让观众看到了性别角色的不同所造成的生活上的涟漪。

郑振环不愿意让男导演介入的原因,或许是担心他们会按照自己的理解去努力平衡、消弭剧作本身强烈的女性意识。导演乔琛虽是演员出身,但与编剧拥有相似的女性意识,其"二度"创作可以与剧本铸就相得益彰的局面。也许是为了更好地把控这一格局,郑振环为自己在主创名单署名上开创了一个独特先例:总编导。

这对戏剧创作来说是一个不甚清晰或者暧昧的概念——总编剧兼总导演?舞蹈和综艺晚会常有这样的概念,及至舞剧便已将"编"与"导"分开。话剧何以能这般?

燕燕和乔琛在我的询问下曾经晦涩地笑笑,算是作答,其中自然包含不满、不解。凭我感觉,之所以晦涩,还有感谢成分。那就是说,没有郑振环的把控，或许此剧"难见天日"——不是在审查中难于通过，而是如此特殊的表现方式会遭到诸多非议。

和《女兵连来了个男家属》一样，话剧《男人兵阵》的演出效果很好，观众笑声不断。

超出我预想的是，剧协的戏剧专家给予高度肯定，甚至认为《男人兵阵》是在这次交流演出的"18台话剧中最为突出的"，"它的艺术品位使之成为够分量的压轴戏"，"如果换成别的戏，可能会给人留下遗憾"。[1]

只可惜在部队戏剧创作的主流话语系统中，这种写法不占优势。所以在这一年的全军戏剧评奖中，此剧仅获二等奖，而《虎踞钟山》《香江泪》《老兵》《炮震》《兵妹子》却获得一等奖。

最有意思的是全军评奖中的单项奖评选，编剧奖前三名分属《老兵》《炮震》和《虎踞钟山》；导演奖前三名则是《老兵》《虎踞钟山》和《香江泪》。这种情况并不多见，《虎踞钟山》剧目得大奖，而"编"与"导"的单项头奖却归属另一部作品《老兵》。至少说明，在军旅戏剧的评判标准中，话剧《老兵》也非常出色。

在这个问题上，军地双方认知有较大差距。这并不奇怪，直线加方块的绿色军营终究有别于丰富多彩的百姓生活，同样作为戏剧反映，有时着力点的确不同。有剧协专家认为，《老兵》"将普通人的生活神圣化的做法，或许是军队宣传的需要，但却带有明显的人为升华痕迹"，"人物动作缺少停顿，上下场都过于'抢'，因而节奏感不强，台上的调度显得乱"。[2]

但不管怎么说，部里分管领导暗自高兴，当年他在军区时所"抓"题材毕竟得到军内专家一致认可。

---

[1] 参见廖奔《品剧日记》（中国社会出版社2010年版）第13页。
[2] 参见廖奔《品剧日记》（中国社会出版社2010年版）第7页。

1997年时逢中国话剧90年，中国当代话剧发展史或许应该记住，这一年举办的"新剧目交流演出"中，部队话剧团参演剧目竟达全部参演剧目三分之一，这个比例是空前的。

时任中国剧协副秘书长廖奔[1]说："军旅话剧在这次演出中占有相当比重，虽然题材、内容、风格不同，但有一个共同倾向，即反映出当前军队更换现代化装备、提高战斗员和指挥员素质的一场变革，这场变革实实在在发生了并正在延续，部队话剧作者们敏锐地捕捉到了这种时代趋势，将它转换为立体形象展现在舞台上，于是为我们提供了鲜活的现代信息。"[2]

《宋王台》剧组按计划返回广州，"战话"编剧蒲逊却留京未走。原本以为她在中国剧协——那个她原来供职的单位还有未尽事宜，没想到她是要代表"战话"和唐栋团长答谢包括我在内的有关方面，有一点"特命全权"的意思。这很不容易，以往这类事情都是唐栋亲力亲为，赶巧他回陕西老家探亲，王树增副团长正在办理调动手续，无暇顾及，肖振华政委和曲芬芬副团长则带队返回，责任便自然落在蒲逊身上。

我不仅受到邀请，还被唐栋反复"叮嘱"——务必到场，可是当晚话剧《虎踞钟山》为海军、空军和新闻单位演出专场，我只能匆匆"照面"一下便得离开。

从未见过蒲逊说"官话"的样子，见过的都是嘿嘿笑而不言，至多有一两句询问或者牵涉戏剧问题的简单话语，或者干脆就是侧耳静听的神情。蒲逊说着感谢之类话语时，竟然端着酒杯，立在桌前，分明不同寻常。像往常一样，蒲逊说话声音不大，语调没有起伏，这反倒使场面倍显安静，因为略有噪声就听不到主人的致辞，效果近似于有经验的话

---

[1] 廖奔（1953—），戏剧理论家。中国作家协会副主席。著有《中国戏曲发展史》等。
[2] 参见廖奔《品剧日记》（中国社会出版社2010年版）第13页。

剧演员,"压场"不能仅凭高音。

我真正听到蒲逊"大声"说话则在8个月以后,当时我从成都飞到广州,与军区文化部和"战话"探讨创作抗洪题材话剧之事。军区文化部和唐栋团长有意让蒲逊独立承担创作任务。我在"战话"隔壁的艺星宾馆约见蒲逊,想沟通一下创作"走向"。没想到蒲逊始终未与我聊及此事,却对自己创作的小品前不久被军区有关部门"枪毙"而愤愤不平。

"没有合适的理由就说不行,这样做是不尊重作者!"蒲逊的声音很大,愤懑的表情使我第一次看到不带笑脸的蒲逊。

"机关的视角有时与作者不一样,这在部队戏剧创作中常会遇到。你不必太在意。"我原本想抚慰一下蒲逊,然后把话题转到抗洪题材话剧之上。

"我怎么能不在意?这样做是不尊重人家的劳动!"蒲逊丝毫不理会我的意图,继续发泄着不满。

任凭我如何劝说或转移打岔,小品被"枪毙"的话题始终无法终结。蒲逊似乎总也不能从那个纠结中摆脱出来,她所表述的内容开始多次重复。上午时光很快流逝,我们一直未能触及正题。平常看不出,偶尔显"倔强"的蒲逊使我想到了1992年唐栋在兰州为话剧《祁连山下》遭遇不公而发火的情形。

和有些大型话剧创作相比,小品被"枪毙"果真不算什么,所谓"损失"或许可以忽略不计。刚刚入伍的蒲逊,虽说毕业离校已有年头,开始逐渐告别青葱岁月,但终究保持着纯真情怀,的确没有领略过某些严酷情形的"冲击"。

话剧创作不幸陷入"走麦城"境地并非个例,作品推进受阻的情况可谓"千姿百态"。有时岂是"发火"就可以平复郁结的情怀?

1997年5月下旬,北京军区和兰州军区分别打电话向文艺局报告当年重点话剧选题《突围》和《壮哉西疆魂》。年初的"规划"例会上,

"战友"和"战斗"都作过汇报,《突围》由孟冰创作,而《壮哉西疆魂》则由刚刚被战斗话剧团特招入伍的王元平执笔。此时再报,表明选题已经成熟。两个选题分量都很重,前者写"三中全会"前后的邓小平,后者写左宗棠收复新疆。

几天后,因电视剧业务需要,战友话剧团在"家乡鹅"请战士话剧团电视剧部摄像师张晓刚吃饭,我去参加时,孟冰将这两个戏大纲交给我,希望文艺局能组织专家组研讨。

我感到纳闷儿,兰州军区的剧本大纲怎么会由"战友"转交呢?在场的翟迎春团长诡异地笑笑,卖个关子没说。

既然是重点剧目,当然需要安排更多专家参与讨论。

6月7日是星期天。文艺局调集阎肃、郑振环、周振天、姚远、胡宗琪、王群、宫晓东、燕燕等人会集于空军指挥学院招待所。"战友"团长翟迎春、政委郭自强、北京军区文化部文艺干事秦威、《突围》编剧孟冰、《壮哉西疆魂》编剧王元平、袁厚春局长和我参加了第一次正式讨论。

上午研讨孟冰的剧本大纲。毕竟是大纲,粗线条的框架结构,人物出场时仅有提示介绍,但孟冰的讲述却很细致,间或还模仿人物口吻说话,以为台词。

阎肃边听边点头——这是他的习惯,偶尔插话说:"这个'点'好!"姚远则调门很高地评点或建议。大家都感觉非常好,认为已构成优秀剧本"坯子"。孟冰听后就越发兴奋,索性站起来讲述,有时还手舞足蹈地把想象的场景演示一下。

招待所的工作午餐并不丰盛,用意是让大家尽快用餐后抓紧时间午休。仲夏时节的北京,天气渐热,像阎肃这样年近七旬的专家,午间若不小憩,下午继续开会则会疲劳。可是兴奋起来的孟冰却无法平静,执意要用敬酒方式感谢大家出谋划策。郑振环就说:"小孟这个戏能一炮打响，感谢一下也应该。"

翟迎春团长点头附和着说："那是那是！"

郭自强政委带着揶揄口吻打趣道："光说'那是'顶什么用？上啤酒呀！"政委的分寸把握常常能体现出工作"水准"和"补台"精神，一句话就非常巧妙地把研讨期间不得喝烈酒以免误事的"调子"定了下来——啤酒不算烈酒，对很多人来说，甚至不算酒。

工作午餐转眼间变成"啤酒会"。兴奋起来的孟冰无须旁人劝酒，加上周边诸多"大咖"起哄架秧子，孟冰就带着舍我其谁的架势来来回回喝着，说着。一开始孟冰还笑眯眯的，一副眉飞色舞、"豪情盖天"的样子，不一会儿眼神便迷离起来。说不好什么时候，孟冰居然坐在椅子上睡着了。下午讨论王元平的《壮哉西疆魂》大纲，孟冰却留在自己的客房里随着梦乡游走在《突围》的创作兴奋之中。

《壮哉西疆魂》的大纲很细，无异于剧本初稿，这省去了不擅长表演的王元平进行补充描述。谁也没有料到，恰恰这位不擅长表演的编剧王元平，日后被选定为话剧《突围》中重要人物华国锋的扮演者。

整整5个月后，两个剧本均已杀青，局里再次组织专家论证。

只是今非昔比——这一年9月1日，总政宣传部和总政文化部正式合并，原总政文化部文艺局职能划转新组建的总政宣传部艺术局，陆文虎成为艺术局首任局长，原文艺局袁厚春局长拟转任军艺副院长。有意思的是，我们原来的名称与中宣部文艺局相同，而新机构名称则与文化部艺术局相同。

专家论证给定的意见是：《壮哉西疆魂》很好，剧本已经成熟。《突围》是一部难得的好戏。

北京军区对创作话剧《突围》如此重大题材非常重视，始终未敢掉以轻心。在总政组织专家研讨会1个月之后，军区宣传部和战友话剧团则在总政西直门招待所组织地方专家对此剧再次论证。在中宣部文艺局挂职的一位央视领导，部队老剧作家胡可，老导演魏敏[1]，著名戏剧评论家童道明[2]、王育生[3]、李庆成[4]、钟艺兵、余林[5]和我参加了论证。

首先由孟冰朗读剧本。

与自己阅读剧本完全不同的是，孟冰创造了一个"听"剧本的强大气场，每位听者沉浸其中，任凭朗读者才能的极尽展示。在近三小时的剧本朗读中，他行走在历史转型期的每个重要人物内心，以川、晋、湘、粤各路方言的口音为载体，呼之欲出地将邓小平、华国锋、陈永贵、叶剑英、徐向前等人"推"到人们面前。

朗读结束后，论证会现场猛然间响起热烈掌声，仿佛一场演出刚刚结束。在座的都是"行里"大家，分得清这掌声不是出于礼貌，而是发自内心。孟冰也就借势做出"谢幕"之状，起身向各位专家深深鞠了一躬。不能否认，孟冰是好演员坯子，可惜年少时轻狂，在"战友"当学员因为"抢戏"而"毁掉"了自己演艺前程，不过也因此成就了一位优秀剧作家。

专家们纷纷高度评价，认为军旅话剧品质可能因为此剧获得大幅提升。央视领导在机关挂职，发言自带一言九鼎的"分量"。他对话剧《突围》也充分肯定，却补充掭到，如此重要题材是否应该上报有关部门审批一下？军区宣传部领导并未接话，左右顾盼着，而战友话剧团几位领导面面相觑，更不知如何"应对"是好。

---

[1] 魏敏（1925—2017），著名军旅剧导演。曾任原北京军区政治部文化部副部长。执导话剧《槐树庄》等。

[2] 童道明（1937—2019），戏剧评论家。曾任中国社会科学院外国文学研究所研究员。著有《戏剧笔记》等。

[3] 王育生（1938—），戏剧评论家。曾任《中国戏剧》和《剧本》副主编。著有《剧海揽胜》等。

[4] 李庆成（1938—），戏剧评论家。曾任中国儿童艺术剧院副院长。著有《新时期的戏剧》等。

[5] 余林（1932—），戏剧评论家。曾任中国青年艺术剧院艺术室主任。著有《话剧生存空间思虑》等。

我毕竟来自总政职能部门，就说："北京军区领导对这部作品很重视，把关很严，我们也组织了数次论证。能不能先排出来，然后再审看？"

"这个想法挺好，先排出来，供内部审看。一旦有问题，再修改，这样更稳妥。"这位挂职机关的央视领导马上同意了我的建议。

其实，这位挂职机关的央视领导的"慎重"相当于提醒陆文虎局长——此剧分量之重，能否把握稳妥，责任系于肩上。恰好此时我们调集担负抗洪题材话剧创作任务的编导进京开会，就顺便召集他们再次研讨《突围》一剧。

在聆听了孟冰的朗读之后，结果意见仍然高度一致。胡宗琪认为这是一部难得的好戏，"会在国庆50周年之际留下很重的一笔"；蒲逊说此剧有分量，大手笔；卢学公甚至直言该剧"能够传世"；而轻易不肯表扬他人的唐栋则索性夸赞《突围》"是一部不得了的作品，具有强烈的震撼力"，并极言："什么叫精品？这就是精品。人民需要这样的话剧。"

几天后，正是1999年元旦假期，我再次为话剧《突围》召集研讨会，并从南京调来姚远和蒋晓勤，加上刘星、宫晓东、翟迎春、孙文学和孟冰聚首京郊小汤山一处农家山庄，进行了近十小时的深度讨论，直至夜半。

我感受颇深的是，从"小孟"，到"孟冰"，再到人称"孟大爷"，孟冰具备很多剧作家缺乏的"优势"——任何时候都能认真听取各类意见，且作完整记录，此间始终不予辩解。剧作家皆非等闲之辈，每每不乏个性，自尊甚强。我曾问及孟冰何以能做到如此，答曰：人家无偿提供智力支持，感谢都来不及！

半年前，翟迎春团长所"卖关子"，是《突围》剧组决定选用战斗话剧团编剧王元平扮演华国锋。这确实大大出乎人们意料，不过"谜底"一旦揭晓，大家又觉得这个选择又在情理之中。

选择王元平出演，完全出于"形似"需要，他的身高与脸型均达到"很像"程度。考虑到舞台剧的特殊性，也为了迅速把观众"拉到"那个特殊历史时期和特定历史人物身边，"战友"把形似与方言作为排演话剧《突围》的首要条件。

11月下旬，我带"专家"孟冰副团长和蒋晓勤副团长去成都讨论"战旗"的话剧《有一个美丽的地方》。没想到原本下一站与我一起去广州的翟迎春提前来到成都，"专程"把扮演邓小平的特型演员带到我面前——那位来自重庆市曲艺团名叫徐勍①的演员几乎"形神兼备"，我顿时有一种"路人借问遥招手，怕得鱼惊不应人"②之感觉。

果然，话剧《突围》在内部试演中，徐勍和王元平出场后都令观众啧啧称像，拍手叫绝。而徐勍的"川音"与生俱来，西北人王元平学说"晋语"更加快捷，以至于这些重要角色每次"对话"都会让观众产生强烈的时代"带入感"。

话剧《突围》的结构方式十分特别，"正戏"表现的都是时代重大事件和重要场景，而数次出现的"过场戏"，在内容上却与"正戏"毫无关联，但"过场戏"很好看，芸芸众生，家长里短，柴米油盐，且意味深长，它告诉观众，历史转折的依据来自时代环境和氛围的推动。导演孙文学在"缝合"主副调双线演进的分寸把握上彰显出驾轻就熟的气度。

《突围》内部试演并不是在"战友"排演场，而是在军区礼堂。这可能是"战友"三个团在军区范围内演出的最高待遇，军区的支持力度由此可见。在演出的那段时间，业界人士去八大处看话剧《突围》几乎成为京城的"文化事件"。

军区礼堂坐落在北京军区大院里面。"战友"每日都需要安排专人

---

① 徐勍（1936—），评书艺术家。曾任重庆市曲艺团演员。出版演出专辑《从脚说起》。
② 〔唐〕胡令能（785—826）《小儿垂钓》，参见《全唐诗》。

在军区大门口迎接前来看戏的人。"哨兵神圣,不可侵犯"的提示牌旁边,站立着头戴钢盔,手握钢枪的哨兵,目光炯炯有神,直视前方。前来看戏的观众不明就里,若无人接领,还不被惊着?

专家们记住了孟冰。此孟冰已经远不是当初创作《红白喜事》的那个初出茅庐的小伙子。

我想,人们还应该记住翟迎春。他是这部话剧的总策划和操盘手,从创意到立戏,他使出了浑身解数,付出了毕生最大精力,这种付出远远超过他当年创作京剧《梁红玉》。

突然有一天,翟迎春团长被紧急召唤到军区宣传部领导办公室。他以为有新任务下达,或有要事相商,便跑步前往。别看翟迎春五十多岁,身手依然矫健。据说他在共计四层的办公楼顺着楼梯上下往返追过耗子,直到耗子累得原地喘气,被他一脚踹死。那可是"大比武"时期奠定的"底子",跑过去也就一眨眼的工夫。

部里主要领导没有过渡话语,开门见山地说出话剧《突围》的演出可以暂时告一段落。

翟迎春一惊:"为什么?"他脑子瞬间发懵,嗡嗡作响。

"原因以后再说,你先执行命令!"

如遭晴天霹雳一般,错愕、震惊,不敢相信自己的耳朵,然后翟迎春开始潸然泪下。他很久没有流过眼泪了。有过眼睛湿红,也有过泪眼婆娑,生活中有委屈,谁能免俗?但泪如泉涌且无法自制,却是久违的体验。这位1961年入伍的老兵,从"列兵"干起,时至今日,积攒38年军龄,懂得"命令"的含义与分量。

从机关办公楼到文工团办公区,是一段弯曲的下坡路,他跌跌撞撞地走着,一边用手擦着眼泪,一边想着回去后该如何传达"命令"。若干年后,翟迎春向我描述当时情景,依然情绪激动。

我们作为上级主管部门并不知晓"暂停演出"的真实原因。总有人打听，以为有什么背景或原因。其实，事情本不复杂。很久以后才隐约获悉，暂停演出的原因并非戏剧本身在思想方向上出现偏差，军区主要领导和政治部领导都充分肯定了这部话剧的思想高度与艺术水准，但一位刚刚调来的领导认为，此剧题材重大，军区一级不好把握，这就使得军区内部认识出现了不一致。军区作为出品方，在意见不一致时，当然可以暂停演出，待看法一致时再恢复演出。

我想起1998年12月初，秦威干事和翟迎春团长分别给我打电话告知，军区政治部主要领导坚持要将此剧报送上级审批，"战友"在报送剧本后不久即得到正式回复：重大题材报审仅限影视作品。而到次年3月5日，军区宣传部分管文化工作的领导曾给我打来电话，希望总部能为此剧拨付一些支持经费，也就是说，"报审"之事已经"翻篇"，此剧创演回归正常。

话剧《突围》若能稍加坚持时日，说不定会成为舞台上的《激情燃烧的岁月》。如此说绝非指谓两者内容相像，而是说"境况"确有相似之处。

那是一年多之后，我去总政话剧团任职，拍摄出品了电视连续剧《激情燃烧的岁月》。起初就叫《父亲进城》，与购买原著版权的中篇小说同名。我们都知道，小说原名只是暂用，并不适合电视剧片名。在机房审片时，我说莫不如叫《燃情岁月》。时任总政话剧团电视剧部主任的宫晓东说，美国有部电影就叫此名，然后我们就想到《激情燃烧的岁月》。

没想到这部电视剧播出时遭遇诋毁——不是个别人，而是若许人以"联名"方式，谓之"丑化军队老干部"。于是，原本列入计划的各种座谈会和宣传报道戛然而停。幸好有关上级采取冷处理方式，电视剧在不知名的省级电视台哩哩啦啦地继续播出。大约一年后，突然间观众的口碑就捧红了这部电视剧，"丑化"一说也就烟消云散。

兰州军区战斗话剧团的话剧《壮哉西疆魂》几乎同时遭遇同样命运。

宫晓东执导的这部话剧也被认为是战斗话剧团相当一段时期以来最好的话剧。1998年12月，在战斗话剧团吴熙源团长、谭小健政委"双主官"同时来京的极力争取下，又经我说服，总政话剧团新上任的团长林达信①方同意宫晓东去兰州执导话剧《壮哉西疆魂》。

排戏过程极为顺利。

寅虎年腊月小年这一天，陆文虎局长和我率专家组成员——"战友"翟迎春团长、"战旗"金乃凡团长、"前卫"胡宗琪导演，在"战斗"吴熙源团长陪同下，从北京飞往兰州。次日上午观看此剧，很受震撼。军区主要领导接见了专家组一行。

但这出戏的外部波折与干扰不断，且力量甚大。我请挂职机关的央视领导出面协调，几经努力，仍然未果。

五一劳动节刚过，兰州军区宣传部正式决定，话剧《壮哉西疆魂》"下马"。同时明确给出意见：该剧本身无任何问题。

5月10日晚，我在空军指挥学院招待所为刚刚从兰州返回北京的宫晓东导演"接风"，请来翟迎春、孟冰、王树增作陪，企望大家尽言安慰之语。翟迎春沉默寡言，心不在焉；孟冰"现身说法"，以己之心，度人之"情"；已经平职调任武警文工团副团长的王树增则以自己强项论古说今，"盘盘焉，囷囷焉"，九曲回环地论述此事的"难点"与"障碍"。宫晓东则明显比以往絮叨，反复解说着远超常人想象的缘由，间或蹦出几句粗语糙话。

话剧《突围》与话剧《壮哉西疆魂》几乎同时创作，又几近同时"下马"，给这一时期的军旅话剧带来些微遗憾。更为遗憾的是，王元平

---

① 林达信（1953—），军旅话剧演员。曾任原总政治部歌剧团团长。主演话剧《摸天》等。

作为编剧和作为主演的两部话剧原本都可能让他声名鹊起，然而最终只能深深地留在自己的记忆之中。

蒲逊虽说还有抱怨，但对抗洪题材话剧创作从未懈怠。

有道是"人归洙泗学，歌盛舞雩风"①，洙水与泗水是孔家儒学的老根儿，舞雩是鲁国求雨的坛名。意思是说凡事要溯本寻源。全军抗洪题材话剧创作，并非起始于"战话"和蒲逊。动作最快，动手最早的当数南京军区前线话剧团。实际上，在抗洪抢险最紧张的盛夏8月初，文艺局就发出通知，要求全军各文艺门类创作人员立即赶赴抗洪前线，参加抗洪抢险，深入一线采访采风。

下达任务那段时间，我恰巧被抽出起草文件已有大半年。当汪守德干事率领文学作家赶赴抗洪前线时，陆文虎副局长则亲自叮嘱总政话剧团专业编剧必须如数前往。

后来，女作家王海鸰告诉我，她乘坐军车奔赴九江大堤的路上，目睹市民向外撤离，与她前往的方向正好相反，顿时产生一种军人赴汤蹈火、万死不辞的悲壮之感。

王海鸰的感觉并不是独自所有，我头一次看到蒋晓勤瞬间"泪奔"的情形，便与"抗洪"密切相关。那是9月中旬，根据艺术局安排，为"抓"抗洪题材话剧，我提前离开文件起草组，独自赶往南京听取蒋晓勤、邓海南和刘红焰关于"抗洪"话剧的构想。——根据军区原文化部领导指示，蒋晓勤一行5人奔赴抗洪前线，行程12天，途经7个县。

蒋晓勤在描述抗洪官兵危急时刻舍生忘死的情形时，或许往事涌现，触及他内心脆弱之处，话语突然停顿，泪水涌出时便哽咽起来。所有听者的感受与讲述者蒋晓勤在心理节奏上完全同拍，现场格外宁静，仿佛

---

① 〔唐〕卢象《赠广川马先生》，参见《全唐诗》。

轻微的咳嗽声与此时氛围都不相称。我马上受到感染,心头一热。蒋晓勤在创作上虽然是"严格的"现实主义作家,但骨子里感情细腻,充满浪漫情怀。他稍微平复了一下自己的情绪,开始讲述最初叫做《洪水袭来的日子》三场话剧构思——

原本安详的禹州市,被大雨与洪水所威胁。正在参加国防施工的某团赶来抢险。团长段曙光的家就在这座城市,妻子担任开发区管委会主任,他已准备转业到这里。部队先在江心洲救人,然后又赶到出现管涌的大坝抢险。城建公司老总裴开河惴惴不安,当年大坝由他们承建,但发现其中钢筋出现断裂,所以他力主部队在大坝与城市之间建二道坝——可偏偏这里是招商引资的开发区,一旦水淹,将损失巨大。大坝突然决口,部队紧急调用一艘 2000 吨的船,用沉船方式封堵决口。教导员陆春涛在指挥沉船时不幸牺牲。陆春涛的妻子是军医,给牺牲的丈夫放女儿的录音:希望爸爸带一个没有家庭的孤儿回来。险情终于被控制,地上躺着累了三天的抢险军民。段曙光团长对在场的市领导说,原来打算转业到银行,现在决定去水利局。

蒋晓勤说,这出戏的主题是人与洪水的斗争,也是人与欲望的斗争。人的欲望一旦超出理性的河道,也就成了洪水猛兽。

虽然这出戏的剧名又改成《砥柱中流》,演出时则定名为《大江东去》,但这个基本情节框架并没有根本改变。说来很有意思,这是"前线"第二次使用《大江东去》这个剧名。上一次是在 1955 年,当时的前线歌剧团创排了反映渡江战役的歌剧,也叫《大江东去》。

很快获悉的一则消息,令我倍感压力。浙江省话剧团已安排本团编剧童汀苗[①]创作了抗洪题材话剧《丰碑》。作品以驻防杭州的步兵1师参加抗洪部队事迹为背景,描写留学归来的女主人公,以"铁打的营盘流

---

① 童汀苗(1939—),剧作家。曾任浙江省话剧团编剧。创作话剧《魂断蓝桥》等。

水的兵"为由劝说在部队任团长的丈夫转业，随她出国定居。丈夫执意不肯。此时，"抗洪"命令下达，团长义无反顾地率领部队奔赴抗洪前线。据说，这部话剧准备进京演出。

二十年以后，我向曾任浙江省话剧团艺术总监的宋迎秋[①]女士核实此事，她说，的确如此，她当时扮演的就是那位留学归来的女主人公。

一家地方话剧团对"抗洪"之事能做出如此迅捷反应，而且还是状写部队抗洪作品，足以见出他们的社会责任意识和对重要题材的敏锐捕捉。军事题材固然不应囿于"行业"概念，但部队话剧团体毕竟是反映军旅"行业"的主力军和主阵地。我们一旦"落后"，某种程度上算是"失职"。所以，无论如何，"前话"这部戏必须尽快推出。

回忆起来，那是一段极为特殊的时光，二十天之内，我先后七次去南京军区前线话剧团，差不多都是上午飞到，晚上看戏及研究，次日一早飞回北京，有一点争分夺秒的意思。

国庆节刚过，"前话"以最快速度将话剧立在卫岗排演场。邵钧林团长汇报说：剧组调用了42名战士参加演出，舞美制作上使用木材25立方米，钢筋将近2吨。"前话"几乎在以"作战"的方式创排此剧。

算起来，距蒋晓勤、邓海南和刘红焰初次汇报构想，也才不过半个月时间。这符合部里领导对"抗洪"题材话剧创作的要求精神——能快则快，能慢则慢。快，指"赶先"，"拔头筹"，军队"抗洪"话剧要率先演出，发扬军旅话剧在战争年代形成的战斗传统；慢，指后面的作品要精心打磨，反复推敲，以精品面貌亮相。

立戏首日，军区政治部主要领导、分管领导、宣传部所有领导悉数参加审看。演出结束后，所有领导留下参与讨论，研究修改方案。这在"前话"历史上十分罕见。军区政治部主要领导说："我们啃了一块硬骨

---

① 宋迎秋（1956—），女，话剧演员。曾任浙江省话剧团艺术总监。主演话剧《谁主沉浮》等。

头，因为既要写出真实，又不能与真实生活对位。"这句话让我印象深刻——文艺理论将其看作艺术真实与生活真实的关系，可他毕竟不是专业人士。

一周之后，部里分管领导率军艺戏剧系卢学公主任、"战友"翟迎春团长两位专家及我再到"前话"审看并研究此剧。宣文两部合并后，分管副部长的责任更大。几天之前，部里在京召开全军戏剧团体负责人会议，专门研究抗洪题材创作。会议形成的共识是，话剧要成为传世之作，就不能受制于真人真事。分管部领导和陆文虎局长在会上都转述了总政文化部老部长、著名作家徐怀中的建议——要写好抗洪题材作品，就不能把眼光仅仅局限在"抗洪"本身。

此行的问题由此提出。

蒋晓勤日渐消瘦，这使得他的"浓眉"更加"突出"，眉间的"川字"越发明显，原本茂密蓬松的头发开始从后部变得稀疏起来。来自总部和军区的要求固然对他形成压力，但实际上他和邓海南、刘红焰面临的更大压力则是剧组"等米下锅"的状态，边排边改对任何剧团都不是一件简单事情，如果这个过程偏长，剧组将不堪重负。

更要命的是，"战话"团长唐栋率编剧蒲逊、灯光师刘建中偏偏此刻来到南京"取经"——学习他们如何抓好抗洪题材话剧创作。

此事说来话长。广州军区文化部主要领导虽然尝到话剧创作甜头，但并不主张创作抗洪题材话剧，我猜想他大约以为此类题材多为"应时"之需，不易传世。他的认知与"战话"并不一致。而南京、广州两大军区则是长江沿线抗洪的主力部队，戏剧若无"反映"，显然不妥。此时，我正准备从成都飞往广州了解抗洪戏剧创作情况，唐栋告知我情况后，我想索性去广州与军区文化部领导面谈。

出于礼貌，这位部领导在军区司令部招待所——三寓宾馆请我吃饭，唐栋团长作陪。当时，军区宣文两部已经合并，分管副部长尚未产生，文化工作仍由原文化部领导负责。我那时心急如焚，全军抗洪题材话剧创作还没有形成规模，哪来心情吃饭？所以在餐桌上就单刀直入地谈了我的想法，并介绍了南京军区的创作进展。

出乎我意料的是，这位部领导当即在餐桌旁向唐栋团长下达了创作任务，竟然没有你来我往的讨论。我就想起1996年全军创作规划会上这位部领导言简意赅的"谏言"——这位身材不高的岭南之子，一旦想明白，就像北方汉子一样爽快。

蒲逊独自担当创作的话剧剧名是《祝你生日快乐》，表现一个参加抗洪士兵牺牲在抗洪前线的故事。那一天是八一建军节，恰逢那位士兵的生日。

又过去一周，我带卢学公、翟迎春再次来到"前话"。此次不再看戏，而是"猫"到中山植物园一座小招待所中"闭门造车"，与蒋晓勤、邓海南、刘红焰[①]以及邵钧林、侯大康、潘西平、陶琳等人一起"分解"剧本，按场次逐一推敲。姚远"半路"加入讨论——此次"三驾马车"并未如数"驾辕"，姚远是唯一缺席者，这反倒使他获得了对这部抗洪话剧的"审视"距离。第三驾马车则因姚远的空缺改由刘红焰"驾辕"——这是上海戏剧学院戏剧文学系毕业后分配至"前话"的"科班生"，脸上总是挂着质朴的笑容。蒋晓勤在刻意"栽培"这位年轻的剧作家。

连续两天"推演"剧本至深夜，甚至中午小憩，因没有安排房间，"前话"之人均在会议室休息，我从房间返回会议室时，目睹他们或坐靠椅背或趴在桌子上的睡眠姿态，心头不免生出感动。后来每每看到《大江东去》演到最后一场，抗洪官兵横七竖八地躺在大坝上休息的姿态，我就会想到这个场景。

---

① 刘红焰（1970—），军旅剧作家。曾任原南京军区政治部前线文工团编剧。创作电视剧《非凡英雄》等。

10月底，陆文虎局长看到话剧《大江东去》演出录像，终于松了一口气，用稍显轻松的口吻对我说："这戏可以进京了。"

我用力地点点头，以为附和。

次日，我在空军指挥学院招待所与"前卫"导演胡宗琪商谈广州军区战士话剧团抗洪话剧之事，希望他去执导这部带有浪漫主义色彩的作品。胡宗琪应召前来参加剧本论证会，其中就有"战话"抗洪之戏。唐栋、卢学公、翟迎春、孟冰和王树增也已经报到。

这时，陆文虎局长匆匆打来电话告知，部里分管领导审看《大江东去》录像后，仍觉不甚满意，明确提出"不打响，不进京"的要求。

我闻讯后，顿时产生一种力不从心的疲惫之感。从"迅捷"的角度说，《大江东去》已做到极致——军内最优秀的编剧和导演在短时间内数易其稿；王长林[①]、于和伟[②]、侯勇[③]等"前话"一干优秀演员始终在剧组枕戈待旦；军区政治部领导高度重视，两位部长同"抓"此剧，文化部老部长尚未履新，新组建的宣传部主要领导业已上任，重要场合每每共同参加；我为此剧已然"六下江南"。若再延宕，浙江省话剧团抗洪戏剧《丰碑》一旦抢先进京，将使我们颜面全无。

胡宗琪默默听着我与陆文虎通电话，大致了解其中内容，便主动说："我去找分管部领导，他是我们济南军区文化部老领导。我可以和他谈谈我的建议。"

胡宗琪平时言语不多，也不擅长交往，但他讲话与做事极有质量。有一次我约他某时去郑州，哪承想济南至郑州车次远不如北京那样多，

---

① 王长林（1964—），军旅话剧演员。曾任原南京军区政治部前线文工团演员。主演话剧《厄尔尼诺"报告》等。
② 于和伟（1971—），军旅话剧演员。曾任原南京军区政治部前线文工团演员。主演话剧《厄尔尼诺"报告》等。
③ 侯勇（1967—），军旅话剧演员。曾任原南京军区政治部前线文工团演员。主演电影《冲出亚马逊》等。

他居然乘坐条件简陋的长途客车前往，让我深感过意不去。他与分管部领导面谈果然奏效。分管部领导表示并未封口，只是需要陆文虎局长与我再去南京最后一次审看。而数日后，却是分管部领导与我同去南京。审看后，分管部领导当场对军区政治部领导说，此剧将于一周后在北京作重要汇报演出。

在场的邵钧林团长、侯大康政委再度露出"出将入相"时才有的特殊笑容——前者笑得眼睛眯成了缝，后者笑得咧开了嘴，且嘿嘿有声，而蒋晓勤副团长眉宇间深深的沟壑刹那间变成"一马平川"。

话剧《大江东去》在京演出彰显了军旅话剧的战斗精神。这在中国剧协11月12日召开的专家座谈会上得到印证。与会专家也谈及此剧艺术性，但更多的则谈及从这部话剧所看到的自战争年代以来军旅话剧形成的特有传统。

"九八"抗洪是个特殊的历史事件，其实就是一场特殊的战役。军队保留话剧这一艺术品种，与其说是保留一种艺术，不如说是保留一种传统。纯粹的艺术或许是必要的，参与时尚的影视剧可能也很必要，我们都能为此找到充分的理由，但这些都不是军旅话剧的本质，"地方"话剧千姿百态，有他们在足矣。戏剧评论家王蕴明[1]的发言最有代表性，"话剧《大江东去》以鲜明的人物形象，感人的艺术场面生动地展现了我国军民这种世所罕见的战胜自然灾害以及各种艰难险阻的勇气和力量"[2]。后来他的发言发表在《中国戏剧》上，题目是《"前话"永远在前线》。

"战话"抗洪话剧剧名很快就由《祝你生日快乐》改为《生在

---

[1] 王蕴明（1939—），戏剧评论家。曾任中国剧协党组副书记、秘书长。著有《戏剧批评论纲》等。

[2] 参见王蕴明《思齐轩剧评》（中国文联出版社2013年版）第188页。

"八一"》。由于无须承担"抢占先机"的任务，剧团争取到更多时间"磨砺"剧本。11月初，陆文虎局长主持召开此剧论证时，得到军内专家普遍认可——一个悲怆的题材写得非常富于浪漫色彩。编剧蒲逊的专业出身发挥了作用，技法、结构、语言都不乏学院赋予作者的正规性、严谨性。

11月底，我和专家组成员卢学公主任、翟迎春团长和王树增副团长赶赴广州观看该剧首次连排演出。军区宣传部文化处苏玉光[①]处长受部领导委托，出面招呼我们并协调具体事务。

王树增此番"重归故里"的感受格外复杂，他毕竟在这里工作多年，熟悉这里的每一个角落和老老少少，而我们下榻的艺星宾馆则是他以往"迎来送往"的重要场所。原本他负责剧团创作工作，猛然间担任专家来此研讨作品，反主为客，完全颠覆了他安于所习的一切。尤其他看到唐栋团长拿着对讲机跑前跑后的身影，免不了想起自己曾做过的诸多往事，内心多半会像五味瓶被打翻。

"战话"这台抗洪戏的舞台呈现是全新的，在近似中性和写意的舞美设计中，看不到此类作品所惯常有的沙袋和大坝，而泥泞色调的平台随着灯光和音响的变换，却不断唤起观众对大堤或者与抗洪相关的各种险情的理解与认同。

这是需要专家和观众渐渐适应的舞台。此剧"没有简单地再现大堤上波澜壮阔的抗洪场面，而是用诗化的手法对抗洪斗争中的各类人物和诸多线索加以提纯，以三种完全不同的生在'八一'的人物为线索，塑造了各显千秋的几组戏剧人物形象"。[②]

当晚的研究便围绕如何"适应"展开。先汇集专家意见，再听取苏玉光处长、唐栋团长、编剧蒲逊和导演胡宗琪的想法。我特别征询了刚

---

① 苏玉光（1963— ），作家。现任南方传媒集团副总裁。著有诗集《白月亮》等。
② 参见拙著《吴然军旅文艺评论集》（长征出版社2003年版）第74页。

刚从济南赶来看戏的胡宗琪的"家属"刘娟[①]的意见。刘娟是济南军区专业画家,不仅擅长工笔画,也多次参与舞台作品的舞美设计,话剧《老兵》舞台上的那艘大船便出自她的创意。我当即打电话将情况报告陆文虎局长。陆文虎说,分管部领导的意见是,此剧进京演出不必着急,以改好为标准。

专家组在广州逗留三天,两天后再度审看,确有明显改观。

回京后,陆文虎局长观看了我带回的录像后,对我说:"这出戏有艺术追求,品味不低,但是入戏慢,后面显得有些'散'。"

我因在现场看过戏,效果当然好于录像,但陆文虎局长所说,与专家组现场发言十分接近——

王树增说:"舞台呈现与读本想象不同,戏剧有些'散',导致人物关系线索的断续。"

翟迎春说:"总体感觉'急'了一些,营长夫妻关系处理,后面有'情',前面没有'情'。"

卢学公说:"空间处理不够严密、流畅和统一。舞台空间的整体形象还要加强。"

我也有同感,只是没有那么强烈。我还是立即将此意见电话告知唐栋团长,希望他敦促导演胡宗琪能在"二度"上做些处理。

与此同时,济南军区前卫话剧团的抗洪话剧《神圣方舟》竟然创排完成,并将演出录像报到艺术局,而且由"前卫"政委李静亲自带队送达。我就想起三周之前北京的大雪——那是夏天肆虐的"滔天"洪水结束后,北京下的首场大雪。早晨开始飘落雪花,不一会儿就变成鹅毛大雪,幸好自1995年"五一"之后全国开始实行周末双休,当日恰遇周六,也就无须出门。

---

① 刘娟(1955—),军旅画家。曾任原空军政治部创作室创作员。其作品多次参加全国美术展览。

之所以印象深刻，是因为这场大雪突如其来，前一天还风和日丽，万里晴空。我在西直门招待所与来京参会的"前卫"编导室殷习华主任谈了对话剧《神圣方舟》的看法——与《大江东去》题材相似，但却错过"快"的时机，且深度远不及后者。这个时间段再与新闻的"即时"特点相比，"滞后"的戏剧若没有深度，依然执拗地采用"正面强攻"的写法，就显得陈旧，效果可想而知。可是编剧殷习华仅仅在文字上作了简单调整，就"强行"将戏立于舞台，且打算与"战话"的《生在"八一"》同时进京，显然判断失准。

1998年12月9日，分管部领导、陆文虎局长和我飞抵广州，当晚在"战话"排演场观看《生在"八一"》后，确定该剧半月后进京，除作汇报演出外，将为此间召开的第五届全国戏剧家代表大会作专场演出。"战话"的运气总是不错，上一次话剧《都市军号》进京赶上全军创作规划汇报会，此次又赶上"剧代会"。业界都知晓，戏剧演出很重要，给谁演有时更重要。

令人振奋的是，总政话剧团的"抗洪"大戏《洗礼》也接近完成，水准颇高。

《洗礼》最初构思完成仅晚于"前话"《大江东去》半个月。那是9月29日，我去总政话剧团了解抗洪话剧创作情况。先与王海鸰沟通，她的叙事能力极强，几乎不用文稿，一口气说下来，很顺畅，所说内容颇有文化厚度，视角也新颖。只是剧名在《夏天的故事》与《一脉相承》之间徘徊。这就是话剧《洗礼》的基础。

后来又听燕燕的创意，她拟写一个在分洪中安装炸药的工兵连。叙述过半时，我和在场的林达信团长、连苏宣副团长都觉得此题材在政策上不好把握，"技术性"偏强，我自己最担心的是与"战话"的抗洪戏略显重复，建议"放弃"。

王海鸰创作的文本和汪遵熹创造的"舞台呈现"，在艺术质量上都超出总政话剧团近年来的作品，或者说这是自话剧《天边有一簇圣火》和《冰山情》以来，总政话剧团最好的作品。

作品选择的抗洪部队背景与《大江东去》类似，前者是乙种师，后者是乙种团，部队即将撤裁时接到抗洪任务。"军人也是人，肉体凡身，要吃，要喝，要生活"，剧中人物李小羽的这段话虽然从一个侧面反映了某些官兵的困惑情绪，但当他们同时面对精简整编与抗洪抢险的时候，却都毫无条件地选择了后者。

其实，王海鸰的关注点不仅是那场洪水，还有洪水引发的人物内心激荡的潮水。商品经济大潮对军人世家冲击很大，他们在与这场真正的洪水抗击中经受了洗礼。李东航师长，李东航的父亲，李东航的儿子李海洋，这三代军人所代表的时代已经有了不尽相同的内涵，然而人民军队作为捍卫祖国与民族的精神大堤的重要力量，却始终没有变化。

但话剧《洗礼》的编剧王海鸰与导演汪遵熹之间却经历了艰难的"磨合"。王海鸰以为导演汪遵熹直接修改她的剧本，甚为不妥。与各大单位话剧团遇到此类问题不同，总政话剧团是直属单位，规格较高，"兵强马壮"，反倒无须我更多过问。但王海鸰还是找到我，反映导演对编剧的"不够尊重"。

"我当然同意修改，好剧本都是改出来的。"王海鸰口气十分严肃，略带怨气地对我说，"写作和修改都是编剧的工作，至少你怎么修改要知会我一下吧？"

导演汪遵熹的文字能力极强，这种情况并不多见。汪遵熹在"导演"之外，经常亲自动笔创作，话剧《打到外线去》由他独立编剧，而总政话剧团的话剧《蓝天，飘来一朵白云》虽然署名三个编剧，但他名列第一，且注明执笔。当然，也有和《洗礼》类似情况——当年姚远、蒋晓勤创作话剧《伐子都》，由汪遵熹执导。"二度"进入后就有了文字修改，最后编剧署名增加了汪遵熹。

而其他导演若有想法，通常会向编剧指出，鲜有听闻哪个导演亲自动手修改的情形。

"改不了，不愿意改，改得不到位，说了很多遍也不行。"汪遵熹苦笑着说，"这边急着排戏，演员都等着，你说怎么办？"

此事并不简单，以至于《剧本》时任副主编王育生于3月20日一大早给我打电话，杂志拟刊发话剧《洗礼》剧本，询问如何署编剧之名。我简直有些哭笑不得。

文艺团体这种"官司"很难明断，部队话剧队伍也不例外。还真应了话剧《洗礼》中戏剧人物李小羽的台词，"军人也是人，肉体凡身，要吃，要喝，要生活"。艺术家嘛，只要不伤"原则"，一般不便以简单的"命令"解决。而单靠说理，往往并不奏效。当事者皆有"是非"标准，且善说会说，哪个作品不是靠他们"说"出来的？如何反过去"说"他们？

此戏立项时，郑振环还在担任总政话剧团团长，待到接近完成，他已去八一电影制片厂任职。郑振环脾气好，善包容，本身又是编剧出身，在难以"明断"情况下，他常常能够找到"化解"方法，其实所谓方法就是北方人说的"胡噜"。这个词的本义是指用拂拭动作把东西除去或归拢到一起，延伸意为应付或应对。具备这个"能力"的还有翟迎春团长。

问题的最终"化解"是话剧《洗礼》获得"五个一工程"奖、曹禺戏剧文学奖、文华大奖和解放军文艺奖，可谓大奖尽收囊中。结果是衡量一部剧作"收效"的重要标准，在结果面前，"是非"与"曲直"就显得无关紧要了。

话剧《生在"八一"》终于进京了，演出场所确定在武警文工团的国安剧场。这当然是艺术局协调的结果，我就和武警文化部主要领导多次面商，但明眼人都能看出，武警文工团王树增副团长发挥了重要作用，他对战士话剧团的感情岂止是提供剧场就能够表达?

  那一届"剧代会"在位于长安街的中国妇女活动中心举行。12月27日举行开幕式。开心与沮丧之事同来——军队代表郑邦玉、阎肃、姚远、叶少兰[①]、林达信和我被选为当届理事,阎肃当选为副主席。次日,在组织"剧代会"全体与会代表观看战士话剧团抗洪话剧《生在"八一"》时,我不幸脚扭伤导致骨折,自此拄拐与坐轮椅三个月之久。

[①] 叶少兰(1943—),京剧表演艺术家。曾任原北京军区政治部战友京剧团艺术指导。主演京剧《壮别》等。

第十一幕

大会师之众生相

我也是调到总政机关很久以后才发现，战旗话剧团并没有因为地处偏远而"势单力薄"，专业编剧身份的金乃凡团长手下居然拥有两名专职编剧，且都是女编剧。这个数量仅次于前线话剧团，与总政话剧团"格局"完全一样。除了《空港故事》的编剧王焰珍之外，刘春风[①]也名在其列。

但没人提到刘春风的大名，恐怕除了金乃凡团长和王爱飞政委在团里开会"点名"时被唤及，通常人们叫的都是"川妮"，生活中和工作中皆如此。真所谓不知川妮，无论"春风"。

川妮不是乳名，而是刘春风的笔名。这是20世纪八九十年代文学鼎盛时文学青年的惯常"做法"，以让人只知其笔名、不知其本名为荣，本名一般都在作品发表时附在后面的作者简介中捎带说一下，一副我原来是谁无所谓而现在是谁才重要的样子。

文学在川妮心目中的地位非常崇高。那时的女兵不允许化妆，而恢

[①] 刘春风（1966—），女，军旅作家。曾任原成都军区政治部战旗文工团编剧。著有长篇小说《时尚动物》等。

复军衔制之前的"六五式"军装通常又偏肥大,爱美的女兵偷着剪裁军装以便显出腰身,一旦被发现,是要受批评的。可是若有文学作品发表,那就很像穿上了别致的时装,人们看你的眼神顿时不一样。这叫心理化妆,在那个时代很是"提气儿"。

现在情形有所不同,笔名少见,网名居多。笔名是那个时期有文化有追求的表现,而现在,网名则是时尚达人的标志。就像那时爱写作的人常在外套左上侧口袋中插一支钢笔,写文章时自称笔者,如今在电脑上写作要用鼠标,自嘲说法称"鼠辈"。"解构"传统的力量无处不在,还伴随着时髦的外观。

军中文学青年能去话剧团当编剧相当于烧了"高香"。唯一的问题是你必须写剧本,不管你的文学成就曾经多高,在话剧团不写剧本,怎么说都算"不务正业",好比大学老师不教课光写论文,研究所研究员没有科研成果光外出讲学,时间一久,不用别人说,自己都心慌。这个是不论美女帅哥的,哪怕你"亭亭玉立"或者"帅气担当",文工团领导天天见的都是这些,审美"阈值"超高,没用。可是和作家有些不同,编剧没有话剧作品,原因很多:不写,写了没被采用,领导不安排你写。这点与文学创作不同,后者,写就是了。

1998年年底,各大单位话剧团创作人员都来京观摩"战话"抗洪话剧《生在"八一"》。川妮也来了。她那时虽然扎一根又粗又长的辫子,却很质朴,笑眯眯的,不孤傲,有亲和感,经得住同行开玩笑。我已经知道她作为专业编剧迄今没有话剧作品,原因不详,就希望她参与"战旗"两年前确定的重点剧目《有一个美丽的地方》的修改。

原作者金乃凡举双手赞同。他此时已接手军区新近交办的创作任务——话剧《邓小平在西南》,无法分身。让属下编剧接手修改任务,原本属于团里正常工作,团长直接布置即可,天经地义,何须我来协调?说来话长。

话剧《结伴同行》尝到了喜剧演员赵亮的"甜头",作品火爆得一发不可收拾,紧接着又推出"精致"的话剧《空港故事》,好评如潮。一时间军旅剧坛"战旗"飘扬,飞速发展,势如破竹。继续主打赵亮的品牌,就成了"战旗"的不二选择。艺术局对此剧期望值很高,不仅希望它代表军区参加第七届全军文艺会演,而且计划安排此剧与沈阳军区交流演出。

1998年9月下旬,陆文虎局长安排我去广州、沈阳两军区了解抗洪话剧创作情况,我去广州之前顺便先飞成都观看刚刚立在舞台上的话剧《有一个美丽的地方》。

两年前军区文化部主要领导在全军创作题材规划会上的承诺果然兑现,军区对此剧非常重视,首演将其安排在军区礼堂——这几乎成为定律,凡能进军区礼堂演出的剧目,通常表明领导和机关都很重视。文工团排演场也能演出,但条件远不及军区礼堂。宣文两部合并后,新组建的宣传部主要领导陪同观看。但令我意外的是,剧目虽然不乏喜剧因素,但缺乏主线贯穿,演出时间偏长,好像满舞台都在靠赵亮"耍活宝"来支撑,艺术质量显然不及《结伴同行》。

再度赴蓉则是11月下旬,我带孟冰和蒋晓勤两位专家前往。蒋晓勤从南京起飞,倒是按时抵达成都。可那天北京降雪,许多航班纷纷取消或合并,首都机场乱成一锅粥。我和孟冰拖着拉杆箱在不同航空公司柜台之间来回奔跑,央求有可能起飞的航班为我们改签。已经开始发福的孟冰累得气喘吁吁。原本订好的早班飞机,落地成都时天色已黑。在军区"二招"——锦苑宾馆办完入住手续,孟冰倒是气定神闲,很快与先期抵达的蒋晓勤聊得火热,我却开始发烧。

如果把创作的若干要素细分,再去看待剧作家的特点,则孟冰擅长剧本架构,蒋晓勤长于情节铺陈,而这两点恰恰有助于这个剧本的修改。专家组次日便与编剧金乃凡逐场推敲剧本,雷羽、王焰珍、刘春风始终参加。

王爱飞已调任军区宣传部文化处处长，继任政委蒲光诗则忙于外围服务，包括陪同我去军区大院门诊部"打吊瓶"。和高大帅气的王爱飞不同，蒲光诗政委身材矮小，不善言辞，为人朴实，偶尔也会露出一点"冷幽默"，而这种"冷幽默"恰恰是由"朴实"带来的。在一次欢迎兄弟军区话剧团的晚宴上，"战旗"安排了一个重要流程——政委上台致祝酒词。蒲光诗政委端着酒杯，不知所措地走上主持台，思忖了好一会儿，兀自用纯正的四川话说："莫说那么多，喝！"

《有一个美丽的地方》所有喜剧点源自新兵包希拉——一个连队驻扎在云南少数民族村寨附近，多年来军地互助共建，相处融洽。代理连长方顺的妻子来队探亲，排长李开新与女民兵连长依香谈恋爱，连队训练紧张，环境鸟语花香，本来一切如常，可偏偏初来乍到的新兵包希拉由于不了解婚恋"风情"和村寨风俗，立功心切加之行动"莽撞"，便引发了一连串喜剧。

推敲这个剧本的关键是"节制"和"压缩"。原剧本的开放式结构，很容易造成事件罗列过多，而军营喜剧的分寸感拿捏又考验剧作者的驾驭水准。保留喜剧要素，扩大核心事件，减少臃赘成分，成为专家组与金乃凡探讨的重点。此行用时五天，是专家组在外逗留时间最长一次，因而"会诊"非常细致。

及至12月底，金乃凡团长率团里创作人员前往北京观摩抗洪话剧《生在"八一"》。见面时他突然告诉我，修改剧本之事尚未启动，原因是实在没有时间。

这让我感到很突兀，局里花费这么大气力帮助梳理修改思路，怎么能以"没有时间"来搪塞呢？最紧迫的是，交流演出之事已经推无可推了，而我在成都时又拜见了军区政治部主要领导，专门说到此事。这位领导对交流演出十分支持，只是希望沈阳军区派来的剧组控制在30人以内，以便于部队接待。说起来，上一次跨大单位交流演出已经是一年半之前的事情了，再不续接，"计划"的严肃性从何谈起？

1999年元旦刚过第三天，在空军指挥学院招待所接待室，前进话剧团编剧庞泽云约我谈新创剧目想法，拿来一个叫做《大洪涅槃》的剧本细纲。我指着墙壁上的挂历，故意用东北方言对他说：

"都啥时候喽，还这么整？如果给国庆50周年献礼，再写抗洪题材，就不能正面强攻。"说实话，若在四五个月之前推出这样的作品，效果一定不错。对话剧创作来说，某些特定题材的"即时性"一过，若无艺术性支撑，作品想"立住"，几无可能。

庞泽云平时说话嗓门很大，我这么一说，他不知如何回应，但看其神态，我估摸他内心并不认同。

正在这时，观摩后即将离京的刘春风前来对拄着双拐的我表示慰问。我灵机一动——莫不如让庞泽云和刘春风共同修改此剧。庞泽云是四川人，对西南地区生活并不陌生。刘春风入伍后曾在云南服役多年，具备文学基础，又是"战旗"编剧。

庞泽云听说刘春风是"战旗"编剧，马上以"川音"与其沟通，没料想刘春风略显羞赧地笑笑，继续回之以普通话——我觉得她的普通话稍有口音，只是分辨不清是"川底"还是"云底"。结果两人一拍即合。于是，我便将庞泽云、刘春风留在空军指挥学院招待所，希望他们尽快拿出修改稿，以便在京组织专家论证。

仅仅一周时间，我就在"空指"招待所"聆听"了庞泽云、刘春风和雷羽朗读的修改文本——他们三人分别朗读，声音色彩完全不同，庞泽云"高亢"，刘春风"洪亮"，雷羽"低沉"，从效果上说，当然不及翟迎春和孟冰，但我省却了"阅读"过程，因为我刚刚读完王树增上午送来的话剧剧本《东方红》——武警文工团拟参加"会演"的作品，阅读"机能"暂时受阻。

这一次的修改效果在5月上旬得到验证。我和姚远、孟冰两位专家赶到成都观看复排后的此剧。军区政治部主要领导，分管领导一同观看。结果是，军区政治部审查通过，总政专家组验收完成，认为是一部近年来少有的军旅喜剧，演出效果很好。我们都向主创者表示祝贺，尤其向刘春风而不是川妮表示了祝贺——她终于在自己参与创作的作品上署上了本名，当然这部作品不是小说或散文，而是话剧。这出戏节目单上编剧的最终署名为金乃凡、庞泽云、刘春风，而导演依然是雷羽。

如果不是"抗洪"，全军各戏剧团体本应在1998年上半年就着手准备纪念新中国成立50周年的创作。按照政治工作条令，每五年举办一次全军文艺会演。第六届会演举办于1992年，由于1997年香港回归，1998年遭遇百年不遇洪水，会演未能按时举办。艺术局经报批，决定从1999年7月31日起，举办第七届全军文艺会演，并将纪念新中国成立50周年的主题含纳其中。

由于兰州军区所属部队没有参加抗洪，所以战斗话剧团并未涉猎"抗洪"题材，而他们创作的话剧《壮哉西疆魂》就是为会演打造的作品。假如没有意外，他们动手早，作品基础又好，八成能在"会演"中取得优异成绩。

5月上旬，《壮哉西疆魂》"被迫"下马，导演宫晓东10日返京，我当晚为其接风洗尘，意在"压惊"。其实那天我比宫晓东导演更加沮丧。上午接到沈阳军区宣传部电话，告知军区有关领导不同意参加交流演出，而艺术局前不久刚刚在北京西直门招待所召开沈阳、成都两军区宣传部、话剧团负责人协调会，就做好交流演出之事作了布置，还请翟迎春团长介绍了交流演出的经验。

这种情况十分罕见。沈阳军区宣传部的人也很尴尬，打电话时兜了很大圈子，才委婉地把事情说明。如此做法显然不够严谨，难免不让我想起前几年前进话剧团话剧《飘落的雪花》进京"被中断"一事。

系统内事情的运行与操办自有其规则,但架不住偶尔有人"拍脑瓜"与任性,以至于简单事情变得复杂起来。与陆文虎局长商量后,我即刻联系北京军区宣传部,没想到异常顺利。次日,军区宣传部分管领导回复,同意与成都军区开展交流演出,并确定成都军区战旗话剧团在北京军区所属65集团军演出6场,在北京军区机关演出若干场。

我长舒一口气,从内心真诚感谢北京军区,感谢军区宣传部分管领导和秦威干事。这件事情的变换和重新确定,意味着全军跨大单位交流演出再次启动,而且形成了"一对二"的局面——北京军区对南京军区和成都军区。

5月17日,战旗话剧团在蒲光诗政委率领下乘火车抵达北京西客站,开始了与北京军区交流演出之旅。军区宣传部分管领导、翟迎春、郭自强、孟冰和我接站。我想起前线话剧团《海风吹来》剧组从山海关进入北京军区开始交流演出的情形。时光如梭,第二次交流演出与第一次居然相隔三年之久。好在迎接规格明显高于彼时——分管部领导作为交流一方宣传部的领导,我当时已经担任艺术局副局长。郭自强政委作为交流演出"结对子"的一方主官,陪同《有一个美丽的地方》剧组赴65集团军所属部队。

对"战旗"来说,不去沈阳军区而与北京军区交流,是一件莫大好事,这相当于获得进京演出的机会。果然,在驻防冀北地区的65集团军巡演结束后,"战旗"剧组转场八大处军区礼堂演出。除为军区机关演出外,艺术局协调安排了驻京部队文艺团体观摩、专场汇报演出,以及中国剧协专家观看——这些都是进京演出的"标配"环节。成都军区宣传部主要领导始终以演出东道主身份迎接八方来宾,他或许是宣文两部合并后,全军各大单位唯一一个直接分管文化工作的宣传部部长,直到王爱飞由文化处处长晋升为副部长为止。也就是在"专场汇报"演出后的座谈讨论中，部里同意成都军区以此剧参加全军文艺会演。

谁也没有想到，话剧《壮哉西疆魂》忽然间似乎出现转机迹象。我刚刚为宫晓东导演接风"压惊"的两天之后，他匆匆来到机关，当面向我们分管部领导报告，兰州军区宣传部通知他，明日军区有关领导要审看这部话剧，嘱其立即赶赴兰州。已经"下马"，又要"上鞍"，分管部领导闻之很高兴，当即表示愿意去兰州一起看戏。但随即想到，此事肯定并不简单，便改变主意，嘱宫晓东带演出录像回来。

录像由"战斗"谭小健政委与宫晓东导演一起带到北京，当面交给部里分管部领导，并汇报了详情。此时，剧名已改为《热血天山》。部领导答应出面再做有关方面工作。

几天后得知最终结果：此事无望。

不管怎么说，除了军区，我们部局两级和总政话剧团为此剧做了大量工作，也尽了最大努力。谭小健在莲花池东路一家餐厅设便宴答谢大家。我代表部局两级领导参加。

那次饭局很沉闷，没有让大家兴奋的因素，至多算是提供了一个彼此安慰、说说宽心话的场合。聚餐结束，正待大家准备起身离开时，一直没怎么说话的谭小健忽然放声大哭，悲恸万分，不能自制，以至于侧卧到一旁沙发上。那毕竟是一个七尺汉子，果真应了那句"男儿有泪不轻弹，只是未到伤心处"的说法，在场的人无不深受触动，我分明看到泪水在宫晓东导演眼眶里打转。

"会演"日期日益逼近，"战斗"若另起炉灶，无论如何来不及。为兰州军区选取参演"保底"剧目，成为艺术局一项重要工作。本来7月31日为"会演"开幕时间，由于解放军军乐团将有出访任务，所以他们的参演音乐会《共铸辉煌》提前在6月21日演出，这无形中又加剧了"战斗"的紧迫感。

6月22日，我在北京西三环的万年青宾馆召集翟迎春、孟冰、王树增、胡宗琪，以及"战斗"吴熙源团长和谭小健政委研究"保底"剧目一事。有人推荐"前线"邓海南创作的话剧《元帅当兵》可作为选择。而邓海南于次日便赶来"会商"，结果无法"对位"，题材背景和军区特色都相去甚远，最重要的是，邓海南无法、不能，也不愿意做深度修改。

其实，我脑海中一直有个作品在萦绕——

西藏雪域高原上一个即将移交地方的兵站，两个军人，两个女人。海拔4500多米的高山，环境险恶，生活艰难。兵站门前的路将被改造成旅游专线，夏季前往神山圣湖朝拜的人日渐增多。新的兵站将建在山的另一边。杨子是军校毕业后自愿上山的见习中尉副站长，老陕则是服役十三年的老志愿兵，两人是兵站的留守人员。两个女人在上山的路上不期而遇，张二姐是在川藏线上开饭馆的四川女人，柳思思则是海南一家合资企业的女职员，她们都是为了翻过雪山寻找自己心目中的军人。而两个女人的到来，让两个处在寂寞与等待中的军人看到一抹生活的亮色。

如此题材择取与情境设置，显示了作者非常浓烈的军人情怀以及专业的戏剧视角。规定情境是戏剧创作的重要基础，能否有戏，以及戏剧能否得以充分展开，与规定情境设置的合适与否密切相关。

这出戏的剧名叫《你那里下雪了吗》。

成都军区作家或编剧的审美观照视角常常在富庶的天府之国、秀丽的彩云之南以及纯洁的西藏雪山之间选择。这和军区的管辖范围相关。一位娇小秀美的女编剧入伍后似乎从未有过彷徨，始终把视点"盯"在西藏的雪域高原。她有严重的高原反应——呕吐、心慌、头疼欲裂、无法入眠，却未能阻止她十多次进藏采风或下部队体验生活的脚步。她或许是全军唯一一个在海拔5300米的西藏查古拉哨所"生活"了两天的女编剧。她的许多作品都与西藏相关：话剧《生命高度》、电视剧《我的妈妈在西藏》、电影《我们的兵站》。

她没有笔名，却有一个昵称——家人、朋友和战友在生活和工作中都习以为常地如此称呼：丫头。将近5年前，我调入总政机关后办理的第一批进京演出剧目中就有她的作品。

她就是话剧《空港故事》的编剧王焰珍。

我第一次拿到这个剧本是在1998年9月，那是我第一次去成都观看话剧《有一个美丽的地方》。王焰珍悄悄地把剧本交给我，悄悄地说她新近写了一个小剧场话剧。

"什么题材？"我问。

"西藏雪山上的兵站。"她说。

"又是西藏题材。小丫头，大情怀！"我在赞叹时不免有些感慨。

"曾经沧海难为水。"她的回答有些委婉和诗化，但很准确。

有一个非常奇妙的契合点——虽然西藏军区由成都军区管辖，但兰州军区的管辖范围除陕甘宁青新5省区之外，还包含西藏西部的阿里地区[①]，这里面积达到30万平方公里，占据西藏自治区总面积的四分之一。一直以来，阿里地区都是兰州军区作家艺术家创作的富矿。从"技术上"说，剧本只需要把川藏线改为新藏线即可，人物关系与戏剧情境都无须改动。

唯一的问题是小剧场如何成为真正的话剧作品，因为全军文艺会演要全面展示大单位专业话剧团体的创作风貌，小剧场无法承受其重。

能否以此剧作为战斗话剧团"保底"剧目，在交付兰州军区和战斗话剧团决定之前，艺术局必须提供基础建议。所以我们在北京对《你那

---

① 参见《中国军事百科全书》（军事科学出版社1997年版）。

里下雪了吗》的可能性进行了论证。

王焰珍到京之后,起初并不清楚事情的来龙去脉。而她前不久还在电话中告诉我,她与空政话剧团的王俭说过此事。王俭允诺,空军可以排演此剧。从题材上说,空军涉猎驻藏部队题材也很正常。1994年,空政话剧团推出的话剧《甘巴拉》就是以驻守西藏海拔5300米甘巴拉雷达站为背景创作的。不过,我知道空政话剧团很早就将空军著名作家韩静霆[①]创作的话剧《逆风起飞》列入重点剧目,并准备以此剧参加全军文艺会演,短时间不可能排演其他剧目。

我说明了情况,王焰珍在将信将疑的同时,也露出欣喜的表情。毕竟,不知何故,《你那里下雪了吗》没有列入"战旗"的排演计划。

"战友"的孟冰和恰好在京的胡宗琪、王元平参加了最初的论证。一开始很顺利,孟冰和胡宗琪都认为把小剧场改成话剧应该问题不大,"二度"创作和舞美设计都有很多手段。

但我们忽略了王元平作为剧作家的心理感受——大家都以为王元平是"战斗"编剧,理所应当以主人姿态担负起文学编辑的角色,帮助此剧尽快从成都军区风貌转化为兰州军区特色。这些年部队戏剧创作的融洽氛围已经形成,各大单位剧团之间虽有竞争,但互为专家、彼此支持并无障碍。王元平终究刚刚入伍,未见得能够很快适应。他明确表示,身为编剧,为此剧修改担当编辑,并不合适。这让我十分意外。

距"会演"开幕时间越来越近,陆文虎局长和我将很快分别率队去各大单位了解准备情况。6月28日,分管部领导召开宣传部文化口办公会,确定我即刻赶赴兰州,落实战斗话剧团参加会演剧目。

兰州之行的最大收获不是军区政治部和战斗话剧团同意此剧参加会演,因为在别无选择的情况下,"同意"是可以想见的。而是我在繁忙

---

① 韩静霆(1944—),军旅作家。曾任原空军政治部创作室主任。著有长篇小说《凯旋在子夜》等。

一天的最后时刻，获得了意外的爽心和暖意——

那是6月30日。

在军区宣传部分管文化工作的部领导全天陪同下，上午去战斗歌舞团——那个曾经与我一起去香港演出的团队，听取他们为会演创排的音舞诗画《天边的高原》进展情况汇报。下午听取战斗话剧团汇报，确定排演话剧《你那里下雪了吗》，并决定由吴熙源团长率编剧王焰珍等人赴京商请总政话剧团宫晓东导演执导此剧。

晚上，原军区文化部老领导、战斗话剧团领导与我一起在兰州大学附近的"菜根香"家常菜餐馆吃饭。这位老领导虽已不再负责文化工作，新的职位尚未安排，但他依然渴望与我谋面，其重要缘由是，他与战斗话剧团，还有宫晓东导演拥有共同的未竟事业——话剧《壮哉西疆魂》。这位军区文化部老领导是这部话剧的坚定支持者。他也需要抒发郁结的胸怀。

回到招待所已经很晚，军区创作室主任李斌奎前来探望，又小坐短叙后才离去。这时，我正准备休息。又有人急匆匆敲门，开门一看，却是"战斗"政委谭小健。让我颇感意外的是，谭小健竟然笑容满面，自从话剧《壮哉西疆魂》"下马"，他的表情始终"阴霾满天"。何等好事令他如此？时已夜半，他执意拽我外出，我完全不明就里，就被带到位于天水南路的飞天大酒店茶室。

茶室的灯光柔和却不透亮，隐约中看见王元平和王焰珍坐在那里。看到我进来，王元平站了起来，一把拉住我的手，向我表示歉意。我有些懵懂，不知歉意由何而来，然后我恍然大悟，王元平在为自己不愿担当"文学编辑"而感到过意不去。以我判断，谭小健政委定然做了细致工作。

我顿时内心一热，这个身材高大的西北汉子，果真耿直得可以，愿意或理解与否，尽在"溢于言表"。

后来，兰州军区在上报会演剧目时，将此剧更名为《嘎多拉雄的雪》。嘎多是藏语白色之意，拉雄则是山。而在正式演出时，再次更名为《阿夏拉雄的雪》。据几位主创人员解释，"阿夏"是雄鹰落脚之地的意思。

除了编剧王焰珍，这一切也都离不开王元平的努力。他是专业编剧，也是本届会演所有节目单上唯一署名为"文学编辑"的人，在当代中国戏剧创作中，这样的署名一定微乎其微。这其实是一种奉献式的署名，他没有因为"参与"或者介入修改，而借机把自己署名为编剧之一。在署名问题上，王元平为自己制定了严格的"底线"准则，绝不"侵占"别人"利益"，而当事情完全相反时，他却表现得十分大度——他的上一部剧作《兵妹子》，别人在创意和采风方面提供了思路和便利，他居然愿意与别人联合署名，且让别人署在前面。

庞泽云交给我《大洪涅槃》的话剧大纲时，沈阳军区前进话剧团实际上正处在题材选择的焦灼之中。他们当然可以把话剧《炮震》作为会演作品，就像总政话剧团对待话剧《洗礼》的做法那样，非常明确，"抗洪"与"会演"两者兼备。虽说话剧《洗礼》具有"即时"因素，但总政话剧团是将其作为精品剧目打造的，对作品的艺术质量充满信心。而与《炮震》同期问世的优秀作品很多，其艺术水准及其排位，大家都心知肚明。

沈阳军区的抗洪任务在松花江沿线，这里虽然不像长江流域那样引起全国广泛关注，但依然"艰苦卓绝"。为"抗洪"题材创作，我在1998年9月下旬专程去过沈阳。当时李洪茂团长居然在短时间内"弄"出一个剧本，只是过于简单，"活报剧"色彩明显。而等到庞泽云拿出大纲时，已经时过境迁。

在1999年2月召开的全军年度创作规划会上，庞泽云为他的"过时"选题《大洪涅槃》拼命辩解:"抗洪题材有生命力。我们写了灾难,这是唯一的;写了将军,将军在灾难面前的抉择与痛苦。"

偏巧庞泽云的观点遭到前进话剧团历来"倚重"的剧作家刘星的"反驳":"如果明年暴发洪水,这个题材是超前的,如果没有暴发洪水,它是滞后的。如果排演这部戏,最好的结果是《洗礼》第二。"刘星在前进话剧团颇有声望,他曾两次与沈阳军区专业作家王嘉翔[①]联手为前进话剧团创作话剧《大裁军》和《苏宁》。他的观点对李洪茂团长有所触动。

及至"会演"临近,李洪茂出人意料地亮出了"杀手锏"——军区创作室作家郝中凤[②]创作的话剧《陆军少将》。

剧本描写集团军军长侯建少将上任伊始致力于开发作战指挥自动化工程,没想到遇到各种干扰。"失忆"的老军长交给他的照片,不断找他反映情况的老干部,虽有配合却不能完全理解他的集团军政委曹文志,这些都令他倍感压力。他在反思与自省的同时,对自己的"信念"矢志不渝。正待他要把部队拉到北方原野展示"利剑"之时,一封告状信却引来上级调查组……

在部队专业文艺队伍中,话剧常常与文学结缘——我说的是政治部创作室的作家常常介入话剧团的剧本创作,这个现象蛮有意思,也耐人寻味。这种现象貌似缘自话剧与文学的创作形态相对接近,但主要原因却是出自两家的业务皆由"宣文"机关统领,彼此交集密切。而在地方,戏剧与文学分属两大系统——文联与作协,而作为国家机关的文化部,对文学,通常仅为指导,并没有像抓舞台作品那样具体细致,所以文学和话剧的协作并不频繁。

---

① 王嘉翔(1947—),军旅作家。曾任原沈阳军区政治部创作室创作员。著有纪实文学《苏宁的故事》等。
② 郝中凤(1952—),军旅作家。曾任原沈阳军区政治部创作室主任。著有长篇小说《走向死地》等。

不过，文学作家的"短板"是不熟悉舞台特点以及剧作需要的基本手段。作家创作的剧本，有时阅读起来十分顺畅，搬上舞台却未见得好看。郝中夙的《陆军少将》就面临这个问题。说起来，唐栋、王树增、庞泽云、燕燕、王海鸰这些文学创作领域的"翘楚"，之所以能够成功转型为剧作家，与他们在话剧队伍中多年的濡染与浸润密不可分。

7月下旬，"会演"开幕在即，我带孟冰、王树增两位专家冒着酷暑奔赴沈阳，为此剧做最后一次"会诊"。虽然前进话剧团依然像排演《炮震》那样，选择"战旗"导演雷羽执导此剧，在"舞台感"上做了很大努力，大家依然觉得该剧的"戏剧性"不够鲜明。军区宣传部分管文化的副部长也十分着急，观戏和讨论的过程他须臾未曾离开。这位副部长曾担任过军区前进歌舞团政委，深知"会演"的重要性以及会演前夕作品还不够稳妥的严重性。

现在看来，"前进"李洪茂团长在是否以"抗洪"题材参加"会演"这一问题上有些犹豫和踟蹰，因而话剧《陆军少将》的选择稍嫌仓促，当他意识到选题本身可能还不够成熟时，时间已经不多了。

剧本创作的扎实与否是演出能否取得成功的基础，但有时选材和视角确立也很重要。空政话剧团没有参加抗洪题材话剧创作，很早便着手"会演"剧目准备，虽然其间经历了更换团长的环节——商学锋转业后，何旭京接任，但确定由韩静霆担当"大任"，在两任团长那里都很坚定。

和郝中夙不同，韩静霆曾经根据自己的小说《凯旋在子夜》为空政话剧团创作过同名话剧，参加了第五届全军文艺会演。而且韩静霆是"多面手"，涉猎歌曲、电视剧、美术创作多种艺术领域，"成功率"居然都很高。王俭作为该团编剧已经足够优秀，但空军力推韩静霆，可以看出志在必得的决心，有那种"老将出马，一个顶俩"的意思。

但偏偏此次韩静霆的创作"步履维艰"。

最初，剧本之名叫《逆风起飞》，着眼于人民空军初创阶段和空军参加抗美援朝。商学锋任团长时期就已确定的选题，直到何旭京接任还处在构思与剧本框架搭建阶段，迟迟未能落笔。距离"会演"开幕还有三个月时，我去空军"两团"——歌舞团和话剧团了解创作进展情况，这个剧本才刚刚写完初稿。令我吃惊的是，此时《逆风起飞》的内容已经调整为反映空军50年来的发展经历。

该剧以编年史方式，通过一个老将军的回忆，展现了空军发展的几个重要历史时期和两代空军飞行将士的成长。老一代飞行员李天在战争废墟上艰难起飞，经历抗美援朝的锤炼。新一代飞行员杨国庆勇于探索，竭诚奉献。作品借用老将军女儿的眼光，挖掘了老将军的内心世界，描写了当年与日本教官的磨合以及压抑的爱情生活。

虽然何旭京团长介绍情况时说，韩静霆在写到某些情节时激动得不能自已，但我总觉得如此结构"架设"可能恰恰暴露出话剧本身的"劣势"。即使局部细节能够引起作者和观众激动，但绝不意味着这样的框架结构更能够展示话剧艺术的魅力。

"三一律"① 的要求固然有些苛刻，然而舞台条件总归是有限制的，不能在时间上无休止延长。《逆风起飞》的剧名符合最初的创意，也符合艺术规律。而题材内容"拓展"之后，此名已无法承载，果然此剧在参加"会演"时改名为《和平之翼》。

这个调整的过程既反映了作家对题材判定与筛选的心路历程，也在很大程度上揭示了话剧这样一种特殊的艺术样式，在创作过程中不可能像文学创作那样"自我闭环"，至少，在文学创作中，从创意、写作、成稿的过程中不会有更多"环节"介入意见。写戏的人不容易，不是说写戏本身的难度大于小说或者其他艺术创作，而是说，写戏是在"众目

---

① 三一律是西方戏剧结构理论之一。要求戏剧创作在时间、地点和行动之间保持一致性。

睽睽"下进行的，剧作者肇始之初的心灵自由，在重重外在要求下，渐渐变得瞻前顾后，首鼠两端。"大家"韩静霆尚且如此，其他剧作家呢？

话剧《虎踞钟山》大获成功后，"前话"的"压力"可想而知，而且这个"压力"很自然地转到了以蒋晓勤、姚远和邓海南为代表的"学院派"剧作家身上。当其他剧团围绕新中国成立50周年主题，纷纷寻求"高大全"选题的时候，"前话"却出人意料地推出一台表面上看"视界"好像并不开阔的"家庭戏"。

"前话"邵钧林团长在1999年2月4日召开的全军年度题材规划上的发言令我印象深刻：

"1997年军旅戏剧很辉煌。1999年能不能超越1997年？搞好了，也能超越。这么多选题，很丰富，没有撞车之嫌。我们前线话剧团不准备硬碰硬，打算回归戏剧本身，写一个规范的戏，'三一律'的戏。我们选择的样式是原来意义上的话剧，纯粹写人。"

我们当然知道邵钧林的发言，既代表军区，又代表"前话"班子，因为军区宣传部主要领导参加了此次会议。而邵钧林讲到"三一律"的戏，正是我们当年在"前话"卫岗大院论证《虎踞钟山》时，"三驾马车"去福建采风时确立的选题。这就是由姚远、邓海南和蒋晓勤编剧，郝刚[①]导演的话剧《"厄尔尼诺"报告》。

故事发生在军队离休老干部郭海家里，时间从当天清晨至次日黎明。戏一开场，老干部郭海的"黄昏恋"引发家中"地震"。四个子女为此争论不休，而郭海最喜欢的二女婿、转业干部刘春田却涉嫌经济犯罪。儿子郭鲁兵虽然离经叛道，玩世不恭，但不愿意享受"世袭"带来的好处。家人为郭海"黄昏恋"和刘春田经济犯罪之事各怀心思。市场经济条件下，一个长期以来正统的军人之家按部就班的生活在一天之内开始

---

① 郝刚（1941—2009），话剧导演。曾任南京市话剧团导演。执导话剧《无声的回响》等。

发生"激荡"。

这样的写法对部队剧作家在观念和技法上都是一个考验。从观念上说，军旅话剧常常以英模人物为素材，所谓"正面写"或者"写正面"，通常不把写问题作为戏剧切入点。而说到技法，由于英模人物事迹在发展中很容易形成"线性"状态，剧作者也就习惯于按照"事迹"的逻辑过程"结构"作品。所以话剧《"厄尔尼诺"报告》对于1990年代军旅话剧是一次突破。这种写法符合当时部里提出的"要敢于写矛盾，没有矛盾就没有戏剧"的主张。

谁也没有想到，话剧《"厄尔尼诺"报告》经历了"过山车"一般的起伏——问题出现在南京军区自身。虽然军区政治部同意此剧参加全军文艺会演，但政治部领导与军区宣传部、前线话剧团的看法却不尽一致。

"三驾马车"自然信心满满。军区宣传部主要领导的文人情怀甚重，笃信"三驾马车"的艺术判断，认为作品具备竞争实力。而政治部主要领导并不看好此剧，这倒不完全出于该剧的艺术表现方式，主要在于担心作品主题与纪念新中国成立50周年之"会演"要求貌似并不直接相关，而且所表现内容在他看来也都是些琐碎的家长里短。

1999年8月10日，会演评委组和观摩团抵达南京军区的第二天，军区政治部主要领导单独约见总政宣传部分管领导、陆文虎局长以及阎肃、朱光斗等几位年岁较长的评委，而其余评委则由我带队参加了军区宣传部主要领导在夫子庙举行的欢迎仪式。军区政治部主要领导大约就是在那时向总政宣传部分管领导讲述了自己对话剧《"厄尔尼诺"报告》的担忧——这种情况非常少见，一般在"会演"或"比赛"这类特殊场合，即便自身可能存在问题，一般也不会向外暴露。

次日下午，该剧演出后产生强烈反响，评委和观众掌声不断。坐在我身旁的分管部领导突然问我：

"你觉得这台戏怎么样？"

"非常好，展现了戏剧本体的力量。军队缺少这样的作品。"

实际上，我曾于4月30日陪同这位分管部领导来南京军区验收此剧。当时，我就表达了这种看法，只不过当时这台戏刚刚连排，舞台整体效果还不像现在这样更加完善。

当天晚上，按照"会演"规则，评委组要对作品进行评议，作品主创人员和团领导参加，听取意见。而后投票，听意见的人则离场。

包括蒋晓勤、邓海南在内的"前话"有关人员都来到我们的驻地——南京军区紫金楼饭店会议室听取评议。有趣的是，评委会戏剧评审组由阎肃、卢学公、姚远、孟冰、唐栋、宫晓东、王树增组成，该剧编剧之一的姚远身在其中，评议时反倒不便多说。全军文艺会演评委会由三个评审组构成，除了戏剧组，还有音舞曲杂组和舞美组。而分管部领导作为评委会主任则径直来到我分管的戏剧评审组，并首先发言：

"这个戏取得很大成功。这个成功更多依靠的是戏剧本体的力量。当然，它的主题也非常好，揭示了当今深刻变革着的社会生活。"

这位分管部领导的发言与后来评审组的评议高度一致，充分肯定这部依靠戏剧本体力量达到更好地传递主题意念的作品。

我能看到在场每一位"前话"人激动的表情——"老辣"的姚远平素很沉稳，轻易看不出他的喜怒哀乐，我曾戏言他那敦厚的身躯中"满载着"人生的各种历练，但此时姚远也情不自禁显露出喜悦神态，而蒋晓勤和邓海南则直接把笑意写在了脸上。我为"三驾马车"感到高兴与释然，唯一不解的是，这部作品创作之初和上演之时都叫《"厄尔尼诺"报告》，而在上报剧目名以便艺术局制作"会演"秩序册时，却一时将剧名改为《一路平安》，以至于很多人单凭"会演"秩序册，竟然查不到《"厄尔尼诺"报告》。

投票结果更加令人吃惊，话剧《"厄尔尼诺"报告》居然获得与话剧《洗礼》同样的高票，而后者所传递的主题以及戏剧场面毕竟都要壮阔许多——事实上,《洗礼》和《"厄尔尼诺"报告》并列获得本届会演优秀剧目一等奖。

我突然想到许多人都不知晓的一段"历史"要求——"一九五一年二月,总政治部在《关于全军文工团(队)领导与分工的通知》中,要求各大军区文工团成员向专业化发展"[①];而1951年5月成立总政文工团时,总政治部提出,"总政文工团按照'全军的、专业的、正规的、示范的'要求进行建设"[②]。

军队话剧真正实现专业、正规之目标并不容易,筚路蓝缕,栉风沐雨,一路走来,看上去收获不小,却也蹉跎了不少光阴。否则,无论如何,一次戏剧本体的成功实践,都不会引起人们如此之大的兴趣。

自从话剧《突围》遭遇"下马",战友话剧团反倒沉寂下来。以往到了这个关键时候,差不多隔三岔五都会见到翟迎春团长身影,无外乎就是向我了解情况,掌握进度,咨询意见之类。而现在则完全不见翟迎春风风火火的急迫,即使我们偶尔见面,说的事情也大都和"会演"无关。我猜想,莫非他被话剧《突围》之事搞得伤透心了?也不至于呀,当年他创作的京剧《梁红玉》经历了大红大紫,大起大落,也没见影响到他后来的"正常"工作呀?

最奇特的是,"战友"居然在"紧要关头"还把自己积攒的剧本拿出来,慷慨大方地支持兄弟团队。截至6月中旬,济南军区前卫话剧团参演剧目尚未定下,我率刘星、蒋晓勤、王树增赶赴济南军区,帮助前卫话剧团研究此事。当时摆在"前卫"面前的有四个选题:孟冰的成熟剧本《绿荫里的红塑料桶》,邓海南的剧本《元帅当兵》,还有殷习华的

---

① 参见《当代中国军队的政治工作》(下)(当代中国出版社1994年版)第159页。
② 参见《中国军事百科全书:中国人民解放军政治工作分册(下)》(军事科学出版社1997年版)第468页。

话剧大纲《"SG"行动》，以及陈志斌的话剧大纲《中华手》。

济南军区宣传部分管领导、文化处领导，以及接替施效增担任前卫话剧团团长的孙颖①与我们一行研究确定，将《绿荫里的红塑料桶》作为"保底"剧目，而由陈志斌、殷习华共同创作《中华手》，争取十天拿出初稿，希望出现奇迹。然后，专家组细致分工，刘星帮助殷习华、陈志斌推敲《中华手》剧本思路，而蒋晓勤和王树增则与胡宗琪导演一起研究《绿荫里的红塑料桶》的修改方案。

结果发现，这些努力都不如"重拾"前不久"前卫"沉淀下来的另一个剧本《戚继光杀嗣》。

此事说来话长。之前一段时间，孙颖团长在给我的信中讲到当时在剧本选择上面临的艰难与困惑：

"几经波折，几上几下，实在头疼。好在是消耗了时间与精力，但意志没有消沉。直至今日，又掉转船头。不管风浪再大，还要稳掌舵，急行军。总之，我们面临着严峻的考验。非常感谢你及专家组，在我们陷入困境时，对我们的帮助与支持，特别是北京军区话剧团、孟冰副团长的无私援助。前不久，军区首长要求我们创排一台反映历史上民族英雄人物的话剧。我们翻出了陈志斌在1993年创作的剧本《戚继光杀嗣》，觉得基础不错。……我们有决心把'戚'剧排好，为军旅话剧舞台增光添彩。"

果不其然，专家组认为这个剧本更适合前卫话剧团。

这趟济南之行产生了"多维"效应。

"前卫"终于明白，参加全军文艺会演，推出优秀作品是根本目的所在，而那种简单地寻求"对应"纪念新中国成立50周年主题之做法，并不符合艺术规律，效果也不见得很好。所以，"前卫"迅速终止了《中

---

① 孙颖（1940—），女，军旅电视剧制作人。曾任原济南军区政治部前卫话剧团团长。出品电视剧《蒙山之子》等。

华手》的创作，再度由原作者陈志斌，并加上殷习华共同修改《戚继光杀嗣》，只是剧名改为《光照千秋》。而孟冰的剧本《绿荫里的红塑料桶》之命运则如刘禹锡①《再游玄都观》所言"种桃道士归何处，前度刘郎今又来"一般，从英雄山②又回到"八大处"。

战友话剧团的沉寂绝非因为翟迎春团长情绪上的"懈怠"，他实际上在悄悄准备"撒手锏"，这就是孟冰正在紧锣密鼓地创作的话剧《老兵骆驼》——

作品讲述老兵赵大贵在边防线上的大沙漠中拉了十二年骆驼，为哨所运送物资给养，被官兵们亲切地唤作"骆驼"。随着部队现代化建设的发展，骆驼很快就要被汽车代替。在最后一次执行任务时，赵大贵和他的骆驼队遇到了大沙暴，迷失了方向。面对死亡，赵大贵率领着被他视为战友的三只骆驼、一条小狗奋力前行……

翟迎春看了孟冰完成的剧本后反倒有些犹豫，他没有要求我组织专家进行研讨，却和孟冰单独约我商谈此剧，为我一人朗读了剧本。《老兵骆驼》的写意色彩很浓，剧本给"二度"创作提供了巨大空间。我索性直言，剧本很好，却不如《绿荫里的红塑料桶》参加会演更为合适。前者如诗，后者若小说，受众面更宽。

翟迎春团长再度活跃起来，迅速组建了以孙文学为导演的团队，很快将《绿荫里的红塑料桶》"立"了起来——

一群天真活泼的女大学生来到绿色军营接受军训。她们与同样处在青春年华的班长董喜财有着完全不一样的人生理解。这个来自农村的质朴士兵虽不灵巧，却对女大学生百般呵护，然而训练起来又显出铁石心肠的样子。排长拿来女大学生丢在饭桌上的半个馒头，让他以此"教训"一下她们，他却当着大家的面，把剩馒头吃了下去。当这群女大学

---

① 〔唐〕刘禹锡（772—842），文学家。著有《陋室铭》等名篇。
② 英雄山，济南市区中心位置的风景区。

生偶然得知班长董喜财与自己同村一位带着孩子的寡妇订婚讯息后,惊讶不已,马上开始了"拯救班长"行动。理想与现实的"不对位",使这群姑娘们认识了军营、了解了官兵,也开始渐渐懂得了生活。

万事俱备,只待"会演"的《绿荫里的红塑料桶》偏偏遇到"麻烦"——北京军区宣传部主要领导认为,这个戏需要大改。董喜财这个略显"笨拙"的人物不能代表当今士兵形象,应该让这个人物充满理想,积极向上。

经历过《突围》"变故"的翟迎春团长顿时如惊弓之鸟,生怕有所闪失而影响参加会演。当时,我正带孟冰在广州研究"战话"参演剧目的修改。翟迎春担心孟冰闻讯后产生"抵触"情绪,便给我打电话说明情况,并希望我能做孟冰的工作。

当晚,我便以谈"战话"剧目为名,约孟冰和唐栋在我们下榻的艺星宾馆茶室聊起此事。此事与唐栋并无关系,待他意识到自己仅是"陪客"角色时,便帮我一起说服孟冰。我和唐栋一致认为,修改可以,但对董喜财这个人物不能"伤筋动骨"。这个人物之所以生动和成功,就在于"拙"的准确拿捏。

这部充满趣味与意味的话剧最终在会演中取得极好反响。在戏剧评审组中,仅阎肃一人提出不同看法,其他评委一致叫好,而按照会演评选规则,音舞曲杂组在审看戏剧时仅提供参考意见,这个组共有16名评委,除印青[①]对剧目保留意见外,也是一致认同。这部作品是"会演"一等奖的候选剧目,因名额原因,孟冰在评委会上主动提出将自己的作品评为二等奖。他的"让奖"之举,令我十分感动,因为当时为"争奖",评委内部已显"分歧",几近"爆发"。

孟冰吸烟,用打火机点燃香烟后,常常顺手把打火机"撂"到桌上,

---

① 印青(1954—),军旅作曲家。曾任原总政治部歌舞团团长。为音乐话剧《桃花谣》及歌曲《西部放歌》作曲。

而不是轻放，每每如此。评委们并不知晓孟冰这一习惯，待到孟冰陈述放弃"一等奖"理由时，恰好点燃一支香烟，然后就把打火机"撂"了下来，寂静的会议室就响起"咔嗒"之声，许多人就以为孟冰言不由衷，内心有气。这当然是误解。

7月25日，我和孟冰、王树增顶着40度高温从沈阳飞到济南，并于当晚观看《光照千秋》连排，我们这才发现，和《徐洪刚》《老兵》不同，这部话剧真正撞到胡宗琪"枪口"上了。

那天，"前卫"排演场空调系统出现故障，演员们挥汗如雨地表演，我们则大汗淋漓地观看。胡宗琪身穿白色粗布坎肩，在台下来回走动，并不坐在导演座椅上。我们之所以知道那是"导演"座椅，是因为座椅前面的地上摆放着一箱啤酒，在炎热的排演场，胡宗琪滴水不沾，却不停地喝着啤酒。

这几乎是一出没有唱段的戏曲，整个话剧的节奏是在中国传统戏曲锣鼓点敲击下展开的，甚至戏曲的道白方式也被引入其中。戚继光抗倭获胜，却遭台州知府何遵礼陷害，戚继光之子戚印上当，将作战计划泄露给倭寇探子。戚家父子蒙冤入狱。冤情昭雪时，戚继光挥泪斩子，戚夫人撞柱而亡。戚继光再上战场。戏曲的写意表现方式的确增强了本剧的内涵。

连排结束后，我和孟冰、王树增都很兴奋，觉得如果仅看剧本，无法获得如此震撼的艺术感受。二度创作使导演的才能得到充分展现。胡宗琪慢慢悠悠晃到我身边，贴着我的耳朵悄悄地说："要出事儿！"

我悄悄想，"要出事儿"的不仅是胡宗琪执导的作品，还有胡宗琪"崛起"的速度。

和胡宗琪一样，潘西平也是演员出身，演了很多戏，虽然具备"超级模仿"能力，但在表演上始终不能"出道"，改做导演后最大的特点依然是"勤勤恳恳"和"默默无闻"，没承想《虎踞钟山》让他"一炮走红"。

王树增刚刚完成话剧《东方红》的剧本创作，我就想到了应该让前线话剧团的潘西平执导这部作品，话剧《虎踞钟山》的影响是多方面的，导演的作用不容忽视。王树增从"战话"调入武警文工团之后的第一件大事，就是创作话剧《东方红》。当然这只是立项题目，"会演"时，作品则改名为《红旗飘飘》。

武警文工团虽然是综合性文工团，以歌舞为主体，但自从1995年3月武警划转军队统一领导后，始终向大军区两大专业团的标准看齐。1998年9月，全军各大单位宣传、文化两部合并，武警部队却将文化部保留到2000年。因而，当全军文艺会演之事启动后，各大单位文化工作通常由宣传部分管副部长主持，而武警依然是文化部主要领导"主事"。

"圈儿外"人以为只是主管部门名称有所变化，其实差别很大。宣传口的主要业务是部队教育和舆论宣传，这是中心工作，而文化口的首要任务是抓好创作，这被认为是中心工作所离不开的。对这位主要领导来说，抓武警文工团话剧《红旗飘飘》的创作，是他的"正差"。

这部话剧以国旗址为背景创作，以于德贵、张亚舒两家三代人的感情纠葛和悲欢离合为线索，讲述了国旗与国家、个人的关系。剧本甫一拿出，大家眼前一亮，都觉得这部平民视角和口吻的戏充满鲜活之气。

在艺术局力荐下，"一等功"荣立者潘西平顺利执掌此剧"导棒"。我想，这也算艺术局对非戏剧团体创排话剧的支持。武警文化部主要领导闻讯后，非常高兴。他知道，一流的编剧与导演的合作，是在会演中取得好成绩的前提保证。加之王树增又在专业话剧团当过团领导，抓创作与排练是他的强项。领导重视，主创强大，准备充分，各项指标都符合成功的要求。

偏巧武警文工团这部话剧参演效果不尽如人意。

王树增对这个结果其实早有预感。

1999年五一节刚过，利用中午空档，王树增携家属王瑛在黄寺附近新开张的"顺天意"餐馆与我餐叙，专门谈及为武警文工团创作话剧之事。

他说，创作是一回事，排练与演出则是另一回事，一个专业戏剧团队的默契与风格是在长时间的演出实践中形成的。这与技术有所区别，指标到位即可。而话剧演出是一种艺术，甚至每个团队都不同。"战友"与"前话"就有明显区别。"战话"也有自己的特点。他对武警文工团排演话剧能否达到目标表示担忧。

说句实话，与王树增的戏剧创作相比，我更愿意阅读他在纪实文学创作中的"史论"。他擅长基于事实的分析、推理，抽丝剥茧，层层递进，颇有"见微以知萌，见端以知末，故见象箸而怖，知天下不足"[1]的能力。

说起来也算有趣，王树增和潘西平都忽略了一个蛮重要的问题，1977年，在第四届全军文艺会演中，前线话剧团的参演剧目是由刘川担任编剧的八场话剧《红旗飘飘》。会演剧目都是要载入史册的，后人若查看起来，只要莫以为后者是前者的重排就好。

---

[1] 参见《韩非子.说林上》。

尾声

主观视角的回望

海淀区中关村南大街原来叫白颐路,路东有一座并不宏伟的大门却很引人注目,一个头戴钢盔的士兵在大门口站岗,门口进进出出的都是些身穿军装的俊男靓女,那就是赫赫有名的被人们习惯称作"军艺"的解放军艺术学院。

那年4月13日下午,在军艺第二会议室,清瘦的二炮文工团团长李广立[①]面对诸多专家,底气稍显"不足",因为他以往常常与综艺晚会类专家打交道,他自己也算这方面的舞美行家,可今天他面对的却是"一水儿"的戏剧"大咖",更重要的是,二炮宣传部分管文化工作的部领导和文化处领导也在场"督战"。

"我们的首长很重视话剧,指示我们搞出一台《虎踞钟山》式的精品力作。"李广立言指的首长,显然不是指二炮宣传部分管领导,他也是为落实二炮首长指示而来的。

显然,武警文工团并不是"会演"中唯一创排话剧的综合性文工团,

---

① 李广立(1954—),军旅舞美设计师。曾任原第二炮兵政治部文工团团长。设计舞蹈诗《咕哩美》等。

二炮文工团也不愿意放弃全面展示自身艺术成就的机会，他们创作了一台名叫《风雨同路人》的话剧。

艺术局是管理全军专业文艺工作的职能部门，对以歌舞为主体的综合性文工团参演话剧十分谨慎，既要保护文工团创作话剧的积极性，更要保证全军文艺会演的艺术水准。

二炮文工团创演话剧的决心很大，他们通过与解放军艺术学院合作的方式保证了自己"执着"的"落地"，而且其许多创作人员和主要演员都是军艺教员，当然，演出时我才发现"男一号"是从战友话剧团借来的演员洪涛[1]。军艺戏剧系卢学公主任、黄定山[2]教授是以联合出品方负责人身份参会的。我带去参会的专家组成员则是刘星、孟冰和宫晓东。

带这几位专家参会是经过认真考虑的。

《风雨同路人》的编剧徐小帆[3]虽然是二炮文工团创作员，却以写相声等曲艺类作品为其专长，更多时间则帮助央视打造专题栏目。那年月和央视打交道的人通常自视人脉熟，眼头高，视野宽，诸如主题如何、结构怎样之类的一般性意见不太容易听进去。正常情况下，专家所谈意见，若让作者易于接受，除了要准确、合理之外，有时特殊的人际关系也很重要。

徐小帆和刘星都曾是福州军区前锋文工团演员，算是昔日战友，宫晓东在成为总政话剧团导演之前，则在二炮文工团任职。孟冰虽与徐小帆没有交集，但在军队剧作家中口碑不错，表达意见很注意方法。或许

---

[1] 洪涛（1954—），军旅话剧演员。曾任原北京军区政治部战友文工团演员。主演话剧《热血甘泉》等。

[2] 黄定山（1959—），军旅戏剧导演。曾任原总政治部歌剧团团长。执导话剧《我在天堂等你》等。

[3] 徐小帆（1958—2015），军旅曲艺作家。曾任原第二炮兵政治部文工团创作员。创作小品《找焦点》等。

徐小帆与他们更容易沟通。

首先发言的孟冰开宗明义,言称自己身为编剧对剧本历来看重,艺术局交代任务后,便对《风雨同路人》研读多遍。然后孟冰从剧本第一幕谈到第四幕,逐场分析,讲得头头是道,徐小帆听得居然频频点头。刘星充分肯定了剧作语言的幽默以及一些小品式的片段,但又明确指出,喜剧不宜于表现大事件、大人物和大主题。而宫晓东也是先肯定了剧作者把沉重的生活积淀以轻松幽默的方式展现出来,而后认为作品未能把喜剧与沉重、悲壮之间的关系建立起来。刘星甚至极言,若想搞出《虎踞钟山》式的作品,需要"另打鼓,重开张"。

时间如此紧迫,重头再来显然不切实际,只能在剧本原有基础上调整与修改。最终,这部话剧由黄定山和卢学公两位"学院派"导演联合执导,许多问题似乎在表面上都得到解决,但与其他专业话剧团参演作品相比,话剧《风雨同路人》的艺术效果尚有差距。这或许正像王树增所说:"武警文工团创排话剧是白手起家和平地盖楼",二炮文工团何尝不是如此?

不管怎么说,两家综合性文工团主动创排了话剧,反倒是原海政话剧团、现海政电视艺术中心既无话剧,也无小品晚会参演,原本他们打算创排话剧《驱逐舰长》,却不知因何而未果,多少有些遗憾。第七届全军文艺会演共有九家专业话剧团体,两家综合性文工团,以及解放军艺术学院戏剧系推出了话剧作品十二台。

"军艺"推出的话剧并非由学院自己创作,而是把"战话"蒲逊创作的话剧《绿十字星座》拿来"为我所用"。想来这对蒲逊不啻惊喜,"从军"时间不长的她,竟然在创作《生在"八一"》之后不久又有话剧作品问世。

作品择取的是第一军医大学南方医院惠侨楼的题材。那是全军第一家涉外医疗单位,曾被中央军委授予"模范医疗惠侨楼"称号。全剧塑造了青年医务人员周南、陈悦秋、成威等群像，描写了医务人员之间、医患之间的关系，情节演进流畅，加之全部演员都是军艺戏剧系学员，充满青春气息，具备学院戏剧的特点。

其实，陆文虎局长经常与我谈及军艺创排剧目应该有别于专业剧团，应以多排实验剧目或经典剧目为宜，而原创剧目并不见得适合于教学需要，虽然这只是一孔之见，但我很认同。也许，陆文虎和我的这些理念有些书生意气，而"会演"有很多"务实"因素错综复杂地交叠在一起，无论学院还是剧团都无法回避。所以，军艺愿意同各个专业剧团一样，以原创剧目的方式参加会演，也属正常。

王树增已经摇身变为武警文工团的领导，蒲逊的新创作品"支援"了军艺，"战话"之于会演剧目的创作只剩下"孤家寡人"唐栋了。

唐栋很早就只能以团长兼编剧的身份投身此事之中。3月底，唐栋只身来京，花了两天时间，把翟迎春、王树增和王瑛夫妇，以及恰巧来京办事的蒋晓勤和我聚在一起，讲述了创作思路，让大家为其出谋划策。

5月7日，唐栋为会演剧目之事第二次来京。他大约打探到我当日从成都返京，所以他到京时间与我相差无几。这次，唐栋带来了完整的剧本《岁月风景》以及将在此剧中扮演男主角的"战话"优秀演员张腾①。

次日，一件大事发生——中国驻南联盟使馆被炸，举国震惊。

不过时间紧张，剧目准备之事须臾不可耽搁。陆文虎和我向部里请假后，于当天下午在总政西直门招待所组织召开研讨会，研究论证唐栋创作的剧本《岁月风景》。陆文虎、刘星、卢学公、孟冰、王树增、姚远和我参加了会议。

王树增毕竟和唐栋配合数年，彼此熟悉，我甚至觉得王树增猛然间

---

① 张腾（1960—），军旅话剧演员。曾任原解放军艺术学院戏剧系主任。主演话剧《都市军号》等。

离开"战话",唐栋多少还有些不适应。而王树增虽然自己已担负新单位重任,但对唐栋的诉求,依然任劳任怨,想必他也有一时难以消除的"战话"情结。

因此,我在6月中旬去广州继续组织力量推敲《岁月风景》剧本时,除了安排刘星、蒋晓勤作为专家组成员同去外,专门"选调"王树增一同前往。令我感慨的是,家属王瑛对"战话"的关注度丝毫不亚于夫君王树增,竟也欣然陪同。

话剧《岁月风景》符合新中国成立50周年献礼作品的基本要求。作品描写某部"步兵第一连"从70年代到90年代二十多年的变化——最初,连队依傍宁静的小渔村。到了80年代,连队整编为"电子侦察第一连",而周边已经被喧闹的建筑工地和操着各种口音的打工妹所包围。及至90年代,连队营区四周则变成了现代化的特区城市。作品通过对郝建国、翟向东、李宝库几位曾在这支部队服役,后来转业或职务提升的人物命运变化与情感纠葛的描述,反映了部队建设与共和国发展同步的主题。

《岁月风景》在会演中产生热烈反响。有评委戏言,观看此剧,场内场外同样热烈。这句话的意思是,剧场里观众情绪高涨,剧场外面实在太热——评委会和观摩团在广州观看《岁月风景》的时间是8月21日,此时广州的炎热与湿暑之气交互发威,若无"冷气"伴随,似乎诸事难为。广州人很少提及"空调",宁可使用"冷气"之概念。君不见羊城大街小巷各类商铺餐馆的玻璃窗上无一例外地张贴着"冷气开放"的字样。军区礼堂里的"冷气"之大,甚至都能听到"吱吱"的声响。

按照会演计划安排,戏剧评审组不仅要观看话剧作品,还须观摩大单位歌舞团演出。广州军区战士歌舞团参演作品是歌舞剧《好兵李向群》。

李向群是广州军区41集团军"塔山守备英雄团"的普通士兵,在

"九八"抗洪中牺牲,被军委授予"新时期英雄战士"称号。广州军区陪同观看人员介绍说,此次抗洪,广州战区牺牲的官兵不止李向群一人,军区空军某高炮团一位名叫高建成的连队指导员也英勇献身,他也被军委授予"抗洪英雄"称号。我对这个名字格外熟悉,因为我在西安政治学院任教时教过一位学员也叫高建成,而且他也来自空军,只不过我的学生高建成是飞行员,停飞后改做政工。

在广州军区观摩评审结束后,会演评委会和观摩团搭乘南航3509航班飞往济南。那天暴雨如注,而当时的白云机场尚未迁至花都,逼仄狭小的候机楼挤满了因为航班取消而滞留的旅客。我非常担心我们搭乘的航班取消,影响下一阶段计划实施。庆幸的是,航班仅仅略微晚点,居然在大雨中起飞。飞机颠簸得十分厉害,看上去大家好像多少都有些心神不宁,直到飞机穿过厚厚的云层,机窗外露出万里晴空,众人才放下心来。

为了节约经费,除分管部领导坐在头等舱之外,评委会和观摩团其他人员,无论职务高低,年龄大小,一律乘坐经济舱,只是值机换票时,经过我们协调,座位都安排在前区。陆文虎和我是局领导,坐在第一排,阎肃、朱光斗等几位老艺术家也坐在前两排。

飞机平飞后不久,我发现空乘小姐不断地打量我,几次想和我说话,却欲言又止。这时,"空姐"掀开遮帘,进了前区头等舱。少顷,"空姐"再度出现在我面前,笑吟吟地轻声问道:

"吴先生,请问您在西安工作过吗?"

我有些丈二和尚摸不着头脑,下意识地点点头,问"空姐":"您有什么事吗?"

"空姐"笑了笑,说:"是我们机长让我打听的。请您稍等!"

过了一会儿,"空姐"陪同机长走了过来。我定睛一看,简直不敢相信,竟然是高建成——我在西安政治学院教过的那位与"抗洪英雄"

同名的学生。天下竟有如此巧合的事情？

我感到很好奇，记得高建成毕业后回到北空航空兵某师担任政治部干事，怎么如今成了民航机长？

高建成告诉我，毕业后不久，刚刚组建的贵州航空公司到他们部队挑选停飞时间不算很长的飞行员，以弥补飞行人才的不足。他符合"空转"——空勤转业的条件，便来到"贵航"。前不久，贵航被南航整体并购，所以，他现在是南航的机长。

我向高建成打趣道："怪不得能在大雨中顺利起飞，你这个当年飞'强五'的飞行员，技术果真了得！"

"我转业到民航后改装成绩不错，也做了几年副驾驶。"

得知飞机上与我同行的众多人都是全军文艺会演的评委和观摩人员，高建成对我说："我很怀念部队的生活。飞强击机的感觉和民航客机完全不同。"然后他向大家行了一个标准的军礼，便返回驾驶舱了。

会演之戏剧作品当然不只话剧，还有总政歌剧团的轻歌剧《"玉鸟"兵站》和战友京剧团的京剧《妈阁紫烟》。前者描写女大学生阿朵及其姐妹与连长、"骆驼"等军人们在玉鸟镇所经历的爱情故事，后者描写1864年葡萄牙驻澳门总督阿玛勒的残暴罪行，以及最终被爱国英雄沈英刺死的故事。

眼看"会演"就要圆满结束——分片演出及评审工作之后，便是选调优秀剧目汇报演出，话剧《"厄尔尼诺"报告》《绿荫里的红塑料桶》《阿夏拉雄的雪》《光照千秋》《岁月风景》纷纷在京亮相，在中国剧院和八一剧场，主创与团队的喜悦伴随着观众与专家的叫好和首肯。正当大家准备为"大会师"之圆满额手相庆的时候，突然就遇到了问题。

问题出现在战士话剧团的话剧《岁月风景》演出过程中。有关方面负责人指出，此剧的思想倾向有所偏差——当年的司务长、后来的驻港部队后勤处长李宝库思想转变不够鲜明，而剧中反复强调的"岁月就是一个不断变化的万花筒"，与我们的宣传口径并不一致。

　　问题被"发现"的时候，"主场"演出尚未开始。艺术局面临的最大困局是，必须在修改与停演之间做出选择。仅剩一天时间，修改已成为天方夜谭。而此时，广州军区政治部分管领导已经到京，偏偏这位领导拥有极强的文人情怀，出版过多部诗集与散文集，再加上"本位"的考量标准，他便努力辩解，认为剧作本身没有"问题"。而身兼团长和编剧的唐栋反倒一筹莫展和无所适从，至多就是在我面前不停地发些牢骚，于解决问题丝毫无补。

　　最后，问题被归结到"宣传品"与"艺术品"标准的细微差异上。从艺术品角度说，写人可以多侧面，甚至可以写出并不尽善尽美的性格，这符合生活真实与艺术真实之间关系的原则，而对生活的理解，剧作家可以保留自己独到的视角。只要没有严重的政治问题，"主场"演出应该继续进行，况且一旦确定"停演"，涉及环节更多，反倒容易产生不良影响。

　　"主场"演出如期进行。我想，广州军区政治部那位领导、唐栋和"战话"《岁月风景》剧组和我们一样，都带着忐忑不安的心情。结果，没想到演出效果出奇得好，掌声经久不息。来自主场的评价也非常之高，甚至超过了评委会的评价。这让我们紧绷的神经顿时松弛下来。

　　事后很久我还在想，有些艺术作品，将其放在时间长河中经受检验，或许比人的一时主观判断更为准确。时间是公正的仲裁者，优秀之作自然得以保留，而那些不符合艺术规律的平庸之作，也就随着"长河"之水，流逝到茫茫的汪洋大海之中。我每每会为此想到电视剧《激情燃烧的岁月》，它的命运取决于"一念之差"，而当时的"冷处理"，为观众的"热捧"争取了时间。

　　罢了。

时光荏苒，岁月如梭。虽然唐栋在话剧中把岁月视为风景，但他终究没有机会和条件告诉观众是谁看到了那些风景，他们看风景的时候站在什么位置，带着怎样的心情，遇到了哪些问题。他们在舞台上塑造了许多生动的形象，但他们完全没有意识到一个重要事实——他们本身就是岁月画廊中的鲜活形象。

每个时代的人都在努力，都会创造带着时代痕迹的辉煌。但千万不要简单地以为后来的艺术家一定会比前人做得更好。"长江后浪推前浪"的说辞，在物理学意义上是真理，在社会学意义上具有指导性，在教育上是一种激励，而就艺术创作而言，却永远不会构成规律。马克思说，荷马史诗"就某些方面来说，还是一种规范和高不可及的范本"[1]，荷马史诗是多久之前的事了？

我忽然发现，在1990年代，几乎每一部军旅话剧的"问世"都伴随着冬去春来或者夏末秋初这样一些时节转换的概念，这样的概念多了，军事题材的话剧作品渐渐也就多了。未有停歇，循环往复，曾经的时节和作品就成为过往。过往累积起来，蓦然回首，才意识到那竟是二三十年前的事情了。

鲁迅所说的"忍看朋辈成新鬼"显然带着几分无奈和愤怒，而我在"眼看朋辈成老翁"的现实情形下，更多的也只能感慨万分。

2018年3月初，我与翟迎春、蒋晓勤餐叙，话题不知怎的就转到当年。我的脑海在回闪的同时，再仔细端详两位当年的"大咖"，却发现翟迎春脸上早已没有楼上楼下来回折返"追耗子"的精气神儿，而蒋晓勤的"浓眉"虽然依旧夺人眼目，可当年蓬松茂密的头发，现如今也只能在头顶两侧和后半区坚守了。

---

[1] 马克思《〈政治经济学批判〉导言》。

微信中涉老"鸡汤"常说，喜欢回忆过去，就意味着人变老了。那等于告诉你，要想不变老，就别总是沉湎于过往。其实，人的一生历来都是展望未来，回首往事——

初中生一边想着中考，一边想着小学时的无忧无虑；大学生一边琢磨未来求职的可能，一边总在回忆高中时光的早恋。中年人的同学聚会永远只有两个话题：当年我们如何，未来我们怎样。那你以为"朋辈老翁"应该怎样？展望未来吗？

所以，翟迎春和蒋晓勤就撺掇我把这些事情记载下来。我说，我一直在记载，从未中断。而我要代表他们一起回忆，就需要一个特殊视角。

我经历和看到的事情很多。这些事情都是客观存在，但我的视角择取却很主观。就像1970年代，我们使用135相机照相，镜头中看到的事物很客观，而我们对边框的选取与限定却很主观——因为镜头所能看到的非常有限，我们就常常故意把人物居于中心，且用调焦的方式把人脸尽量放大，同时舍弃看上去并不美好的景物，继而在暗房里洗印放大相片时，又会裁去不必要的边际内容。

我脑海中过往的印象还停留在当时——

繁华的灯市口大街里头有一条并不宽敞被称作同福夹道的小巷，而那幢老旧的办公小楼包含着民国的传说。

八大处"大院"一座普通的家属楼里有一套90多平方米的住房，不知被谁唤作与门牌号码毫无关系的2133，那曾是许多人热衷于聚会的场所。

没人知道四里山的美丽，而其正名英雄山却天下闻名，从山上向西望去，不远处有一处院落，普通却引人关注。

农林下路的"老班长"包子铺虽不奢华，却始终熙熙攘攘，你去81号，总能发现它的存在。

卫岗院里的柳绿花红和古色古香的建筑散发着独特的魅力，去过，就会记住。

南八马路 14 号虽然拥挤，却很温馨。

府南河之水静静流淌，岸边的休闲座椅和柳荫总会让人忘却周遭的喧嚣。

向北穿过中山铁桥，白塔山就扑面而来，每每如此。

其实，我说的是空政、战友、前卫、战士、前线、前进、战旗、战斗，那是1990年代军队各家话剧团的所在地，那个时候他们的努力曾让我魂牵梦绕。雨天，我多半在那里留下足迹；暑天，我定然在那里挥洒了汗水。

我没有说"万寿寺"——总政话剧团，因为"会演"结束不到一年，我便去那里任职。

不过，那是另一段"葱茏"故事的起始……

谢幕

"剧"中人的话

王树增：我是从事文学作品写作的，之所以有那么几年在部队的戏剧团体工作，也写了几部话剧剧本，完全是为了完成部队交给的任务，这种勉为其难地在军旅戏剧圈里的滥竽充数，充其量不过是个混口饭吃的小角色而已。因此，早年间的某部戏，写了，排了，演了，甚至得奖了，然后就忘得很彻底。曾经人称"吴大帅"的军旅戏剧领军人物的老友吴然，一天打来电话，要和我核对十多年前我的某部话剧写作和排练中的某个细节，我完全记不得了，而他却能够如数家珍般用那些陈年旧事的细微末节耐心地启发我的回忆，惊诧之余，才得知他竟然把军旅戏剧事业最为红火的那段岁月完整地记述了下来。就我而言，本来忘却了的事，一旦提起，便无端多了一层心事。一个人，一辈子，寿命所限，即使拼尽全力也干不了几件称得上事业的事。那些年，尽管我的精力并不集中在戏剧创作上，但是，一旦任务下达了，那种亢奋犹如鬼神附体一般，赴汤蹈火奋不顾身，前赴后继视死如归，身临绝境时捶胸顿足，冲出重围后仰天大笑，斩杀甚丰时不可一世，损失惨重时万念俱灰，仿佛自己创作的这部戏的成败是个世界级的大事件，万众瞩目，不成功便成仁。

人老了之后，才晓得这就是青春的风格，就是葱茏的美感，就是在有限的生命里做成几件像样的事情所必需的癫狂，或许也是吴然撰写的这本书的审美追求所在。

王焰珍：人生过半，前面的日子大概就算前半生了。想想我的前半生，感觉一直是东奔西跑，忙忙碌碌，也许算得上丰富多彩，因为是编剧专业毕业，写了一些电影、电视剧、小说、话剧、戏剧小品、音乐剧、舞剧、杂技剧，好像还曾担任电视剧的导演、电视电影的制片人，以及各种综艺主题晚会和大型实景演出的策划等林林总总，也就有了一些诸如戏剧、电视剧等协会的会员名头，但让我最有归属感和幸福感的，却是"军队话剧"这个小小的圈子。从 1990 年到 1999 年，是我在"军队话剧"圈生存与成长的最美好的日子，这个圈子相比于其他艺术门类的"协会"，不是那么兵强马壮，但，这里只有烈酒没有鲜花；只有批评没有攻击；只有对手没有敌人；这里有好戏、有梦想、有温暖、有真诚、有许多的良师益友，有难忘的舞台岁月……感谢吴然先生这本书把这一切呈现出来，让我看到了前半生中初出茅庐的我！

庞泽云：1990 年代是中国军旅戏剧的一个辉煌时期，不仅军旅戏剧家队伍阵容强大，而且军旅戏剧作品也硕果累累。在全国的各类评奖中频频获奖。这个局面的形成，我们不仅要记住大气候的使然，同时，也应该记住一个吴然。

吴然很会抓题材，又不怕苦不怕累。给我的印象是老在天上飞：一会儿广州，一会儿兰州，一会儿济南，一会儿沈阳……当时的七大军区，他经常来去。一旦发现好题材、好构思，他就会及时上报，积极支持。而且，还常常帮着出主意、想办法。他是搞评论的文学硕士，有一双敏锐而独到的眼睛。在我的记忆中，好作品可能有遗珠，但凡是他抓过的作品，还真的就没有残次品，基本上都是优秀作品。众人称他是"吴大帅"，就这一条，他就够得上这个称谓了。"大帅"抓作品还有一个绝招，那就是用专家组。把全军有建树的编剧导演拢一块儿，集中力量解决某个军区某个新戏的剧本问题或导演问题。这种专家型的"人民战争"很有成效，各个军区都受益匪浅。

吴然几乎结交了各大单位所有戏剧界的朋友。其间，自然就有了各种各样的过往轶事。现在，他把这些闪光的碎片聚成了一本《葱茏十年》，便又唤醒了大家沉睡了多年的记忆。这本书行云流水，舒展从容；引经据典，恰到好处。特别是对人物细节的描述，生动鲜活，令人过目难忘。文风亦是别开生面，纪实、散文甚至小说的因素都现其间。"无法之法，始为至法"，让人耳目一新。相信此书会大受读者的欢迎。

孟冰：依我之见，世间许多事情，于个人来说如轻风拂面，如暴雨湿身，如搔痒皮肤，如刺痛神经，如嵌入骨肉，如划痕内心。吴然写的《葱茏十年》中所记载的便是我生命中"划痕内心"的事情。尽管人的一生中会有许多独立的人和事永远地留在心中，但作为一个历史阶段能够完整地收藏于心，大概也就是上世纪九十年代我所经历的军队戏剧溶入全国思想文化战线在改革开放之中进入"新时期戏剧"行列的那十年。

从看吴然写的那几本关于海明威的专著起，我便喜欢他的文字。有欧美文学句式的影响，却保留着对中国文字那种书卷气息的眷恋。特别是那种文人的浪漫气质和军人直率性格间的陡然转换很能适应当代中国青年知识分子身上特有的"双重标准"。更加令人惊叹的是，他的工作笔记竟然能够记录如此众多的"细节"，而正是这些成就了这部二十多年后回顾历史的纪实体文学作品。

很长时间以来，我一直在想一个问题：这类文体在文学史和个人阅读经历中究竟占有什么样的位置？这次在这本书里看到了自己，于是，我突然意识到，书中的那个我又有什么意义呢？

恍然大悟中，我由衷地感谢这本书的作者，感谢这本书，它提醒我在我的心上还有那样一道划痕！就算你为当年的无知、单纯、固执和执迷不悟而唏嘘，但你的心毕竟为它流过血，而人的身体，如果血流完了，还能有生命吗？

宫晓东：手机屏幕上吴然的号码显亮了……于是，我读到了这篇记叙。"大帅"都记下了，记下了既限制我又造就我、既使用我又培养我、既让我常常念及又让我不愿提起的军旅戏剧。

我不属于在这个领域混得有模有样的那个阶层，几十年了，直到离开，我都与这个体制"混得好"的模式格格不入。吴然的记述有我但又不属于我。但他的刻骨铭心的确勾起了我的慨然长叹，是曾经有过的辉煌吗？戴着镣铐跳舞的"辉煌"？坦言之，我也曾为这经历骄傲过，《无声的嘹亮》《最危险的时候》《激情燃烧的岁月》《毛泽东在西柏坡的畅想》《生命档案》《兵者·国之大事》等等，等等，直至在军旅戏剧舞台上导演的最后一部话剧——《从湘江到遵义》。我骄傲是因为这些值得骄傲的作品，而诞生这些作品的舞台仍然耸立在最应该耸立的地方吗？

"大帅"笔下的剧中人为军旅戏剧留下了一个个闪光的足印，也包括我，但在我心里，那些足印逐渐被记忆的烟尘遮盖。今天，那个曾经有过的帷幕被"大帅"缓缓拉开……

尽管我不愿回首。

唐栋：我们这些军旅戏剧界的人至今仍喜欢把吴然称作"吴大帅"。这并非调侃，而是对他为军旅戏剧所做出的贡献的一种认可与赞赏。

1992年全军第六届文艺会演期间，总政艺术局安排时任西安政院教员的他到兰州观看我写的话剧《祁连山下》，并为该剧写一篇评论文章。他看过演出后连夜写出了三千多字的剧评，对这部剧给予客观的肯定与评析。为此，他与我有过一次交谈，正是这次交谈，他作为文艺评论家的造诣和素养令我叹服，同时让我感受到了他的正直与坦荡。我心说：此人可交。

吴然调入总政艺术局分管军队戏剧工作后，就像脚踩风火轮的哪吒，不停地穿梭于各个军区之间，指导全军各戏剧团体的剧目创作。1998 年冬季，我们广州军区战士话剧团创作的抗洪抢险题材话剧《生在"八一"》奉命进京演出。吴然进到剧场时，大家都惊呆了，只见他双手拄着拐杖，一只脚裹着厚厚的绷带不能着地，满脸却是欢快的笑容。我知道，其实他是在组织观看这出戏的演出时不慎骨折的，自然心生感动。

那时，全军戏剧工作风生水起，红红火火，每个军队戏剧团体都有优秀剧目不断推出，地方的同志由衷地说：军旅戏剧撑起了中国戏剧的半边天啊！那是军旅戏剧高歌猛进、繁荣发展的十年，是令人难忘、心生感怀的岁月，也是"吴大帅""功成名就"的一段时光。当然，这除了他对军旅戏剧工作的热爱和全身心地付出外，还因为改革开放的大环境给了他和我们这些军旅戏剧工作者以用武之地，还得益于他遇上了一位难得的好顶头上司——时任总政艺术局局长的陆文虎……

时隔二十年后，吴然用一部《葱茏十年》记录下了这些，而书中的主角，当属他自己。

刘星：那一年，总政话剧团要开创作会，会前我与导演王寿仁商量如何汇报创作计划，因为我已经完成了话剧《最危险的时候》的创作。但是，我还有一个构思，当我讲述完剧情梗概后，王导说，不错，你可以汇报这个梗概，我说要汇报就汇报剧本，他说还有一个星期就开会了，能行吗，我说试试……一个星期后，剧本完成，剧名叫《中国1949》。这个戏参加首界中国戏剧节，也是唯一的一台话剧。

这是激情使然……

我不是学创作的，创作第一台话剧时我还是福州军区前锋话剧团的演员，试着写剧本，搞了个地下斗争题材，名字叫《她含笑死去》，一举成功，这个戏有全国几十个省市团体演出，并移植到沪剧、京剧等。

这又是激情使然……

我写过十几台戏剧并上演，福州军区三台，总政话剧团三台，沈阳军区两台，北京军区一台，杭州话剧团一台，煤矿文工团一台，武警文工团一台，这都是激情使然……

回头看看，我在中国戏剧的大地上，收获了几颗果实，有个人的才情，更有时代的推动，那是军事戏剧大潮奔腾的年代，军队有一批戏剧的弄潮儿，我只是他们中的一员……

潮水有期，有涨有退，你何时再来……

胡宗琪："吴大帅"用极其细腻的笔触，书写、记录、刻画了当年军旅戏剧人的那段历史，令我唤起了那段真切的记忆——那个苦心积虑地搭建起全军戏剧观摩、学习、研讨、交流的平台，统领我们精心投入军旅戏剧"一盘棋"的创作规划。其间，我荣幸地结识了众多军旅著名的戏剧家，他们无不给予了我真诚的帮助和精心的指导，由此，我经历了导演职业的启蒙与实践、戏剧观念的滋生与坚守、导演方法的学习与实践、风格样式的探索与追寻！那段时光所经历的欢喜与愉悦、担忧与伤感、悲凉与痛苦、绝望与煎熬，至今仍历历在目，难以忘怀……如今，所有的记忆，依然是鲜活的、真实的、美好的！"吴大帅"所书写的那段军旅戏剧的创作时光，是我的戏剧导演生涯中，最最宝贵的经历与财富。

感恩吴然！感恩这本书！感恩以往那段逝去的岁月！

如今，军旅戏剧的历史已经远去，我更加感怀吴然文字中提及的所有的良师益友们，期待我们在以后的生活里再次相遇！

蒋晓勤：吴然果真写了一部好看的"剧"，我们则成了昔日各个行当的剧中人！细心观察，细致记录，细腻描摹，人物个个活灵活现。

《葱茏十年》瞬间就把人带回了怦然心动的九十年代。那是新时期军旅话剧最奋发有为的岁月，最出戏出人的岁月，最团结一致、创学赶帮、整体推进的岁月。探索与挫折，眼泪与畅笑，当然都与曾经分管戏剧的"吴大帅"息息相关。他重创作、讲规律、善倾听、会沟通、敢承担、能引领，这才把一件件事聚成了风云大势；把一出出戏汇成了铿锵阵仗。于是一切才成为可能——军事戏剧新路的探索，戏剧本体化的推行，各团队互为专家的互促共建，战略布局的大胆构思，剧院化建设的低调推进，大单位交流演出的创新实施，社会化公演的认真尝试，乃至对军队文艺核心价值的再思索再定位……这一切又该有多少背后的坚持与担当？吴然断骨挂拐四处奔忙的形象，仍令人不胜钦服！那时的军旅话剧由上下殷殷心血凝聚，被誉为中国话剧的半壁江山，应不是虚浮之言。

那个曾触手可及的当年，如今已遥不可及，只能凭穿越去回味享受了。我曾"控诉"吴然和老陆——你们把军队戏剧带入了蜜月期，又很快扔进了更年期……

后者是我们必然要面对的宿命，而前者则是我们共同的精神故园，想起它，心里温暖，嘴角微笑……

金乃凡：我十五岁辍学，被成都军区文工团招收为舞蹈学员。练功两年功不成，改行到话剧团学演戏。跑龙套八年也没混出个名堂。后以工农兵学员身份考上中戏导演系，两年学成回团，不让导戏，被领导指定写剧本当编剧……就这样，误打误撞开始了我的军旅戏剧生涯。著名军旅作家庞泽云发表对我的人物专访《阴差阳错终不凡》记述的就是这个曲折而又艰辛的历程。

全军各大军区文工团都有个响亮又形象的代称，成都叫"战旗"。我还弱弱地当了一把"旗手"。如履薄冰，如临深渊。为如何让战旗不倒战旗高扬殚精竭虑。成都军区文工团地处西南一隅，处全军之末尾，尤其是戏剧。每每全军文艺会演或进京开会，感觉像化外之地的土部落，插鸡翎披兽皮，赶着朝贡的马帮，驼铃叮咚蜿蜒在北上的蜀道。

1992年第六届全军文艺会演终于打了个翻身仗！《结伴同行》一鸣惊人。紧接着《空港故事》《有一个美丽的地方》再接再厉，连珠炮似的轰动了全军。总政文化部田爱习副部长视察我团时说：总政不敢小觑"战旗"……

姚远：吴然，是我们的领导。那么多年来，始终和我们摸爬滚打在一起，所以，渐渐地成了我们的朋友，一条战壕里的战友。在他离开这个"战线"时，我们都有一种怅然若失的感觉。没想到的是，在这个已成"废墟"的战场将近消逝的时刻，对这段"葱茏十年"最抱有感情的，给自己，给我们留下珍贵记忆的，竟然是他。

那是一段激情燃烧的岁月，是他的十年，也是我们的葱茏时光。我们曾经把这当成了我们为之奋斗的事业，这番事业虽然不能与参与打江山的前辈们相比，但却也营造出了改革开放以来中国戏剧的半壁江山。我们曾经在一起为此痛苦、挣扎、奋进、欢庆，一起共同惨淡经营出一段有声有色的苦乐年华。

历史，就是一些永远不知道是存在过还是不曾存在过的东西。

我曾经和一群下乡知识青年重返故园去看望我们曾经生活和战斗过

的地方。但是我们的"遗址"上除了杂草和禾苗，什么都没有留下。当我们老去，这里的年轻人对我们会是一无所知，于是我们心头留下的是一片阴影：我们在这儿付出的一切有意义吗？

如今，我们又谢幕了。原先曾经有声有色的一切又成了一片"废墟"，就像溯水而上的行者，身后没有一点足迹可寻。

感谢吴然。感谢他还记着这些，感谢他还记载下了这些，让这"葱茏"成为不可磨灭的历史碎片，永远留在我们曾经共同激动过的人的心中。

翟迎春：感谢吴然的《葱茏十年》，详尽记述了军队戏剧队伍相拼相助、共携共进的难忘岁月。那时，各路人马排兵布阵，奋斗十年，终于拿下中国剧坛的半壁江山，书写了军队戏剧史崭新的一页。我有幸参与其中，虽只是阵前一卒，但我骄傲挽紧我臂膀的战友都是军中戏剧大将！

《葱茏十年》不仅让我重温这段酸甜苦辣的不俗经历，更给我打了次"鸡血"，让我一脚踏回"弃武从文"的青春岁月。1964年我参加全军大比武，创下侦察兵五大技术（射击、攀登、格斗、泅渡、地形学）全部优秀的佳绩。同年在北京西山为毛主席汇报表演，受到老人家接见。谁料后来我在政治上受牵连，师首长为保护我，把我送进了文艺队伍。于是侦察兵变成了文艺兵，先业余再专业，先京剧再话剧，先编剧再领班，竟也一干20年。

进入九十年代，一批批专业人才不断涌入军队文艺团体，我这才发觉自己有点另类。此时听说曾执教军队高等学府的吴然教授分管军队戏剧，又听说他治学严谨，声名远播，门下不容滥竽充数，于是做好请辞或被"清理阶级队伍"的准备。交手几个回合，未见吴教授的扫帚，却被告知，在他的鼓励下，有关部门居然给我戴上帅盔，扎上大靠，去管理本军区话剧团队。我又一次服从命令，笨鸭子上架，靠大比武的功底，熬尽心血和体力，但始终牢记职责使命，不敢懈怠。那些年间，一个一个本子地抓，一台戏一台戏地排演，靠着全团上下共同努力，推出了一批剧目和人才。小卒子拱过河，竟也拱出了一方天地。在建团 60 周年大会上，军区首长为具有光荣革命传统的老牌子——战友话剧团荣立集体二等功颁奖，我个人也披红戴花登上军区大礼堂。那一刻好像刚刚明白点什么叫生命闪光，事业辉煌！看着前来祝贺的吴然，我不知该埋怨他逼迫我，还是感谢他抬举我，始终不知他葫芦里装的什么药。

直到今天，吴大帅才在微信里通知我，择个吉日，把我等几员大将召到一起，烫壶老酒，为我解开这葫芦里的药……